魅丽文化

朝朝

Zhao Zhao

阿Q 著

江苏凤凰文艺出版社
JIANGSU PHOENIX LITERATURE AND ART PUBLISHING

图书在版编目（CIP）数据

朝朝 / 阿 Q 著 . — 南京 : 江苏凤凰文艺出版社，2023.5

ISBN 978-7-5594-7723-1

Ⅰ . ①朝… Ⅱ . ①阿… Ⅲ . ①长篇小说 - 中国 - 当代 Ⅳ . ① I247.5

中国国家版本馆 CIP 数据核字 (2023) 第 084039 号

朝朝

阿 Q 著

责任编辑 张 倩
出版统筹 曾英姿
选题策划 喻 戎
特约编辑 RONG
装帧设计 白砚川
出版发行 江苏凤凰文艺出版社
南京市中央路 165 号，邮编：210009
网 址 http://www.jswenyi.com
印 刷 湖南凌宇纸品有限公司
开 本 880mm × 1230mm 1/32
印 张 9.5
字 数 282 千字
版 次 2023 年 5 月第 1 版
印 次 2023 年 5 月第 1 次印刷
书 号 ISBN 978-7-5594-7723-1
定 价 46.80 元

目录 Contents

001 第一章 谁是朝朝
013 第二章 小王子
034 第三章 “好哥哥”
047 第四章 梦魇
069 第五章 你怎么会来

096 第六章 酸甜

137 第七章 顾家人的阴谋

173 第八章 两种喜欢

218 第九章 救赎

260 第十章 降落我怀中的梦

第一章
谁是朝朝

1.

正月初六“送穷神”，朝朝一早就被楼下大扫除的声音给吵醒了。

黄娟拎着扫帚走上楼，敲了敲他的房门，嚷嚷道：“朝朝，起来了，奶奶进来打扫一下屋子。”

朝朝没理会，将头埋进被窝里，转身又睡了。

黄娟深知孙子的脾气，见没人来开门，只得拎着东西离开，轻手轻脚地把其他屋子清扫一番，下了楼。

等朝朝再度醒来已是中午，楼下似乎聚集了一堆人，说话声此起彼伏的。他被吵得实在睡不着，只好黑着脸起床去浴室洗漱。

男孩子不比女孩子，没那么多讲究。五分钟后，他换好衣服下楼，正好在楼梯口遇到了顾明雷。

顾明雷一见儿子就耷拉着脸，没好气地指责道：“你说你天天晚上都干什么去了，大过年的每天都日上三竿才起，像话不？你三叔今天请新媳妇，赶紧跟我们过去吃饭。”

朝朝没跟他犟嘴，他本就是个沉闷生冷的性子，闷声跟着顾明雷出了门。

从家门口出来，朝朝在自家院子里看到了聚在一起的顾家长辈。所有姑婆婶婶都在，还有他父亲的几个堂弟。

最小的堂叔顾起翰就比朝朝大三岁，刚大学毕业，正准备去当兵。

现在要请客的是朝朝三爷爷家的儿子，顾明雷的另一个堂弟顾西辞。

顾西辞在所有堂兄弟中排行老三，所以朝朝喊他“三叔”。

顾西辞比朝朝大几岁，过完年刚好二十六岁，到了可以结婚的年纪，上门给他说媒的人很多，但朝朝他三奶奶都看不上。她要么嫌女方家世不好，要么嫌女方学历不高不够长脸。

要说学历，顾西辞的学历也是混出来的，真不知道他妈妈哪里来的优越感。

对于顾家那些乱七八糟的事，朝朝一贯不怎么感兴趣。他与顾西辞接触很少，非要对其做个评价，朝朝也评价不来，他听大人说顾西辞最多的无外乎那句“绣花枕头稻草心”。

说白了，顾西辞拿得出手的也就他那张脸了，眉清目秀，唇红齿白，好看得很。

那些长辈正在顾明雷院子里聊顾西辞一家，朝朝下楼的时候，正好听到小姑婆在嘲讽他三奶奶：“金燕子挑儿媳妇，挑三拣四的，挑来挑去还不是挑了陈老拐那穷人家的姑娘。”

“话不能这么说，陈老拐家虽穷，但一家都是文化人。陈老拐年轻时还是我们县唯一的大学生，若不是做工时断了条腿，他在体制内随便混混也能爬上去，总比现在开残疾车来得强。不过陈老拐跟他老婆确实命苦，本来大儿子养大了，娶了媳妇生了孩子，该享福了，结果小夫妻俩在去山区支教的路上出了车祸，就留下个嗷嗷待哺的孩子。若非陈家姑娘争气，老早赚钱养活了一家老小，陈老拐家的日子还真不大好过。”

“这陈姑娘确实厉害，从小成绩就好，一路拿奖学金上的学。听说她当年都没参加高考，就被名牌大学提前录取了。今年她研究生刚毕业就被特聘到了淞市的研究所，我们市学历比她高的没几个。”朝朝其他两个姑婆也在旁边附和道。

闻言，朝朝二叔家的媳妇有些不解：“这陈姑娘学历这么高，是怎么看上咱们三弟的呀？”

小姑婆听罢，不齿地“嘁”了一声：“这有什么不明白的，不就是图钱呗。西辞他爸这两年在明雷的工地上赚了不少，在市区买了房，又在老宅盖了别墅，看那金燕子的尾巴都快翘到天上去了。这陈姑娘纵使学历再高又有什么用，陈老拐跟他老婆身体都不好，家里还有个在读大学的侄女，她身上的负担可不轻，自然是要找户有钱人家嫁了咯。”

那二婶子不以为意：“三叔家那叫什么钱，还不是靠抱明雷哥大腿来的，这明雷哥的钱还都是前大嫂的。要说有钱，咱们焦城最有钱的应该是朝朝才对。”

话还没落音，朝朝已经走到了她跟前。

少年眉目清冷地望着她，也不叫人。

朝朝二婶被他瞅得头皮直发麻，脸上露出几分尴尬的神色。

站在朝朝身后的顾明雷恶狠狠地瞪了她一眼，板着脸训斥道：“都杵在这儿胡说八道些什么，不去吃饭了？都是当长辈的人了，怎么还爱躲在背后嚼人舌根。”

众人被他一顿臭骂，虽有怨，却又不敢发作。

最后还是小姑婆最会瞧人眼色，凑上前来拉着朝朝的手，嬉皮笑脸地打圆场：“朝朝都下来了，那我们赶紧去西辞家看新亲眷去吧。”

说罢，她拉着朝朝出了顾明雷的院子，朝西边一栋新盖的别墅走去。

一行人赶忙跟在她身后，朝朝二婶跟自己的婆婆走在最后。

朝朝二奶奶一个劲地掐儿媳的胳膊肘，小声啐骂：“你真是哪壶不开提哪壶，朝朝他妈的事是你能提的吗？惹恼你大哥也就算了，要是朝朝往心里去了，以后顾家哪还有我们家的位置。”

朝朝二婶嘴里不服气地嘀咕：“我又没说什么，至于吗？”

“你懂什么！”陈玉珍愤恨地瞪了儿媳一眼，脚步匆匆地追到最前头，凑到朝朝身旁，有一句没一句地跟挽着朝朝的小姑婆搭着话，暗暗观察着侄孙的表情。

朝朝由着左右这俩老太太做戏，不动声色地朝前走。

一行人还未到顾西辞家院子，金燕子就抻长脖子朝他们望来。一见朝朝，那女人立刻摆出一副谄媚的面孔，笑吟吟地迎了上来。

“这大过年的，左邻右舍的，朝朝你怎么不到三奶奶家玩？你三爷爷今早还念叨你三叔今天请媳妇，不知你会不会来，来的话让我多添几碗黄桃罐头，说你爱吃。”金燕子一把从小姑婆手中抢过朝朝，边将他往家里迎，边讨好道。

朝朝没应声，直接跟着她进了屋。

对顾家的所有人来说，朝朝就是他们的天。

别看朝朝年纪不大，又是孙子辈，但整个顾家一大家子人的吃喝用度都得靠他。

确切地说，是靠朝朝他妈留给他的遗产。

朝朝他外公是焦城最大的地产商，拥有很多房产土地。他外婆是出身豪门世家的名媛，私产很多。朝朝妈妈杜欣则是他们的独生女。

杜欣在朝朝两个月大的时候因为跟婆婆合不来，几番争执过后，心灰意冷地撒手人寰了。这件事在当时闹得沸沸扬扬。

朝朝的外公、外婆白发人送了黑发人，对顾家恨之入骨，但看在外孙还需要爹照顾的分上，没跟顾家撕破脸皮。经历了丧女之痛后，二老的身子骨越发虚弱，没过几年，这对老夫妇就相继去世，留下了巨额的家产。

这些遗产暂由顾明雷监管着，等朝朝到了二十岁就会自动归到他的名下。

顾明雷靠着这笔财产，让顾家所有人或多或少都沾了福。

随着时间的流逝，朝朝眼看就要二十岁了，顾家人讨好他的心越发急切起来。

这些事，朝朝都心知肚明。不就是想要他的钱吗？等着吧。

顾家人的嘴脸让朝朝觉得恶心，他厌恶他们，可是又逃离不了他们，因为他身上也流着顾家的血。

他跟他们所有人一样，都是依附着他母亲留下来的钱过活。

朝朝对于母亲的印象并不深，确切地说，他对杜欣毫无记忆。他还在襁褓中的时候，杜欣就离开了人世。从他记事起，他就是个没有妈妈的孩子，爸爸顾明雷在外地做生意，他的身边只有奶奶黄娟。

外公、外婆每年只有在他母亲的忌日才会来一次顾家，平素他们要见他，都会直接让人来接。

在朝朝的记忆中，每次外公、外婆来顾家都要吵上一番，控诉顾家的罪行。每一次，两家人都会吵得很厉害。一方说顾家人逼死了杜欣，一方说是杜欣得了产后抑郁症，自己想不开要寻死。

那会儿朝朝年纪小，并不理解外公他们对顾家的恨。因为没有体会过母爱，所以他对杜欣的离去感受不到多少痛苦。但大人们的几次争吵，在他年幼的心里也留下了不小的痕迹。不过六岁的他，就已经知道“产后抑郁”这个名词。

顾家有钱，很早就送朝朝上了私立的托儿所。当别的孩子还在学校里玩泥巴，哭着要回家找妈妈时，朝朝已经学会独处，不声不响地看着他人哭闹，手里拿着少儿字典，笨拙地搜索着“产后抑郁”这几个字。

少儿字典里没有那么深奥的词汇内容，他只能找到“生产”“不开心”这种短语拼凑在一起，自己试着解读。直到上了幼儿园，他才明白“产后抑郁”的意思，那是很多女人生了孩子后才会得的精神类疾病，它会让人很不快乐。

他开始隐隐自责，觉得他妈妈会觉得不快乐是因为生了他。她要是不生孩子，也就不会生病了。要是没有他，他妈妈或许还活着。

因为有了这样的认知，他一个人难过了很久很久，却不知道该跟谁诉说心里的难过。

跟外公、外婆他们不能提，一提杜欣，二老就哭。跟黄娟也不能提，一提就是“你们是要逼死我吗？那我也去死好了”。

渐渐地，他变得越来越孤僻，越来越安静。他期待着有人能发现他的不正常，主动过来问问他，那样他就可以像一个小女孩一样，哭着把自己的委屈说出来。可是没有人，没有一个人来问他，那些整日围着他转的顾家人甚至都觉得他天性如此。

朝朝喜欢安静。他们都这样说。

因为没有人来打开他的心门，所以他心底的那扇门逐渐闭合。到后来，他已经不想让人打开了。

随着时间的流逝，朝朝逐渐长大。他接受的知识越来越多，他的思维越来越成熟，他与顾家人相处的时间越来越久，对他们的嘴脸越来越熟悉，他的内心越来越清楚母亲去世的真正原因，他也就越来越凉薄。

杜欣，那个单纯的女人，他的母亲，她死，并不是因为什么产后抑郁，而是她以为自己嫁给了爱情。

她是温室里的娇花，自幼在万千宠爱之下长大，被保护得太好，过往得到的爱都是真挚的，所以她根本接受不了顾家人那些虚伪欺骗的爱。

就像玫瑰的根慢慢生了蛀虫，花会死，她亦是。

在长久与婆婆黄娟的矛盾争吵中，她越来越清楚婆婆、丈夫，乃至整个顾家人的心思，她就越绝望。

最终，她受不了了。

突然，朝朝感到一阵窒息，他似乎预料到了自己的结局。

2.

一行人浩浩荡荡地进了顾西辞家，厅里家政师傅们早就摆好了桌子，金燕子娘家的那些亲戚都已入座。顾西辞跟陈老拐一家坐在最中间的主桌，桌旁还坐着顾西辞的爸爸顾金虎。

金燕子嬉笑着把朝朝跟顾明雷拉到主桌旁边，就连眼神都透着得意。

朝朝不以为意地挑了挑眉，落座后便一直低着头不说话。

倒是他爸顾明雷站起身来，开了瓶红酒，主动敬顾西辞："西辞，今天是你请新媳妇，你先给大家介绍介绍新亲眷啊！"

"请媳妇"是焦城的一个习俗，男方送完聘礼和聘金并跟女方订完婚后，男方家就要请女方一家来自家吃饭。男方父母要给"新媳妇"包"新亲眷"的红包，类似见面礼。

顾明雷说话的间隙，家政师傅们开始陆续上菜。其他人见老大开了口，便也纷纷凑过来起哄。

朝朝的几个堂叔都围到了主桌旁，举着酒杯要敬顾西辞酒。

顾西辞被起哄得满脸通红，他本就长了张粉雕玉琢的小脸，此刻两颊更像涂了胭脂。

在哥哥们的怂恿下，顾西辞被逼着灌了一大杯红酒，面色潮红地拽着坐在他身旁恭默守静的女人，向众人宣告："这是陈司南，你们以后的弟媳妇。"

"好！"其他桌的人跟着一顿叫好。

陈司南的手臂被顾西辞拽得有点疼，她微微皱起眉头，眼里闪过一丝不耐烦。

坐在她身旁的陈老太立刻察觉出了女儿的心思，赶紧伸手偷偷在桌子底下掐了一下陈司南的大腿，递了个眼神，示意她站起来。

陈司南无奈地端着酒杯起身，动作僵硬地举着半杯白开水，强颜欢笑地回敬顾西辞那群堂兄弟。

她的祝酒词还没说出口，顾明雷突然冷下脸，不悦道："陈家妹妹你这就不对了，几位哥哥都拿酒，你拿杯开水算什么意思呢？"

他刚说完，顾金虎赶忙起身，伸手一把夺过陈司南手中的酒杯，把里面的开水全倒在了碗里，然后倒了红酒进去。

直到顾明雷点头，顾金虎才将满杯的红酒递给陈司南，语气威严地说："给哥哥们面子，喝了吧。"

这还没结婚呢，顾金虎就摆出一副公公的架势来，就连陈司南的侄女陈萱也听不下去了。小姑娘涨红着脸，站起来为陈司南出头："我小姑姑不会喝酒。"

陈萱这话一出，场上的气氛顿时冷凝了下来。

顾明雷的脸色不大好看。他的脸色不好看，顾金虎的脸色自然也好看不起来。

顾金虎当即怒瞪了陈老拐夫妇一眼。

陈老拐被他瞪得冷不丁打了个哆嗦，连忙伸手将孙女拽回座位上，呵斥道："小孩子家家，乱插什么嘴！你姑会不会喝酒，我不比你清楚吗！"

说罢，他又转头看向女儿，虎着一张脸："司南，赶紧把酒喝了，大好的日子爽快点。"

陈司南漠然地看了父亲一眼，没说话，转头看向了身旁的未婚夫顾西辞。

顾西辞对她抬了抬手，示意她快点喝。

她的眸光暗了下来。

所有人都停下了筷子，眼睛死死地盯着她手中的那杯红酒。有看好戏的，有怕闹出事的。金燕子在旁边紧张得手心里全是汗，心里一边把陈司南骂了个底朝天，一边又担心她再不喝真惹恼了顾明雷，回头他们一家的好日子就算到头了。

就连朝朝也抬起了头，一只手托着腮帮子，好整以暇地看着陈司南。

这不是他第一次看他爸戏弄堂叔家的新亲眷了，他内心虽不喜欢他爸这种仗势欺人的模样，但每次见顾家人毫无底线地讨好他爸的小丑德性，又觉得挺有趣的。

陈司南还端着那杯酒没动，顾明雷的脸色越来越难看，“咚”的一声，他将酒杯砸在桌上，正要离席，陈司南终于开了口。

“我对葡萄过敏，可以喝其他酒吗？”

她说的是普通话，众人被她说得一愣一愣的。

未等众人反应过来，她已经将杯中的葡萄酒全倒在了手边的空碗里，随后从桌上拿起一瓶已开了盖的“花开富贵”，往自己的酒杯里倒了满满一杯，看也不看桌上的其他人，仰头就把整杯白酒给干了。

她一连喝了三杯，还没有停手的架势，在场所有人都看蒙了。最后还是顾西辞先反应过来，白着一张脸抓住她的手，低声劝道："别喝了。"

陈司南没有理会他，她直接挣开顾西辞的手，身子往前倾，高举着空酒杯，朝众人微笑："自我介绍一下，我是陈司南。"

她说这话的时候，身子挺得很直，眼睛亮得像阳光下的碎玻璃，嘴角挂着轻蔑的笑，浑身散发着一股说不出来的傲气。

朝朝不由得多看了她几眼。她看上去并不怎么漂亮，个头中等，身材一般，穿着打扮稍显土气，脸不算很白，却也不黑。喝了酒后，她的脸像被浆洗过的纸卷，白得有些难看。

稍懂点酒的人都看得出来她是真的不会喝酒，没有人会将白酒一口喝光，那种喝法既伤身又品不出酒的滋味。但那会儿所有人都被她身上那种高冷的气场震慑住了，根本没有人在乎她到底会不会喝酒，只有朝朝注意到她藏在桌子底下的另一只手在抑制不住地发抖。

他凛了神色，嘴角扬起一抹冷笑。

大家都说这陈家姑娘清傲，但朝朝觉得这女人虚伪得很。既然清高，又何必跟顾家结亲？既然答应结亲了，那喝个酒又何必这么矫情？这不最后还是喝了，还喝得那般惊天动地，难不成是特意来显摆一下她的与众不同，遗世独立？

朝朝觉得很是无趣，正巧金燕子让人给他特意开的黄桃罐头来了，他就用汤勺舀着先吃了起来。

其他人被刚才那阵势一闹，也不敢再让陈司南喝酒，各回座位开始吃菜。

顾明雷也没再说什么，拉着顾金虎聊年后工地上的事去了。

陈司南将空酒瓶放到桌上，跟顾西辞耳语了几声，随后捂着嘴，脸色发白地离开了酒席。

顾西辞没有跟上去看她，倒是端着一杯红酒来敬朝朝。酒劲上头，他说话不着调地跟朝朝开玩笑：“朝朝，一眨眼你都长这么高了，什么时候把小女朋友领回来给三叔看看啊。”

朝朝给了他一记冷眼。

顾西辞一脸悻悻地将手从朝朝的肩头收了回去，转头跟二堂哥聊天去了。

陈司南出去后有一段时间没回来，也不见顾家的人去寻。陈老拐他老婆心里很不痛快，却又不敢表露出来。

半年前陈老拐心脏动了个大手术，欠了不少钱。正好顾金虎家看中陈司南的学历，便找人来提亲。她想着顾金虎家有钱，那顾西辞又长得一表人才，人品也不算坏，就把这件事跟女儿说了。本以为陈司南会拒绝，但陈司南什么也没说，直接应了这门婚事。没过多久，顾家就送了聘礼过来，光聘金就出了三十万。

陈老太本来挺高兴的，可没想到顾家的人这么难相处，这陈司南往后的日子可得多难过呀！

见顾家人一副冷血模样，陈老太憋着气没处发，只得让孙女出去寻陈司南。

可能是今天的黄桃罐头不怎么好吃，也可能是刚起床没什么胃口，朝朝只吃了几口菜就停下了。

他离席的时候，顾明雷象征性地说了他几句便随他去了。其他人都见惯了他这副肆意妄为的样子，自然也不敢说他。

从顾西辞家出来后，朝朝两只手插在裤兜里，一副悠然自得的样子往回走。

刚走了没几步，他就看到陈司南扶着路边的大柳树在吐，陈萱在旁边一脸心疼地给她拍着背。

他怡然路过，心里暗自道了一句“自讨苦吃”。

突然，手臂被人猛地拽住，朝朝一个大转弯，回头正好撞到陈司南迎上来的脸。

因为刚吐过，她身上全是酒酸味，臭得很。

朝朝嫌弃地屏住呼吸，蹙起眉头，然后就听到陈司南醉醺醺地对他喊："喂！你知道哪儿有白开水喝吗？"

朝朝眼角突突地跳了几下，烦闷地伸出手，用力推了陈司南一把。眼看着她踉跄几步摔倒在地，他的脸上才有了冰冷的笑意。

"我叫顾霖星！"

3.

朝朝是他的小名。

当初顾明雷跟妻子给他取这个名字，是希望他以后能像朝阳一样，成为一个阳光快乐的男孩子。

可事实上，朝朝的成长过程并不快乐，至少对他而言是这样的。

小的时候，他以为自己是这个世界的中心，因为所有人都围着他转，他从来不觉得自己缺少什么。直到他上了幼儿园，结识了新的人群，看到其他小朋友放学后都有妈妈或者爸爸来接他们回家，而来接他的只有奶奶或者保姆时，他才隐约意识到自己比别人少了什么。

他没有妈妈，爸爸也形同虚设。

朝朝母亲刚去世那几年，顾明雷也一度感到痛苦。他曾是个软弱良善的人，因为妻子的自戕，他也怨恨过母亲，还报复过她。他的报复就是离开这个家，与父母断绝关系，待在千里之外，永不回来。

然而时间总会慢慢抹平人们心头的伤痛，第一年，顾明雷很痛苦；第二年，他的痛苦就减弱了。三五年过去，他甚至忘记了朝朝母亲的样子，爱上了其他女人。没过多久，他便在外地跟一个护士结了婚。

生活的压力让他苦不堪言，他感受到了钱的好处，所以他又一次回了焦城，回到朝朝身边，当回一个父亲。他只有变回朝朝的爸爸，才能动用那些遗产。

顾明雷的归来对朝朝来说并没有多大影响，他依旧是整个顾家的中心，依旧被所有人围着。不同的是，开家长会的时候，他也有爸爸来参加了。

他起初很开心，觉得内心的那种缺失感消失了。可渐渐地，他就发现了不对。

顾明雷老爱对他说——

“朝朝，给爸爸点钱，爸爸就亲你一口。”

“朝朝，喜不喜欢爸爸？喜欢的话，要听爸爸的话，这样爸爸才会疼你。”

“朝朝，爸爸要开个工地，需要钱，你去跟外公说说。”

“朝朝，爸爸……”

顾明雷是这样，后来爷爷奶奶也是这样，最后所有顾家人都是这样。

原来，那些爱是他花钱买来的。

读小学的时候，班里有个男孩子叫冬冬，冬冬跟他一样，都是单亲家庭的孩子。冬冬的爸爸在冬冬还未出生时就出车祸死了，冬冬就只有一个在厂里做手工活的母亲。

冬冬家很穷，他每天穿得破破烂烂，脸也一直脏兮兮的，鼻子上的鼻涕就没擦干净过。幼儿园的小朋友嫌他脏，都不爱跟他玩。

没人一起玩的冬冬每次哭着喊“我要回去告诉我妈”。

同学就嘲笑他：“你咋不说告诉你爸呢，你有爸爸吗？”

于是，冬冬哭得更凶了。

每逢这时，朝朝总是安静地坐在一旁，一脸漠然地看着那群人嘲笑冬冬。直到有一天，冬冬抱着他爸爸的遗像来上课，对着同学叫嚣“我把我爸带来了”。那些同学先是被吓了一跳，后来又笑道：“你爸都死了还你爸。”

冬冬又哭了，自己不小心摔了一跤，脸给磕破了，趴在地上像个小可怜。

朝朝望着冬冬，似乎看到了另一个自己。周围孩子们都在笑，然后他没有多想，随手抄起一本书就朝其中笑得最欢的那个孩子砸了下去……

很快老师就来了，被砸伤的同学还有冬冬跟朝朝都被带去了医院。没过多久，几方家长也来了。

朝朝伤了人，顾家赔了钱，这件事就算了结了，可朝朝的心里没有了结。

他脑海里时常会浮现出冬冬妈妈在医院里给冬冬脸上的伤口吹气的画面。

他的右手虎口也受伤了，顾家人大惊小怪地让医生给他的手包了很厚的纱布，一群人围着他问“朝朝，疼不疼”，吵得他耳朵都疼了，可就是没有人会像冬冬妈妈一样温柔地往他的伤口上吹气。冬冬妈妈一边往冬冬的伤口上吹气，一边对哭得满脸鼻涕的冬冬说：“冬冬很棒，冬冬是男孩子，冬冬很坚强，冬冬不哭。冬冬答应妈妈以后不跟同学吵架，吵架的是坏孩子，妈妈不喜欢坏孩子。”

顾家人从来不会对他说这种话，包括从小带大他的奶奶也不会这么说。他们所有人都纵容着他，哪怕他打了人，也没有人说他不对，他们只要赔钱就行了。

朝朝是好孩子还是坏孩子，根本没有人在乎。

他羡慕冬冬，也羡慕班里的其他孩子，可是他又不想承认自己羡慕他们，所以他总是一个人待着，一个人玩，一个人创建一个世界，假装这世界什么都有。但只有他自己知道，他的世界很空，空得像一片荒原，冷得只剩下风。

朝朝，他一点都不朝气阳光，他就像一个装满钱的巨大箱子，他的钱能让很多人感到快乐，却唯独温暖不了他。

第二章
小王子

1.

年初六一过，朝朝照旧宅在家里，每天不是睡觉，就是躺在床上看漫画，偶尔玩玩电动。顾家人都忙活着自己的事，只有需要钱了，他们才会来他这儿溜须拍马，哄得他高兴了，再去顾明雷那儿讨好处。

大多数时间，朝朝都是一个人，他早已习惯了这种感觉，可依然会觉得日子很无聊。

突然，他有点想回学校了。

又过了一段时间，终于开学了。朝朝这天起得特别早，他把自己收拾利落，穿着新买的衣服跟球鞋，背着崭新的书包离开了顾明雷的别墅。

开学第一天，为了鼓励儿子用功读书，顾明雷亲自开车送朝朝去上学。路上，顾明雷一直在主动跟儿子聊天，朝朝全程都是沉默状态，丝毫不搭理。

顾明雷感到有些尴尬，但很快他又自我安慰说朝朝天性如此，他一个大人没必要跟孩子计较。

到了学校，朝朝下了车，临走前，他突然敲了敲车窗，趴在窗口朝顾明雷伸手道：“现金有吗？给我一些。”

在钱方面，顾明雷对朝朝一向慷慨，毕竟他现在拥有的钱还都是先前靠朝朝向他外公要来的。

顾明雷二话不说地给了朝朝两千块钱。朝朝蹙了一下眉头，看上去不大满意。

顾明雷又加了一千，朝朝的手依旧没有挪开。最后，他索性将整个钱包都塞到了朝朝手里，无奈地道：“都给你了，不够你打电话给奶奶，问她要。朝朝，爸对你可算是掏心掏肺了，回头你可别辜负爸爸啊！”

朝朝似笑非笑地看了他一眼，直接拿着钱走了。

进了校门后，他没有直接去教室，而是去了学校的小卖部。路上他打了个电话，没过多久，一个胖墩墩的身体从小卖部的破门里挤了进来，一只肥手战战兢兢地在朝朝的肩膀上拍了两下。

朝朝正在吃烤肠，被人一拍，他差点噎着。回头看着来人，他轻咳了几声，倒没动怒，只是淡淡地问：“烤肠吃吗？”

李冬冬眯着眼笑，连连点头：“吃！吃！”

朝朝没再看他，又跟老板要了两根烤肠，然后伸手从大衣口袋里掏出顾明雷的钱包扔给了李冬冬。

那钱包挺重，砸得李冬冬痛呼一声。他低头看了一眼，看到那个钱包里隐隐透出来的红色百元大钞时，当即瞪大眼睛望着朝朝。

朝朝把新烤的烤肠直接往他嘴里塞了一根，另一根拿在手里准备自己吃：“这是你这学期的学费跟生活费，藏好了，别弄丢了。”

“顾霖星……”李冬冬感动得差点落泪。

朝朝一脸嫌弃地看着他即将流下来的鼻涕，顿时没了胃口，把手里的那根烤肠也塞进了李冬冬嘴里，声音低冷：“有空你赶紧把鼻炎治治吧，恶不恶心。钱是借你的，等你以后找到工作，有钱了就还我。”

“嗯嗯！”李冬冬将头点得像小鸡啄米。

等他将钱藏好再抬起头时，朝朝已经手插衣兜离开了小卖部，走得那叫一个干脆。

到教室后，上课铃声正好响起，老师早就坐在了讲台上。

朝朝低着头从后门溜了进去，在后排角落里找了个位子坐下了。

在其他同学看来，顾霖星这个人孤僻又自闭，一看就不好相处。但就李冬冬而言，他觉得朝朝这人其实挺热心的。虽然朝朝不爱说话，但这些年没少帮他。

朝朝前一晚没休息好，就趴在课桌上睡了两节课。第二节课下课后，因为外面积雪还未化，同学们就没出去，全待在教室里闲聊。朝朝被吵醒了，一个人躲在角落里，用手托着下巴，望着窗外榕树上的积雪发呆。

他们班里有几个女生在偷看他，同窗这么久，那些女生都没怎么跟朝朝说过话。不是她们不愿意跟他说话，而是她们无论说什么他都不回，最后只落得自己一脸尴尬。

撇开这无理的性子，朝朝这人还是挺讨女生喜欢的。他不仅家里有钱，人还长得特别好看，白白净净的，还会打扮，放眼望去，全校再没男生像他那么会穿衣服了。那一身白毛衣、黑大衣穿在他身上，光看着就洋气。

他安静发呆的模样就像童话书里的小王子，特别是他那双眼睛，里面像有旋涡一样，能把人的灵魂都吸进去。

别说他们班暗恋他的女生不少，就整个系来说，喜欢他的女孩加起来少说也有四五十个。

“顾霖星，外面有人找。”

朝朝正发着呆，突然听到有人喊他。他皱了下眉头，就看到走廊里有个女生在等他。

他不太想理，刚想转过头继续发呆，忽而觉得那女生有点眼熟。

朝朝回头，眯着眼又看了她几眼，然后想起她是谁了。

那不是陈老拐的孙女吗？她来找他干什么？

朝朝一脸纳闷地离开座位，出了教室，走到陈萱面前，歪着头看她。

陈萱被他盯得头皮一阵发麻。

朝朝班上的其他同学都围到窗户前，好奇地望着他们俩。

“做什么？”等了半晌不见她出声，朝朝难得地主动开口问道。

陈萱低着头不敢看他，硬着头皮从身后拿出一个贴着爱心的信封递过来，哆嗦道：“有个同学知道我小姑跟你三叔定了亲，就让我把这个交给你。”

朝朝接过信封，拆开直接看了看信纸上的署名，又扫了一眼陈萱，看她一副抖成筛糠的模样，瞬间明白是怎么回事了。

送他信的是系里一个很强势的女生，陈萱怕成这样，八成是被威胁了。自从他上次当着一个女孩的面把情书烧了之后，就没人敢送情书给他了。

朝朝转头问看好戏的男生们："谁有打火机？"

"我有！"

"我有！"

立刻有七八个打火机递了过来。

朝朝随手拿了一个，准备烧信。

陈萱见状，连忙抱住他的手臂，红着眼，惊慌地央求："别烧别烧，你烧了她们不会放过我的，肯定还会让我送的。"

朝朝置若罔闻，干脆地点火把信给烧了。

陈萱的眼泪当场就流下来了，身体抖得差点瘫坐在地上。

朝朝伸手扶住她，面无表情地瞥了她一眼，然后在她脸上亲了一下。

顿时，世界像裂开了一条巨缝，所有人都惊得倒吸了一口冷气。

最震惊的无外乎陈萱了，她瞪大眼睛，呆愣地望着朝朝。

片刻后，朝朝将手从她身上挪开，俯身贴在她耳畔，声音低沉："这下没人敢欺负你，也没人会再让你给我送信了，现在他们都会以为你是我女朋友。"

陈萱红着脸，眼泪一滴滴落在地上。没等其他人起哄，她猛地一个转身，慌忙跑开了。

朝朝一脸无辜地看着她惊慌失措的背影，感到无趣地耸了耸肩。

2.

不过一个课间休息的时间，顾霖星亲了陈萱的事就被传得满校皆知。

除了那些本就认识陈萱的人，其他人都在打听陈萱是谁。听都没听过的人，怎么突然就跟顾霖星在一起了？

陈萱跟她小姑陈司南一样，长得很普通。除了成绩好点，性格内向沉闷的她确实没什么记忆点。

父母早亡的陈萱自幼是由陈老拐夫妇带大的。

隔辈带，定有代沟。

平时陈老太带孙女出去买衣服，两个人都要因眼光不同起争执。

陈萱性子并不强硬，跟奶奶争了几句，看陈老太一副无所适从的模样，她心里既委屈又难受。最后她不知道怎么表达内心的苦闷，索性啥也不买了，扭头就往家里走。

二老问她怎么不开心，她闭口不说。

陈老太想着定是因为买衣服的事，就又偷偷上街给陈萱买了她自己挑的衣服，可买回来陈萱也不穿。

陈老拐夫妇瞬间不知道该怎么办了，只能打电话向在外地上学的陈司南求救。

陈司南一直很忙，别人在大学上完课有大把的时间可以自行安排，可她不行。她不上课就要出去打工，发传单、做家教、在商场做导购……

只要是能赚的钱，不触及她的原则和底线，她都会去赚。

最多的时候，她一天要打四份工，早上五点就离开学校，忙到凌晨一点多才回宿舍。

同寝室的同学都睡了，她不敢吵醒她们，就一个人坐在宿舍楼大厅里，趴在书桌上睡一晚。

第二天一大早，闹钟才响了一声她就醒了。关掉闹钟，去浴室洗把脸，她连衣服都没换，就又出去打工了。

等其他同学起来，她早就没影了。大家甚至都不知道她昨晚有没有回来。

但即使再忙，每次家里打来电话，陈司南都会抽空回过去。听到陈老太哭诉陈萱的脾气，陈司南嘴上没多说什么，但心里知道陈萱会这样都是因为自卑。

焦城的经济一直发展得很好，单单房价就已经被炒得很高。在这样的城市生活，本来就容易让人感到压抑，何况陈萱读的还是金融专业。

会读金融专业的学生，要么是真的喜欢这个专业，要么就是家里很有钱。

陈司南也是读过大学的，在她那个年代，学校里的攀比之风就很严重了。在有钱人家孩子多的学校，攀比之风只会愈演愈烈。

陈司南还记得她去送陈萱报到的那天，松大校门外停满了各种各样的私家车。当然，还有不少三轮车、电瓶车。私家车中，有大众、广本，但更多的是奔驰、宝马，当然还有许多路虎、保时捷。

即使家长们并没有刻意在财力上攀比，但很多孩子会。

那些孩子不会从嘴里直接说这个同学好穷啊、穿的衣服好丑啊，但他们会在字里行间透露这样的信息——

“这是我爸给我新买的球鞋，限量款的，国内都买不到。”

“这是我妈给我买的新手机，苹果最新款的。”

“这是……”

最可怕的是，一支用来写字的笔都可以给学生带来心理上的自豪感。

这种现象，在陈萱他们这一届学生中更为严重。

陈萱曾偷偷跟陈司南说过，班上同学都在用十几块钱一支的签字笔，而她还在用十多块钱能买一把的中性笔。

每次说这种话的时候，陈萱总是低着头，眼里噙着泪。

陈司南知道侄女内心的渴求，她并不想打击孩子的自尊心，可她也不想陈萱变成一个老羡慕别人的孩子。

每个人生下来，上帝都会给他们发一副牌，有人拿到的是烂牌，有人拿到是好牌，但有时候烂牌也可以打败好牌。

人最无奈的是改变不了自己的出身，却又不甘心臣服于自己千疮百孔的生活，所以人才会时常觉得痛苦。

要想摆脱这种痛苦，只有接受跟蜕变两条路。前者轻松，后者得尝尽万般辛苦。

陈司南选择的是后者，所以她吃尽了苦头。她不希望陈萱跟自己一样辛苦，也不想再看陈萱痛苦，所以她问陈萱：“如果我给你买十几块一支的笔，你就能给我多考十几分吗？”

陈萱讶然，久久没有回答，眼里流露出纠结。

陈司南没有为难她，在那次谈话之后，还是给她买了一支十六块钱的签字笔。

她没有告诉陈萱，买这支笔的钱够她以前在大学食堂吃一天的饭了，她以前得在烈日下发一小时传单才能挣到这十六块。

陈司南把选择权交给了陈萱。

陈萱拿了那支笔，觉得如千斤一般重。后来的一次专业课考试，她比上次考试多考了十八分。但在那之后，陈萱再也没开口要过任何东西。

她觉得不是自己买不起这种笔，而是现在的她还配不上。她得变成像陈司南那般努力又优秀的人，才配得上更好的生活。

陈司南跟母亲谈完话之后，给陈萱买了两套国产运动服寄回了家。后来，陈萱的衣服都是陈司南给她买。陈司南买什么，她就穿什么。

两个人之间达成了一种无言的默契，陈萱成绩越好，陈司南买的衣服就越好。

后来有一回，陈萱第一次考了全系第一，排名一出来，她就激动地打电话告诉她姑。

陈司南为了鼓励她，特意从淞市赶回来，带陈萱去商场，让她挑自己喜欢的衣服。

陈萱挑了一套跟陈司南身上一样的黑色运动装，姑侄俩站在一起合照，就像一对孪生姐妹。

这一年，陈司南恰好研究生毕业，被淞市研究所特聘，成了研究所里最年轻的研究员。

十年过去，陈司南实现了自己的蜕变。可她在她最高光的时刻，选择了与顾西辞订婚。

这是陈萱最无法理解她姑姑的地方，她深深觉得顾西辞完全配不上陈司南，可她不能说。因为她心里很清楚，陈司南愿意跟顾西辞订婚，只是因为陈司南喜欢他。

在陈司南高中用的英语词典中，夹着几张发黄的照片，那是他们班级去春游时拍的。

其中有一张照片，是顾西辞拿着话筒在唱歌，陈司南坐在后面的角落里静静地看着他。

她沉静的双眸里闪烁着些许亮光。

那光是喜欢。

在单纯年少的青春里，在顾西辞都不记得陈司南这个人的时间里，一直沉默寡言的陈司南暗恋着顾西辞，整整暗恋了十年。

她的爱情如同她这个人一样，透着一股水流般的安静，又浪漫得刻骨。

3.

两节课下来，就连陈萱他们班的同学也都知道了这件事。

起初同学们都不大敢确定被顾霖星亲了的陈萱就是他们班的陈萱。毕竟，就顾霖星那清绝出尘的模样，他找女朋友，不管怎么样，也不会找天天穿着运动服、老低着头走路的陈萱。

可是顾霖星亲陈萱时，有好事的同学拍了照，有图为证，照片上的人就是他们班的陈萱。

帅哥的口味真奇特。

要是换了他们系里其他帅哥出了这档子事，别人还敢去问这到底是不是真的。但对方是顾霖星，所有人都有些胆怯。

大家有些惧怕顾霖星的冷漠。

别说别人了，就连他班上的同学，跟顾霖星说话超过十句的人数不超过一只手。

真的不是大家不愿意跟他玩，而是顾霖星的四周似乎修葺着铜墙铁壁，将其他人都隔绝在了外头。

他就跟 B-612 星球的小王子一样，独自生活在只属于他一个人的星球上。

可是小王子还有玫瑰陪伴，还想离开星球去旅行，但顾霖星不会。他根本不想走出他的世界，也不想别人走进去。

他的星球是闭塞的，没有门窗，连只蚊蝇都飞不进去。

正因为如此，众人都觉得顾霖星身上带着一股与生俱来的神秘感。

学院里长得好看的男生不少，比顾霖星性格好、优秀的、帅的都有，但气质这么特别的，只有他一个。

越是神秘的东西，越能勾起别人探寻的心。再加上顾霖星的身世，他的人气一直居高不下。

即使那些女孩心中对顾霖星存有畏惧，但这些畏惧并不足以打消她们喜欢他的心。向顾霖星表白的女生一个接一个，她们想尽办法靠近他，堵他，给他送情书，送亲手做的小点心，送他喜欢听的音乐 CD，送他昂贵的耳机……

不过这些精心准备的礼物，顾霖星连看都不看一眼，更别说收了。

也许是他没有对哪个女生说过很重的话，所以那些女生都觉得自己还有希望，于是堵他的次数越来越多。最后顾霖星被惹烦了，有一次直接当着一个女生的面，拿打火机把她写的情书给烧了。

他的手指很好看，又长又细，骨节分明。

烧信时，信封被他夹在两根手指的指腹间，火苗在他的手中跳跃，火光映着他那张无可挑剔的脸。他的神情依旧是淡淡的，就连眼神也是。

送信的女生当场就哭了，但陪她一起来的几个女生则迷死了顾霖星这种清冷的气质。

看着他烧信，她们脑子里都在想他抽烟时会是什么样子，那画面一定很绝。

其中有个会画画的，按照自己的臆想直接画了顾霖星抽烟的图，在学校里传阅，最后那些图被传到了顾霖星面前。但顾霖星看完，直接把图给撕了。

她们不知道，他是最讨厌抽烟的。

他讨厌一切肮脏污秽的东西，因为他从小生长的环境里充斥着这些。钱、贪欲、权益，都混杂在烟雾腾腾、觥筹交错中，让人生厌。

他极端厌恶这一切，忍不住想要撕碎。

殊不知，他自己就是这万恶之源。

谁也不知道，顾霖星最想撕碎的是他自己。

没人清楚顾霖星的内心所想，他们只知道一向自闭的顾小王子，突然自己走出他的星球，亲了一个叫陈萱的姑娘，多么让人震惊！

顷刻间，整个经济学院的人都想知道陈萱是谁。

男生们是好奇，女生们的情感就复杂多了，嫉妒、心酸，又有种道不明的兴奋感。

照片上的顾霖星只是亲了陈萱的脸颊，这放在其他人身上，甚至都不能证明两个人就是情侣。但是放在顾霖星身上，不管他跟陈萱是什么关系，起码可以说明，陈萱对顾霖星来说是不同的。

他今天亲了陈萱，明天说不定就会亲别人。反正他主动接触人，总比他不愿理别人来得强。

真可笑啊，顾霖星身上到底是有什么魔力，值得那些女孩对他这般容忍。

与她们相比，作为当事人的陈萱，只觉得害怕、惊慌、不安……

她浑身发冷地坐在座位上，即使没有抬头，也能感觉到同学们不断投过来的目光。

握笔的右手止不住地抖动，陈萱的脑袋完全无法思考。五脏六腑似乎都被压力挤在了一起，她有种想吐的冲动。

好不容易熬到钟声响起，第四节课一结束，她深深地吸了一口气，脸色发白地放下了手中的笔。

其他人起身，争先恐后地离开教室，准备去吃午饭。

4.

陈萱特意等同学们都走了才离开教室，将羽绒服的帽子盖在头上，低着头，朝西楼梯的方向跑去。

学校食堂在西大门，她打算去食堂吃。

刚走到西楼梯口，还未下楼，陈萱就看到了早已等候在楼梯口的丁燕和她的两个同学。

陈萱的心猛地一紧，下意识地转身要走，却被对方拦住。

丁燕拧着眉头，踩着楼梯台阶朝陈萱走来。

其他人不知陈萱跟顾霖星到底是怎么一回事，但丁燕是清楚的。

丁燕家开的超市就在顾家别墅区附近的马路边上，顾西辞跟陈萱小姑陈司南订婚那天，丁燕跟她爸妈还去给顾家的家政师傅送过料酒。她可是特意打听过的，在那天之前，陈萱跟顾霖星是完全不认识的两个人。

可就是这不认识的两个人，今天却成了他们学校话题度最高的“情侣”?

丁燕越想越不解，上前问：“顾霖星亲你哪儿了？”

陈萱小声道：“丁燕，你误会了，我跟他都不熟……”

“我当然知道你们俩不熟，我就想知道，你都说了什么、干了什么，他才亲的你。就你这样的，他怎么亲得下去？”丁燕气愤地挑眉道。

陈萱都快哭了：“我什么也没做，我就把你的信给他了，我也不知道他为什么要这么做。丁燕，我根本不想掺和这些，求求你，别再找我了。”

丁燕还没见过这么尿的，亏陈萱还是个全系第一名。

丁燕本就没打算把陈萱怎么着，人家小姑快成顾家的人了，顾家不好得罪，可是她又觉得这件事不能就这么算了。

她头一次给人送情书，情书却被对方当众烧了，这事儿说起来实在太丢人了！

丁燕还想继续追问，谁知话还没说完，楼上突然响起一道讥诮声。

“那么好奇，怎么不直接来问我？”

丁燕闻声，朝上面望去。只见顾霖星双手插在裤兜里，站在上面的台阶上，一脸戏谑地望着她们。

少年嘴角挂着笑，眼神却是冷的。

即使朝朝站在原地没动，丁燕还是被他身上的气场给震慑到了。

她心里有些发怵，面上却强装镇定道：“顾霖星，你怎么来了？我们只是闹着玩儿……”

朝朝看着她笑，声音凉凉：“丁燕，是吧？”

丁燕哽住，脸一会儿红一会儿白的。

顾霖星竟然认得她？

虽说经济系没人不认识她丁燕，但是顾霖星从来不被放在普通人里面考虑。没想到他竟也认得自己，这让丁燕有种受宠若惊的感觉，心中顿时一阵雀跃。

丁燕故作娇羞地干咳一声，上前几步，一脸惊喜地道：“顾霖星，你认识我？”

朝朝闻言，嘴角扬起玩味的笑，低头，居高临下地盯着丁燕道：“你爸是丁大头。”

丁燕一头雾水地望着他，咋突然聊起她爸来了？

看来顾霖星平日没少关注她啊！早知道这样，她一开始就不找陈萱代为送信了，她自己来岂不更好。

真是多此一举了。

“是啊。”丁燕含笑，生怕顾霖星不够了解她，多嘴道，“我家跟你家离得很近，那个马路边上的海燕超市就是我家开的。我平时一放学就回家，你想找我随时都可以。”

话说完，丁燕自己不觉得尴尬，她身后跟着的两个同学却替她尴尬得不行。

丁燕是谁？系里出了名爱玩的人，怎么可能一放学就回家！真是说谎都不打草稿。

不过人家顾霖星丝毫都没有想找她玩的意思。

朝朝双手插在裤兜里，从楼梯上走了下来，站在丁燕面前。

丁燕有一米七几，在女生中已经算高的了，但顾霖星还是比她高了大半个头。她暗自估摸了一下，顾霖星的身高应该过一米八五了。

丁燕以前从未这么近距离地看过顾霖星，所以不知道他有这么高。这会儿凑近一瞧，不得不感慨一句自己眼光真好。

顾霖星长得也太好看了吧！瞧这眼睫毛，比女孩子的还长还密；这小鼻子小嘴的，怎么这么精致啊！

丁燕压抑已久的少女心强烈地跳动起来，她正激动着，头上突然飘来顾霖星的声音。

“你爸三年前做生意来我家借了二十万，打了一张借条，现在已经逾期两个月了。你回去问下你爸，什么时候还钱。”

丁燕愣怔地看着眼前漫不经心朝自己微笑的少年，似乎听到有什么东西破碎的声音。

这走向怎么不大对啊！好好的，怎么突然谈起钱来了？

丁燕脸上的表情裂了开来，牙齿咬着嘴唇，一时之间说不出话来。

丁燕知道她爸没有钱，之前去顾家借钱，也根本不是为了做生意，而是他在外面赌钱输了几十万，想要翻本，就背着家里人跟顾明雷借了钱。结果本不仅没翻回来，债台还又筑高了。

这几年，她爸年年赌，在外面都欠了一百多万了。就过年那会儿，还有不少人来她家里催债的。

要不是她爸跟顾明雷打小玩在一起，关系很铁，顾明雷出面拿钱压下了这件事，他们家连年都过不了。

别看丁燕平时在学校吃的穿的都挺好，整日作威作福的，那是大家都不知道她家里的事。现在顾霖星突然提了这一嘴，丁燕开始心慌了。

顾明雷用的钱都是顾霖星外公他们留给他的遗产，顾明雷替她爸平事，拿了那么多钱，顾霖星怎会不知晓。

他没提一百多万，只提了那二十万，已经算是很给丁燕留面子了。

不等顾霖星多言，丁燕突然猛地转身，朝陈萱说了一声“对不起”。

陈萱被她吓了一跳，满眼疑惑地望着丁燕。

丁燕没有解释，而是对着自己的两个同伴说：“还愣着干什么？道歉呀。”

两个同学虽然有点蒙，但还是依言向陈萱道了歉。

朝朝背靠在楼梯的扶手上，双手搭在一旁，好整以暇地看着她们。

丁燕沉着脸问他：“顾霖星，这件事算过了吗？”

朝朝没点头也没摇头，只是伸手指了指陈萱：“以后有人欺负她怎么办？”

知道他是想护陈萱，却又懒得出头，丁燕赶紧恭维道：“以后我来护着她！保证不给你惹麻烦！你放心吧，顾霖星！”

朝朝“嗯”了一声，对她挥了挥手。

见他还不走，丁燕识相，带着两个同学先行离开了。

楼道内顿时只剩下朝朝跟陈萱两个人。

陈萱扭头就要跑，朝朝先她一步伸手拽住了她的胳膊。

“你要干什么？”陈萱吓得尖叫出声，朝他吼道。

朝朝被她吼得耳朵有点疼，清澈的双眸里顿时闪过几丝不耐烦。他松开她的胳膊，板着脸问：“你身上有钱吗？”

“做什么？”陈萱又惊又怕地瞪着他。

“我刚救了你，你应该给我酬劳。”朝朝一本正经地说。

陈萱像看外星人一样看着他，都要被气笑了。

他还好意思说救她？要不是因为他，她怎么会被丁燕她们拦住？

丁燕她爸欠他家二十万他都不要，怎么好意思问她要酬劳！别人不知道她家没钱，他会不知道吗？之前她姑跟他三叔订婚，他们顾家的人在背后一直说她们家穷，别以为她没听到好吧。

心里虽有气，但陈萱还是将口袋里的纸票都掏了出来，数了数，全部递到朝朝面前：“我就五十三块钱，你爱要不要。”

朝朝感到神奇地看了她一眼。

他现在相信了，那些长辈说得没错，陈老拐家确实挺穷的。

抿了一下唇，朝朝从陈萱手中抽走了一张二十块的纸钞，什么话也没说，扔下陈萱，再度手插裤兜里下了楼。

要不是要吃午饭了，他才发现早上把身上的钱全给李冬冬了，他都不至于拿陈萱这二十块钱。

二十块，能买个啥？手抓饼？是叫这个名字吧？上次听李冬冬讲这玩意儿好像挺好吃的。

朝朝揣着二十块，专心想着一会儿买什么好吃的，而被他甩下的陈萱望着朝朝潇洒离去的背影，都快急死了。

这顾霖星到底有什么毛病？为什么要这么折磨她？

陈萱战战兢兢地去食堂吃了个午饭，见四周的同学都在打量她，她胡乱扒了几口饭菜后，又逃一般地跑到了下午要上课的阶梯教室，找了个座位埋头学习。

班上的同学陆陆续续来了，有几个好事的同学围了上来，好奇地问她——

“陈萱，你跟顾霖星不会真的在谈恋爱吧？”

“陈萱，快说说，你们俩怎么回事啊？”

面对同学们的询问，陈萱一脸哀怨地跟众人解释：“不是大家说的那样，是丁燕喜欢顾霖星，她知道我小姑跟顾霖星三叔订婚后，就逼我替她送情书。顾霖星不想搭理她，就拿我当挡箭牌。”

“所以，你跟顾霖星的恋情是假的？”

陈萱猛点头，带着哭腔道：“他怎么可能喜欢我？我们俩之前都不认识，想想都不可能啊！而且，我也不喜欢他。”

众人齐点头，要不是有照片，他们也是不信的。陈萱是他们班最刻苦的学生之一，别说跟人谈恋爱了，她平时连八卦都不听。

“顾霖星也不像是那种随便亲人的人啊！就为了拒绝丁燕，他就拿咱们陈萱当挡箭牌，这也太过分了吧！”陈萱的同桌黄炜亭很是不平地说。

前面的唐周洲闻言，立刻转过头帮顾霖星说话：“顾霖星哪是只为了拒绝丁燕，他是利用这件事让其他喜欢他的女生都死心。之前那些女生为了追他，什么法子都用了。顾霖星那么孤僻的一个人，肯定被惹烦了，才会对陈萱做出这种事。”

唐周洲非常迷恋朝朝，就冲那张脸，朝朝无论做啥，唐周洲都能帮他想出各种理由开脱。

其他人鄙夷地瞪了唐周洲一眼，继续议论——

“就算拒绝人，他选谁不好，干吗拉上陈萱？万一暗恋顾霖星的那些女生知道了，岂不是要来找陈萱的麻烦？”

“就是，陈萱是要搞学习的，顾霖星这样搞，她还怎么安心学习。”

“哎，你们少说几句，看把陈萱吓得……”

…………

众人你一言我一语的，陈萱的头渐渐低下来，她都快急哭了。

她现在脑子里一团糨糊，一直在担心除了丁燕后面还会有谁来找她的麻烦，完全不会做题了。

虽说丁燕答应顾霖星会护着她，可丁燕的话能信吗？就算可信，那丁燕还能一天二十四小时守着她啊？

“陈萱，你是不是哪里得罪了顾霖星啊？”同桌黄炜亭问她。

陈萱哭丧着脸，她也想知道。

她上午仔细回想了很久，都不记得陈司南订婚那天自己有得罪过这位祖宗。难道就因为他爸让陈司南喝酒，她替她姑说了话？

就这点事，他至于吗？

要说他为这事生气，他那天被陈司南拉住，最后还带她们去找水了，他也不像是这么斤斤计较的人啊！

陈萱越想越头疼，大家还想追问，上课铃响了。

上课不到几分钟，同学们便都恢复了学习状态，唯独陈萱还在神游太虚。

救命啊！她控制不住自己啊！到底怎样才能让她的脑子和心都静下来啊！

顾霖星！顾霖星！

他到底为什么要害她啊！

陈萱顶着满脑子糨糊又挺过了一节课，在她快要爆炸之前，她终于忍不住跟老师请假去上厕所。

人有三急，她实在是憋不住了。

估计是情绪太紧张了，心理作用导致她肚子都疼了。

一出教室，陈萱低着头就往厕所跑。

走廊里站了好几个面孔陌生的女生，她们在陈萱这节课所在的教室附近徘徊，想必都是来看她的。

见陈萱出来，那几个女生手拉着手朝她走来。

陈萱精神一紧张，肚子疼得更厉害了，既想去上厕所，又想退回教室。

眼看那几个女生离自己越来越近，陈萱顿住脚步。突然，一个高挑的身影挡在了她面前。

陈萱惊愕地抬头，就看到了丁燕。

那些女生看到丁燕在那儿，对视了片刻，而后互相拉着手往楼下跑了。

陈萱吞了吞口水。

丁燕回头，没好气地道："还愣着干什么？不是要去上厕所吗？"

陈萱愣了愣，嗫嚅地说了声"谢谢"，然后也不管丁燕有没有听到，撒腿就往厕所跑。

等陈萱从女厕所出来，走廊里一片空。她急忙往教室赶，路过楼梯口的时候，眼角的余光瞥到一个人影。

竟然又是丁燕。

陈萱慢吞吞地走过去，莫名有点不好意思地问了一句："丁燕，你怎么还在这里？"

"你管我？"丁燕不答反问。

见丁燕面色不虞，陈萱赶紧噤声，扭头就跑，回到教室继续听课。

下午第二节课后，她班里一个同学去小卖部买水回来，看到了丁燕，立刻跑回教室提醒陈萱，说丁燕在他们楼道口，估摸是要找她麻烦，让她别出教室。

陈萱点头，脸却不自知地红了。

丁燕守着她的事，只有她、丁燕、顾霖星，还有跟着丁燕的两个同学知道。陈萱也不愿掀了丁燕的面子，毕竟人家还算说话算话。

似乎是因为知道外头有丁燕守着，陈萱焦灼的心竟然渐渐平静了下来。

一下午过去，她总算进入了学习状态。

放学后，陈萱去车库取了自行车，骑着车离开学校，身后跟着坐在同学电瓶车后的丁燕。

丁燕手中抱着一块滑板，后头跟着另一个同学。看这架势，她们应该是放学后要去某个地方。

即使丁燕她们没有很刻意地跟着陈萱，但陈萱心里明白，丁燕是在护送她回家，因为她们走的是同一条路。

看陈萱进了她家所在的小区后，丁燕跟她的同学才离开。

5.

陈萱刚骑车到自己楼下，就看到了顾西辞的车。那是一辆宝马 X5，是顾西辞跟陈司南订婚后，顾金虎给他新买的。

听说今天陈司南要带陈老拐去医院检查心脏的恢复情况，顾西辞一早就开车到了他们家楼下。

陈萱觉得这是顾西辞应该做的。他不能啥也不付出，就想娶她姑吧。

陈萱把自行车停好，站在一旁。

陈司南第一个下车，扶着陈老拐跟陈老太先后下了车。

顾西辞依旧坐在车里。

陈老拐由女儿扶着，脚步踉跄地走到驾驶室的车窗前，老脸带笑地感谢道：“西辞，今天真的太麻烦你了。”

顾西辞看了一眼一旁的手机，转过头，客气地对陈老拐说：“不麻烦，叔叔，这是我应该做的。”

嘴上叫着叔叔，但顾西辞眼里的嫌弃是藏不住的。陈司南是陈老拐夫妇的老来得女，陈老拐老得都快跟他爷爷差不多年纪了。

陈司南他们站在外头看不清顾西辞的表情，但陈萱站在他车的另一边，她能看到顾西辞那副不耐烦的表情。

陈萱是真的不喜欢这个未来姑父。她撇了撇嘴，什么也没说，自己先上了楼。

陈司南把车门关好，听到陈老太热情地让顾西辞留下来吃晚饭。

顾西辞客气地拒绝：“不了，阿姨，我还有事，家里让我去接一下朝朝。”

陈老拐夫妇虽对顾家的情况不是很了解，但从上次订婚宴也看得出来，这个叫朝朝的男孩子在顾家地位不低。可再不低，顾西辞也是第一次来他们家，怎么连坐都不愿意坐一下就走呢？

自从陈司南跟顾西辞订了婚，陈老拐特意让老婆把出租屋里稍微装饰了一番，就是想着日后新女婿上门来，家里看上去不会那么寒酸。

近来认识的人都陆续买了房，陈老拐也跟亲戚商量了一下，想借点钱买套小房子，好给陈司南留点面子，别让顾家人一直看不起他们。

虽然陈老拐夫妇没钱，但陈司南这几年攒了有十几万，加上顾家给的聘礼钱，亲戚们再挪点，首付还是能勉强凑够的。陈司南再找银行贷点款，在市区买套不错的房子是完全可以的。

但陈司南听完后，直接制止了他们。倒不是她不愿意出钱，而是她觉得暂时没必要。顾家给的三十万，等陈老拐病情稳定后，她是打算还给顾西辞的。

她的工作待遇很好，研究所不仅给她分了宿舍，还因为她的学历资格给了她淞市户口。她日后估计会定居淞市。

陈司南并不在意外面的人说什么，日子是自己过的，难道借钱买套房子，她家就能变得有钱吗？人要是只为面子活着，那也太辛苦了。

她跟顾西辞在一起，是希望顾西辞喜欢的是她这个人。就像她一样，她喜欢顾西辞的温柔、体贴，而不是他家里有多少钱，他开什么车，住什么房子。

可真正让陈司南觉得美好的，是停留在她青春记忆里的那个少年顾西辞；是那个坐在她后桌，口袋里总是装着一把水果糖的顾西辞；是那个当别的同学说“陈司南你怎么又穿你姐姐送的旧衣服”时会站出来说“我觉得陈司南穿着挺好看”的顾西辞……

年少的顾西辞，是陈司南疲惫生活里一束温暖的光，与贫穷普通的陈司南相比，顾西辞是亮眼夺目的。

就算陈司南不想去注意，也还是会在人群中第一眼看到他。

他是那么好看。

如今十年过去，两个人再度相逢，顾西辞的脸还如少年般明媚，可他给陈司南的感觉却变了。

陈司南说不出哪里变了，就是感觉不对，或许是因为他们俩从未真正地相熟过吧。

即使同班两年，她跟顾西辞也没多少交集。高中时期，好看的顾西辞有很多朋友，他性格外向，喜欢打篮球，喜欢跟同学们聊天，喜欢出去玩。但陈司南的生活里只有学习，因为学习是她改变人生的唯一出路。

也许是她太安静了，以至于十年后再度相见，顾西辞跟她相亲时，都不记得他们曾经是同班同学。

他依旧外向，依旧温柔，依旧很会聊天，依旧对所有人都不错。可陈司南感觉不到他有多喜欢自己。

要说他一点都不喜欢她，倒也不是的。他会在一起看电影的时候，突然把头靠在她的肩上，牵着她的手，把玩她细长却带有老茧的手；他也会陪她吃她喜欢的川菜，然后被辣得眼泪鼻涕横流，撒娇说下次能不能不吃；他还会像今天这样，陪她父母去医院，在她照顾陈老拐时，跑前跑后地帮忙挂号、拿药……

可你说喜欢，他却在订婚当日，纵容顾明雷他们灌她酒；在刚才她父母多次留他吃饭时，一点面子都不给地说要去接他侄子。

陈司南没说，却也清楚，人与人之间的喜欢，从来都不是对等的。

起码，顾西辞的喜欢没她多。

顾西辞的车一直没有熄火，一副随时要离开的样子。

陈老太还在努力劝说。

在顾西辞又看了一眼手机后，陈司南暗自叹了口气，上前拉住陈老太，问顾西辞："可以把朝朝一起接过来吃饭吗？我过两天就要回淞市了，难得今天有时间下个厨。"

顾西辞面露难色："恐怕不大行，朝朝不喜欢跟外人一起吃饭。"

"外人"两个字有点刺人，但想起在顾家所见的那个少年孤冷的模样，陈司南最终让了步。

"那你路上小心，到家了给我个电话。"她道，神情平淡。

顾西辞朝她笑了笑，说了声"好"，然后没再停留，脚踩油门驱车离开。

陈司南望着那道离去的白色车影，心里忽然觉得有些压抑。

"这孩子，咋连坐都不坐一下。"陈老拐闷声道。

陈老太拉了他一把，示意他别再说了。

陈司南回头朝二老笑了笑：“我刚看到萱萱回来了，走吧，我们上去。你们想吃啥，我一会儿去超市买了做。”

“萱萱回来了？这孩子，咋不跟她姑父打个招呼再走呢。”陈老拐又骂骂咧咧道。

陈老太凶他：“什么姑父，还没结婚呢！被人听到了，还以为我们司南有多想嫁呢！”

“听到又怎样，婚都订了，还能退了不成？”陈老拐不以为意。

陈司南沉默着扶陈老拐朝楼上走去。

另一边，朝朝背着书包站在门口，低着头在玩手机。

一辆黑色的奔驰突然停在他面前，车窗降下，露出了二堂叔顾耀庭的脸。

“朝朝，上车。”对方嬉笑着唤了他一声。

朝朝抬眼凉凉地扫了他一眼，眉头微皱，放下手机，拉开后车门坐了进去。

“我爸不是说让三叔来接吗？”少年问道。

顾耀庭回头一笑：“你三叔有事。”

“陪陈司南？”

要换了之前，朝朝根本不会多嘴问这些。今天不知怎么的，大概是被陈萱影响了，他突然关心起陈家的事了。

话问出口，不仅朝朝自己愣住了，就连开车的顾耀庭也愣了一下。

透过后视镜，顾耀庭奇怪地看了少年一眼，惊讶地道：“朝朝，你竟然还记得你三婶的名字，看来那天陈司南的酒没白喝啊！”

朝朝不是很喜欢顾耀庭这种说话的语气，他当即不悦地又皱了一下眉头，不再说话了。

顾耀庭像是被打开了话匣子，自顾自地继续往下说：“不得不说，你三叔这女人缘是真不错，连淞市研究所的研究员都能追到手。听说陈司南工作了还在考博，就她那脑子，日后当博士是早晚的事，配西辞真的可惜了。”

朝朝没搭理，从口袋里掏出银白色耳机塞进了耳朵里。

见少年没反应，顾耀庭转过头来，神秘地问道："朝朝，你都不好奇你三叔今天为啥不来接你吗？"

朝朝没理，低头点开手机上的音乐播放器，翻看歌单。

修长的手指刚挪到一首英文歌上，耳边便响起了顾耀庭的嬉笑声。

"朝朝，你三婶估计要换人了。"

少年的手指顿住，双眸微抬，目光清冷地看向前方微笑的男子。

第三章
“好哥哥”

1.

惊蛰过后便是春分，黄娟的生日正好在春分这天。

往年她都是不过这个生日的，但今年黄娟正好六十岁。老人在这种事上比较讲究，要求顾明雷无论如何都要给她过寿。

顾明雷没发话，这件事光他同意不行，还得问朝朝的意见。因为这天也是朝朝妈妈离开人世的日子。

早在春分前几日，顾明雷就找过朝朝，跟他提过给奶奶过生日的事。

顾明雷找儿子的时候，朝朝正在书房里看漫画。

按说朝朝现在读大学了，也该为将来做一下打算，无论是就业还是继续深造，都得提前准备，是不该如此懒散的。

不过顾明雷无所谓他将来干什么，也早就打算等朝朝毕业后就直接送他出国。朝朝英语好，在国外生活保准没问题。他不在国内，对所有人都好。

吃完晚饭，顾明雷特意泡了杯咖啡端去书房，敲了敲门，不等儿子出声便走了进去。

朝朝抬头瞥了他一眼。

顾明雷将咖啡放到儿子手边，随手拿起桌上的英语六级考试成绩单，恭维道：“不愧是我儿子，英语都能考 424 分，厉害！”

顾明雷边说边对朝朝竖了个大拇指。

朝朝白他一眼，将成绩单从他手中抽了过去，面无表情地说："满分 710，425 分才算通过，厉害在哪儿？"

其实朝朝的英语学得很好，那些题他也不是不会做，考五百分完全没问题。但当时他做题目做到一半，忽然有些困了，就直接趴下去睡了一觉。不过这些他不会对顾明雷说，反正顾明雷也不是真来关心他学习的。

顾明雷哽住，干笑一声："424 分也不错了，还有很大的进步空间。朝朝，爸爸看好你，你下次肯定能通过。"

有些人明明不会说话，可偏偏长了嘴就要说。

朝朝心情不好，根本不想跟顾明雷绕弯子，直接停下笔，坐在真皮椅里，抬起头，目光清冷地盯着他的父亲："你有什么事？"

顾明雷搓了搓手，莫名地感到有些紧张。

"朝朝，再过两天就是奶奶六十大寿了。你妈的事都过去这么久了，之前那么多年，奶奶都没过过生日，这六十大寿总不能不让她过吧。"顾明雷停顿了一会儿，小心翼翼地开口说道。

听他提起他妈，朝朝浑身的气息骤然冷了下来，再度看向顾明雷的眉眼里似乎染了风霜。

顾明雷被他这么看着，脊背一阵生寒。但这件事，他总得要个说法。

黄娟已经找他哭了很多次了。身为人子，让母亲天天对着他哭，他心里也好受不了。

想到这儿，顾明雷深吸一口气，语气强硬起来："朝朝，这么多年，奶奶待你一直很好。你小的时候没断奶，她天天半夜起来给你冲奶粉。你晚上哭，她都没得休息。你生病，她比谁都着急。你妈的事，她也反省过。所以这些年，你怨她、给她甩脸子，她都不跟你计较。可她终究是长辈，你是她的孙子，你不能这么对她。前面那么多年，咱们顾及你的感受，不给她过生也就算了。今年，你答应也好，不答应也罢，这寿辰我是给她过定了。你奶奶也说了，过了今年，她以后再也不过了。你就答应她这一次吧。"

"说完了？"朝朝眯眼道，手指间签字笔在轻轻转动，看不出他的喜怒。

顾明雷愣了一下，木讷地点点头。

"说完了，你可以走了，以后这种你们决定好了的事，就不要拿来跟我说。"朝朝回道，然后低下头，继续抄错题。

顾明雷猜不透儿子的情绪，怕待下去会多生枝节，于是转身朝房门口走去。刚要关门，他又听到朝朝喊他。

"爸。"

顾明雷的脚步顿住，一脸惊愕地望着坐在椅子上的少年。

白炽灯光打在少年的脸上，落下一层温暖的光晕。可顾明雷觉得，此刻的朝朝表面看似平和，实则暗流涌动。

顾明雷被盯得头皮一阵发麻，老实说，他也不明白自己身为老子，为何会这么怕儿子。

"她才走了十九年，你就忘了。"

近乎控诉的话却被朝朝用似笑非笑的语气说出来，顾明雷猛地有种寒冰刺骨的生冷感。他慌乱地转过头，不敢再看少年的双眸，急忙把门合上了。

朝朝望着前方紧闭的门，嘴角的笑意渐渐退去，脸上很快就被冷意所覆盖。

手中的签字笔被重重地砸在书桌上，望着满是错题的试卷，少年烦躁地伸手，将卷子揉成一团，扔进了废纸篓里。

2.

春分当日，景如日，微风和煦，春意渐生。

顾明雷花重金包下了市区最豪华的饭店，宴请了所有跟顾家有联系的人过来为黄娟庆生，大有一副要弥补母亲过去那些年所有遗憾的架势。

黄娟很是高兴，一早就穿上了侄媳妇送给她的高定旗袍，外面裹着狐裘，坐着顾明雷的车去市中心的理发店做造型，赶时髦地烫了个栗色的鬈发，然后跟个洋老太似的出现在饭店里。

饭店里来了不少人，顾家大大小小都在，就连顾明雷常在淞市不来焦城的新老婆也来了。一同来的，还有女方家的很多亲戚。当然，也少不了他跟新老婆生的女儿。

那女孩已经七岁了，若不是黄娟生日，平日里，顾明雷是不敢带她出现在朝朝面前的。黄娟夫妇就算想看孙女，也只敢偷偷去淞市看，回来还不敢在朝朝面前提。

不过有一说一。比起孙女，黄娟自然是更喜欢从小带大的孙子朝朝的。

顾家是个大家族，顾明雷的几个堂弟家生的都是儿子。黄娟本就是个见识短的老妇人，自然不愿在这种事上低人一等。孙女再乖巧，最后都是要嫁出去的；孙子就算再冷漠，终究是要留在顾家的。

何况她的孙子朝朝这次不仅答应给她庆生，还让他爸拿了很多钱出来，把认识的人都请了，可算是给足了她面子。

顾明雷也请了陈司南一家，不过最终来的只有陈司南一人。

原本陈司南也不想来的，她跟顾西辞还没结婚，就这么走动频繁不大好。可顾西辞听她在电话里说不来，直接开车到淞市，把她给拽了回来。陈司南实在拗不过他。

陈家素来节俭，看到顾家办个寿宴这般铺张浪费，陈司南内心自然是不喜的。但出于礼貌，她把自己的偏见都藏在了心里。

顾明雷的女儿叫顾霖曦，名字特意跟朝朝取得很近。

小姑娘长得很漂亮，嘴巴又甜，十分讨人喜欢。

午宴开始前，一群人都聚在宴会厅里闲聊。顾家的那些长辈表面看似亲和，其实内心都藏着各自的小九九。

那一双双眼睛一直在小姑娘跟朝朝身上打转，个个心里揣摩着朝朝见到顾霖曦的反应。

原本想看一出好戏，可谁知朝朝对这个妹妹的到来似乎并没有众人想象中那么反感。

可能是顾霖曦嘴巴太甜了，又事先被大人们提醒过，小姑娘一见到朝朝，就一个劲地缠着他，不停地叫哥哥。

“哥哥，我总算见到你了，我可想见你了。

“哥哥，我好喜欢你，你喜欢我吗？

“哥哥，你长得真好看，比照片上还要好看。

“哥哥，你吃糖吗？我给你带了很好吃的牛轧糖，是草莓味的哦。”

这么可爱的妹妹，就算朝朝再不懂事，也不会对这样的孩子甩脸色吧？

事实上，他确实没有。

朝朝非但没有不理顾霖曦，还难得很有耐心地陪小姑娘玩。大人们在聊天，他们就坐在角落里闲聊。虽然大多数时候是小姑娘一个人在说，但大家都偷偷瞥到了少年给妹妹削了个苹果。

之前就说过，朝朝安静的时候像个王子，好看得很。不仅他人好看，就连他削苹果的样子也好看。

一个红苹果被他削完，皮都没断一下。他将白色的果肉用刀削下，递了一块给顾霖曦。

顾霖曦接过，咬在嘴里，黑葡萄般的眼睛扑闪着，甜甜地说了一句："谢谢哥哥。"

朝朝微笑着看她，没有说话，目光落在手中的刀刃上，眼神中带着深深的疏离。手指一动，他刚要再切一块苹果，忽然听到有人叫他。

"朝朝。"

指腹刺痛了一下，朝朝极快地缩回手，放下苹果，抬头看向了站在前方的女人。

陈司南穿着一身黑大衣，满眼愠怒地瞪着他，似乎在隐忍着什么。

她攥着拳头，压低声音对他道："朝朝，我们谈谈。"

朝朝饶有兴味地细细打量了她一会儿，嘴角再度扬起一抹笑容。

"谈什么？"像是枯燥的时间里突然来了点乐子，少年将方才割到的手指放在嘴边，伸出舌头微微舔了一下伤口上的血渍，问她。

喃喃间，那粉色的唇上沾了一丝血红，配着他白得像雪一样的脸，鲜艳极了。

陈司南蹙着眉头瞪了朝朝一眼，板着脸对他招了招手："你跟我过来。"

朝朝听话地起身，离开了角落里的沙发。

其他人忙着聊天，有少数人看到朝朝跟着陈司南走了，虽感觉有些奇怪，却也没多在意。

顾西辞就在旁边看着，能出什么事？

宴会厅里人多嘴杂，陈司南并不想让别人听到她要跟朝朝谈的事，直接带着朝朝来到了拐角处的一间休息室里。

朝朝的双手习惯性地插在裤兜里，站在原地没动，凤眼微眯，审视了陈司南一番，然后转头看向身后的顾西辞，没吭声。

顾西辞将他往前推了一把，笑着说：“你三婶找你问点事，放心吧，朝朝，她不会吃了你的。”

“三婶？”朝朝来回看了陈司南跟顾西辞一眼，低笑着重复这两个字，声音听起来夹杂着几分讥诮。

顾西辞以为他是跟顾家其他人一样，看不起家境贫寒的陈司南，所以才这副语气，也没怎么放在心上，只是双手在朝朝的肩上拍了两下，将他送进了休息室。

陈司南面色微僵地瞪了顾西辞一眼，有点责怪他在孩子面前胡说八道。他们俩都还没结婚呢，瞎叫什么三婶。

顾西辞被她一瞪，也不生气，嬉皮笑脸地帮他们带上了门。

休息室内顿时就只剩下朝朝跟陈司南两个人，这俩人都不是主动的类型，互相干看了一会儿后，最终还是陈司南先开了口。

她快速地按捺住内心的愤怒，尽量用一种听起来平静的语气说道：“朝朝，你在学校是不是戏弄了陈萱？”

朝朝早猜到了，只是没想到她会这么直接地问他。

他略有些诧异地垂眼看着她，没有回答。

见他不否认，陈司南心中的怒火瞬间又燃烧了起来。

陈司南对陈萱的成绩一直抓得很紧。像他们这种家庭，想改变未来，唯一的办法就是好好学习，拿到一张有含金量的学位证，作为求职的敲门砖。现在陈萱的成绩突然急速下滑，这是一件很严重的事情。

从陈老太嘴里得知陈萱的学习情况后，陈司南立刻打电话问了陈萱。

陈萱唯唯诺诺地告诉她，是因为朝朝开学第一天亲了她的脸，害得同学们都在传他们俩在谈恋爱，导致她的学习状态很差。

在陈司南的追问下，陈萱哭着把事情的前因后果跟陈司南说了一遍。陈司南听完，气得当即找顾西辞说了朝朝戏弄陈萱的事。但顾西辞听完觉得没啥大不了的，说这不过是朝朝的恶作剧罢了。

怎么会有人把胡乱亲女孩子当成是一场恶作剧？

陈司南无法认同这样的三观，她跟顾西辞辩驳了几句，但顾西辞一再劝她不要去找朝朝的麻烦。

顾西辞跟她讲了顾家错综复杂的关系，她才明白朝朝这孩子在顾家有着何等“崇高”的地位。

顾家人都怕得罪这个祖宗，可陈司南现在还不是顾家的人。就算她日后真嫁给了顾西辞，她也不会跟其他人一样，不问对错地去放任朝朝做他任何想做的事。

他这一次可以一时兴起亲了陈萱的脸，那下一次呢？

陈萱是个洁身自好的女孩子，这种莫须有的绯闻传出去，对她的影响有多大？

陈司南觉得自己作为陈萱的姑姑，作为比朝朝年长的女性，有必要纠正他这样的举动。

“朝朝，萱萱是一个内心比较脆弱的女孩，她跟你不同，她是很敏感的，也很容易受到外界的伤害与影响。所以，我不管你是出于何种原因对她做了那种事，我都希望你能在老师和同学面前澄清一下你们俩的关系，让她趁早从这件事中解脱出来。”陈司南一脸严肃地对朝朝说。

朝朝静静地听完，忽然嗤笑一声，眼神幽暗地盯着陈司南，反问：“她心理素质差关我什么事？”

“你这说的是什么话！”陈司南愣怔地瞪着他。

朝朝不再理会她，转身拉开休息室的门，大步朝外走去。

陈司南着急地追上前抓住他的手臂：“朝朝，我还没有说完，你不能就这样走了。”

朝朝嫌恶地瞥了一眼她抓着自己的手，用力挣开，眉宇间难掩不耐烦：“别拿你在淞市教书的那一套来管我，你没这资格！”

“你！”陈司南一阵气哽，发现原本守在外头的顾西辞不见了，不知道去了哪里。

听到他们的吵闹声，从隔壁洗手间探出几个头来。

陈司南认出那几个人也是来赴黄娟生日宴的客人。

生怕那些人胡乱说点什么，平添是非，陈司南只好住了口，想着下次再找时间跟朝朝聊。忽然，她手腕一痛——朝朝反过来抓着她的手，将她重新拽去了休息室。

休息室的大门敞开着，陈司南被直接甩在墙上，背上一痛，少年欺身上来。他的脸与她贴得很近，红唇似血，仿佛一瞬间就要贴到她的脸上。

陈司南浑身紧绷，一时间忘了呼吸。

在他快要贴上她的那一刻，她本能地别过头去，背上全是冷汗。

朝朝将头埋在她的颈侧，发出低低的笑声，呼吸扑在她的脖子上："如果我在这儿亲了你，被外面的人看到了，他们会怎么说你，嗯？三婶？"

陈司南吓得像被抽干了全身气力，想要推开他，可手上一点劲儿都没有。

她恼怒地瞪着他，语气依旧强硬地道："放开我！"

朝朝听话地松开了她的手，后退了几步，一脸无害地望着她微笑。

"连自己的男人都管不好，还想管别人？陈司南，你可真搞笑。"

"朝朝，你什么意思？"

一会儿三婶，一会儿陈司南的，陈司南发誓，她活了二十五年，从来没有像现在这般愤怒过。

顾家人到底是怎么管的朝朝，竟然把他宠出了这种无法无天的性子。

"你不是很聪明吗？你猜啊！"朝朝嬉笑道，眼神极尽嘲讽。

陈司南蹙眉，气得不知该说什么好。忽然，外面传来一阵喧哗声，还有女孩尖细的哭叫声。

"是谁把刀放在这儿的！"顾明雷的咆哮声自远处传来。

陈司南下意识地看向朝朝，对上了他幽深的双眸。

他的眼里闪烁着诡谲的光，那张好看的脸上依旧挂着无辜的表情。

陈司南想到先前少年切苹果时的样子，背上的冷意顿时更甚，脑海里蹦出两个字——恶魔。

3.

顾霖曦被朝朝留在桌上的水果刀刺伤了腿。

小姑娘为了好看，早春穿着蓬蓬裙跟毛线长筒袜。袜子很漂亮，奶白色的，上面还印着许多皇冠跟小花。只不过那袜子上面的膝盖部分被刀尖扎了个洞，女孩皮肤嫩，一下就被扎破了皮，血流了一腿。

陈司南跟朝朝赶到宴会厅的时候，就见顾霖曦埋头在父亲顾明雷的怀里哭得声嘶力竭。她妈妈在旁边焦急地拨打120。

宴会厅里乱成一团，人一个接一个地围上来。

顾明雷是个“女儿奴”，看到女儿伤成这样，本就心疼，心里压了一肚子火，现在被那些人围着，心中越发烦躁。他忍不住地朝妻子阮芳吼了一声：“还打什么电话，等他们来都不知道什么时候了。去取车，我自个儿送去医院。”

阮芳被他突然一吼，脸色霎时变了。

“还愣着做什么！”见她不动，顾明雷又吼了一声，整张脸都黑了下来。

阮芳被骂得眼眶一红，从包里取出车钥匙便往外跑。顾明雷抱起女儿跟在后头，其他人见状，纷纷散开来。

黄娟从人群中挤出来，喊顾明雷：“明雷，我跟你们一道去。”

顾明雷拒绝了母亲：“妈，你留下来，今儿个是你过生日，别沾了血气。我跟阮芳去就行了，你们照旧吃喝。放心，伤得不重，没多大点事。”

顾明雷嘴上安抚黄娟，但事实上，在场的没有谁比他更着急了。

换了别人被水果刀尖扎一下破点皮，对顾明雷而言那都是小事。可现在伤到的是他的宝贝女儿，小姑娘哭到现在还没停，可把他的心都哭疼了。

顾明雷抱着女儿跟老婆一起离开宴会厅，在门口撞到了看戏的朝朝跟陈司南。

顾明雷恶狠狠地瞪了儿子一眼。

那刀就是朝朝放在桌上的。

朝朝，他就是想让所有人都不痛快。

顾明雷没说话，瞪完儿子，抱着女儿继续往前走。

顾霖曦看到哥哥，伸着小手哭道：“哥哥，我要哥哥。”

小孩子哪有那么多心眼，顾明雷的心更疼了。

朝朝依旧双手插在裤兜里，一动不动地看着前方一家三口仓促离开的背影，抿着唇，眼里闪过一丝若有似无的笑意。

旁人都没看到朝朝在笑，但陈司南注意到了。

她站在他身后，偷偷地问：“你干的？”

朝朝回头瞥了她一眼，眉头不悦地皱起。

不等他出声，陈司南又没忍住，生气地小声训斥他："朝朝，那是你妹妹。"

朝朝不以为意地轻笑一声，头朝她身边侧了侧，用只有他们两个人才听得到的声音说："她不碰那刀，就不会受伤。就跟陈萱不帮人送信，就不会惹麻烦一样。陈司南，只有蠢人才会自找麻烦。"

陈司南惊愕地瞪大眼睛望着他。

她听懂了，他这是要她别再多管闲事了，不然下一个遭殃的就会是她。

眼前的少年明明长着一张无辜单纯的脸，可心思像深渊一般可怕。

陈司南不禁攥紧拳头，眼神冷了下来，怒视着朝朝。

他以为她真的会怕他吗？她倒想看看他能把她怎么着。

看出了陈司南眼中的倔强，朝朝感到有趣，直起身子，意味深长地看了她一眼，双手插兜走进了宴会厅。

到午宴点了，顾家的人帮忙一起招呼客人就座。黄娟坐在主桌，虽然热情地喊大家吃菜，可一颗心都在离开的顾明雷一家身上。

"朝朝来了。"

不知谁先喊了一句，黄娟慌乱地抬起头，看着怡然走来的朝朝，眼眶有些泛红。

是她错了，她以为朝朝不恨她，毕竟当年他妈死后，是她一点点把他带大的，她以为朝朝是爱她这个奶奶的。

可到今天，黄娟才发现，原来朝朝谁也不爱。

很多时候，黄娟都看出了朝朝那双清冷的眸子里裹藏的厌恶。

第一次，黄娟看孙子的双眸里有了一丝恨意。

朝朝来了，金燕子他们争先恐后地将他推到了主桌。

朝朝一脸沉静地站在奶奶黄娟面前，没吭声。黄娟咬了咬牙，从椅子上站起身，将主位让给了他。

少年直接坦然地坐了下来，黄娟有些尴尬地坐到了他身旁。

对于这一幕，宴会厅里的所有人竟然都不觉得有何不妥。待朝朝入座后，其他人也纷纷就座，才敢动筷子。

陈司南站在宴会厅门口，一脸难以理解地望着坐在厅中央主位上、宛如帝王般的朝朝，陷入了沉思。

她在想，朝朝到底是个什么样的人？为何所有人都怕他？

难道仅仅是因为他即将继承的巨额遗产吗？

陈司南皱起了眉头，再抬头时正对上少年投过来的目光。

他朝她笑了一下，表情带着几分阴鸷。

那种毛骨悚然的感觉又来了。

陈司南嫌恶地避开了他的视线，往外走了几步，给见不着人影的顾西辞打了个电话。

电话一直占线，没有人接。

陈司南想到方才朝朝对她说的话，眸光又暗了几分。

她烦闷地放下手机，穿过长廊，给顾西辞发了一条短信，然后便朝饭店外走去。

她真的吃不下这顿饭。

那弥漫在顾家人周围的那股腐朽阴暗的氛围，让她时不时感到压抑与躁动。

可事实上，她是个恬静如水的人。

没有人注意到陈司南的离开，宴会厅里上百张桌子，来了上千的人，大家彼此之间甚至互相都不认识，却坐在一张桌子上吃饭，说着同样恭维的话。谁也不会关心一个无足轻重的陈司南，就连她未来的准婆婆金燕子也没多看她一眼。

在场所有人的心思都用在了坐在主桌沉默吃饭的朝朝身上。

这明明是黄娟的六十大寿，却更像是众人对朝朝的朝贡大会，古代帝王也不过这般待遇。

从金海酒店出来，穿过富丽堂皇的长街，往前走了很久，陈司南才找到公交车站。往回看，是焦城最豪华的饭店，顾家人齐聚一堂，吃着佳肴满席的生日宴，过着纸醉金迷的生活。往前看，是普通的街道，马路上是为生活努力奔波的人群。

陈司南站在马路边，以一人之身将焦城隔成了两个世界，泾渭分明。

几分钟后，公交车来了，陈司南大步上了车，没有再回头看一眼。她似乎在抽离一个光怪陆离的世界，竟然有种侥幸逃脱的轻快感。

陈司南坐车回到了陈老拐夫妇给陈萱陪读的出租屋。

陈老拐他们已经吃过午饭了，陈老太在厨房洗碗，陈老拐则在客厅看电视。

往常这种时候，陈老拐是不敢看电视的，因为陈萱要午休，他怕打扰孙女休息。但现在他对着电视机里的战争片看得津津有味，连陈司南进屋他都没抬一下头。

陈司南在门口换了拖鞋，走进客厅，问陈老拐："萱萱呢？今儿个没回来？"

陈老拐还未答话，陈老太闻声立刻从厨房搓着手走了出来，对陈司南说道："没，她打电话回来说同学拉肚子，她要陪同学，就在学校吃了。"

陈司南的眉头微皱了一下。

陈老太见她突然回来，忍不住小心翼翼地问她："你不是跟西辞去顾家吃寿宴了吗？怎么这么早就回来了？西辞没跟你一道来吗？"

"我没吃，先回来了。"陈司南兀自说着，将肩上的背包扔到沙发上，走到柜子前，打开柜门，拿了一桶泡面出来，转身进了厨房。

"怎么没吃？"闻言，陈老太心里当即"咯噔"一下，紧张地跟进了厨房。

"你是因为萱萱的事把顾家的人给惹火了，所以人家不让你吃了？"深知女儿的脾气，陈老太一脸惊惶地向陈司南追问。

陈司南没回答。

陈老太心更慌了，忍不住伸手推了陈司南的头一下，恼恨地道："我让你别说别说，你这性子怎么这么轴啊！非要说，还要跑到人家寿宴上说，你这不是寻事吗？顾家人素来要面子，你这么做，他们能放过你？"

"什么放不放过？妈，你在说什么？我是那种没脑子的人吗？会傻到直接当着大家的面说朝朝欺负咱们萱萱的事？顾家要脸，我们家就不要吗？"陈司南有些生气地道。

陈老太心里急，红着眼问她："那你咋饭都不吃就回来了呢？"

"我胃不舒服，所以没吃。"陈司南沉着脸说。

陈老太知道她这是胡扯，胃不舒服怎么还吃泡面呢。

“那萱萱的事，你到底有没有私下找那个叫朝朝的孩子谈呢？”

虽然怕得罪顾家人，可陈老太心里也是记挂着陈萱被朝朝欺负的事的。

第四章

梦魇

1.

听说那些有钱人家的孩子心性都野得很，仗着家里有点钱，经常在学校里为所欲为……

陈老太倒不担心陈萱那掉下去的成绩，她更担心女孩子的名声。

陈司南看透了母亲的心思，待热水泡开了面，她拿筷子夹了一大卷面塞进嘴里，边吃边回："说了，但人家听没听进去我也不知道。反正妈你别太担心了，他要真敢乱碰萱萱，不管他是谁家的孩子，我一定饶不了他。"

"说了就行了，我看那朝朝长得眉清目秀的，也不像个坏孩子。你好歹也快成他三婶了，就算看西辞的面子，他应该也不会再欺负我们萱萱了。"陈老太略微松了口气说。

陈司南欲言又止地看了母亲一眼，继续埋头吃泡面。

她没有告诉陈老太，这个世界上有一种人，外表纯洁得如同天使，但内心却黑暗得如同恶魔。

一想到顾霖曦那个小姑娘血流不止的腿，陈司南背上就一阵生寒。

一个人的内心到底有多阴暗，才会连自己亲妹妹都舍得去伤害。就算那把水果刀不是朝朝刺在顾霖曦腿上的，也是他故意没放好的。

有些人坏就坏在他总能为自己的恶找到理由。

想到那个阴鸷的少年，陈司南内心的反胃感又来了。她烦躁地逼着自己把泡面吃完，又喝了几口汤，把空桶扔进垃圾篓里，回到了自己的房间。

前几晚都没怎么睡好，陈司南一躺到床上就感觉到了倦意。她睡了个午觉，等她醒来，已是下午两点多了。

陈老拐还在外头看电视，陈司南从床上坐起来，拿手机看了一眼。

顾西辞终于回了她信息："我知道了，你路上小心。"

看不出喜怒的一句话，回信时间是在下午一点四十七分，距离陈司南发给他的那条短信隔了一个半小时。

顾西辞以前回信都很快的，可这一个月他似乎很忙，回她的信息都要很久以后，有时候甚至还会错过不回。

女人生性都是敏感的，陈司南习惯性地皱起眉头，对着手机陷入沉思。

她有想过她跟顾西辞两个人感情变化的原因，大概是因为她在淞市上班，顾西辞跟他爸在苏城管顾明雷新开的工地。两个人异地，且感情基础本就不牢靠，见面时间少，关系变冷淡也很正常。

可是现在她在家，他也是这样。

难道真如大家所说的，男人订婚前跟订婚后是两个样，结婚后跟结婚前又是不同样的？

陈司南眉头紧锁地考虑要不要给顾西辞再回一条信息，突然，她的手机响了。

是她研究所的同事打来的，问她什么时候回淞市。她同事晚上有要紧事，想让陈司南帮忙准备一下次日要用的材料。

焦城到淞市坐大巴也就两个小时，陈司南看了一下时间，完全来得及赶回去。反正黄娟的生日宴她吃不下去，既然顾西辞没因为她的先行离开跟她吵，那她留在这儿也没其他事干，倒不如就此回去。

想到这儿，陈司南立刻挂断电话，一骨碌从床上爬起，草草地收拾了一下，便出了房间。

跟陈老拐夫妇道完别，陈司南背着包火急火燎地回到了淞市。

回到工作岗位的陈司南立刻变成了那个一丝不苟、专注学术的研究员，忙得都没休息的时间，根本没有闲心去想顾西辞的冷漠。

等她忙完回到职工宿舍，已经是晚上九点了。

陈司南先去洗了个热水澡，然后拿保温杯泡了一壶茶，然后躺在床上看狄更斯的《雾都孤儿》。

十点零一分，她的手机再度响起，这一次终于是顾西辞打来的了。

“司南，我刚吃完大伯母的生日晚宴，从酒店出来。你要不要吃夜宵？我给你买点送去。”顾西辞声音温柔地问道。

陈司南这才想起她忘了告诉顾西辞自己已经回淞市了。

“不好意思，西辞，我同事有急事托付我，我现在人在淞市。”陈司南抱歉地回道。

“你回去怎么不让我送你？”听到陈司南已经离开，顾西辞有些不开心。

陈司南感到愧疚，再度道歉道：“对不起西辞，我走得急，忘记说了。”

“没事。”顾西辞闷声道，又继续说，“那你下次回焦城提前跟我说一下，我好去接你。”

“不用那么麻烦，你不是也要去苏城工地吗，来接我又不顺路，我自己坐大巴回去挺方便。”陈司南婉拒道。

“你什么都图方便，那要我这个未婚夫做什么？司南，你能不能不要这么独立，像其他女孩子一样依靠一下男朋友又怎么了？”顾西辞丧气地道。

陈司南语塞。

人的性格不是一朝一夕就能形成的。陈司南的独立是她吃了很多苦后才养成的习惯，在她看来，这是她的优点。

陈司南没什么恋爱经验，面对顾西辞的苛责，一时之间，她除了沉默还是沉默。电话另一头的顾西辞也跟着一起沉默了。

十几秒的沉默，让彼此都感到不舒服。

最后还是顾西辞先开了口，略有让步地转移了话题：“你什么时候放长假？我带你出去玩。”

“清明吧。”陈司南回道。

顾西辞沉默了，清明他要回家祭祖。顾家人对这件事素来重视。

似乎感觉到了对方的为难，陈司南又多说了一句：“清明我妈他们也要回老宅，等下次吧。”

“行。”顾西辞立刻接茬，“要不端午吧，端午你们放假吧？还有五一呢……”

“嗯，到时候再说。”

听出陈司南对于两个人出去玩一事兴致不高，顾西辞那头又冷了下来。僵了片刻，他有点闹情绪地闷声道：“那等你有空再说吧。你早点休息，我挂了。”

手机随即传来了嘟嘟声。

陈司南望着被挂断的手机，眉头又一次紧蹙。

她虽跟顾西辞订了婚，但两个人除了在老家约会过几次、吃过几顿饭、看了几场电影外，并没有过多的接触。

出去约会时，两个人一开始都很拘谨，她都不怎么敢看顾西辞，更别说牵手了。

他们开始有肢体接触还是在第三次约会之后，顾西辞在电影院先牵了她的手。她紧张得心脏怦怦跳快，满手心都是汗。临近电影结束的时候，顾西辞亲了她的脸颊。

在那之后，她感觉到他们的关系升温了许多。再次约会，顾西辞会自然地搂她的腰、牵她的手，甚至还吻过她，但更深入的接触就没有了。

不是陈司南不愿意更进一步，由于异地，两个人真正能相处的时间并不多。

陈司南恋爱经验不足，却也不傻，她懂顾西辞的意思，他想带她出去。

他们的婚期定在了元旦，离现在不过大半年的时间。都快要结婚的人了，有些事总归是要尝试的。

陈司南长长地叹了口气，内心再度压抑起来。

她总觉得这婚事被安排得太紧凑了。

陈司南又一次失眠了，这一次不是因为陈萱，而是因为她自己。

其间她眼皮重得合上过几次，但都没睡多久。她还做了一个奇怪的梦，她竟然梦见了朝朝。

梦里的朝朝跟白日里她所见的那样，眼神凉薄地看着她，嘴角却噙着笑。

陈萱站在他身旁，双手紧紧抱着朝朝的胳膊，朝陈司南吼：“你能不能别管我！你又不是我妈！”

陈司南被吼得脑袋疼，想要发火，却看到朝朝带着陈萱一同转过身，朝远方走去。

在他们前面是一片枯黄的芦苇荡，远处的天际是灰色的，浓浓的雾缓缓弥漫过来，将朝朝跟陈萱一同吞了进去。

陈司南听到了陈萱呼救的声音，急得连忙扑过去，想要抓住两个人。但她只抓到了陈萱的手，将陈萱带出了浓雾，而朝朝却消失不见了。

望着忽然而来又忽然散去的浓雾，陈司南心中突然觉得空落落的，一股莫名的愧疚侵袭了她。

如果她再跑得快一点，说不定就能抓住朝朝了。

朝朝，就连被吞没也没有发出一声求救。

他难道不渴望被拯救吗？

一股冷意袭来，陈司南瑟缩地抱住了因害怕而哭号的陈萱，从梦中醒了过来。

2.

凌晨三点，早春的天亮得没那么快，外面依旧是黑的。

陈司南坐在床上，打开床头柜的灯，再次拿起枕边的那本《雾都孤儿》，却怎么也看不进去。她的脑海中满是梦里朝朝那立在灰色天幕下的身影。

她伸手抓了抓，又是一场空。

陈司南主修的是哲学跟文学，在她看来，人类所做的每一个梦都是有迹可循的。它可能是人类大脑对生活的反应，也可能是一种对未来的暗示。

她想，她之所以会梦到朝朝，是因为这个少年白天带给她的冲击太大，又因为她潜意识里还在担心他会伤害陈萱。

不过陈司南的担心并没有持续太久，半个月后，她从陈萱口中得知了一个消息——顾霖星出国留学了。

系里的人都在说顾霖星是因为预感自己没办法顺利毕业，索性出国留学了。

家里有钱就是好，国内的学校读不下去了，还可以去国外镀个金。大家都羡慕得很。

顾霖星走了，对于他的“绯闻女友”陈萱来说简直是松了一大口气。陈萱在电话里跟陈司南说话的语调都变得激情洋溢起来。

可陈司南总觉得哪里有点不对劲。朝朝出国的事，她怎么从未听顾西辞说起过？

晚上她给顾西辞打电话，随口向他问起了这件事。

顾西辞先是愣了一下，然后回她：“是有这么一回事，不过朝朝出国不是因为毕业证的事，而是小曦的腿伤得太重，留疤了，大哥正在气头上，不顾朝朝愿不愿意就要把他送出国。”

“原来是这样。可是你大哥就算再生气，也不必那么狠心，直接把朝朝送去国外吧？”陈司南不是很认可地说。

顾西辞道：“司南，你跟朝朝不熟，不了解他。为了他的事，我大哥没少头疼，他出国了对所有人都好。”

陈司南也隐约从陈老太口中知道了一些顾家的陈年旧事，关于那笔巨额遗产，几乎所有焦城的人都知道。

朝朝快二十岁了，就算他去了国外，也毫不影响他继承遗产。顾家的人既然要讨好他，又为何要把他送走呢？

还是说，出国本就是朝朝的意思？

“朝朝已经走了吗？”陈司南又问了顾西辞一句。

“还没呢，明天才走，现在在家。明天我爸跟明雷哥一起送他去淞市的机场。”顾西辞道，忽而觉得有些奇怪，“你怎么对朝朝这么感兴趣？”

“没什么，职业病，搞哲学的都喜欢研究人性。”陈司南说。

顾西辞笑道：“那你研究过我吗？”

陈司南沉默了。

这半个月来他们连面都没有见过一次，谈何研究。

顾西辞也就是随口一说，并没有真想听陈司南的答案。

两个人又随便聊了一会儿，一个电话打进来，看到来电姓名，顾西辞的脸瞬间沉了下来。他匆匆地跟陈司南道了别，挂断电话，回拨给了另一个人。

电话很快被接通，一个娇俏的女声传了过来。

“西辞……”

翌日，陈司南起得很早。

今天研究所放假，她约了过去同系博士后的学姐吃饭。

陈司南三月份刚考完博，成绩就快出来了，内心有些焦灼。陈司南的学习生涯可谓是顺风顺水，一路过来，学校跟导师乃至学长们都给了她不少帮助。她刚研究生毕业就因为成绩格外优秀，直接被淞市研究所收编了，还给了她副研究员的职称。

淞市研究所是国内一流研究所，像陈司南这种还没有读到博士的能进那儿任职，已经是十几年没有出现过的情况了。

任职后，为了不给研究团队拖后腿，陈司南考博是必需的。可这就意味着她要一边工作一边读博，跟顾西辞相处的时间也就更少了。

两个人感情本就不牢靠，又加上学历跟生活上的巨大差异，结婚后能走多远都是未知数。

陈司南是求稳的性格，她喜欢顾西辞，单纯而理性。最近顾西辞对她态度的转变，让她不由得开始审视起这段感情来。

她今天之所以来找褚秋涵，是因为褚秋涵的情况跟她类似——褚秋涵也是在读博的时候嫁给了之前的高中同学。

褚秋涵是个很成功且十分幸福的女性，她的婚姻跟事业经营得都很好。

先前陈司南就感情问题跟褚秋涵聊过几次，这次见面，两个人直入主题。陈司南把自己的困扰都跟褚秋涵说了一遍，褚秋涵听完，只问了陈司南一个问题。

“那你未婚夫爱你吗？”

陈司南沉默了。

她之前觉得顾西辞是有点喜欢她的，但爱不爱她，她真的不清楚。

什么是爱？陈司南自己都不是很清楚。

她认为两个人在一起，彼此尊重，互相体谅，懂得心疼对方都可以称之为爱。可是她在顾西辞身上感觉不到她对于“爱”的丝毫定义。

她觉得比起爱她，顾西辞更像是需要她。

他不讨厌她，她在学识、职业上的优越性是顾西辞所欠缺的，他需要这些来填补自己心理的空缺。

见陈司南闭口不答，褚秋涵摇了摇头：“司南，现在这个社会，结婚很容易，但你一定要想清楚，你嫁给一个男人图的是什么。不管是面包还是爱情，你总得图一个吧？不然，你很难在婚姻中走得长远。我知道你不是图钱的人，所以你一定要确定你未婚夫足够爱你，再结这个婚。不然，你以后会很可怜的。”

陈司南再度沉默。良久后，她喉咙微哑地问褚秋涵：“学姐，如果只有我爱他，够吗？”

“你爱他什么？”褚秋涵问。

陈司南再度哽住。

褚秋涵脸上露出了然的神情：“司南，你所谓的爱，不过是个幻想。你爱的是那个在青春时代给过你温暖的影子，并不是真实的顾西辞。你得看到一个人的丑陋，看到他不修边幅的样子，看到他的缺陷，看到他不曾展露给别人看的那一面……你只有了解真正的顾西辞，你才能知道自己是否真的爱他。如果你看到了全部，你还可以接受，那才能说明你是很爱的。不过爱也是会变质的，徐志摩也曾爱过林徽因，可最后还是娶了陆小曼。爱，是靠不住的。”

“学姐，那你跟你老公为何婚姻这般平稳，我看你们很幸福，是因为彼此相爱吗？”

褚秋涵摇头，微笑着否认道：“不是，因为我们是利益共同体。我们三观一致，从小一起长大，对彼此很是了解，且学历、家庭背景、工作都差不多。我们很像，所以即使没有多少爱，也可以像朋友一般和平相处。”

“朋友……也可以结婚吗？”陈司南喃喃。

“当然。”褚秋涵道，“我说过了，结婚很容易，不过我个人觉得司南你得好好想想。我感觉你还没到非结这个婚不可的地步。”

陈司南老实地点头：“家里催得急，我也想缓缓。”

“结婚是大事，也是一件私人的事，你得按自己的想法来，想清楚了再做决定。”

“嗯。”陈司南应了一声。

两个人又聊了一会儿，褚秋涵便起身跟陈司南告别。

陈司南送褚秋涵到了马路边，眼看着褚秋涵上了出租车，她才转身朝地铁口走去。

3.

进了地铁站，站在1号线旁，陈司南并没有急着上去。她脑子里还在回想着与褚秋涵的对话。

也许学姐说得没错，她的确得把结婚的事缓一缓。

陈司南决定挑个时间跟顾西辞好好谈一谈，他们都还年轻，没必要那么急着结婚。

正思索着，地铁的门开了，后面挤过来几个人，直接把陈司南挤上了地铁。

陈司南无奈地握紧背包，找了个靠角落的位子坐下来。她想着谈话的内容，一不留神坐过了好几站。

她叹了口气，下了车，又得往回坐。

这么一耽搁，都十点多了，回到研究所差不多要中午了。

怕再坐过站，陈司南直接站在门口附近，身体靠在门旁，望着窗外的景色。

不知过了多久，迎面驶来一列地铁。那地铁上人不多，陈司南能看到上面稀疏的人影。

突然，一个穿着一身黑衣、头戴黑色鸭舌帽的年轻人映入了她的眼帘。

似乎觉得那少年有点眼熟，陈司南猛地睁大眼睛，与对面地铁上同样站在车门边的少年打了个照面。

那个人也察觉到了她的目光，慢慢抬起头，朝她看了过来。

不过几秒钟的时间，陈司南立刻认出了那张脸。

朝朝！

陈司南差点惊呼出声，未等她再仔细看清楚那个少年，对面那列地铁已经与她所乘的地铁疾驰而过，少年的身影瞬间消失在她眼前。

陈司南一路往后面的车厢跑去，但她哪赶得上地铁的速度。

那少年分明就是朝朝，他那张脸，就算站在人堆里，都是最显眼的。

陈司南几乎可以肯定朝朝也看到她了，他们对视的时候，他的脸上明显露出了错愕的表情。

比起先前她见他时他那副傲慢猖狂的样子，方才的朝朝看上去有点像惊慌的小鹿。

顾西辞说，今天是顾金虎跟顾明雷一起开车送朝朝去机场，可为何刚才她只看到朝朝一个人？其他人呢？

这条线也不是去机场的，朝朝为何会出现在这里？

陈司南没有多想，直接拿手机拨通了顾西辞的电话。

她猜可能是朝朝登机前跟他爸爸闹了别扭，一个人跑了，这会儿顾明雷等人说不定还在找他。她既然看到了，总归要通知对方一声。

但她没有顾明雷的电话号码，就连未来公公顾金虎的也没记，所能联系的顾家人只有顾西辞一个。可这关键时刻，顾西辞的电话竟然没人接。

陈司南眉头紧锁，不知怎么的，方才见到朝朝，她的心又开始浮躁起来，莫名有种不好的预感。

这股烦躁感一直持续到她回到研究所。

直到晚上，顾西辞回了她电话，她的心才再度平静下来。

顾西辞说朝朝的确在机场跟顾明雷闹了别扭跑掉了，不过后来又被找回来了，现在已经登机去美国了。

被找到了？

陈司南暗自松了一口气，还想跟顾西辞聊点什么，顾西辞却说自己有事，匆匆挂断电话。

陈司南的话全被堵在了喉咙口。

算了，等以后有机会再跟他说吧。

陈司南叹了口气，不承想，原来有些话一旦错过了该说的时间，就没有再说的必要了。而有些祸，就算你想避开，也终究是避不开的。

命运这种事，谁也说不清楚。

4.

陈司南的考博初试成绩跟所有人预期的一样，是毫无悬念的第一名。

初试一过，陈司南便立刻联系了研究所推荐给她的导师刘培先生。

刘培早就听说过陈司南，对她很是欣赏。在他的指导下，陈司南的复试也很顺利地通过了。

她考上博士的消息传到老家，最高兴的莫过于陈老拐夫妇了。陈司南学历越高，她在普遍学历不高的顾家人面前就越显得尊贵。

谁也不喜欢被看不起，谁还没点自尊心呢？

一收到喜讯，陈老太就兴奋地问陈司南五一回不回家，她打算把亲戚们都请到家里来，做几桌菜，给陈司南好好庆祝一下。好巧，陈萱最近也考到了一个与金融专业相关的资格证书。

顾霖星出国后，学校里关于陈萱跟他的绯闻很快就没人提起了。没了旁人的影响，陈萱的学习状态又恢复了。

双喜临门，陈老拐夫妇已经很久没这么快乐了。就连过年时陈司南跟顾西辞订婚，他们也没这么高兴。

订婚的事，是由顾西辞家主导的。顾家人一直压在他们头上，他们连大气都不敢喘一口。

比起父母，陈司南的内心则很平静。她能考上博士那是意料之中的事，没什么可庆祝的。

而且，她五一假期另有打算。

先前顾西辞约过她出去玩，被她婉拒了。这段时间她忙着考博，也没顾得上跟他多联系。她想趁着这个假期，两个人好好相处一下。不管这婚期要不要推迟，他们都需要增进一下感情。

陈司南已经是个成年人了，她做事自有她的想法。陈老太对女儿素来信任，只是稍微叮嘱了几句，就没再坚持请客的事了。

陈司南照旧在研究所里忙活，不是上班，就是跟着她的新导师学习，搞新的研究命题。

即使再忙，她每天还是会抽出时间跟顾西辞聊天，至少通一次电话。

一直到五一的前几天，陈司南没等顾西辞开口，主动先提了五一要不要一起去云南玩。

电话那头的顾西辞先是愣了一下，停顿片刻，才说了一句："好啊，什么时候，我来订机票。"

他的语气听起来并没有陈司南想象中那么开心。

陈司南晃了一下头，让自己不要多想，继续道："五一晚上走吧，白天人肯定很多。机票我已经订好了，你到时候先从苏城来淞市找我。"

顾西辞应了声："好。"

不知怎么的，话题突然就冷了下来。

陈司南觉得有些尴尬。

另一头的顾西辞不知道在想什么。

双方沉寂了几秒后，陈司南感到憋闷，又说道："如果你忙的话，我们可以再改时间。"

"没事，不忙，就五一吧。"顾西辞道，"我三十号去淞市找你。"

这次换陈司南愣住了。

三十号过来，就等于他那晚要留宿淞市。

是住酒店，还是住她宿舍？

陈司南不由得开始紧张起来，但她没有问，顾西辞也默契地没有说。

两个人又东忙西扯地聊了几句，顾西辞那边有电话进来，是材料商找他。

陈司南不懂工地上的事，没多问，识相地挂断电话。

日子一天天过得很快，转眼就到了四月三十号这天。

不到六点，陈司南就醒了，睁着眼躺在床上，一颗心怦怦跳得很快。

顾西辞说今天来他们单位找她，但是没说具体时间。

陈司南从早上就开始等着了，她先把宿舍收拾了一下，又把床上的四件套换了一套刚洗过的，还去外面的花店买了一束香水百合，插在餐桌上的玻璃瓶中。

陈司南的宿舍不大，但是挺干净整洁。她之前把宿舍简单地装修过，地板铺的是暖色的小方砖，墙纸是浅绿色的，窗台上摆放了十多盆不同品种的多肉。

四月底的阳光温暖又舒适，洒在窗棂下，照得多肉更为可爱。窗户上她贴了几张向日葵的贴纸，看上去很温馨俏皮。

陈司南喜欢研究严肃文学，可她喜欢暖色调的生活。

将宿舍收拾完，陈司南满意地勾了勾嘴角，去浴室洗了个热水澡，然后换了身衣服，去食堂吃了个早午饭。

吃饭的时候，她给顾西辞发了一条信息。

“你出发了吗？”

没有回复。

也许他是在开车？

陈司南没有多想，吃完饭，她去了研究所，随手从书柜里找了本1940年版本的《飘》，坐在办公桌前阅读。

这个版本是由傅东华先生翻译的，是最早的一版《飘》。现在很多人都不习惯看傅版，可陈司南很喜欢，她之前还专门为这个版本写过一篇研究论文。

陈司南遇到喜欢的书，很容易就会看入迷。而且她还有个毛病，她看书时喜欢在心里默念书上的句子，然后背下来，这就导致她看书速度很慢。

时间不知不觉过去，陈司南没有看手腕上的表，反正顾西辞来了会打她电话的。

又不知过了多久，一个同事急忙朝她走过来，面色凝重地压低声音对她说道：“小陈，外面有人找你。”

说完，同事指着不远处喷泉池边站着的女孩道：“喏，就是她找你。”

陈司南微微眯起眼，合上手中的书籍。虽有些不明所以，但她还是下了楼，朝着那个女孩走去。

似乎听到了声音，那个女孩也转过头来看向她。

是个很年轻的女孩，脸长得很精致，打扮得也很洋气。一头栗色的波浪卷，身上穿着一条白色棉布裙，外面套着一件黑色皮衣，脚上是一双棕色短靴，身上背的包是香奈儿的。

这么漂亮的女孩，在生活中并不多见。陈司南从未见过这个女孩，不然她肯定会记得这个人。

她双眸微眯了一下，朝那个女孩走了过去。

“你找我？”陈司南问。

那女生先上下打量了她一番，然后脸上露出不屑的神情，望着陈司南道：“我叫杨慧子。你就是陈司南？”

陈司南点头：“你是？”

杨慧子没回她，神色高傲地直接道：“我怀孕了，三个月了，是顾西辞的。”

“轰隆”一声，像晴空突然劈下一道霹雳，重重地击打在陈司南的头上。她感到一阵眩晕，垂眼慢慢朝那女孩的肚子望去。

果真，那棉布裙下的腰部微微隆起。

“我知道你是顾西辞的未婚妻，我也知道你们快结婚了。顾西辞让我把孩子打掉，我不愿意，所以我希望你能退出。”

咖啡馆里，杨慧子的声音在舒缓的蓝调烘托下依旧显得十分刺耳。

像是有针在不断地刺着她的太阳穴，陈司南感到头痛欲裂。她抬头望着面前盛气凌人的女孩，良久才找到自己的声音。

“你跟他什么时候在一起的？”

“我们已经在一起两年多了，论时间的话，我才是先来的。要不是他妈妈反对，他怎么可能跟我分手，跟你订婚？你不就是学历高吗，西辞怎么可能会喜欢你，他是个颜控。他之前谈的女朋友，每一个都很漂亮。”

“既然分手了，你为什么还会怀孕？”陈司南冷着脸问。

她跟顾西辞去年十月相的亲，新年订的婚，到现在也好几个月了，可杨慧子肚子里的孩子只有三个月。这只能说明两点，要么杨慧子撒谎了，孩子不是顾西辞的；要么就是顾西辞跟她订婚后出轨了。

陈司南心里清楚，后者的可能性更大。

若孩子不是顾西辞的，杨慧子都没必要来研究所找她。

想起先前顾西辞的种种反常，陈司南的脸色越来越阴沉。

“男人嘛，尝过味的哪有不偷腥的。我知道，你们都没睡过，所以你也不算吃亏，把他让给我又怎样？”杨慧子轻飘飘地道。

陈司南放在桌上的右手不由得攥紧，一颗心骤然冷了下来，抬头冷冷地看着杨慧子：“他连这个都告诉你了？”

“当然，他不告诉我，我就会闹。他这个人不爱闹，所以老跟我吵，说我幼稚。不过我今天既然来找你了，我也不怕他跟我吵。反正话都说了，那我就直接告诉你好了，自从我怀孕后，他这几个月一直跟我在一起，你们每次聊天我都在旁边，说什么我也知道。陈司南，你也是个体面人，这种丢脸的事肯定不想被别人知道，所以我劝你还是知难而退吧。”杨慧子自说自话道。

陈司南已经冷静了下来，一脸镇定地看着眼前的女孩，突兀地问了一句：“你几岁了？”

杨慧子惊愕地望着她：“你问这个做什么？”

“你应该还不大吧，你父母知道你怀孕的事吗？”陈司南继续问。

杨慧子脸上露出了慌乱的表情，语气凶了起来，提高音量道：“这跟你有什么关系！”

“是跟我没什么关系，就像你说的，我可以退出。但是你确定我退出这段关系，顾西辞就会让你生下这个孩子吗？你见过他父母吗？你们双方家长坐在一起聊过这件事吗？他父母知道你怀孕了吗？”

陈司南的语气很平稳，可句句都问在了刀口上。杨慧子的脸色越来越白，最后那双小鹿般的眸子里露出了惊慌无助的眼神。

即使她没有回答，陈司南却已经知晓了全部的答案。

这姑娘不过二十出头的样子，估计还在上学。以她对顾西辞父母的了解，金燕子是肯定不会同意杨慧子进顾家门的。

顾西辞前段时间对她态度冷淡，想必也是在她跟杨慧子之间做取舍。这不是小事，他应该已经告诉了金燕子杨慧子怀孕的事。但他父母的意思大概依旧是让他断了跟杨慧子的联系，不然杨慧子也不会走投无路来找她。

不知道为什么，从一开始的愤怒、恶心到冷静下来，陈司南看着红了眼眶的杨慧子，内心更多的是同情。

她几乎能想象到杨慧子接下来的命运会是怎样，不管她生不生下这个孩子，她都是最受伤害的那一个。而这一切的始作俑者，竟然是她喜欢了十年的男人。

陈司南觉得有点讽刺。

她想到不久前褚秋涵对她说的话，她对顾西辞的印象确实还停留在十年前他还是白纸般没被污染的时候，可现在的顾西辞对她而言是陌生的。

他谈过多少女朋友，对多少女人始乱终弃，她都不清楚。就连他喜欢什么，她也不知道。

哦，原来他是个颜控。

所以，他是一点都不喜欢她的。

原本她还以为，他至少有一点是喜欢她的。

男人真奇怪，不喜欢，却还可以去亲吻一个女人。

顾西辞这样，那个叫朝朝的孩子也这样。

他们到底凭什么？

“我不知道，你帮帮我吧……”杨慧子突然从椅子上站起身来，抓着陈司南的手，手足无措地哭着。

陈司南一脸平静地看着她。

她该怎么帮呢？

这事一出，她跟顾西辞的婚肯定是结不了了。一旦她家主动提出退婚，让顾家没了面子，顾家岂会善罢甘休？

“你先别哭了，哭也没用，这件事你从一开始就搞错了。你来找我没用，该来的应该是顾西辞，我得跟他商量怎么退这个婚。”陈司南耐着性子安抚杨慧子。

杨慧子哭得梨花带雨地坐回椅子上，跟先前那个盛世凌人的她简直判若两人。

陈司南欲言又止地看了她一会儿，目光落在手边的手机上。

犹豫了一会儿，她最终拿起手机，站起身来：“我出去打个电话，你等我一下。”

“你打给谁？”杨慧子弱弱地问。

陈司南转过头看她，语气森冷：“当事人。”

听她要联系顾西辞，杨慧子瞬间紧张了起来，扑到陈司南身边，抓住她的手：“不行，你不能告诉西辞。如果他知道我找了你，一定会生气的，他会不要我的。”

陈司南觉得这姑娘有点搞笑，她方才还说不怕顾西辞跟她吵，这会儿就怕了。

“顾西辞又不是傻子，我突然退婚，他总会猜到理由。你既然想跟他在一起，想保住你的孩子，有些事就得说清楚。”陈司南犀利地说。

杨慧子慢慢放开了手。

陈司南拿着手机要走，还没走出几步，她的手机竟先响了起来，正是顾西辞打来的。

陈司南冷眼瞥了一眼，当着杨慧子的面按下接听键，然后拖着惊惶的杨慧子一起离开咖啡馆，走到外面一个无人的角落。

“司南，我到你们单位了，你在哪里？”

陈司南转头看了一眼身旁的杨慧子：“你直接去我宿舍楼下等我。”

“好……”

顾西辞还未说完，陈司南率先挂断电话，问杨慧子：“你身体还可以吗？”

杨慧子茫然地看着她。

陈司南解释道：“去我的宿舍得爬一座山，还有台阶要走，你觉得你可以吗？”

杨慧子了然，连忙点头：“可以，我身体不错，宝宝很乖，我胃口也很好……”

陈司南没心情继续听下去，语气冷漠地问杨慧子：“你确定？”

杨慧子又点头：“确定。”

陈司南不再说什么，迈步朝前走去。杨慧子紧跟在她身后。

顾西辞之前来过陈司南的宿舍接她，他比陈司南她们先到宿舍楼，看到陈司南的宿舍门关着，便没有上楼，而是坐在车里等着。

差不多十分钟后，陈司南也领着杨慧子回到了宿舍楼。远远地她就看到了顾西辞的车。

顾西辞也透过后视镜看到了她们。一开始看到陈司南，他高兴地下了车想要迎接她。可脸上的笑容还没挂几秒，他又看到了跟在陈司南后面的杨慧子。

顾西辞的表情顿时凝住，他看向陈司南，没有说话。

陈司南也没说话，倒是躲在她身后的杨慧子先怯生生地唤了顾西辞一声：“西辞。”

顾西辞没应，一贯温柔的他难得愤怒地朝着她们走过来，伸手抓住杨慧子的手臂，就要将她往外拖。

杨慧子吓得哇哇大哭起来。

陈司南静静地看了他们一会儿，最终忍不住冲上前，用力扯开了顾西辞的手，怒道："够了！顾西辞，你能不能像个男人一点！"

"司南，我……"顾西辞哽住。

他知道这会儿自己说什么都没有用了，他看着陈司南的眼眶也红了。

顾西辞说不出此刻内心是什么感受，他是喜欢过杨慧子，杨慧子天真可爱，又爱黏他，让他的心理得到了极大的满足。所以他即使跟陈司南在一起了，杨慧子来苏城找他，他也还是会动摇。

可是，他也喜欢陈司南。

一开始他以为自己永远不可能喜欢陈司南这样的女生，可是相处下来，他发现陈司南从容大方，聪明睿智，成熟坚韧，独立自信，这些都是他没有的品德。陈司南虽不是那种第一眼看到就让人惊艳的姑娘，可她的样子让人看了就觉得很舒服，很亲切。

如果真要让他选择一个人结婚的话，他当然会选择陈司南。

他不想让陈司南知道杨慧子的存在。他甚至跟杨慧子说，只要她愿意打掉孩子，他可以给她一大笔钱，她可以买她喜欢的包包，可以出国留学，可以买车……

但杨慧子不愿意，一个劲地跟他哭，威胁他要去陈司南的单位闹。他没办法，只能先稳住杨慧子，然后跟父母商量对策。结果金燕子跟顾金虎的想法和他一样，都是打算用钱解决，然后稳住陈司南。

顾家的孩子除了出身好，学历没几个拿得出手的，最高的也只是大学本科。

金燕子好不容易给顾西辞找了个工作体面的未婚妻，如今陈司南又考上了博士，怎么可能让顾西辞抛弃陈司南而选择一个只有专科学历的杨慧子。

可纸终究是包不住火的，杨慧子竟然自己闹上门了。

陈司南放开了顾西辞的手，语气疲惫地道："你先把她带回去，我父母年纪大，你也知道我爸心脏不好，受不了刺激，所以这件事你我都先不要声张，等过阵子我找个合适的时间再跟他们说。回头我把婚退了，你和你家里人也别来找我们的麻烦。"

"司南，这个孩子我不要，你能不能别退婚！我错了，我真的知道错了。"顾西辞抓着陈司南的手，哀求道。

一旁的杨慧子见状，哭得更惨了。

陈司南只觉头疼，挣开了顾西辞的手，表情愤恨地盯着顾西辞："你不要这个孩子，那你碰人家姑娘干吗！顾西辞，你别让我看不起你！"

顾西辞的眼眶更红了。

陈司南不想再看到他们，扔下两个人朝自己宿舍走去。不等顾西辞追上来，她重重地关上了房门。

瞬间四周都安静了，陈司南将自己重重地砸到床上，闻着被单上清新的洗衣液味道，难受地咬紧了牙关。

她只觉得无比荒唐。

5.

陈司南把去云南的机票给退了，然后躺在床上望着天花板发呆，脑子十分清醒。

这份长达十年的暗恋以这样的结局收场，她并没有想象中那么痛苦，甚至还有点庆幸。庆幸在她跟顾西辞还未结婚之前，便先看清了顾西辞的为人。

即使她现在跟顾西辞掰了，她也不会否认过去对这个人的喜欢。十年时间，足以让一座城市大变样，何况是一个人呢？

其实在她与顾西辞订婚前的十年里，她都没有跟顾西辞见过面，她根本不知道顾西辞已经不是当初她心里的那个人了。

或许，她只是以为自己喜欢顾西辞，其实并不是真的多喜欢他。

陈司南很快就理清了自己对顾西辞的感情，心里顿时舒畅不少。但她还是有些难过，不管怎么说，这都算是她的初恋。

不过眼下并没有太多时间让陈司南伤感，还有一个棘手的问题在等着她去解决——她该怎样在不刺激父母的前提下，跟他们说她要退婚的事呢？

陈老太那边还好说，可是陈老拐那边就不好弄了。

陈老拐素来本事小，心气却比谁都高，他要是知道顾西辞一边跟她订婚，一边又跟其他女人搞出了孩子，指不定会被气成什么样。

"他这是在羞辱司南，羞辱我们陈家啊！"陈司南光想想都能猜到她爸会这么说。

她别的不怕，就怕陈老拐咽不下这口气，去顾家吵。

陈司南这几个月跟顾西辞的父母打过一些交道，知道这对夫妻都不是什么好惹的货色。

金燕子市侩、势利，特爱斤斤计较、倒打一耙。顾金虎呢，看起来脸上一直带笑，实则内里精明得很，看人下菜碟，爱装派头，要面子。谁要让他没脸，他指不定会让谁没命。

她父母哪是这对夫妻的对手，到时候别说要说法了，搭上陈老拐的性命都说不定，所以陈司南压根儿就没打算告诉他们。

想了想，陈司南决定过段时间等陈老拐的身体没问题了，再回家跟父母说退婚的事。就说她跟顾西辞两个人在异地，聚少离多，感情变淡了。

若陈老拐夫妇不相信，她就直接打电话给顾西辞让他去说。

婚姻本就是两个人的事，若男女双方都觉得没结婚的必要，父母就算再强求也是没用的。

只要顾西辞那边没问题，这婚就能退了。

想到顾西辞，陈司南不禁又想到那个叫杨慧子的女孩，还有她那微微隆起的肚子。顿时，她又开始反胃。

她是个感情上有洁癖的人，然而对比她，杨慧子委实更可怜一些。

昨晚她因为今天顾西辞要来，紧张得一晚没怎么睡，现在好了，一颗心彻底冷了下来，人也就不焦虑了。

她翻了个身，很快就睡着了。

这一觉睡得有些久，等她醒来，已经是五月一日的下午了。

假期不用上班和学习，陈司南乐得轻松。长假期间，单位的食堂跟小吃店都关了门，她只能去外面吃。

长假的淞市比以往人流量要少很多，陈司南去了一个很繁华的商场，在那儿吃了一顿干锅牛蛙，再买了张电影票，准备去看场电影。

检票前，她拍了张照片，发了个朋友圈。

她并不经常发朋友圈，这次的生活分享很快就收到了很多人的点赞和评论。

她快速浏览了一遍评论，便退出了朋友圈界面。

她一边往影厅走，一边把手机调成静音。似乎心有灵犀一般，她的手机突然振动起来，是陈萱打来的。

果真如她猜想的那样，陈老太自己不好意思问，就遣了孙女来探话。

“姑，你没去云南吗？”陈萱的声音从手机里传来，旁边还有陈老太小声的指导声。

陈司南无奈地勾起嘴角：“没有，单位临时有事，去不了了。”

“哦。”陈萱了然，言语之间多了几分欢乐，“去不了挺好的，我觉得云南也没啥好玩的。等我放暑假了，姑，你带我去青岛玩可以吗？我听人说青岛的海特别蓝，特别好看。”

“让你问你姑的事，你提自个儿做什么！”陈老太不满地咕哝了一句。

“哎呀！姑姑说她临时有事没法儿去旅游了，所以没去。”陈萱没耐心地告诉她奶奶。

“问问她忙啥啊。那西辞有没有去她那儿？”陈老太道。

“这有什么好问的，姑一个人看电影，他当然没去了。”

电话那头的陈萱跟陈老太拌起嘴来，陈司南听着不禁发笑：“好了，不跟你说了，电影快开场了，我先进去了。青岛的事，等你期末考完出成绩，考得好再带你去。”

“我肯定会考好的，姑。”

“嗯，我相信你。”

陈司南挂断电话，抱着爆米花桶便进了影厅。

那场电影并不好看，刚睡醒没多久的陈司南又看得睡着了。

从电影院出来时，陈司南连那部电影的名字都忘了，不好的东西在她的大脑里素来留不下多少记忆点。

难得出来，陈司南就在商场里逛了一会儿，最终给陈萱买了一套新衣服，又去超市买了些水果，然后坐车回了研究所。

五月的淞市已经有点热了，整个研究所里静悄悄的，四周不见一个人影。

陈司南一路低着头朝宿舍楼的方向走去。往前走了一会儿，她听到身后传来阵阵脚步声。

陈司南下意识地往后看了一眼，山路上的路灯隔得远，照得地面阴沉沉的，她只能看到身后矗立着的黑色台阶，其他什么也看不清。

不知道是不是心理作用，她不由得紧张起来，握紧肩上的背包带，赶忙回头，加快脚步往台阶上跑。

教职工宿舍就在这座山上，很快就到了。

陈司南心跳得很快，神经紧绷着一路前行。身后的脚步声随着她的节奏一块变得急促起来，那个人跟得很紧。她能感觉到他离自己越来越近，她甚至都能听到那个人的呼吸声。

陈司南并不是个胆小的人，可眼下她不由得想起网上那些骇人的新闻。她有点后悔了，全国都在放假，她为何要跟自己过不去呢。

她一边往前跑，一边将手伸向放在裤兜里的手机，准备随时拨打110求救。

几分钟后，在那个人未追上来以前，陈司南总算到达了山上的平地。

四周的灯光瞬间亮了不少，前方教职工宿舍楼里有几间屋子的灯亮着，也有跟陈司南一样留在淞市的人。

远处，十多米开外的地方有个人下来扔垃圾。

终于见到人了，陈司南悬着的心稍微放下一些，握紧拳头要往自己住的那栋楼冲。突然，一只手从她身后伸了过来，一把捂住她的嘴，将她往后拖去。

第五章 你怎么会来

1.

那只手像是死人的手，冰凉刺骨，完全不像是五月天的人该有的温度。

陈司南吓得要尖叫，无奈嘴巴被捂住了，她只能发出几声微弱的呜呜声。

前方那个扔垃圾的人扔完垃圾又钻进了他的楼层，消失了。陈司南感到一阵绝望，一边挣扎，一边要拿手机报警。

对方似乎知道她的意图，双臂死死地钳住她，阻止她拨打电话。这个时候只能自救，陈司南顾不得其他，张口就朝那个人的手臂狠狠地咬了下去。

背后传来一声闷哼，没等陈司南再咬，一个虚弱干哑的声音在她耳边响起："别咬了，是我，顾霖星。"

陈司南正处在一种完全紧绷的状态，一时没反应过来顾霖星是谁，只猜那个人是被她咬疼了。

她当即得空，胳膊肘用力地向后撞了一下那个人的小腹，从他怀中挣脱出来。往前跑了几步，她才后知后觉地反应过来顾霖星是谁的名字，立马停下脚步，回头看人。

"朝朝？"待看清那个人的脸时，陈司南难以置信地瞪大了眼睛，惊呼出声。

朝朝被她撞得跌坐在地上，手捂着肚子，满眼幽怨地瞪着她。

他身上还穿着上次陈司南在地铁上看到他时穿的黑色运动套装。明亮的路灯光悉数照在他身上，衬得他的脸色更加惨白。

陈司南内心极为震惊，望着眼前的朝朝，不知该拿什么话来形容他。

此刻的朝朝，就像是从炼狱里爬出来的阿修罗一样，浑身狼狈，衣服污秽不堪，就连那张精致的脸也破了相。

陈司南的目光落在他刚钳住她的双手上，他裸露的手臂上全是青紫色的瘀青。最可怕的是他的手腕，两只手腕上都有着刺眼的红色印迹，像是被粗绳绑过，上面似乎还有什么东西在泛着光。

陈司南看了看朝朝，又低头看了一眼自己，她的白色卫衣上胸前的位置竟然沾到了不少血渍。那泛光的东西竟然是血！

他的手在流血，他这副样子却还追了她一路。

到底发生了什么事？他不是出国留学了吗？

陈司南迷惑地望着从地上慢慢爬起来的阴鸷少年，清秀的眉头皱得紧紧的。

似乎对她这痴呆的反应很是不满，朝朝眼里闪过一丝愠色。他烦躁地对她伸出手，喉咙沙哑地道：“你能不能先过来扶我？”

话音刚落，路灯下一身漆黑的朝朝显出一副体力透支的样子，摇摇晃晃就要再度朝地上倒去。

陈司南见状，这才反应过来，立刻奔向朝朝，在他倒地前及时抱住了他。

“朝朝，你得去医院。”陈司南急着说。

先不管出了什么事，朝朝身上的伤得好好处理一下，手腕上的血也得先止住才行。

朝朝身子半佝偻着靠在陈司南身上，闻言，立刻制止她：“不能去医院。”

“你这个样子不行的，听话，我这就叫车。”

陈司南慌乱地拿手机约车，突然手上一冷。

朝朝握住她的手，神情阴冷地再度强调：“有人在找我，不能去医院，不然你跟我都会有事。”

“有人找你？什么人？”陈司南诧异地问。

朝朝脚下趔趄了一下，整个人摔倒在她怀里。陈司南抱着他一同跌坐在地上。一米八几的人顷刻间压在她身上，她有些承受不住。

别看朝朝瘦，可他的骨头很重，陈司南被压得有点疼，有点直不起腰来。

“朝朝，你稍微抬一下上半身，你太重了。”陈司南提醒道。

“我没力气了。”朝朝颓然地说。

陈司南无奈，只能吃力地抱住他的腰，将他的右手搭在自己肩膀上，咬牙艰难地将朝朝从地上拖起来。

不管去不去医院，他们俩都不能一直在这儿坐着。不然被其他人看到，像什么话。

“陈司南，你弄疼我了。”

耳边传来少年的控诉声，陈司南疲惫地皱起眉头，一边道歉，一边小心翼翼地不让自己的手碰到他身上的伤口。

她活了二十多年，还是第一次这般手足无措。

费了九牛二虎之力，她才将顾霖星从地上拖拽起来。

她信了他的话，没有谁会拿自己的性命开玩笑，朝朝伤成这样都不肯去医院，想必是真的有什么难言之隐。

陈司南抬头看了一眼楼上，随后转头问朝朝：“我住二楼，你还走得动吗？”

朝朝看着她，微微点头：“你让我缓一下，刚才追你，都没劲了。”

陈司南将他扶到旁边的长椅上，让他坐下休息，自己则俯身蹲在他脚边看他手腕上的伤。

还好，伤口虽然还在流血，但所幸只是破皮的擦伤，没有伤到大动脉。

陈司南松了一口气，从背包里拿了条丝巾出来，直接上手给他包扎。

朝朝背靠在长椅上，任由她摆弄自己的手。他的脸色很苍白，这就显得他的眉眼更深邃，目光更凉薄。

他的视线停留在她的头顶，望着半跪在地上、细心给他包扎伤口的陈司南，他的眼神变得有些复杂，隐隐有幽光在闪动。

“包好了，等到了宿舍，我再给你好好清理一下伤口。”陈司南松了口气，抬头正对上顾霖星那双如夜空般幽暗的眸子。

那双眼似乎如旋涡一般，要将她吸进去。

朝朝丝毫没有要转移视线的意思。对比朝朝的坦荡，陈司南的心跳莫名地快了几拍，然后有些慌乱地移开了目光。

“你力气恢复了吗？可以走了吗？”

“嗯。”朝朝起身，站在她身旁，等着她带路。

他身上很脏，还有一股腐臭霉味和油污味相结合的味道，可陈司南并不嫌弃。她的眼前又一次浮现出刚才朝朝看她时的眼神，明明那般暗，眼底却闪着光。

朝朝真的是个魔鬼，陈司南再度确认，因为他身上有着一股蛊惑人心的力量。

将脑子里的胡思乱想晃开，陈司南回头看了一眼身后的朝朝，板起脸，严肃地道：“等到了我的宿舍，你最好跟我说清楚在你身上到底发生了什么。还有，你是怎么知道我在这里的？你不说明白，我就把你送公安局，让警察处置你。”

“嗯。”朝朝又应了一声。

陈司南无奈，转头在前面带路。

她走得很专注，没有再回头，所以也不会看到在她转身的那一刻，那个被她厌恶的阴鸷男人望着她的背影，微微松了一口气。

朝朝知道，这一次他赌赢了。

陈司南这个女人，果然如他所想的那样，是个“爱心”泛滥的人。

深夜十点，整个城市都在放假，没了赶路下班的打工人，地铁站看起来很空。

四五个穿着工服的男人在地铁里跑来跑去，找了一圈都没看到他们要找的人。

领头的丁大头率先啐骂了一声，从裤兜里掏出手机，表情狰狞地拨了个电话。

没过多久，电话就被接通了，顾金虎的声音从里面传出来。

“虎叔，出事了。”丁大头咬牙沉声道。

顾金虎正在家里打麻将，五一期间他们工地也放假，顾明雷开车载着他一同回到了焦城。

顾耀庭想在顾明雷的工地上开个建材店，听说“五一”时顾明雷会回来，一早就拉了他跟顾明雷的表弟梵文轩组了个饭局，又是请顾明雷吃饭，又是组麻将局，在麻将桌上不断地给他大哥放炮，把顾明雷哄得很是高兴。

这就让顾金虎很不爽了，但面上他又不好表露出来。

他是个长辈，怎么能跟小辈计较呢？可要是不计较，回头顾耀庭真来了他们工地，以顾耀庭的性子，准要跟他在顾明雷面前争宠。

顾金虎年纪大了，再做几年就要退休了。顾西辞不上进，脑子没顾耀庭一半灵活。他要是这几年不给顾西辞铺好路，盯紧一点，回头等顾耀庭在顾明雷那儿起来了，工地那边哪还能让他们家分一杯羹。

所以顾耀庭放炮，他也放炮。比江湖经验，顾耀庭在他面前还是嫩了些。

顾明雷虽然跟顾耀庭是同辈，但年龄跟顾金虎差不了多少，论关系，他自然是与顾金虎最亲。不然这几年，顾金虎也不会是第一个靠顾明雷发家的。

一场麻将，打得跟博弈似的，高兴的只有顾明雷一个人，顾金虎跟顾耀庭都输了不少钱。顾耀庭还是留了一手，没有下足本钱。而顾金虎，早就输惨了。

几万送出去，顾明雷还没有喊停的意思，顾金虎只能继续送钱。看着一张张大钞送出去，顾金虎的心里那叫一个疼啊！

正当他闷得慌时，丁大头正好打了电话过来。顾金虎连忙借口去解手，拿着手机去了卫生间。

“什么事？咋咋呼呼的！”顾金虎一边解手，一边将手机夹在耳朵与肩膀之间说道。

丁大头急着说了几个字，顾金虎闻言，一个激动，都还没来得及追问，手机就从他的肩膀上掉了下来，直接掉进了马桶里。

丁大头的声音在水中扩放着：“叔，现在该怎么办？人跑了，要不要告诉雷哥一声？”

“胡说八道什么，什么雷哥，雷哥不知道这事！”顾金虎将手机从马桶里捞出来，气急败坏地吼道。

手机进了水，滋啦滋啦地响，丁大头的声音变得破碎且刺耳。顾金虎听不清他在说什么，也不顾手机上的尿液，压低声音对着手机闷声警告道：“不管怎样，先把人给我找回来！他要是报警的话，你知道该怎么做的！你那一百二十万的债能不能还，就看这件事你干得漂不漂亮了。”

“可他是人……会说会跑……我们又不能真拿他怎样……弟兄们都不敢下重手……就怕把人伤着了……回头雷哥……”

“我不管你用什么办法，找到人，打也好，关也罢，拖也要给我拖到签字那天。等明雷签完字，他再闹也没用了。你只要记得，这事明雷不知道。要是朝朝报了警，警察查到你，你自己担着！知道吗？”顾金虎咬牙再度强调。

“知……道了……叔……”

顾金虎的耳朵被手机里漏出来的电流刺疼了一下，他吃痛地扔下手机，看着自动黑屏的屏幕，脸黑成了一色。

手上的尿味很重，生怕外面的人发现什么纰漏，顾金虎特意用香皂洗了好几把脸跟手，这才敢离开卫生间，回到打牌的那间屋子。

那头，顾耀庭趁顾金虎不在，跟顾明雷说了想去他工地的事。

顾明雷抽着烟，没说好，也没说不好。

建材那部分一直由顾金虎管着，顾金虎今年把顾西辞也带去工地了，心思不言自明。

顾西辞的能力，顾明雷一直看在眼里。顾西辞不是块做事的料，他脚踏两只船的事，他们哥几个也都知道。先前那个怀孕的女孩子跑去苏城工地找西辞闹，还是他安排人送了她回住的酒店。顾西辞那么大的人了，连女人的事都解决不了，还能做什么大事呢？

要不是看在顾金虎的面子上，他早就把顾西辞赶出工地了。

顾明雷手上钱虽多，但现在每笔钱都要经过朝朝同意才能用。他工地上养那么多闲人，朝朝已经有些不满了。

若以后钱都到了他手上，那还可以，他养再多人，儿子也管不着。可顾明雷最近总觉得心里不踏实，下个月就是朝朝二十岁的生日了，也是律师带着遗嘱找朝朝签字的日子。就朝朝先前毁了黄娟的生日宴，又害得顾霖曦受伤这事来看，顾明雷已经知道儿子的态度了。

朝朝不仅对黄娟不满，对他这个父亲，乃至对整个顾家都是厌恶的。一旦他拿到了那笔遗产，他们顾家的人哪还会有什么好日子过。

为了大家的以后着想，顾金虎给顾明雷出了个主意。顾明雷起初也是反对的，朝朝就算再不好，也是他的亲生儿子，他怎么能让人伤害自己的儿子呢！

但顾金虎说绑架只是做个样子，他们不过是找人把朝朝看住，让朝朝在遗产转让书上签个字，把遗产继承权让给顾明雷。这样等到朝朝生日那天，他不出现，有转让书在，顾明雷就可以让律师把朝朝外公留给他的钱过到自己名下。

2.

虽说不是动真格的，但这件事也不能让别人知道，所以他们才说送朝朝出国念书，特意给他订了机票，又亲自送他去淞市登机。

然而谁能想到，朝朝在机场就发现了不对劲，挣脱开他们跑了。要不是丁大头早就安排了人手在外面跟着，他们根本逮不回他。

人抓回来以后，丁大头他们一直守着。

即使顾明雷没有直接问，他也知道顾金虎偷偷让丁大头给朝朝吃了点苦头。不过这孩子骨头硬得很，到现在都没在转让书上签字。

而朝朝一天不签字，顾明雷心里就一天没法儿踏实。

“哥，西辞他不是做这块的料，你就让我去你的工地吧。我卖建材赚了钱，给你抽四成，你看行吗？”

耳边顾耀庭还在努力劝说他，顾明雷没说话，抽着烟，目光盯着进了牌室的顾金虎，给了顾耀庭一个眼神。

顾耀庭立刻噤声。

顾金虎心知肚明，但脸上还是挂着笑问：“趁我不在都聊什么呢，这么开心？”

“瞎聊，刚才耀庭说叔你去了这么久，会不会是摔马桶里了，看你晚上都喝多了。”顾明雷笑着遮掩道。

顾金虎没有拆穿他，自然地接过话茬：“耀庭不知道，明雷你还不知道啊，你叔我酒量好得很，摔不了。”

顾明雷点头，含笑朝顾金虎侧了侧身，假装随意地问：“刚才丁大头找你什么事？”

刚才顾金虎接电话的时候，他特意看了一眼，看到了丁大头的名字。

顾金虎笑吟吟地看着他，良久，意味深长地回了一句：“没什么，就说手头紧，问我借点钱。”

顾明雷了然地点了点头，没再多言，一颗心却沉了下来。

四个人继续打麻将，又打了一圈，顾明雷喊累了，率先起身，这场牌局就此结束了。

顾耀庭还不死心地要找顾明雷继续说开店的事，顾明雷对他摆了摆手，把顾金虎喊了过去。

顾耀庭见状，也不好逼得太紧，只好跟表弟先离开了顾金虎的别墅。

待人走没了，顾金虎才偷偷跟顾明雷说朝朝趁丁大头送饭的时候，打伤人跑了。

顾明雷听完，一张脸青白，说不出是什么神情。

良久，他才咬牙对顾金虎开口：“先把人给我找回来。记得，不能让任何人知道！”

“明雷，你说朝朝会不会报警？”顾金虎有些害怕。

顾明雷没比他好多少，背上一阵发凉。以他对自己儿子的了解，朝朝真干得出来这种大义灭亲的事。

想到一旦报警可能带来的后果，顾明雷就一阵后怕。过了一会儿，他眼里闪过一丝狠厉。

“你让丁大头派人去淞市几个公安局守着，看到朝朝就带走，别让他进去。他身上没手机，也没钱，又没认识的人，跑不远。”顾明雷咬着牙说。

顾金虎点头，两个人相互看了一眼，没再说下去。

要说之前顾耀庭想去顾明雷工地的事还有一线希望，但现在，这个希望彻底没有了。

如今顾金虎跟顾明雷是一条绳上的蚂蚱，顾金虎掌握着顾明雷最肮脏的秘密，顾明雷怎么可能抛弃他。

这一场牌局，终究还是顾金虎赢了。

“你被绑了？”陈司南震惊地望着坐在她书桌旁吃泡面的少年。

“嗯。”朝朝抬头乜了她一眼，低头又吃了一口泡面，精致的脸上，神情很是平静。

即使一天没有进食，整个人已经饿得前胸贴后背了，他的吃相也还是很优雅。

一碗泡面被他吃出了山珍海味般的感觉，陈司南看着，莫名觉得神奇。

“所以，你根本就没有去美国，而是在机场就被人绑走了？可为什么你被绑的消息我一点都没有听说过呢？”

“你是指我三叔没有告诉你？”朝朝停下手中的动作，偏过头看她。

“顾西辞没告诉你的事多了去了，也不差这一件吧。”他轻笑一声，继续吃面。

似乎被戳到了痛处，联想到昨天杨慧子来找她的事，陈司南的眼神黯了下来。

她探寻地打量了朝朝一会儿，最终还是没问他是不是早就知道顾西辞跟杨慧子的事。

“你爸是我们市首富，你被绑了，不可能一点消息都没有。绑匪绑架你肯定会找你爸要赎金，从你本该出国的那天算起，到现在都快二十天了，绑匪难道没问你爸要过钱吗？”

听她提起顾明雷，朝朝的手指再度顿了顿，瞬间觉得眼前的面都不香了。

他扔下筷子，右手撑着下巴，似笑非笑地看着她：“那你得问我爸呀！绑匪是不是问他要钱了？他藏着消息没报警是怕激怒绑匪，还是另有原因呢？”

陈司南不明白他什么意思，皱着眉头想了一会儿，觉得他们俩就这样干坐着聊天也不是个办法，这么大的事，怎么能不报警呢？

“朝朝，那些绑匪追了你一路，你应该看到他们的样子了吧？我想他们不抓你回去是不会罢休的，我们还是报警吧。等警察来了，你做个笔录，提供一下绑匪的画像……”

陈司南话还没说完，就被打断了。

“我不想报警。”朝朝干脆地拒绝了。

"为什么？"陈司南诧异地问。

"不为什么，就是不想。"朝朝固执地说，好像这件事跟他一点关系都没有。

"不报警，要是追你的人发现你在这儿，又来绑你可怎么办？你不担心自己就算了，别拖累我行吗？"陈司南眉头皱起，担忧地说。

"放心，没有人知道我来找你。我特意带着那些人绕了两站地铁，甩了他们以后才来你这儿的，所以你很安全。再说了，就算他们发现了，也不会绑你的，你又不值钱。"朝朝一副自以为是的样子，对着陈司南微笑道。

陈司南成功地被他气到："那我是不是还得谢谢你？"

"大家都是自己人，互相照应是应该的，你说是吧，未来三婶？"朝朝毫不客气地道，嘴角噙着笑。

陈司南被气得不轻。

在她跟顾西辞没闹掰之前，她听朝朝叫自己三婶就觉得带着一丝嘲讽。现在听，更觉得刺耳极了。

她黑着脸瞪了他一眼："你要不想报警也可以，但你不能留在我这儿，我这就通知顾家的人来淞市接你。"

说罢她就要拿手机打给顾西辞。

她跟顾家联系的人只有顾西辞一个，虽然她现在很不想打电话给顾西辞，但她也没有其他办法了。朝朝就像一颗不知什么时候会爆炸的炸弹，她跟他在一块儿总觉得心里慌慌的。

找到顾西辞的号码，陈司南刚准备拨过去，突然手上一凉，朝朝伸手一把抢过了她的手机。

"把手机还我！"陈司南作怒道。

朝朝没给，直接将她的手机塞进自己的运动裤兜里，直起身，站到一旁，双手插兜，居高临下地睥睨着她。

"朝朝，你到底想做什么？还有，你还没告诉我，你为什么会跑来我单位？你怎么知道我在这里？"陈司南按捺住内心的怒意，抬头质问某人。

他比她高一个半头，陈司南看他还需要仰视。

朝朝漠然地看着她，轻蔑地一笑，声音凉凉：“你们搞学术的问题都这么多吗？你一口气问这么多问题，我该从哪里回你呢？”

“你一个个回，我不急。”陈司南双手环胸，板起脸坐到一旁的床上。

她抬头看他看得累，这种感觉让她更加不爽。

朝朝眯起眼，神情晦暗不明：“第一，我记得我跟你说过我叫顾霖星，可你每次一上来就叫我朝朝。这个小名是顾家人叫的，陈司南你就这么想当我三婶？”

陈司南被他这么一说，脸“唰”地一红。

她不过是听大家都喊他朝朝，所以才跟着喊的。她张了张嘴，想要解释。

朝朝抬了抬手，示意她安静。

“第二，我不想做什么，我就想在你这儿待一阵子，不想被任何人知道。你放心，不会很久，下个月我就走。”

“你说什么？”

陈司南激动得从床上一跃而起：“朝朝……不是……顾霖星……你开什么玩笑？我这宿舍就这么小，你看前前后后就一室一厅一卫，你待我这儿，那我待哪儿去？”

“你也待这儿，你睡床，我睡沙发。这一个多月我不能出去，你得留在这儿给我做饭。”朝朝理所应当地说。

陈司南难以置信地望着他。

他这是把她当什么了？

虽说他比她的辈分小，可他也是这么大的男孩子了，怎么可以跟她同住一屋？这要是让别人知道了该怎么想她？

“不行，我不管你想干什么，你都不能待在我这儿。把手机还我，你不想报警，我来报。”陈司南说罢，几步走到他身前，伸手就要从他的裤兜里掏手机。

朝朝完全没有挣扎，任由她掏自己的裤袋，语气慵懒地继续说：“你可以报警，也可以通知顾家的人说我在这儿，但是陈司南，只要你说了，我就告诉他们你想要引诱我。你们宿舍楼道里有监控，方才是你拖着我进你宿舍的。你说，我要是这么说，大家是信你还是信我？到时候你跟顾西辞的婚事吹了可别怪我！”

“你！”陈司南拿回手机，怒视他，气得话都说不出来了。

农夫与蛇的故事她从小就耳熟能详，却没想到有一天自己会成为那个倒霉的农夫。她怎么就忘了朝朝是条毒蛇呢？还是指不定什么时候会反咬你一口的毒蛇！

陈司南可以确定朝朝没有跟她开玩笑，她要真打了电话，他肯定干得出来那种事。

她拿着手机，咬牙切齿，最终没有打电话。

见她被自己吓住，朝朝眯着眼继续说：“第三，我在淞市不认识其他人，就认识你。我来你单位只是碰碰运气，我不知道你在这儿。这是实话。不过事实证明，我运气挺好。”

说完，他笑了。与之相比，陈司南整张脸都黑了下来。

压抑住心中的火气，陈司南坐回床上，面无表情地盯着眼前的男孩，脑袋快速运转着。片刻后，她再度发问：“你老实告诉我，到底是谁绑的你？”

朝朝笑得更畅快了，他就知道陈司南不是个蠢人。

“你说呢？”他笑着反问她。

陈司南咬唇，双手不自觉地攥紧，没有说出内心的猜想。

朝朝肯定是见过绑匪的脸的，可他不愿意报警，也不愿意让顾家人知道他在这儿。

他出国那天是顾明雷跟顾金虎亲自送的他，他若在机场被绑，他们不可能不知道，可他们对顾西辞说朝朝已经去国外了。就算是顾西辞说错了，可朝朝被绑走，绑匪也不会这么久不联系顾明雷要钱。不管怎样，朝朝失踪这么久，他爸一定是知情的，可这个消息被压了下来。

3.

她曾听顾西辞说过，朝朝是六月份过生日，下个月他就满二十周岁了。按照他外公的遗嘱，他很快就能继承那笔巨额遗产。而他非要在她这儿赖到下个月才走，他在怕什么呢？

答案呼之欲出，望着满身伤痕、眼神漠然的朝朝，陈司南却说不出口。

她无法相信，世界上真的有人会为了钱伤害自己的孩子。

一时之间，她对朝朝不知道是该厌恶，还是该同情了。

“我现在可以留下来了吗？”朝朝噙着笑问她。

陈司南认真地看着他，似乎看到了他藏在冷笑背后的无助与彷徨。她张了张嘴，最后也没再说出拒绝的话。

她又一次想到了先前做的梦，想到了那个被浓雾吞噬的少年。然后她陡然发现，梦里的朝朝跟眼前的朝朝是那么相似，他们有着一样凉薄的双眼、讥诮的笑容……

唯一不同的是，现实里的朝朝对她发出了求救，虽然是以一种威胁的方式。但陈司南还是选择伸出自己的手，她想试着去拯救他。

她天生做不了加害者，她无法在一个人双手扒在悬崖边上时，还在他的手上踩上一脚。

她心存侥幸，或许，他并不是个天生的坏人。

“你能告诉我，你为什么不想报警吗？”沉默了一会儿，陈司南想不通地坐在床上再度问道。

难道他并非像她认为的那样，是个毫不顾忌亲情的人？

陈司南一脸疑惑地看着朝朝，很快，她就知道自己错了。

“你觉得我报警，警察会信我的话吗？谁会相信一个父亲会让人绑架自己的亲生儿子？绑我的人是丁大头，丁大头欠了我们家钱，还不起，就替我爸做了这件事。我爸既然敢派人绑我，就不会怕我报警，他肯定都留好了后路。”朝朝满脸讽刺地道。

陈司南沉默了。

她隐约瞧得出顾家的一些端倪，却并不知晓全部的隐秘。如果不是朝朝今天突然来找她，她都不想再跟顾家扯上一点关系了。

“你外公留给你的遗产很多吗？多到你爸都不顾及你的生死了？万一你在此过程中出现意外，他也不担心吗？”

陈司南也不知道自己问这些做什么，这根本不关她的事，可是她真的无法理解顾明雷为什么要这么做。

似乎她问了很可笑的问题，朝朝看着她，嘲讽地说：“多，很多，多到可以买下整个焦城。陈司南，你从没见过那么多钱，所以不懂那种诱惑力有多大。”

陈司南再度哑然。

她静静地望了朝朝很久，最终忍不住好奇地问：“你在我这儿待到下个月，就是想顺利继承那笔遗产？那你得到那么多钱以后，你会怎样对你爸？”

“你觉得我应该怎样对他？”朝朝眯着眼，眼神幽暗地盯着她反问道。

陈司南沉默了，她不知道。

朝朝笑了，再度问她：“陈司南，你觉得我是一个什么样的人？”

陈司南欲言又止，她不知道该怎么说。

朝朝这个孩子就像一团灰色的迷雾，让她看不分明，却又像旋涡一样吸引着她，让她忍不住想探究他。

“你肯定觉得我是一个很坏的人吧，世界上怎么会有这么讨人厌的孩子，被这种家庭养出来的孩子肯定好不到哪儿去。在你这种正常人眼里，肯定觉得我就是个坏人吧。”

没等陈司南开口，朝朝率先替她回答了。

陈司南惊愕地望着他，嘴巴微张，说不出话来。

她先前确实是这么想的。

朝朝又笑，眼神中透着冰冷：“我也不知道我拿到钱后会怎样对付那些伤害过我的人，但是陈司南……”

他的声音突然顿住，抬腿朝她走来。他在离她不到一米远的地方站住，弯下腰，将一张脸逼到她面前。

这是他第二次与她贴得那么近，这一次陈司南没有闪躲，可能是她潜意识里觉得他不会伤害自己，毕竟他现在很需要自己的帮忙。

即使脸上带着伤，但眼前的那张脸依旧是陈司南见过的最精致的脸。

忽然，一个奇怪的想法蹿入陈司南的脑中，她忍不住想，朝朝的母亲长什么样？

都说男孩子长得像妈妈，朝朝的妈妈一定是个很美丽的女人吧，所以生下的儿子才会这么漂亮。

如果说顾西辞算长得好看的话，那朝朝还要比他好看数倍。

他离她很近，陈司南仿佛在看一幅画，还是一幅迷雾背景下的油画。

画上有雨，基调是萧瑟的，朝朝立在雨中，脸色是苍白的，神情是悲凉的。唯独他那双眼，亮得像星球，却又拿夜空当了底色。

你见过小王子吗？

你读过《小王子》这本书吗？

陈司南想起自己曾看过一个版本的《小王子》，那本书的封面是硬壳设计，上面是深蓝色的夜空，还有一颗孤独的星球。小王子闭着眼坐在星球上，守着他的玫瑰花，旁边一只小狐狸远远地看着他。

那封面上的小王子是彩色的，可给陈司南的感觉跟现在的朝朝一样，都是孤寂的。

陈司南不喜欢灰蒙蒙的东西，就像季节，她不喜欢秋冬，她喜欢春夏；她不喜欢雨雪天，她喜欢阳光明媚、微风吹拂的日子。

所以她不喜欢朝朝是从骨子里就决定好的，朝朝这个人表现出来的主色调是灰暗的，是她最不喜欢的灰暗。可她还是被这股灰暗给吸引了，内心莫名涌现出一股冲动，想要伸手将那灰暗扒开一些，看看里面是不是也是暗的。

说不定只是外面脏了，里面是彩色的呢？

真奇怪，陈司南从未有过这种无厘头的想法。正当她鬼使神差地伸手要摸向他的脸时，一声低笑瞬间将她从想象中拉回到现实。

“陈司南，你这次救了我，回头我有钱了，我可以给你几百万，或者更多。你想要多少，我就给你多少，我这个人对救命恩人一向很大方。”

陈司南是浪漫主义人格，所以“钱”这个字一冒出来，瞬间就将她心中刚燃起的浪漫之火给驱散了。

她皱着眉头伸手将朝朝往外推了推：“你身上太臭了，离我远点。我收留你又不是为了钱，并且你钱还没拿到就在这儿大放厥词。我要是你啊，这会儿应该担心那些人会不会找到你，你该怎么在不连累我的情况下躲过这一个月。反正我把丑话说在前头，如果我发现那些人找过来，我就立刻把你丢了，你可别再来祸害我。”

“你不会的。”

“什么不会？”陈司南气哽，眉头皱得更紧了。

朝朝紧紧地盯着她：“你不会把我丢了。”

陈司南愣住，她刚才只是随口一说，她也不知道顾明雷的人会不会找到她这儿，也不清楚要是那些人真发现朝朝躲在她这儿，来抓他，她会怎么做。但是望着朝朝一脸殷切期盼的样子，她又说不出反驳的话来。

她素来心软，之所以愿意收留他，只是因为看他可怜。

他之前说来找她是因为淞市就认识她一个人，要不是走投无路，他怎么会跑来找她这么一个不相熟的人帮忙呢？

恰好她假期留在了淞市，她要是今晚不在研究所，他又该怎么办呢？

陈司南头疼，看到那么高个的人像杆子一样杵在她这间狭小的单身宿舍里，她的心情变得很是复杂。

一个多月啊！

先不说顾明雷的人会不会找到她这儿，她都不知道自己有没有那个本事与朝朝共处那么久。

就算他们俩平安共处过了这个月，等下个月朝朝顺利继承了那笔遗产，这件事就这么过去了吗？他以后会怎么跟顾家人相处呢？

陈司南越想越多，最后觉得自己想再多都是瞎想。

朝朝以后和顾家人怎么相处跟她有什么关系？等她爸复查结果一出来，情况跟上次一样好的话，她就要去顾家退婚了，她可不想再跟这些人有什么牵扯。

她一点都不想。

“有热水吗？我想洗澡。”双方沉寂了一会儿，朝朝表情别扭地问陈司南，耳朵隐隐有些红。

陈司南这才反应过来，他身上还穿着那身满是脏污的运动套装。

别说朝朝受不了这身脏衣服，连她都快受不了他身上的味道了。她的宿舍本来就小，刚才为了谈事她把门窗都关上了，这会儿味道弥散在空气中，很是难闻。

陈司南起身去开窗，伸手指向玄关处紧闭的小门：“卫生间在这里面，热水有，是电烧的，你把水龙头往左放一会儿，水就热了。你洗的时候自己注意一下，别碰到伤口，不然感染发炎了，就算你不愿意，我也要送你去医院的。”

朝朝沉闷地“嗯”了一声，身体却未动。

陈司南有些迷惑："你不是要洗澡吗？"

朝朝眉头紧拧在一起，静默了几秒后再度开口，耳根子更红了："没换的衣服。"

他身上的衣服铁定是不能再穿了，总不能让他洗完后光着出来吧。

陈司南明白了他的意思，顿时头更疼了，她已经开始后悔答应帮他了。

现在都快十二点了，商场早就关了门，就算她敢一个人跑出去给他买新衣服，也没地儿让她买了。她今天刚给陈萱买了一套运动装，可是陈萱个子瘦小，穿的是最小码，他肯定是穿不下的。

快速地斟酌了一会儿，陈司南转身走到衣柜前，打开柜门，从里面拿了一条夏天穿的长款睡裙出来扔给了少年。

朝朝一把接住，打开看到是一条裙子后，整张脸黑得像暴风雨来临前的天，就连看她的眼神都变冷了。

"我不穿裙子。"他憋闷道，满脸不悦地看着陈司南，"我三叔的衣服呢？你这儿总有一两套吧。"

他不提顾西辞还好，一提，陈司南内心的那股反胃感又来了。她当即瞪了他一眼，也板起了脸："没有，就这条睡裙了，你爱穿不穿。"

闻言，朝朝探寻地看了陈司南一会儿，脸上露出恍然的表情："看来你都知道了，比我想象的要早一点。我猜猜，是我三叔告诉你的，还是那个女孩找你了？"

"你早就知道顾西辞出轨了？你为什么不告诉我呢？你们是不是都知道这件事，就只瞒着我不说？"见他一副幸灾乐祸的样子，陈司南顿时来气地问道。

她原本不想扯这件事的，但谁让他先提了呢。

别看陈司南这个人平时温温软软的，该较真的时候她绝不会认输。

她就搞不懂了，这顾家的人一个个都是怎么回事，做事都没底线的吗？所有人都知道顾西辞在外面有女人，却还能笑着祝福她跟顾西辞，嘴里说等着喝他们的喜酒，其实是想等着看他们的笑话吧。

有病。

陈司南突然有点想把朝朝赶出去，她不想帮他了。

随便他们了，自生自灭吧。

见她真的生气了，朝朝立刻收起笑，声音幽幽地解释："我没有不告诉你啊，我明明提醒过你的，是你自己没放在心上。"

他说的是上次黄娟的生日宴，她找他聊萱萱时，他说的那两句让人莫名其妙的话吗？

什么管好你的男人，别来管他之类的，这算是提醒她吗？那她还真得谢谢他了。

见陈司南怒气未消，不等她出声赶人，朝朝连忙抱着她的睡裙，识相地拉开卫生间的门，钻了进去。

陈司南翻了个白眼，转身去衣柜里拿多余的被子。忽然，背后又传来某人可怜无助的声音。

"陈司南。"

"干什么？"她语气不善地回，都没转身看他。

朝朝咳了一声："你能帮我买条内裤吗？24小时便利店晚上还送货的。"

陈司南绝望地闭眼，双手用力拧着手中的被子，还未回答，就听他继续道："要L码的。"

陈司南咬着牙，猛地转身，刚要骂点什么，一道关门声起，卫生间的门再度被快速地关上了。

陈司南当然知道便利店24小时都送货，但是像这种假期，又是半夜，他们研究所附近的便利店得满二百元才起送。

花钱是小事，可是她从来没给男人买过内裤，现在突然让她买，她感觉怪怪的，别扭极了。

虽说是这样，但陈司南还是趁朝朝洗澡的时候，在手机上买了他需要的生活用品，还有一些零食。

看朝朝只吃了一桶泡面，她担心他半夜会饿，就又买了点饼干、蛋糕，还有牛奶。

那家便利店就开在他们研究所门口，送货过来只要十分多钟。陈司南快速地买完东西，然后拿被子把沙发铺成床，又拿了一条薄毯出来。

等她收拾完沙发，便利店老板正好送货来了。她让老板将东西放在门口，待听到老板下楼的脚步声，才开门把几袋子东西都抱进了屋里。

陈司南脸颊发烫地拿出一条男士内裤，走到卫生间门口，敲了敲门。

“朝朝，你要的东西到了，给你放门口了。”她习惯性地叫了他的小名，喊完才发现自己又叫错了。

名字取了就是让人叫的，凭什么顾家人叫得，就她叫不得？

把纸盒子扔在卫生间门口，陈司南折回去收拾她刚买的那堆东西。卫生间的门微微拉开一条缝，从里面伸出一只手来，将纸盒拿了进去。

陈司南没看，她在研究鲜牛奶的保质期。昨天刚生产的，看来她运气还不算太糟糕。

折腾了半宿，她有点渴了，直接开了一瓶牛奶喝了一大口。突然，卫生间的门再度被打开，一双大长腿朝陈司南走过来，停在了她面前。

陈司南手里拿着奶瓶，抬头慢慢朝上看去。待看到穿着她那件粉色草莓睡裙的某人时，她一时没忍住，嘴里刚喝进去的牛奶差点全喷出来。

陈司南努力地憋笑，喉咙被呛了一下，好一顿猛咳。

见状，朝朝的脸顿时又耷拉下来，狠狠地瞪了她一眼，坐到一旁的沙发上，随手拿起一包薯片拆开，捏了一片塞进嘴里。

“你怎么知道我喜欢吃烧烤味的？”他蹲坐在沙发上，拿毛毯盖在腿上，遮住了那件不伦不类的睡裙，故意扯开了话题。

陈司南的心情一下子好起来，连看朝朝都觉得顺眼多了。她脸上带着笑，一边咳一边说：“我随便买的，我怎么知道你喜欢吃什么，我又不是顾家人，不需要拍你马屁。”

朝朝的手指顿住，目光凉凉地扫了她一眼，没再说话。

陈司南有些尴尬，一时之间也不知道该说点什么，索性也懒得聊了。她从地上起身道：“沙发硬，你去睡床吧。”

“不用。”朝朝拒绝，伸腿躺进沙发里，拿被子裹住自己全身。

五月天，淞市的气温正合适，不冷也不热。

陈司南见他这么坚持，也懒得再劝说，直接去床上拿了自己的睡衣，准备去洗澡。

进卫生间前，她回头叮嘱某人：“你别乱动我屋内的东西，明天一早我就去给你买衣服。”

朝朝再度“嗯”了一声，翻了个身，脸对着沙发内侧，留给陈司南一个侧影。

陈司南无语，心里还有些毛毛的，先进洗手间简单地冲了个澡。

要出门了，她才想起没穿内衣。以前一个人在家不穿内衣习惯了，现在屋子里突然多了个大男孩，她不得不讲究一下了。

想到这儿，陈司南又把睡衣脱了，重新整理好自己后，这才放心地走出来。

少年还保持着她刚才洗澡前的姿势，沙发处传来微弱的鼾声。

这是睡着了？

看得出来，他应该很累了。

陈司南暗自松了一口气，紧绷的神经跟着松懈了一些。她蹑手蹑脚地朝自己的床边走去，经过沙发的时候，看到朝朝垂下来的左手。

估计是被热水淋了太久的缘故，他手臂上破皮的地方都起泡了。另一只手被他藏在怀里，看不到，但陈司南想应该也没好到哪儿去。

她去床头柜拿了医药箱，蹲在沙发旁给他处理伤口。

似乎很久没睡过安稳觉了，朝朝睡得很沉，就连陈司南给他的伤口上药他都没醒，只是在睡梦中因为疼痛蹙紧眉头。

陈司南极有耐心地帮他把两只手上的伤口都处理完，看到他的后脖颈处微微露出的肩胛骨上也有紫色的瘀青，眉头又蹙了起来。

看来他身上也有不少伤。

她蹲在地上，拿着药膏犹豫了一会儿，最终没有上手给他脱衣服处理身上的伤口。倒不是她羞涩不好意思脱他的衣服，而是朝朝身上就穿着她的一条短袖睡裙，裙摆被他下半身压着，她不好脱。

算了，等明天再说吧。

今晚受了那么大的惊吓，陈司南也累了。她把剩下的药膏放回医药箱里，走到自己床边，上床睡觉。

闭上眼没多久，陈司南就睡着了。

早上六点，闹钟一响，她就醒了，立刻伸手摁掉床头的闹钟，朝沙发上看了一眼。

朝朝还在睡。

不得不说，他的睡姿很规矩，被子竟然一点都没掉到地上。

想到今天要做的事，陈司南顾不得多想，连忙从床上爬了起来，去卫生间换好衣服，洗漱一番后便匆匆离开了宿舍。

走之前，她特意写了张字条放在了沙发旁，说她出去了，让朝朝在她回来之前别乱动屋里的东西，饿的话先吃面包跟牛奶，她得过一会儿才回来。

陈司南感觉自己跟个老妈子似的，把要叮嘱的话都写在字条上，唯独没写让朝朝别乱跑。

其实在她出门后，她的内心还是很纠结的。她一方面希望自己回去后，朝朝已经跑掉了，这样她就可以松口气了。一方面又担心他跑了以后，被他爸的人抓回去，又要吃苦头，万一顾明雷真的心狠到为了钱把他逼死可怎么办？

从研究所出来，陈司南直接转了几趟公交车去了七浦路的服装批发市场，在那儿找了几家男装店，快速地给朝朝从头到脚、从里到外买了三套日常穿的衣服。

你说她小气，她也不小气，她给人孩子买了三套新衣服和两双替换的鞋子。但是你说她大方，这么多东西加起来才花了六百多块，还抵不上朝朝昨晚脱下来被她扔掉的那套运动装的零头。

不过陈司南也不知道他那套衣服有多贵，她只是看衣服破了几个洞，又脏得很，没法儿穿了才扔的。要是知道价格的话，她一定会洗得干干净净，哪怕破了好几个洞，她也会去淘宝买几个补丁贴给补上。

陈司南从来不会跟钱过不去，倒并不是因为她贪钱，而是她觉得钱很重要。

她会给陈萱去商场买衣服，但不会给朝朝买。不是她偏心，是因为她觉得朝朝这些衣服反正也穿不久，等他回到家了，他有得是衣服穿，也不会再穿她买的这些，那她何必买太好的？

衣服嘛，只要干干净净，不坏不露就行了。

批发市场的衣服又怎么了？陈司南自己穿的衣服也大半是在这里买的。

买完衣服，陈司南拎着大包小包又回到了研究所。路上，她看到有人在卖鸡蛋灌饼，就又随手买了两个。

朝朝一觉睡到了八点多，他醒来的时候，陈司南还没有回宿舍。

看到留在沙发旁的字条，朝朝拿起来看了一眼，撇了撇嘴，将字条扔进了垃圾桶，然后去洗漱。

陈司南昨晚给他买了洗漱用品，已经帮他放到卫生间了，他可以直接拿来用。

洗完脸刷完牙，望着镜子里清爽的自己，朝朝有一瞬间恍惚。他伸手抹了一下镜子上的水汽，才发现手上被贴了好几张创可贴，就连手腕上的擦伤也被清理过了。

她醒得有多早？还是昨晚压根儿就没睡？

朝朝望着自己的双手出了一会儿神，随后离开卫生间，光着脚在屋子里走来走去，打量着周遭的一切。

昨晚他太累了，都没顾得上好好观察这里，这会儿仔细一看，他发现这宿舍果真如陈司南所说的那样小，不过就他们家一个卫生间那般大。

过道口是简易厨房，进来就是厅，厅内放着一张沙发、一张一米八的床、一个木制小衣柜，还有一张一米宽的小方桌。桌上铺着格子布，放着一个玻璃瓶，瓶中养着一簇百合。

床跟衣柜中间剩了几十厘米的地方，被陈司南拿来做了书柜。那书柜是一格格的，木板嵌在了墙上，很省空间，放的书也不少。

朝朝走过去看了一下柜子上的书，什么国家的都有，但大多是偏文学类的书籍。他对看书不感冒，平时在学校上课觉得无聊时，他宁愿对着窗外的电线杆发呆，也不会去看书。

在这一点上，他像极了顾家的人。顾家的人都没学习天赋，不爱看书。

即使这样，他还是从书架上拿了一本书下来，坐到沙发上，抱着一包薯片，一边吃一边翻看起来。只是因为陈司南不让他乱动屋内的东西，可是，他又有点想看她生气的样子。

他觉得她生气的时候五官会灵动许多。这还是他上次在他奶奶的生日宴上，陈司南找他算陈萱的账时发现的。

也许是看惯了自己的脸，所以在朝朝眼里，陈司南的长相算不上惊艳，但看着挺舒服。

比起漂亮，他更喜欢跟舒服的人待在一块儿，这也是为什么他跑出来，第一个就想到来找她的原因。

事实上，他跟陈司南并不熟，而且他很清楚陈司南有多讨厌他。

可他就是先来了淞市研究所，想着如果她在的话，肯定会帮他。

他的直觉告诉他，她很会照顾人。

事实也确实如此，她虽嘴上说得难听，可还是给他买了内裤，还很细心地给他买了一整盒。她还会给他买洗漱用品，会买零食，会给他处理伤口，会一大早出去给他买穿的衣服……

嗯，她其实是个很不错的人呢。

朝朝侧躺在沙发上，一只手拿着书，一只手往嘴里塞着薯片，目光却落在了远处敞开的窗户上。

阳光从外面洒进来，照在窗户上贴着的向日葵上。向日葵的花瓣折射出金色的光芒，又落在了小方桌中央的百合花上。

那簇百合开了花，花香在整间屋子里弥散着。

地上她铺了地毯，地毯是墨绿色的，上面的图案是两只小白羊在吃草。

朝朝的嘴唇微微上扬，这里真是一个温暖的地方啊。

4.

陈司南回到宿舍已经快九点半了。

她两只手都拎了东西，不好拿钥匙开门，却又不想喊屋内的人，怕别人知道她宿舍里藏了人。所以她只能先把东西全部放在地上，然后伸手进背包里找钥匙。

没等她摸到钥匙，宿舍的门打开了。

朝朝依旧穿着她的睡裙，光着脚站在门口，身上裹着一条床单，神情郁郁地看着她。

陈司南一脸迷惑，他这又是怎么了？刚睡醒？犯了起床气？

陈司南不解，弯腰去拿地上的东西。朝朝见状，要出门帮她一把。

陈司南连忙制止他，将他往屋里推："你没穿鞋，别出来！我自己来！”

听起来像是怕他弄脏了脚，其实陈司南是怕有人看到他。她第一次干这么大胆的事，留个不熟的男生在宿舍，有点做贼心虚。

朝朝不知她的心思，只当她是为自己好，心里一阵暖流淌过，对着她难得地笑得一脸纯真："陈司南，你回来了可真好。"

"啊？"陈司南惊愣，她怀疑自己听错了。

这孩子在说什么？还有他这是什么表情，一副感动得不行的样子，他是受什么刺激了？

陈司南狐疑地看了他一眼，双手将外面的大包小包拎进屋，慌乱地关上门，一脸警觉地盯着眼前的少年问："你是不是趁我不在闯祸了？看你笑成这样就不对劲。"

"我笑成什么样了？"朝朝反问，好奇地蹲在地上拆她拎回来的袋子。

陈司南抿唇。

怎么说呢，他的笑容很干净，但陈司南有点不适应。她已经习惯了朝朝阴郁的模样，他突然这么阳光，让她心底发毛。

听不到陈司南的回答，朝朝也没有继续追问。他快速地把所有袋子拆开，看到里面的男装后，脸上的笑容慢慢凝固。

他起身，手里拿着一件长袖格子衬衫往自己身上比了比，面无表情地问陈司南："你这些衣服都是哪儿买的？线头都没剪干净，这能穿吗？"

还是这副不讨喜的样子才像朝朝。

陈司南早就料到他这种人是看不上这种地摊货的，但她买都买回来了，穿不穿随便他。

"线头我一会儿给你剪一下就好了。这些衣服哪里不好了？不就是没牌子，料子还是很不错的，我给你买的都是纯棉的。一会儿我把它们放洗衣机里洗一下，等干了你就可以穿了。"

说完，陈司南伸手将地上的衣服都抱了起来，往卫生间走去。

朝朝跟在她后头，倚着门框，看她把衣服一件件扔进洗衣机里。

"你给陈萱买的是商场货，为什么给我买这种？"他执拗地问，脸上写满了不高兴。

陈司南倒完洗衣液，盖上洗衣机盖子，转过身看着他，神情严肃："你怎么知道我给萱萱买的什么衣服？你翻过我衣柜了？朝朝，我是不是说过，让你别乱动我的东西吗？”

闻言，朝朝的眼里闪过一丝心虚，但很快他又理直气壮地回她：“我冷，去衣柜找找有没有外套穿不行吗？还有，我也说过了，不准你叫我朝朝，你为什么还要叫？”

陈司南哽住，轻咳了一声。

她这是做什么，都这个年纪的人了，还在跟一个晚辈吵架。

算了，她刚看了看屋内挺干净的，他应该没怎么动她的东西。

陈司南快速地平复好情绪，抬头对着朝朝微笑：“这样吧，为了我们未来一个多月能和平共处，彼此舒适些，你可以动这屋内的东西，但得经过我同意，并且你也要接受我叫你朝朝。不过我不是故意要叫你这个名字，我只是叫习惯了，有时候会忍不住脱口而出。你要是很介意的话，那我尽量改口。”

朝朝眼神幽暗地看着她，抿唇不吭声。

几秒后，他有些闷闷地开口：“随便，你爱怎么叫就怎么叫吧。”

他这是生气了？

陈司南感到迷惑，还想说点什么。朝朝却不再理会她，扭头离开了卫生间。

陈司南跟着他到了客厅，看到沙发上堆着几本书，还有几包拆开吃了一半的零食。

朝朝蹲坐在地上，在看她买回来的鸡蛋灌饼。

“不是让你饿了吃面包跟牛奶吗？你吃那么多零食没营养的。对了，那鸡蛋灌饼还是热的，你想吃就吃吧。”陈司南一边说，一边俯身去收拾被弄乱的沙发。

他动了她的书，但陈司南并不怎么生气。她觉得看书是好事，她也不想浪费钱给他买手机，他看看书还能解个闷。

陈司南一边收拾东西，一边看他都看了些什么书。

她架子上的书品种很多，她挺好奇他会对哪种书感兴趣。等看到书名时，陈司南的眉头又皱在一起了。

这孩子怎么光挑惊悚恐怖小说看呢？

陈司南将乙一的《动物园》，还有尤·奈斯博的《雪人》以及丹·布朗的《达芬奇密码》都收好堆在一起抱在手里，问坐在地上沉默地吃饼的少年："朝朝，你这些书还看吗？"

朝朝正在吃鸡蛋灌饼里的生菜叶子，他第一次吃鸡蛋灌饼，所以不知道生菜叶子可以连着饼皮一起吃，还特意把生菜叶子挑出来吃了。

听到陈司南问他，朝朝嘴里叼着生菜叶子，瞥了一眼她手中的书，嫌恶地摇头："不要。"

说完，他又带着情绪控诉陈司南："你为什么会有这么恐怖的小说，你一个搞学术的，怎么还看这种小说？"

陈司南看他一副惊惧的模样，目光落在他还披在身上的床单上，心中一片恍然。

原来他刚才开门一脸阴鸷，不是犯起床气，而是看书被吓着了啊！

哟，真看不出来，朝朝竟然是个胆小鬼。

陈司南笑了，将书抱去书架上重新摆好，又挑了两本文风平和的书走了过来，递给他："你既然怕，那还看什么惊悚小说。"

"我又不知道。"朝朝撇嘴，微恼地咬了一口鸡蛋灌饼，嘟囔道："那《动物园》我以为是百科全书，《雪人》我看封面一片纯白，以为是文艺小说，还有那《达芬奇密码》，我以为是讲密码学的……"

陈司南笑得更欢了，不知怎么的，她觉得他这个样子有点可爱。

"这些书都很有名啊，你竟然都不知道。你都不看书的吗？我们家萱萱高一那会儿就把这些书都看完了，中外名著她读得也差不多了。你虽是读理科的，有空了也该读读文学性的小说，对你的写作有帮助。"陈司南微笑道。

朝朝白了她一眼。

又来了，他是来这儿借住的，又不是来上课的。

"会读书了不起啊！"朝朝一脸不屑，愤恨地把手中的鸡蛋灌饼吞了个干净。

陈司南没跟他一般计较，她也觉得会读书没啥了不起的，只是像他们这种普通人，要是不读书，就少了很多出路。

朝朝生来就有钱，像他这种家庭出身的孩子，是不会明白读书的重要性的。

陈司南把新拿的书放到一旁，随便他看不看，自己照旧开始收拾起来。

门窗被全部打开，阳光照亮了整个屋子。

朝朝抱着被子坐在沙发上，看着陈司南在狭窄的空间里忙来忙去，看着她叠被子、铺床、拿吸尘器吸地毯、给桌上的百合换水……

他看着阳光在她身上跳舞，不知怎么的，内心深处也像是被洒了阳光一样，跟着愉悦起来。

衣服洗好了，刚洗完还不能穿，陈司南拿去外面晒。他在旁边看着，一点也没有要帮忙的意思。

不是他不想动，而是他不知道该怎么动。她所做的一切家务琐事看起来简单，可确实是他长这么大碰都没碰过的。

他觉得奇怪，为什么陈司南年纪轻轻会做那么多事？不过一会儿工夫，她就能把整间屋子收拾得整洁亮堂，就像动画片里的场景一样，到处闪闪发光。

她是会什么魔法吗？

为什么她物质并不富裕，居住环境也不好，可是给人的感觉是那么温暖？

人一旦在阴暗潮湿的地方待久了，就会无比渴望温暖，朝朝就是。

一股异样的情绪在他的身体里快速涌动着，他望着沐浴在阳光中的陈司南，目光逐渐变得贪婪起来。

第六章
酸甜

1.

收拾完宿舍，陈司南洗了手，回来坐在床上吃已经凉了的鸡蛋灌饼。

朝朝看着她，欲言又止，一会儿后还是忍不住问："你要喝热水吗？我用水壶烧的，应该还没凉。"

仿佛在听天方夜谭，陈司南被呛了一下，惊愕地抬头看他："你还会烧热水？"

朝朝冷了脸，倨傲地别过头去，脸颊微微有些泛红："我又不是四肢残废什么都不会做。"

说完，他鼓着腮帮子，憋闷地走去小四方桌，拿开水壶往一旁的茶杯里倒了一杯开水，转头像招呼小狗似的叫陈司南："自己过来喝。"

陈司南被他这个模样逗笑，没有拒绝他的好心，起身走过来，拿起水杯喝了一口水。

水温正好，不是很烫，陈司南满意地多喝了两口，脸上带着笑："朝朝，除了烧水你还会做什么？你说出来我听听，回头我好给你分配工作，你在我这儿总不能什么都不干吧。现在是我放假，还有时间照顾你。等我上班了，可就顾不上你了。"

听到她说没工夫照顾自己，少年的嘴唇有些不悦地抿紧。他抬头凉凉地扫了陈司南一眼，嘴里吐出来两个字："泡面。"

"什么？"

他声音太小，陈司南没听清。

“我说泡方便面！”朝朝恼了，没好气地瞪了她一眼。

陈司南又笑了，看着眼前一米八几的男孩子，略有些无奈地摇了摇头。

她哪能指望朝朝这个太子爷自己会照顾自己呢。

就着那杯温开水，陈司南把鸡蛋灌饼给吃完，然后拿了纸和笔过来，坐在小桌子旁，一边写，一边跟某人说：“这是我的日程表，我就放假到四号，四号晚上就轮到我值班了。之后我每天除了上班，还得完成博士生的学业，待在宿舍的时间会很少。你需要什么都要提前跟我说，我会尽量满足你。我上班之前也会把饭菜给你准备好。但为了你跟我都好，我不在的时候，你最好不要出这宿舍，这一点你可以答应我吗？”

朝朝坐在一旁，看着她画在纸上的时间表，沉闷地点点头，算是答应了。

陈司南还是不大放心，又强调了一遍：“朝朝，你不能敷衍我，你真得答应我不能出这个宿舍，不能让其他人看到你，不然我都不好跟大家解释，我在单位会很难做的，你明白吗？我既然愿意帮你，你也不能害我是不是？”

“你怎么跟祥林嫂似的，话那么多。”朝朝不耐烦地道。

陈司南脸臊胸闷：“我这不是头一次在宿舍藏人，心虚嘛。”

朝朝一脸黑地看着她：“你都跟顾西辞吹了，还怕什么？就算被人看到我又怎样，你们单位又没人认识我。”

听他这么说，陈司南心里又开始慌了，急忙道：“那你的意思是你非要出这宿舍？朝朝，你不能这样做，就算大家不认识你，但见过你的人都会自然地把注意力集中道你身上。因为你长得太招摇了，你知道吗？”

朝朝不傻，当即就听出了她这是在变相地夸他长得好。

从小到大，他没少被人夸长得漂亮，长得帅。但不知怎么的，这会儿听陈司南这么说，他心情陡然好了许多，嘴角不禁上扬。

他眼神幽深地扫了她一眼，随后别扭地移开视线，将声音放柔一些：“知道了，我不出去。我本来就不喜欢见人，所以你不用担心，不要再唠叨了，真的很烦。”

“男子汉说话要算数，你可不能食言啊！”陈司南严肃地道。

朝朝“嗯”了一声，没再多言。

陈司南把自己未来近一周的安排画成了时间表留在了纸上，以便他了解。她一周画一次，这样四周过去，她就能解脱了。

画完表，陈司南长长地呼了一口气，习惯性地伸手要伸懒腰。突然，她感觉手背上一股温热，像碰到了什么东西。

她下意识地转过头，这才发现朝朝还坐在一旁，一脸阴郁地望着她。她的右手不偏不倚正打在他的脸上，手背上温热的触感是他的唇。

心脏似乎被电流击了一下，陈司南的脑袋有片刻的宕机。未等她反应过来，耳边已经传来少年冷酷的声音。

“拿开。”

陈司南猛地回过神来，近乎闪电般地缩回手，尴尬地解释：“朝朝，我刚才不是故意要打你的。”

朝朝没理她，从椅子上站了起来。

陈司南很是抱歉地追问：“朝朝，我没打疼你吧？”

“陈司南，你别说话了，我头疼。”朝朝离开了四方桌，头也不回地朝沙发走去。

陈司南噤声，她还是头一次碰到有人嫌她话多的。

朝朝躺沙发上看书去了，陈司南也没有再管他。她去冰箱里拿了点菜出来，拿到宿舍外的水龙头下洗了洗，然后在过道里忙着做午饭。

以前都是她一个人，没什么做饭的欲望，一般都是出去吃。现在家里多了个人，她冰箱里又正好有菜，她想着不吃也浪费了，就索性自己动手做了几道菜。

她下厨前也没问朝朝喜欢吃什么，直接就现有的食材做了一盘可乐鸡翅，又炒了一盘香菇青菜跟酸辣土豆丝，最后炖了一锅排骨汤。

因为宿舍地方小，她每次下厨为了通风散油烟，都得把门窗打开再做饭。有时候她做的饭菜太香，路过的邻居也会过来看。

这栋楼里住了不少同事，有些跟陈司南认识。偶尔，他们还会在一起聚餐。但现在家里有了朝朝，陈司南也不敢把门窗开得太大，把门关着，只开了一扇窗。

过道里有一台老式的油烟机，年代太久了，除油功能并不好。所以，不到一会儿，陈司南的宿舍里就全是油烟味跟饭菜的香味。

别说陈司南被呛得不行，就连躺在沙发上的朝朝也被呛得受不了了。

他起身走到过道处，没问陈司南，直接把门给打开，让油烟散出去。

陈司南急忙抱住他的手臂要阻止，被他瞪了一眼。

“整层楼都没人声，假期人都不在，就你在，你怕什么！”朝朝黑着脸道。

陈司南觉得他说得有道理。昨晚她看了，他们这栋楼也就她一户还亮着灯，大家确实都不在。

她暗自松了一口气，松开了抱着他的手臂。

见她这副样子，朝朝的心情又不好了。

他一脸郁郁地瞪着她，语气森冷：“我就这么见不得光？要是真有人知道我在你这儿，你直接说我是你弟弟不就行了，你这么心虚做什么？”

“对哦。”陈司南认同地点点头。

陈司南忽然觉得自己这几年书都白读了，怎么会在这种事上犯糊涂。

多简单的事啊，她至于那么小题大做吗？

陈司南也不清楚她到底在担心什么，为什么那么怕别人见到朝朝，难道只是因为他长得太好看？她做人低调惯了，不想引起他人的注意？

陈司南若有所思地把锅里的菜装进盘里，耳后冷不丁传来一声响。

“猪。”

陈司南耳尖，惊愕地瞪着朝朝离去的背影。

他刚才是在骂她？

鸡蛋灌饼吃完还没多久，陈司南并不觉得饿。但墙壁上的挂钟已经指向了十一点半，到午饭点了，她还是把做好的饭菜一一端到了那张小的四方桌上。

桌子本就不大，四个菜一放，都没剩什么地方了。陈司南盛了饭招呼朝朝过去吃饭，她自己则去阳台摸了一下刚晒的衣服。

还没干透，不好穿。把衣服未干的那一面转向太阳后，陈司南回到四方桌旁坐了下来。

朝朝没等她，已经开始吃饭了。

血气方刚的男孩子，正是胃口好的时候，一点零食跟一个鸡蛋灌饼哪能填饱肚子，何况他昨天一整天都没吃饱。刚就座，他就拿着筷子夹了一块可乐鸡翅放进嘴里。

嘴里的可乐鸡翅甜度正好，肉感鲜嫩，入口即化。

他快速地吃完一个，吐了骨头，又夹了第二个。

等陈司南回座位的时候，顾霖星已经吃完三个鸡翅，嘴巴里还塞着第四个。

陈司南一共就做了六个鸡翅，被他吃了一大半。

陈司南惊讶地看着他："你倒是一点都不客气。"

朝朝没理她，继续埋头啃鸡翅。不过啃完嘴里的这个后，他再也没夹鸡翅，只是把筷子伸向了离他最远的排骨汤，夹了两块排骨放进自己碗里。

陈司南发现他只吃肉不吃菜，以为是她的素菜做得失败，于是夹了根青菜放进嘴里尝了一下味道。

挺好吃的，跟她之前做的差不多。

陈司南夹了两根青菜放到朝朝的碗里："这青菜我是用家里带出来的菜油炒的，又肥又好吃，你多吃点。"

朝朝望着碗里多出来的两根青菜，停下了筷子，抬头，阴恻恻地看着她："我不吃青菜。"

陈司南皱眉："为什么？不喜欢？那吃土豆丝吧。"

说罢，陈司南把自己手边那盘酸辣土豆丝往他那边挪了些。

朝朝依旧没动筷子，眉头皱得死死的，闷声道："我不吃蔬菜。"

"啊？"陈司南十分惊讶，忍不住提醒他，"朝朝，你这个年纪还在长个呢，不吃蔬菜怎么行？赶紧吃了，我这儿不允许小孩挑食的。"

又来了。

她不过就大他几岁，又用这种养儿子的语气跟他说话。

朝朝不悦地黑着脸："我已经一米八七了，你还想让我长多高？你还是自己多吃点吧，那么矮。"

"咯……"陈司南被呛了一下，有点被刺激到了。

她无语地白了朝朝一眼，端起手边的饭碗，狠狠地夹了一大筷子青菜放在米饭上，大口吃了起来。

真是好心当成驴肝肺。

鸡蛋灌饼还在胃里没有消化，所以陈司南吃得很少。没动几下筷子，她就吃饱了，放下碗筷起身离座，开始动手收拾碗筷。一旁的朝朝一脸阴郁地瞪着她。

陈司南看了一眼被舀得只剩汤的排骨汤碗，再看看少年手中的空碗："你不会是还没吃饱吧？"

朝朝没吭声，眼睛直勾勾地盯着他省下来但陈司南没有吃的两个鸡翅，微微抿了下唇。

陈司南懂了，这孩子是真的没吃饱。怪她，以为孩子饭量都差不多，按陈萱的饭量做了朝朝的。

陈司南没有再问，直接拿过朝朝手中的空碗，又去给他盛了一碗饭："我这儿不允许剩饭剩菜，你把鸡翅吃完，再把青菜跟土豆丝也吃了，我做得不多，别剩了。"

她刚说完，就看到少年伸向鸡翅的筷子又停了下来。

朝朝面无表情地看着她，声音泛冷："你这儿规矩怎么这么多？"

陈司南冷哼："朝朝，寄人篱下的滋味都不好受，眼下你只能先忍着了。你要不吃完，我从明天开始只做蔬菜，顿顿吃肉我可养不起你。"

朝朝没跟她拌嘴，埋头默默地继续吃饭。

待看到他视死如归地夹了一根青菜塞进嘴里后，陈司南才放心地收了自己的碗筷离开。

朝朝还在吃饭，她又去了阳台摸了一下衣服。有一件衬衫跟一条休闲裤因为布料薄先干了，陈司南便把它们收下来，拿进屋，放到自己床上拿熨斗熨平整。

等她熨完整套衣裤，朝朝正好吃完饭放筷子。陈司南对他招了招手，示意他过去把衣服拿走。

朝朝并不急着去，先拿纸巾擦了嘴，又去洗了手，这才走到她床边。

陈司南只把黑色的休闲裤给他，没给他衬衫。以为她在故意耍自己，朝朝皱眉，恶狠狠地瞪着她，神情像一头快要抓狂的狼。

陈司南连忙将放在床头的医药箱拿过来，抱在怀里拍了拍，解释说："你先把裤子换上，上衣不要穿。我昨晚给你清理伤口的时候，看到你背上也有伤。我只把你小腿跟脚踝的擦伤简单地处理了一下，大腿还没给你看。你自己换裤子的时候看一下，如果也有伤的话，我拿药给你。后背等你穿完裤子，我再来给你涂药……”

“陈司南……”

陈司南还没把话说完，朝朝突然出声打断了她。

她奇怪地停下来看着他，耐着性子问：“你又怎么了？”

朝朝定定地看着她，脸颊微微有些泛红，眼神有些暗沉。

陈司南不懂他什么情况，见他脸红，以为他是昨晚穿着短袖睡裙睡觉冻着了，这会儿发烧了。她赶紧从床上站起来，想伸手摸摸他的额头，却被他直接一把推开来。

陈司南摔坐回床上，憋着气看着他：“朝朝，你推我做什么？”

朝朝抿着粉唇盯着她，不仅脸红，脖子和耳朵也跟着一起红了。

他不知道该怎么跟她解释。

她是女的，他是男的，她怎么可以这么毫不在意地说出让他光着上身这种话来？还有，什么叫大腿没给她看？他的大腿是她能看的吗？

朝朝望着坐在床上呆愣的陈司南，神情突然变得很是暴躁。

他知道陈司南并不是那种放荡的女人，完全不在乎他们男女有别。明明她昨晚还挺纠结是否要收留他，现在却变得这么坦然地接受他。只有一个原因——她根本没把他当成男人来看，而是当小孩子了。

她对他就像是对弟弟那种关心照顾……不对……很可能还不是弟弟……是跟陈萱一样的小辈……

这种认知让朝朝十分烦躁。

“朝朝！”陈司南一头雾水，不知道自己哪里又把这祖宗给惹毛了。

她刚想问，朝朝却一把用力地从她手里拽过长裤，板着脸转身朝卫生间走去。

陈司南望着他离去的背影，不知为何，她竟然觉得她那睡裙上的草莓都变得肃杀了起来。

什么情况？

都吃饱喝足了，怎么还会跟她闹脾气呢？

这也太难照顾了吧！

果真如陈司南所想的那样，朝朝的身上也全是伤。

当他穿着黑色的休闲裤，裸着上半身从卫生间里走出来时，比起女人对男人身体出于本能的羞涩感，陈司南更多的是震惊与心疼。

朝朝的皮肤很白，是雪白的那种白，走近看，能让人看到身体里的暗绿色血管。也是因为太白了，所以他身上的瘀青更为明显。

他的前胸和两侧肋骨都有踹伤，腰部也有淤血，肩膀上划了一道很长的血口子，隐隐还能看到里面红色的肉。

望着静默地朝自己走来的朝朝，陈司南的内心逐渐被一腔愤怒替代。

“这些都是绑你的人打的？”陈司南攥着拳头问。

朝朝被她拉着坐到床沿，没有吭声，算是默认了。

陈司南的怒意顿时加深了许多，她一边心疼地看朝朝身上的伤，一边打开医药箱，拿了酒精跟药膏出来。

“你爸让人绑你就算了，为什么还让人打你呢？还打得这么重，他们真的不怕把你打死吗？他们怎么这么狠心啊！”陈司南愤愤不平地说道，手拿着棉签蘸着酒精往朝朝身上涂。

她因为太气愤，所以没注意手上的力度。

朝朝吃痛发出一声闷哼。

闻声，陈司南立刻放轻了动作，小心翼翼地给他清理肩上的划伤。

在清理过程中，她看到朝朝的后背也是瘀青满满，就跟刚拔了火罐一样，问了朝朝，她才知道那些伤都是用棍棒打的。

想起昨晚她刚见朝朝时他的样子，陈司南心里就一阵后怕。

还好朝朝逃出来了，不然继续被打下去，他还有命吗？

“朝朝，你身上伤成这样怎么都不说？你不疼吗？不行，这么多瘀青，伤成这样，我得带你去医院检查一下，要是伤到内脏就不好了。”陈司南头一次见到人被打成这样，慌张地提议道。

“要是伤到内脏，我早就死了，还轮得到你现在送我去医院？”朝朝咬着牙拒绝。

原本他身上的伤已经过了最疼的时候，这会儿陈司南给他上药，那些痛感仿佛一下子全回来了，疼得他额头上直冒冷汗。

陈司南见他脸色苍白，上身还有些发抖，更加心疼了。

原本她以为她家萱萱已经够惨了，从小没了爹妈。但这会儿跟朝朝比起来，萱萱还是很幸福的。

朝朝家有钱又怎样，有钱人为了钱都可以不顾孩子的性命。朝朝的这个爸爸，有还不如没有来得好呢！

陈司南随手扯过床上的薄毯盖住了朝朝抖动不止的肩膀，手又拿了两根棉签蘸了点药膏给他涂后背的伤。

她每涂一下，朝朝的嘴唇就咬得更紧一些。

眼看他都要把下嘴唇咬出血了，陈司南说道："朝朝，你要觉得疼的话就叫出来，没事的，我不会笑你的。"

"叫了又怎样，就不会疼了吗？"朝朝咬牙，声音有些破碎地反问她。

这孩子咋这么犟啊？示下弱又怎样，这里又没有其他人。

陈司南蹲坐在他背后，继续给他上药："你哪里疼就说出来，我的手才知道轻重。不然万一我不小心下手重了，弄疼了你，你可别怪我。"

朝朝依旧咬着牙，没搭理她。

陈司南无奈，只得把手上的动作放得更轻一些，一边拿棉签擦拭着朝朝背上的瘀青，一边将脸贴过去，嘴对着那些伤口轻轻地吹气。

一股温热的气息自后背传来，朝朝全身的神经瞬间绷紧了，脊背不由得挺得直直的。

"朝朝，这样有没有好一点？"陈司南探寻地问，又对着他的伤口吹了两下。

伤口处传来丝丝痒意，就连他的心也跟着痒了起来。朝朝的双手不自知地攥紧成拳，整张脸烫得厉害，两只耳朵也跟着涨得通红。

"朝朝，还疼吗？"

女人温软的话语徐徐地从耳后传来，他终于松开了咬着唇瓣的牙齿，舌头舔了一下唇上的血丝，眼神一片晦暗。

就是这种感觉……

他小时候在医院里看到李冬冬妈妈给李冬冬伤口吹气时就渴望的感觉，有人会像冬冬妈妈一样对着他的伤口吹气，问他疼不疼。

原来李冬冬真的没有骗他，再疼的伤口，只要别人用嘴吹吹就不疼了。

"朝朝？"

见少年脸色阴沉，眼神阴鸷可怕，陈司南以为自己又弄疼他了，连忙紧张地询问："朝朝，你没事吧？"

听不到任何回应，陈司南还想再问，突然手腕一痛，朝朝用力地拽着她的手，将她一把提了起来。

陈司南没有丝毫心理准备，出于本能地惊叫出声，上身的卫衣下摆自动提了上去。她里面没穿其他打底，所以被他这么一提，腰部的皮肤瞬间露了出来。

发现了这一点，陈司南的脸颊骤然发烫，一只手被朝朝抓着，一只手胡乱地要将自己的卫衣往下拉，恼羞成怒道："朝朝，你又发什么神经，快放开我！"

朝朝置若罔闻，直接将她从床上拽到了自己身上。

陈司南跌坐在他的腿上，一脸惊惶地望着他。

腰部一阵微凉，是他的手放在了她的腰上。

"放开！"陈司南脸红心跳地怒斥他。

朝朝目光深沉地盯着她，一动不动。他的眼神就像森林中的野兽看到了猎物一般透着危险，与他浑身清冽冷然的气质完全背离。

陈司南被他看得浑身鸡皮疙瘩都起来了，不禁感到有些害怕："朝朝，你到底怎么了？"

朝朝依旧没说话，一双眸子像染了重欲一般黑得可怕。

别看他看起来瘦，可力气很大，仅凭一只手就钳制住了陈司南的双手，让她动弹不得。

陈司南虽比他年长一些，但对男女情事经验不深，所以她不懂朝朝的眼神里夹杂着的是什么。她一边拼命地扭动身体想要从他身上下来，一边继续慌乱地叫着他的名字。

"朝朝……你放我下来……朝朝……

"朝朝……"

娇弱的声音里带着些许求饶，朝朝眼神暗沉地望着她惊慌失措的脸，喉结微动了一下，一颗心被她吵得躁得慌。

她的身体很暖，跟他想象的一样。

陈司南整个人战栗起来，她后知后觉地意识到他想做什么，当即吓得将头用力地朝他的脑袋撞了上去。

朝朝的额头被她撞得生疼，神志终于清醒了过来，眼里的欲望也散去了大半。

趁他失神，陈司南得以从他怀里摔了下来，跌坐在地上，脸颊通红地瞪着他：“顾霖星，你怎么可以……”

后面的话陈司南说不出口，她觉得太羞耻了。

朝朝没有辩驳，从床上起身，背对着她，将她刚熨好放在一旁的格子衬衫拿起来，穿在了身上。

他竟然连句道歉都没有？

陈司南心里怄死了，气急地从地上爬起来，将卫衣扯好，红着脸忍不住骂道：“你是不是有病啊！你这个年纪就想……”

“陈司南！”朝朝穿好衣服，转过身来，一脸寒霜地望着她，眼里透着几分躁郁，“谁让你一直对着我后背吹气的！”

没等她反驳，朝朝已经一身戾气地擦过她的肩膀，钻进了卫生间，狠狠地摔上了门。

陈司南没敢问他进卫生间做什么，只觉得头疼。

她怎么会天真地以为她把朝朝当成小孩子一样照顾，他们就能和平共处下去？他根本就不是小孩子啊！

2.

朝朝从卫生间里出来时，陈司南已经不在宿舍了。

他呆呆地在原地站了一会儿，然后走到沙发边躺了下去。

一股难言的空虚感袭来，他感到难受又羞耻地拿被子盖住自己的头。

除了刚进入青春期那会儿，他很少这么失控，可他刚刚……

朝朝讨厌肮脏，也讨厌欲望，所以大多数时候，他都是一个禁欲感很强的人。他看不起顾西辞，觉得管不住下半身的男人是最可耻的，可他刚刚差点就变成跟顾西辞一样的人了。

这让他感到无比恶心，他厌恶这样的自己，甚至有些憎恨。

在这种复杂的情绪中挣扎了很久，他的眼前又不禁浮现出陈司南的脸来。

那么朴素的外表，平平无奇的五官，甚至摸上去并不怎么光滑的皮肤……

为什么……他会对她这样的女人有冲动？

朝朝懊恼地伸手捂住了自己的脸。

难道仅仅是因为他贪恋她身上的温暖吗？

是因为绑架的事，让他压抑的内心到了承受的极限，急需释放，所以只要谁给他一点温暖，他就饥不择食了？

想到这里，朝朝眼前又不禁浮现出那二十来天的阴暗生活。

潮湿的空气，腐烂的味道，密闭的空间，周围听不到任何声响……

当时他不愿意听顾明雷的话出国，从机场跑了，上了地铁，在地铁上他还看见了陈司南，但他们不在同一列地铁上。

他在淞市南站下了车，准备坐车回焦城。结果他刚从地铁口出来，突然就有几个男人朝他冲了过来。他意识到不对劲，刚要跑，其中一个人就拿棍子砸了他的后脑勺，一阵眩晕感顿时袭来。

当他醒来时，才发现自己已经陷入困境。

在那无尽的黑暗中，时间仿佛流逝得格外缓慢。

不知道过了多久，终于有人来给他送饭了。那些人对他指指点点的，一会儿碰他的手，一会儿又碰他的耳朵，嘴里用家乡话爆着粗口。

就这样备受屈辱地活了好几天，他终于看到了曙光——那些人给他松了绑。

朝朝以为是他爸给了他们钱，他们愿意放了他，可等待他的却是致命的一击。

当他眼睛上的眼罩被摘下时，看到的不是来救他的爸爸，而是一份遗嘱转让合约。

他难以置信地看着合约上的内容，一颗心慢慢沉到海底，突然明白了这一切，当即觉得世界太荒唐了，而他太可笑了。

主谋就是他爸，而他竟然一直在期盼着他爸来救他。

对于整个顾家人来说，他不过是个提款机、钱箱子，一旦他不受控制了，那他就要受教训。

这就是顾明雷给他的教训。

所谓的送他出国不过是个幌子，逼他签转让合约才是真的。就算他没从机场跑掉，顾明雷也不会真的送他去美国。

弄清楚其中所有的关系后，他嘲讽地看着那些人，拒不签字。就算他们打他、逼迫他，他都强烈地反抗，不愿妥协。

有种他们就打死他。

对方见硬的不行，只能来软的，好吃好喝地哄着他，但依旧一点用也没有。

就连顾家那些朝夕相处的人都不了解他，这些人又岂会明白他的骄傲与倔强。

那暗无天日的二十日对朝朝而言，就像坠入了冰冷的死海，他的身体一点点被寒意所吞噬，他从来都没有感觉这么冷过。

这二十天，没有任何一个人来救他，顾家的人他一个都没见到。

那些曾经各种捧着他、黏着他的亲人，在他最需要帮助的时候都抛弃了他，他心底微弱的光终于全部熄灭。

在那时，他总算明白了当年母亲自杀时的绝望。

她一定也是因为太冷了，对顾明雷、顾家都太失望了，所以才会死的。

但他不是他妈妈，他身体里还流着一半顾家人冰冷残酷的血液。他不会自杀，永远也不会。

要是冷的话，找点阳光就行了。只要不被冻死，他可以做任何事。

所以一旦被他找到了暖源，他就不会放手。骨子里他跟他爸一样，是一个不达目的就不会罢休的人。

陈司南出去了约莫一小时，才回了宿舍。

听到开门声，朝朝连忙将身体侧向沙发里边，闭着眼，拿被子盖住自己。

陈司南背着一个大的黑塑料袋，一进门就看到朝朝悠然地躺在沙发上睡午觉，好像什么事也没发生过一样，顿时气不打一处来。

她觉得自打昨晚将朝朝留在宿舍后，她整个人变得暴躁了许多，可明明她是一个十分平和的人。

陈司南站在门口，深深地吸了几口气，拖着袋子走进屋里。她没有喊醒朝朝，而是直接从储物盒里拿了把剪刀把塑料袋拆开，从里面抱了一沓印花布出来。

宿舍客厅大约四米长，陈司南拿卷尺简单地量了一下，然后蹲在地上把买回来的布剪成几块，又拿针线缝好。

待准备得差不多了，她才走到沙发前，故意咳嗽一声："朝朝，起来帮我做点事。"

朝朝压根儿没睡着，却又不好意思看她在忙什么，所以只能继续装睡。听到她喊他，他不能表现得太假，索性装没听见。

陈司南看他这副装的样子，心里的火气又涌了上来，抬脚踢了一下沙发。

"别装了，正常人睡觉不打呼噜也会有呼吸声，你一点气都不出，也不怕把自己给憋死。"陈司南直接拆穿他。

朝朝从沙发上坐了起来，面无表情地瞪着她。

陈司南对他也没什么好脸色，把手中的四颗长铁钉还有锤子一起放到他手中："你人高，帮我把钉子钉墙上，两面墙各钉两颗，别钉错了。"

朝朝皱眉，声音微哑地问："钉这些做什么？"

陈司南踢了踢地上的一堆布，解释说："挂帘子，把床跟沙发隔开。"

她这是想防谁呢？

朝朝拿着锤子没动，神色冷酷地盯着她。

陈司南也不想让步，仰视着他，认真地说："朝朝，我们同住一屋，有很多不方便的时候，用帘子隔开，这样你跟我就都有了自己的私人空间，大家都舒服，你说是吧？"

"陈司南，你突然跑出去就为了买这些东西？你有必要吗？"朝朝眯着眼，咬牙讥讽道，"你会不会太高看自己了？只要你不碰我，我肯定不会先碰你。就你这样的，我没兴趣。"

陈司南已经习惯了他说话难听，他这种态度反而让她好应对些。

"我长得是不是对你的兴趣不重要，朝朝，男女有别，我觉得人都需要私密空间，你不需要不代表我也不需要。你要真不想挂这帘子也可以，那你走，别赖在我这儿！"陈司南语气冷硬地道。

朝朝身上的戾气越来越重，"砰"的一声，他将手中的铁锤跟钉子全扔在了地上，穿起鞋就跑。

他那双鞋还是陈司南新给他买的廉价仿版的帆布鞋，得系鞋带。他心里烦躁，鞋带怎么系都系不好，最后干脆不系了，把鞋一脱，光着脚就往外走。

陈司南沉着脸没挽留，任由他从自己身旁走过。

她蹲下身，将钉子跟锤子都捡了起来，搬了两张凳子叠放在一起，然后扶着墙，慢慢踩在凳子上，准备自己挂帘子。

随便朝朝走不走，反正这帘子她已经买了，自然不能浪费了。

陈司南是比朝朝大几岁，却也才二十五岁，有点脾气很正常。

整件事她也很委屈。她看他可怜，不顾脸面，担惊受怕地把他留在自己宿舍，从早上忙到现在，先给他买这买那，又给他做饭，还给他清理伤口……

他不感激她半分也就算了，还对她动手动脚，还甩脸子给她看。

他真把她当什么了？

陈司南憋着一口气，拿铁锤将长钉慢慢敲进墙里。身后没有关门声，她也没回头看朝朝走了没有。

一个不留神，锤子不小心砸在自己的手指上，陈司南疼得眼泪刹那间飙了出来。

她是一个很少哭的人，要不是十指连心，这一锤子砸得她太疼，她根本不会哭。

踩在椅子上的双脚不小心打了滑，椅子晃动起来，陈司南整个人跟着摇晃着往下倒。眼看这一摔在所难免，她绝望地闭上眼睛，咬着牙都没有呼救，心里的委屈更甚。

救个人好话捞不到一句不算，还把自己摔残废了，她也算是够倒霉的。

都怪朝朝！陈司南心里骂着，人即将坠地。

突然，一双手从她身后伸了过来，一把搂住她的腰，将她稳稳地抱住。

陈司南下意识地睁开眼，再度看到了朝朝。

与其说他是去而复返，不如说他根本就没走多远，刚下楼就听到了她的尖叫声。明明想着不管她的，可双脚不听使唤，急着跑回来，就看到她一副要摔死的样子。

他有点后悔自己跑得太快了，稍微慢一步，让她摔惨，就会变成她有求于他了。

等她摔得没法儿动了，看她还凶不凶。

朝朝无声地想，将她抱到沙发上放下来，板着一张脸从她手里抢过钉子跟锤子，踩着一张凳子就把两颗长钉轻松地钉在了墙上。

“还要钉在哪儿？”他闷声问，没有看她。

这下反倒是陈司南有点理亏了，她指了指对面的墙：“正对面。”

朝朝默不作声地按她的指示把剩下的两颗钉子钉完，然后又帮她挂帘子。

陈司南坐在沙发上指挥他。

待帘子挂完，两个人都坐在沙发上，谁也没说话。一个嘴硬心软，一个傲娇刻薄，不说话反而吵不起来。

良久，还是陈司南先开了口。

她年长，不管是当姐姐还是长辈，先让个步也没啥。

“朝朝，你怎么又回来了？”陈司南小心翼翼地问身旁的少年。

瞧瞧这是什么话，一出口就能把人给送走。

朝朝狠狠地瞪了她一眼，差点抬腿又走人。

意识到自己说错话了，陈司南连忙抱住他的胳膊，挽留道：“好了好了，朝朝，都是我不好，我不该赶你走，你别生我气了。”

朝朝的目光落在她抱着自己的手上，声音凉凉：“看，这又是你先动的手！”

陈司南立刻松手，从沙发上站起来，离他几米远。

“我是病毒吗？”朝朝又朝她狂啸一声。

陈司南笑：“还是保持点距离比较安全。”

朝朝翻了个白眼，看了一眼自己的光脚板，撇了撇嘴问：“我的鞋呢？”

陈司南指了指被甩在一旁的黑色帆布鞋：“不就在旁边吗？”

朝朝瞪她：“我说我昨晚穿的鞋，我自己的那双。”

“你说你弄到机油的那双？我看太脏了，洗不干净，就给扔了。”陈司南反应过来道。

“什么机油？”朝朝蹙眉。

“那双白鞋上面都是黑色的油墨，那不是机油吗？”陈司南不解。

朝朝看着她不说话了。过了一会儿，他对着陈司南笑起来：“陈司南，那上面是油墨渲染，是一个设计师的独特设计，不是机油。”

陈司南一脸迷茫，隐隐有种不好的预感。

果然……

朝朝接着往下说：“那双鞋是我去年生日花了五位数才买到的，全球限量版，国内只有两双。”

没等他继续说下去，陈司南已经转身跑出了宿舍，直奔楼下的垃圾桶。

朝朝站在门口，微笑着看她。

她弄丢了他一双限量版球鞋，他在她这儿白吃白住一个月，双方公平合理。

对于陈司南这种人，一旦让她觉得她欠了你，就会对你越来越好。

十多分钟后，陈司南灰头土脸地回来，一脸丧气地望着他说：“朝朝，你的鞋没有了，应该是被人捡走了。”

朝朝点点头，没说话。他早就知道了，今早他看到环卫工人来拖过垃圾，也换过桶了。

“怎么办？那双鞋子真的很贵吗？我不知道，朝朝，真对不起。”陈司南抱歉道，她不知道该怎么说。

鞋是她弄丢的不假，可是让她再去买双一模一样的，别说她没渠道买不到限量版，就算能买到，她也舍不得花那么多钱。

“朝朝……”她看着他，很是歉疚。

她知道他们男孩子对这种昂贵的球鞋很是执着，但她真不是故意的。

朝朝的脸上露出一丝遗憾，却还是大度地说：“没事，等我继承了我外公的遗产，有钱了再买吧。”

绕来绕去又绕到了那笔遗产上，陈司南懂了，朝朝这是不打算走了。

不仅不走，她还得好吃好喝地养着他到下个月，确保他顺利继承遗产，这样他才能有钱再买他喜欢的鞋子。

她呆愣地站在门口，望着站在屋内似笑非笑的朝朝，脑子里突然蹦出一句话来——你的报应就是我。

陈司南觉得，她上辈子一定是欠了朝朝的。

3.

有了帘子的阻隔，陈司南的内心终于平静下来，她的安全感又回来了。

下午她洗完碗筷，在手机上给朝朝买了些消炎药后，就躺在床上，将她的电脑桌支了起来，开始写论文。

没过多久，门又被敲响了。

陈司南急忙下床，没等她走到门边，就看到朝朝拎着药袋子在关门。

他怎么一点也坐不住，非得让人看见是不是？

陈司南紧张地腹诽几句，转念一想，朝朝在她这儿又不是坐牢，总得给他一点活动自由。

陈司南无奈地叹了口气，对着朝朝嘱咐道："这个是消炎药，我怕你伤口感染才买的，你自己照着上面的说明吃。"

朝朝瞥了她一眼，没说话，拎着袋子去了小方桌那儿，倒了一杯水。

陈司南见他挺乖，也没再多说什么，钻回帘子后面继续忙工作。

虽说是假期，但她手上要做的事还挺多。原本她以为有朝朝在，会很难静心工作。但没想到他挺安静的，一个下午除了听到他翻书的声音，她没听到他发出其他声音，这一点让她欣慰不少。

陈司南只要一专心工作，就很容易忘记时间。因为挂了帘子，床那块地方光线很暗，她一开始就开了小台灯。有灯光在，她也没留心外面的光线。要不是陈老太打她电话，她都不知道天已经黑了。

"司南，晚饭吃了没？"陈司南刚接通手机，就听到陈老太关心地问她。

闻言，陈司南掀开帘子往外看了一眼，发现窗外果真天黑了。屋子里却挺亮的，朝朝开了灯。

她看了一眼电脑底部的时间，已经六点半了，早已过了饭点。朝朝没喊她，是不饿吗？

见她不吭声，陈老太急了："司南，你在做什么呢？咋不说话啊？"

陈司南赶紧回答："我刚才在工作，妈，你找我有事吗？"

陈老太叹了口气："没事，我就是吃完饭没事干，想你了，给你打个电话。你说你一个假期都没时间回来，之前是考试，现在考完了怎么还这么忙？”

陈司南苦笑：“你知道的，我这个年纪在这个岗位上，不能出丁点差错。”

“嗯。”陈老太点点头，停顿了几秒，又问，“你最近跟西辞怎么样？有保持联系吗？你们天天打电话吗？”

陈司南对她父母素来宽容，但她很不喜欢他们的一点就是，自打她跟顾西辞订了婚，陈老太每次给她打电话都要问她跟顾西辞感情进展如何。

她是个成年人了，就算是自己的父母，她也不喜欢这种没有隐私的感觉。

她还没从顾西辞出轨的厌恶感中解脱出来，所以再度听到顾西辞的名字，胸口顿时一阵憋气。

陈司南不满地道：“妈，你能不能不要老问我这些？你把心思放在萱萱身上行吗？她马上要期末考试了，你盯紧点。”

“都没问你几句，你又开始嫌我烦了！我这不也是关心你嘛。你没恋爱经验，性格又直，回头说话惹恼了西辞，万一顾家对你有什么看法怎么办？你是我女儿，我叮嘱你几句还不行啊……”

电话里，陈老太唠叨个不停，陈司南听得有些头疼。这时，帘子外响起一阵窸窣声，像是朝朝起来了。

她立刻打断陈老太的话：“好了，妈，我心里都有数。我工作还没做完呢，先不跟你说了，你有事再找我。”

说完，陈司南匆匆挂断电话。

她掀开帘子走了出去，看到朝朝站在冰箱前，手里拿着一桶泡面。

陈司南连忙朝他走过去：“别吃泡面了，没营养，我来点外卖吧。”

朝朝眼皮微抬，眼神凉凉地看着她：“你平时都这么没时间观念的吗？工作能让你忘了饥饿？”

陈司南知道他这是饿了又犯脾气了，便没跟他一般计较，拿起手机准备点外卖。突然，手被他一把给拽住。

“冰箱里还有菜，你来做。”朝朝闷声道，手一拉，将她拽到了冰箱前。

陈司南看了一眼冰箱内的食材，都是些肉类，做起来很费事。

她回头看他：“这没一小时做不出来，你不是饿了吗？还是点外卖吧，你想吃什么？”

“电饭煲里还有饭，你就做个汤好了。”

“汤？”陈司南又看了一眼冰箱，只有西红柿可以做汤。她怀疑地看着他，“你不是不吃素吗？只有西红柿蛋汤也可以吗？”

“你哪来那么多话？让你做就做！”朝朝不耐烦地道，脸上阴云密布。

眼看他又要发脾气了，陈司南立刻举手认输：“好吧，那我就只做个汤了，回头你别嫌太素了啊。”

朝朝不说话了，将她扔在冰箱那儿，自己朝沙发走去。

陈司南做的帘子把她的宿舍隔成了两半，她的床跟柜子在一边，厨房跟大厅还有卫生间在另一边。

朝朝回到沙发上继续看书，一个下午，他无聊到把陈司南新给他的两本书全看完了。

陈司南在工作，根本不搭理他，他也不敢打扰她。

刚才她跟陈老太通话，他都在听。

即使没问过，朝朝也知道陈司南在研究所工作得承受多大的压力，背后又有多少人在盯着她。

当时顾家的那些亲戚听说顾西辞的未婚妻是个研究生，还在淞市研究所当研究员，都说金燕子吹牛。

后来发现陈司南确实刚研究生毕业就到淞市研究所入职，还被评上副研究员后，大家又说她肯定是用了什么见不得光的手段进去的。

大家看不上金燕子，自然也看不上她挑的儿媳妇。顾家的人是这样，外面的人又能好多少呢？

朝朝放下书，专心地打量着在厨房忙碌的女人，眼角微挑。

幸好她跟顾西辞结束了，不然以她的性格嫁到顾家来，指不定也会被逼死。

顾家都能逼死他的母亲，逼死一个陈司南又有何难？

不到半小时，陈司南就做好了西红柿蛋花汤，又将冷饭从电饭煲里舀出来，放入锅中，切了点火腿肠跟胡萝卜进去，做了个扬州炒饭，然后一并端去了小四方桌。

朝朝已经就座。

陈司南盛了炒饭给他，再度声明："没什么好吃的，你今晚先凑合一下，明天我再去买菜给你做。"

"嗯。"朝朝点头，拿起汤勺舀了点蛋花汤放进碗里。

他端起碗喝了一口，汤还很烫，但很香，浓郁的西红柿的味道包裹着味蕾，好酸。

朝朝不动声色地喝完一碗汤，大口地吃着碗里的饭。

他全程沉默，吃得很快。

陈司南在旁边看着，心里很不是滋味。她觉得是自己不好，把他给饿坏了。

她一个人待惯了，以前她很忙的时候，甚至都顾不上吃饭，即使吃也是吃桶泡面了事。

现在她收留了朝朝，虽然嘴上说嫌弃他，心里也怕他，可她毕竟还是要对他负责的。

小的时候，她在路上遇到流浪猫狗，要么不捡，捡了就要养到它们老死。

陈司南长这么大就养过一条狗，是她小学六年级的时候在路边垃圾桶里捡的小奶狗。

那条狗，陈司南一养就养了十几年。她上高中后，寄宿在学校，没法照顾狗，她就让小侄女陈萱代替她照顾。

后来狗老了，自然死亡了，陈司南再也没有养过其他动物。因为她知道，养了是要负责的。

可是时隔多年，她还是干了跟当年同样的事。只不过这一次她捡回来的不是狗，而是一个人。

"朝朝，你要是觉得不好吃就说，我去买其他的。"陈司南心里还是过意不去。

"不用。"朝朝道，似乎看出了陈司南眼里的愧疚，他又加了一句，"很好吃。"

没想到会被夸奖，陈司南的脸不由得一烫。

"好吃就多吃点，除了我家里人，我也就给你做过饭。"陈司南笑着又舀了几块西红柿放进他碗里。

朝朝握筷子的手一顿，抬头定定地看了她一会儿，没有说话，只是低头咬了一口碗里的西红柿。

只给他做过吗？

顾西辞也没有吗？

嘴里的西红柿突然一点都不酸了。

放假四天，除了一号那天出门看了一场不怎么好看的电影外，陈司南一直宅在宿舍里。与过往不同的是，这个假期多了一个人陪她。

朝朝虽然表面上看起来不怎么好相处，但陈司南跟他相处几天后发现，他的脾性倒是挺对她胃口的。

她这个人很枯燥，每次放假，要么回老家探望二老，要么就在宿舍里看书。一本书她可以看一天，看完一遍再读一遍，还得撰写读书笔记。

偶尔她心情好，突发奇想，也会写几首浪漫的小诗。

陈司南是喜欢安静的，她不喜欢被打扰。

而朝朝也是喜欢安静的，他同样不喜欢被打扰。

除了一开始的摩擦碰撞，之后的几天，他们两个人相处得都比较融洽。

他们彼此待在自己的空间，看各自的书，互不干扰。

等到了饭点，陈司南从床上起来做饭，朝朝也会跟着一道去厨房，帮她打下手。

这其实是陈司南要求的，她觉得朝朝已经长大了，再不能什么都不做了。他起码得具备基本的生活技能，即使以后再流浪，也死不了。

当然，陈司南知道，等朝朝继承了遗产，成了焦城真正的首富，帮他的人只会多不会少。

只要他挺过这一个月，躲过那些人的追查，到那时，朝朝就是顾家真正的天。

顾家的人就算是顾明雷，谁也不敢再伤害他，他们只会又各种求着他要钱。

但陈司南不是顾家人，她不需要朝朝的钱，所以她现在完全可以使唤朝朝做家务之类的事。

4.

起初朝朝是不愿意的，削个土豆要么像在雕花，要么就削得一个变半个。

陈司南是见过朝朝削苹果的，那刀工好得就连她都自愧不如，一个苹果削完，皮都晶莹剔透。所以，他是不是故意的，她一眼就瞧得出来。

她对他十分有耐心。

大不了一起挨饿。

朝朝说起来性格冷，但事实上他脾气挺好的。

长这么大，除了这次被绑，他一直都是被众星捧月般地哄着，从未受过什么气，所以也没人见他发过什么脾气，所有人对他的印象就是他不爱说话。

可是他住在陈司南这里几天，什么委屈都尝过了。

洗菜也就算了，洋葱那么辣，她也要他剥。

他被辣得眼泪都要掉下来了，可他又不想被她看见，就用手去擦。结果手上还有洋葱味，他的眼睛越来越辣，眼泪就越流越多，她却在一旁笑。

他气不过，拿土豆出气。她倒好，已经连续两顿饭没肉了。

这也算了，洗衣服，她自己的衣服都用洗衣机洗，轮到他，他的衣服必须用手洗。关键是他手上的伤还没好。

他之前还说她是个圣母，可哪有心肠这么狠毒的圣母。

还有拖地，她不是近视吗？他看到她工作时都戴眼镜的。可是地上有几根头发丝他没吸干净她都看得见，还要他再用吸尘器打扫一遍。这长头发明明是她掉的！

朝朝先前还因为她跟他三叔分手了同情过她，现在他倒有点为顾西辞感到庆幸了。

就顾西辞那种软弱的性格，哪儿受得了这样的刁难。

朝朝心里虽有许多不满，但陈司南让他做的事，他还是一一照做了。他没有跟她吵，倒不是怕她又赶他走，而是不想自己的胃受难。

朝朝没差过钱，所以不知道顿顿吃肉对陈司南来说还是很奢侈的。

朝朝不过来了四天，陈司南看了一下记账本上这几天花出去的钱，都快一千块了。

她一个月工资还得存大半到卡里。

陈老拐之前动手术，问亲戚借了二十万，没跟陈司南说。后来顾西辞家来下聘，陈老太偷偷从顾西辞他们家给的三十万里拿了二十万出来还给了亲戚。

陈司南是听说家里借钱了，要还钱给亲戚的时候才知道钱已经还了，聘金被动过了。

那三十万聘金，不管她跟顾西辞结不结婚，她原本就打算还给顾家的，可现在钱只剩下十万了。

她自己上大学到现在，这么多年省吃俭用，一共也才存了十三万。就算全拿出来还给顾西辞，还差七万块。

陈司南想过了，差也没差多少，实在不够她就去银行贷款。她这份工作信誉高，贷款还是很容易办下来的。

算钱头疼，陈司南闷声不响地把账本后面菜单上的买一斤肉改成了买半斤肉，最后又改回了一斤肉。

算了，撑过这个月，等下个月把钱还了，以后再努力赚钱吧。

合上账本，陈司南掀开帘子，看着站在厨房里努力择菜的少年，抿了抿唇，暗自叹了口气，走上前："朝朝，今天四号了，我晚上要去办公室值班，要很晚才回来，你吃完饭，一个人待在宿舍没关系吧？"

朝朝抬头，瞥了她一眼，语气淡淡地问："几点回来？"

陈司南回："大概十一点，早的话十点半。"

朝朝皱眉，继续择手中的菜："假期为什么还要人值班？"

陈司南苦笑："上班就是这样的，你没经历过不懂，所以才说你们学生最幸福啊。等入了社会，生活可累人了。"

朝朝停了手，转身看她，神情不悦地闷声说："累就别上了。"

陈司南哽住，忽而又笑起来："不上班谁养我啊？唉，算了，不跟你说了，你去看书吧，我做饭了。"

陈司南伸手撵了他一下。

朝朝定定地看了她一会儿，没动。他将菜洗了洗，放到她手中，转身又去剖鱼。

要是被顾家人见到这一幕，指不定都要惊掉下巴，朝朝怎么会剖鱼！

看他专注地干活，陈司南原本沉重的心情瞬间愉悦了不少。她没再赶他，由着他站在一旁，自己则去起油锅。

这两天，宿舍楼里陆续有人回来，所以她做饭的时候只开了窗户。

昨天，她又剪了块长布挂在了过道口，把厨房跟客厅隔开了。

待看到朝朝端着菜进了厅里，陈司南才把门给打开。结果一开门，她就撞到一个邻居。

那邻居姓沈，五十出头的年纪，是个单身母亲。

沈阿姨跟陈司南邻里关系不错，两个人虽因工作关系难得打照面，但偶尔有事也会互相照应一下。

闻到陈司南屋里的油烟味，刚从老家拖着行李回来的沈阿姨立刻笑容满面地迎了上来，拎着皮箱站在陈司南宿舍门口，往里探了一眼，问：“司南，你这是又做什么好吃的了？这么香！”

陈司南紧张地杵在门口，忘了说话。

“司南，你这屋里好端端的怎么挂起帘子来了？”沈阿姨站在窗户前，看着陈司南屋里，好奇地问。

陈司南正想着该怎么跟她解释，身后突然传来了朝朝的声音。

“陈司南，吃饭了。”朝朝掀开过道口的布帘，语气不耐烦地催促道。

看到宿舍外站着的中年妇女，他脸上的表情微微僵住，一同僵住的还有沈阿姨。

沈阿姨一脸促狭地看着陈司南：“司南，这位是？”

“这是……”

陈司南有些紧张，话还没说完，沈阿姨立刻露出秒懂的表情，嬉笑道：“我知道了，这是你男朋友。你先前跟我提过，说你男朋友‘五一’要来看你，这位就是吧。哎哟，我们司南真是好福气，男朋友长得真帅气。”

陈司南喉咙被呛了一下，朝沈阿姨伸出手想要解释：“沈阿姨……”

沈阿姨以为陈司南是要留她一起吃晚饭，连忙拎着行李就往自己宿舍走，边走边挥手拒绝：“不用，司南，你快去吃饭吧，别让男朋友等急了，我就不打扰你们了。”

“沈阿姨，他不是……”

陈司南追上去，沈阿姨已经闪身进了她的宿舍，“砰”的一声关上了外面的防盗门。

陈司南脸色难看地在原地站了一会儿，然后回头，埋怨地瞪着朝朝，警告道：“朝朝，陆续有人回来，你还是少出来走动，把自己藏起来。”

陈司南走进宿舍，关上了门。

朝朝站在玄关处，面无表情地看着她进屋，不吭一声。

陈司南朝他走了过去：“不是说吃饭吗？你还愣在这儿做什么？”

朝朝冷眼看着她，语气听起来很是不爽：“她把我当成顾西辞了。”

不是疑问句，是陈述句。

陈司南隐隐感觉到他在生气，却不知他生气的点在哪里。

她疑惑地抬头看他，简单地安抚了一下：“嗯，她误会了。下次见到她，我再跟她好好解释。”

说罢，她推着他来到客厅。

小四方桌上，饭菜都已经摆好了。陈司南率先上桌，端起自己的碗，夹了一块土豆放进嘴里。

吃完饭她还得去值夜班，时间快来不及了。

吃了几口，见朝朝还没过来，她不由得停下筷子往后看了一眼。见朝朝还站在玄关那儿冷酷地看着她，她有些无语，想不明白地问：“朝朝，你又怎么了？”

朝朝咬了咬唇，目光像淬了寒冰一样冷冽。

陈司南被他这么盯着，脊背再度生寒。她瞬间没了胃口，没好气地对他道：“朝朝，你还吃不吃饭了？我上班快来不及了。你这么慢，回头碗筷你来洗啊，我没时间了。”

朝朝终于迈步走了过来，站在她身前，但没有坐下。他居高临下地俯视她，声音仿佛降至冰点：“你五一不回家，是因为顾西辞要来这儿找你？”

陈司南皱眉。

“你床上的床单是新的，你换新床单原本是为了留他睡在你这儿的是不是？”朝朝眯着眼，满脸阴鸷地质问她。

陈司南的眉头皱得更紧了。

他有什么资格来质问她？

陈司南顿时也板起了脸，站起身，昂着头问他："朝朝，你到底想说什么？"

朝朝眼神幽暗地盯着她，牙齿紧紧地咬着嘴唇，最终什么话也没说，转身朝沙发走去。

陈司南被他搞得莫名其妙，忍不住追上去，一把拽住他的手，气愤问："你饭还吃不吃了？"

"不吃！"朝朝猛地甩开她的手，冷酷地说。

陈司南被他吓了一跳，愣怔地站在原地，实在想不通朝朝为什么要这么对她。

她每天那么辛苦地给他做饭，每天担惊受怕地把他藏在宿舍，他为什么要这么对她？

愣神间，手机上的闹钟响了。

六点了，到了陈司南要去值夜班的时间了。

陈司南顾不得与朝朝再纠缠，愤恨地掀开床帘，抱起值班要用的文件，拎着包就走。

出门前，她深吸一口气，压着脾气，转过身对躺在沙发上一声不吭的朝朝道："你记得吃饭，别给我乱跑。"

朝朝没搭理她。

陈司南气极了，扭头出了门，重重地把门给摔上。

待她离去，朝朝慢慢伸出双手捂住了自己的脸。

他到底怎么了？为什么听到她原本愿意让顾西辞留宿，他会这么愤怒？

顾西辞是她的未婚夫，在他们闹掰之前，他们俩是要结婚的关系。别说顾西辞住她宿舍了，就算他们俩睡一张床上，都是正常的。

他凭什么生气？又为什么要生气？就因为她原本可以容忍顾西辞住在她的宿舍，却没法儿坦然地接受他住在这里吗？

顾霖星，你真的有病！

"咚"的一声，他懊恼地一拳捶在沙发旁的墙壁上。

陈司南抱着东西匆匆跑到自己办公室，放下东西，打开电脑，开始做事，可一颗心怎么也静不下来。

也不知道是因为刚吃完饭跑步了，还是因为被朝朝给气的，她只觉得胃里一阵痉挛。

她难受地捂着肚子，起身去饮水机那边接了一杯开水，再回到办公桌。待慢慢喝完一杯热水，她的胃才好受一些。

她真的又有点不知道该怎么跟朝朝相处了，她以为这两天他们磨合得挺好了。

等心情平复了，陈司南便开始专注地写起论文来。若能在权威杂志上发表一些学术论文，也会有点额外收入。

陈司南现在很缺钱，所以她得努力赚钱，她没有那么多精力浪费在研究朝朝的心理活动上。

这一写，就写到了晚上九点多，她的手机突然响了。

陈司南拿起手机一看，是顾西辞打来的。一看到那个名字，她刚刚压下去的怒火一下子又涌了上来，她把手机扔在了一旁。

铃声响了一会儿断了，没过多久又响了起来。

一连重复了好几次，陈司南终于受不了地拿起手机，按了接听。

她冷着声音问："你找我什么事？"

顾西辞小心翼翼地回："司南，是我，西辞，你怎么把我微信删了？"

陈司南冷笑："那要我留着当饭吃？顾西辞，做人不能像你这么厚脸皮，我们之间已经没什么好聊的了。等我爸的身体好点，我再找你谈退婚事宜。在这之前，我希望你别再来打扰我的生活，我工作很忙，我还得学习，没时间陪你玩，我也不是那种玩得起的人。你要没事的话，我就把电话挂了。"

顾西辞急忙挽留："司南，你别挂！你等会儿，你再听我说几句。我知道是我对不起你，但是你再给我一点时间，我会解决好孩子的事的。你放心，我会给你一个交代的。司南，是我太不成熟了，是我不懂事，我到现在才发现，我真正喜欢的人是你，我想娶的人也是你。我只想跟你一个人结婚，我爱你，司南……"

"啪"的一声，陈司南一把挂断电话，她都快被恶心吐了。

世界上怎么会有这么恶心的男人，口口声声说爱你，却又背着你跟别的女人搞出了孩子。

如果这就是爱情的话，那她宁可不要。

顾西辞又不死心地打了过来，陈司南看了一眼，直接把手机关机了。

她不想被垃圾牵绊住。

花了几分钟时间，快速平复好情绪，陈司南继续聚精会神地写论文。

时间不知不觉过去，待她把手头的东西写完，再度打开手机时，已经快十二点了，比她本该下班的时间还晚了一小时。

陈司南连忙收拾东西，打完卡，离开了办公室。

临近午夜，研究所里依旧静悄悄的，但比起五一那天，还是亮堂了不少。

一路走过去，能看到不少宿舍楼里亮着灯。

陈司南背着包快步爬过山，朝自己的宿舍楼跑去。

还未等她走到宿舍楼下，远远地，她就看到了一个高瘦的人站在路灯下，似乎在等人。

借着月光，她隐约认出了那个人的穿着，心里“咯噔”一下，赶忙朝那个人跑了过去。

“朝朝，你怎么下来了？不是让你少出来吗！”陈司南一脸紧张地问。

朝朝面色发白地看着她，见她毫发无损，这才微微松了口气，冷着脸瞪她，厉声说：“你怎么现在才回来？不是说好十点半到十一点就回的吗？”

陈司南突然被他吼了一下，耳朵发疼，愕然地看着他，半晌才反应过来，低声问：“朝朝，你是因为担心我才下楼来等我的吗？”

被说中了心思，朝朝一下子哽住，盯着她不说话。

陈司南笑了，忍不住踮起脚，伸手揉了揉他的黑色碎发：“朝朝，你真可爱。”

闻言，朝朝顿时嫌恶地拂开她的手，恶狠狠地瞪了她一眼，双手插兜，扭头率先朝楼梯口走去。

陈司南笑着紧跟在他后头。

路灯照在他们身上，眼前的人影被拉得很长，正好盖住她的影子。

陈司南默默地跟在朝朝身后，望着朝朝清冷颀长的背影，突然感到一种从未有过的安心。

桌子上放着没怎么动的饭菜，先前她吃过饭的碗筷已经被洗干净了。

陈司南换好拖鞋，将背包挂在墙上：“朝朝，你晚饭没吃吗？”

朝朝瞥了一眼餐桌，没有回答，一双清眸紧紧地盯着她，要求道：“陈司南，我要一部手机。”

陈司南十分惊讶：“你要手机做什么？是要打电话吗？你要打给谁，我把我的手机给你。”

说完，陈司南从牛仔裤口袋里掏出自己的手机，递到他面前。

朝朝没接，只看着她不说话。

她没按正常下班时间回来。

她根本就不知道在她晚归的这一个小时里，他的感觉有多糟糕。

担心、焦虑、烦躁……

他像个傻子似的不停地在宿舍里走来走去，站在窗边看着楼道口的灯什么时候亮起来。灯亮起来的话，上来的人又是不是她。

等啊等，等了半小时，她还没回来。他不知道她是出了什么事，还是单纯地忘他还在她的宿舍里。

有那么一瞬间，他甚至害怕她今晚不回来了。

他早就习惯了独处，可是在这么一间狭小的屋内，他竟然对陈司南产生了依赖。

从她离开宿舍去上班的那一刻开始，他就开始等了。看书看不进，饭也不想吃，一直盯着她床头的闹钟看时间。

七点，八点，九点，十点，十一点……

他一边十分厌恶这样的自己，一边又继续等待着。

最终他实在等不下去了，怕她出事，便一个人跑出了宿舍，却不知道该去哪里找她。

她的办公室在哪里，她教什么系的……他完全不知道，找人问也不知道该怎么问。

他觉得自己仿佛疯魔了一般，陈司南到底对他做了什么，为什么他满脑子都是她。

他看着她，眼眶有些发红，表情看上去有些委屈。

陈司南本就一头雾水，现在看他这副模样，更茫然了。

她双手无措地拿着手机，抿了抿唇，试探性地问："朝朝，你是一个人在宿舍无聊，所以才想要手机是吗？我知道一直看书确实很枯燥，我还不让你出去，你心里铁定不舒服。可是朝朝，手机太贵了，我现在手头有点紧，没法儿给你买。你……"

陈司南心中酸涩，她也不知道该怎么跟他解释。

"不用新的，旧手机也可以，只要可以打电话就行了。"似乎看出了她的窘迫，朝朝突然说道。

陈司南愕然地抬头看他。

朝朝敛眉，跟她解释："我爸的人还在找我，虽然他们应该猜不到我会来找你，但是像今天这种情况，你晚回来，我还是会乱想，猜你是不是遇到什么意外了。有部手机，我可以知道你在哪儿，你也可以知道我在做什么，大家都安心。"

他是在担心自己吗？陈司南内心一片恍然，有种说不出来的感觉。

她想了一会儿，忽然想到自己还有一部大学时用的旧手机没扔。那手机很旧了，还是部老人机，不知道现在还能不能用。

陈司南立刻去床头柜的抽屉里找了一番，终于被她找到了那部黑色老人机。她找了充电器给手机充了一会儿电，然后开机。

手机没坏，电话卡也在。

陈司南把那部老人机递给他："这个可以吗？我一会儿给你充点话费。"

朝朝接过手机："你电话号码多少？"

陈司南："那里面有，我存过，通讯录里那个'我的新号'就是。"

朝朝"嗯"了一声，将手机收了起来。

见他脸色缓和不少，陈司南暗自松了一口气。他还挺好哄的。

"好了，朝朝，我有点累了，先去洗澡了。你晚饭没吃，饿的话冰箱里还有面包。"陈司南打了个哈欠说。

朝朝点点头，他已经洗过澡了。

陈司南都能闻到他身上沐浴露的香味，是她新买的栀子花香。

她明天要正式上班了，再不睡，明天肯定起不来。

陈司南没再多言，转身去衣柜里拿了睡衣出来，朝卫生间走去。

路过餐桌时，她看到了桌上放着的那盒消炎药，老妈子又上线，忍不住问了一句："朝朝，你身上的伤有没有好点，消炎药晚上吃了吗？"

饭都没吃，药估计也没吃吧。

"吃了。"

陈司南看着他哂笑："吃了就好，要乖乖的啊，朝朝。"

又来！

朝朝一脸恼怒地瞪她："陈司南，你能不能不要用哄孩子的语气跟我说话，我又不是小孩子！"

陈司南不以为意："朝朝，我比你大那么多，你不叫我一声姐姐也就算了，左一句陈司南，右一句陈司南的，你倒是叫得挺欢啊！没礼貌！好了，不跟你说了，我去洗澡了。"

说完，不等朝朝回她，她抱着睡衣进了卫生间，并关上了门。

等她洗完澡躺到床上，已经将近凌晨一点了。

陈司南困得眼睛都睁不开，又打了个哈欠，隔着帘子对朝朝说了声"晚安"，就把床头的灯关了。

她很快就睡着了。

朝朝躺在沙发上，听着她轻柔的呼吸声，手里把玩着她给的那部老人机。

通讯录里有不少电话，她都分了组，家人、朋友、同学、老师……

他粗略地看了一通，然后把所有号码都给删了，只留下她的号码。

"我的新号"被他改成了"陈司南"，望着手机屏幕上字体硕大的名字，他的嘴角终于再度上扬。

5.

"五一"一过，顾明雷工地上的事就又多了起来。上个月他们苏城的项目临近收尾了，还没结束，顾明雷又在外地谈了个新项目，整个工程投资预算在十个亿以上，要是做得好，能赚不少钱。

顾明雷是开发商之一，他的占股是所有开发商中最少的，主要是投的钱最少。倒不是顾明雷不想投，而是他手上暂时没那么多钱。

朝朝人还没找到，那份遗产转让书也还没签字，顾明雷就算想拿那笔遗产，也拿不到。

顾明雷最近头疼得慌，丁大头的人在淞市找了十来天，把淞市的那些医院、派出所蹲了个遍，都不见朝朝的身影。

这孩子就跟凭空消失了一般。

顾明雷知道，他儿子铁定是藏起来了。知子莫若父，朝朝这个时候越没动静，顾明雷心里就越发毛。一旦朝朝回来了，那顾家定是要被他弄翻天的。

顾明雷是见识过他儿子身上那股邪气的，别看朝朝不动声色的时候安安静静，像个乖巧的孩子，可他发起火来，那干的事可绝了。

顾明雷到现在都还记得朝朝上小学的时候，突然把一个同学的脑袋给砸了。

那同学家长来医院吵，他花了不少钱才把这件事给解决了，可朝朝连句道歉都没有。

一个才六七岁大的孩子，把人打进医院，不哭不闹，脸上不见任何表情，也没有一句辩解，镇定得都不像个孩子。

之后他问老师和同学，朝朝为什么突然打人，可谁也不知道。他没办法，只得去问朝朝本人。

朝朝一开始不吭声，最后被他问烦了，就说了一个“吵”字。不知他是嫌那个男孩子吵，所以才砸他，还是嫌他这个当父亲的吵。

反正顾明雷还想再问，他就再懒得开口了。

眼看十多年过去，朝朝都成大男孩了，可他的性格越发让人难以琢磨。

这么多年，顾明雷从未见过朝朝脸上有多少悲喜的神色，他没有什么特别开心的事，也没有什么特别不开心的事。他总是安安静静的，冷冷地看你，看众人，谁也不知道他内心在想什么。

你说，朝朝喜欢钱吗？他不喜欢。

从小到大，顾明雷对他素来慷慨。只要朝朝要钱，他每次都是能多给就多给，毕竟这些本就是朝朝的钱。

朝朝真正开口要钱的日子并不多，一学期就一两次。起初顾明雷不知道朝朝要钱做什么，他也没放在心上。后来连续几年朝朝都是开学才要钱，他觉得好奇，就去查了一下，才知道朝朝一直在借他们学校一个叫李冬冬的男孩子钱。

奇怪的是，朝朝对李冬冬很好，但他们俩并不是朋友。

朝朝没有朋友，他从不跟任何人玩。

顾明雷觉得，朝朝借李冬冬钱不过是他想炫耀一下他偶尔的善心罢了。

顾家钱多，不在乎那小几千块钱，所以对于朝朝借李冬冬钱的事，顾明雷素来都装不知道，都由着朝朝。

在顾明雷看来，只要朝朝高兴，不惹事，花再多钱他也是愿意的。

可矛盾的是，朝朝并没有多大花钱的欲望，但他又不愿意把遗产让出来。

顾明雷不解。他虽不喜欢朝朝，但朝朝总归是他儿子，只要朝朝把遗产转给他，他还是会对朝朝很好的。朝朝想要什么，他依旧是能给就给，可为什么朝朝偏偏不肯如他所愿呢？

顾明雷突然有些心寒，先前他还因为让丁大头绑了朝朝而心存愧疚，可最近几天，他的愧疚感已经被消磨光了，因为他觉得朝朝根本就不爱他这个父亲。

顾明雷心情沉重，狠狠地吸了一口手中的烟。

顾金虎从外头走进来，敲了敲顾明雷办公室的门。

顾明雷抬头对他点了点头，示意他进来。

顾金虎小心翼翼地走进去，把门给关上了。

“明雷，你找我什么事？”顾金虎觍着笑脸问。

顾明雷往烟灰缸里弹了弹烟灰，让他坐：“西辞的事怎么样了？”

提到顾西辞，顾金虎就气不打一处来，冷哼一声：“还能怎么样？那小姑娘才十九岁！都怪你婶把西辞给宠坏了，惹出事了，就知道找家里。后来我让你婶给了五十万，让那小姑娘的父母把她给带回家了，不然她会一直缠着西辞。”

顾明雷又问：“那孩子呢？”

顾金虎眼里闪过一丝狠厉，从口袋里掏了包烟，抽了一支出来，点燃，放进嘴里，吐了口烟雾："孩子那姑娘想生就生，生了我们顾家也有办法养。但你婶也跟姑娘的父母说了，她要生了这孩子，日后指不定要被人指指点点，反正我们西辞是不会娶她的。那姑娘的父母是聪明人，收了钱就不说话了。"

顾明雷点点头："那应该就是不生了。"

顾金虎脸上的横肉抖了抖："谁晓得，得等过阵子才知道。"

顾明雷："陈司南那边呢？西辞不是说她知道了要退婚吗？"

顾金虎不以为意地哼了一声："知道了又怎样？他们家收了我们的钱，这婚她想结就结，不想结也得结。这事就算西辞不对，但她要是先退了婚，我们家的脸往哪儿搁？你说是吧，明雷，你叔我一贯要面子，能丢这个脸吗？"

顾明雷再度点头："放心，叔，你有需要帮忙的地方尽管跟我说。"

有顾明雷这句话，顾金虎心中宽慰不少，他又吸了口烟："眼下找朝朝的事最要紧，西辞的事你就别操心了。你这会儿找我，是大头那边有消息了？"

顾明雷摇头，把烟头放在烟灰缸内用力地碾了两下："就是没有消息我才找你。叔啊，有件事得麻烦你替我办一下。"

顾金虎惊愕："什么事？"

顾明雷深深地呼了一口气："你回焦城一趟，去朝朝学校里找一个叫李冬冬的男孩子，他跟朝朝走得还算近。你让人盯一下他，看看朝朝这阵子有没有联系过他。"

顾金虎："你怀疑朝朝已经回焦城了？"

顾明雷也不敢确定："淞市那么大，我们这么找也不是办法，总得做几手准备。我让丁大头带人继续在淞市找，律师那边我也让人盯着了，不管怎么着，承接遗嘱那天，朝朝肯定会去找律师的。他现在身上没钱，在外躲一个多月也得吃饭，之前他给了李冬冬不少钱，应该会去找李冬冬帮忙，所以你去帮我盯一下。"

顾金虎了然地点点头，连忙起身道："那我下午就回去，有消息立刻通知你。"

顾明雷："叔啊，动静别闹太大，别让其他人知道了。"

顾金虎知晓，安抚他："放心吧，明雷，叔心里都有数。这件事连你婶都不知道，家里人都以为朝朝在国外呢。"

顾明雷松了口气："那就好，越少人知道越好。"

两个人没再多聊，顾金虎掸了掸身上落的烟灰，打开门离开了顾明雷的办公室。

下课期间，楼道里挤满了人。李冬冬拼命从人群中挤出来，手里抱着两个面包，急吼吼地直奔二楼。

陈萱坐在座位上，拿着自动笔在草稿本上画花。她最近学习有点心不在焉，时常偷懒。

一连画了两朵小花，陈萱忍不住打了个哈欠。忽然肩膀被人推了一下，后座的男同学周琦从厕所回来，手指着窗外说："陈萱，外面那个小胖子找你有事。"

陈萱讶然，下意识地往外望去，就看到了对她挥着小肉手的胖男孩。

虽然不认识李冬冬，但她还是从座位上站起身来，走出了教室。

"你是陈萱吗？"李冬冬笑着问陈萱。

陈萱蹙眉，一脸茫然地看着眼前跟她差不多高的小胖子。

"你找我有什么事吗？"

"你早饭还没吃吧，这个给你。"

李冬冬塞了一个面包到陈萱手里，然后拆开手中剩下的那个，一边往自己嘴里送，一边偷瞄着四周的环境，小声地对陈萱说："这里有人，你跟我到楼道角落里可以吗？我有点事要跟你说。"

陈萱一脸防备，将面包还给他："我为什么要跟你去？有什么事你就在这儿说。"

李冬冬面露尴尬，有些结巴地问："陈司南是你姑姑吧？"

陈萱不解，疑惑地打量着李冬冬："你问我姑做什么？你谁啊？"

李冬冬没回答，只是探头探脑地看着四周，趁没人，背过身去拉开外套，从里面掏出一个纸袋子，转头塞到陈萱怀里："这里是钱，你藏好给你姑，就说李冬冬给的，她就知道了。一定要藏好，别掉了啊！"

说罢，不等陈萱再问，见有人过来，李冬冬拿着没吃完的面包就朝楼道口跑去，转眼就不见了。

“喂！”陈萱不明所以地叫了李冬冬一声，见他转眼没了影，眉头皱得更紧了，低头，小心翼翼地拆开怀中的纸袋。当看到里面一沓厚厚的大红钞票时，她整个人都愣住了。

呆愣了几秒后，陈萱连忙学着李冬冬的样子，将钱塞到了外套里面。

下雨，陈萱中午不回家吃饭，陈老太让她留在学校里。

身上藏着一笔巨款，陈萱紧张极了。

所幸班上的同学都各忙各的，没有人关心李冬冬找她的事，所以也没人看到李冬冬塞了东西给她。

晚上回到家，陈老太已经准备好了晚饭。

陈萱匆匆扒了几口饭，就拎着书包回到自己房间，把纸袋从衣服里面拿出来，坐在床上数了数钱。

不多不少，竟然有一万块！

陈萱惊呆了，她不敢多想，连忙出去问陈老太要手机，她要给陈司南打电话。

听说陈萱要打电话给她姑，在洗碗的陈老太以为她是要咨询学业上的事，也没多问，直接把口袋里的手机给了孙女。

陈萱拿着手机回到房间，反锁上门，拨通了陈司南的号码。

陈司南正在图书馆里看书，下午她忙完工作，回宿舍的路上突然下雨了。见雨势太大，她就没急着回去，跑去了距离最近的图书馆躲雨。

陈萱打给她的时候，她刚在二楼阅览室里找了个位子坐下。手机铃声一响，她怕吵到附近的人，又急忙背着包离开了阅览室，径直朝没人的角落里走去：“萱萱，你找我什么事？”

陈萱有些急，怕外面的陈老太他们听到，压低声音问：“姑，你认识李冬冬吗？”

陈司南表示诧异：“李冬冬是谁？”

陈萱有点慌：“他是我们系的学生。你不认识他吗？可他知道你啊！”

陈司南一头雾水，认真地道：“我真的不认识。怎么啦，萱萱？”

陈萱很不理解，跟陈司南解释道：“就是他今天突然找我，给了我一个纸袋，里面有一万块钱，他说让我转交给你，说是他给的。可你不认识他，他为什么突然要给你钱呢？”

陈司南一脸茫然，忽而像是想到了什么：“你等一会儿，萱萱，我先发条信息问一下。”

“嗯。”陈萱等着。

陈司南没挂电话，开了免提，返回主界面，点开短信，发了一条信息给自己的旧手机号。

“你认识李冬冬？”

没几秒，对方就回了信息过来，好像手机一直就拿在手里。

“嗯。”

陈司南当即皱眉，神色冷凝下来，又发了条信息过去：“你问他要钱了？”

“嗯。陈萱把钱给你了？”

果然……

看到屏幕上的短信，陈司南的火气又被激了上来，她没有再回短信过去，继续跟陈萱通电话，糊弄道：“萱萱，你把钱藏好，先放你那儿，不要给爷爷奶奶，这钱我之后有用。”

“姑，你那边是不是出什么事了？你要钱，为什么要找李冬冬呢？你跟李冬冬什么关系啊？你不是不认识他吗？”陈萱一下子慌了，条理还算清晰地追问道。

陈司南头疼，深吸一口气，继续安抚道：“萱萱，姑这边没事，这个李冬冬我认识，刚才一时忘了。”

陈萱不信：“你怎么会认识李冬冬？”

陈司南急着想把这件事糊弄过去，她不能让萱萱知道顾霖星藏在她这儿，不然以萱萱的性子肯定会胡思乱想。而且要是萱萱不小心把这件事说漏给陈老太他们听了，二老还不知道会乱想成什么样了。

还有半个月就到朝朝的生日了，她只要再熬一熬，这个烫手的山芋就可以送走了。

“姑，你怎么不说话了？”

“哦，我这边下雨信号不好。好了，萱萱，你就别多问，这钱是姑之前借给李冬冬家长的，爷爷奶奶不知道，你先帮姑藏着，别说出去。姑做事一向有分寸，你别担心，专心学习。”陈司南继续扯谎。

她是个不怎么撒谎的人，所以说起谎来其实很磕巴。所幸陈萱对她一贯信任，没多想便直接相信了。

“好吧，姑，你放心，爷爷奶奶那边我不会说的。”陈萱答应了替她保密。

陈司南松了一口气：“谢谢你啊，萱萱。你好好准备期末考试，等放暑假姑带你去青岛玩。”

闻言，陈萱立刻高兴起来：“好啊，姑，你一个人在外头工作也别太辛苦了，好好照顾自己。很快我就能跟你一块儿……”

话说了一半，陈萱立刻打住，她现在还不能告诉陈司南她想偷偷去看陈司南。

陈司南要是知道她逃课的话，肯定会骂死她的。

陈萱闭了嘴。

陈司南不明所以，她急着要找朝朝算账，也没多问，简单地又叮嘱了陈萱几句后便挂断电话。

陈司南又打开短信，一脸严肃地站在角落里，快速地打了一大串话再度发给了某人。

“朝朝，你答应过我要听话的。你这么突然联系李冬冬要钱，就不担心你爸派人找李冬冬，李冬冬把你给交代出去吗？要是他们知道你藏在我这儿，我们俩怎么办？你被抓回去了，我呢，我怎么跟人解释你为什么会住在我这儿？”

陈司南气得手都在颤抖。

对方没回。

陈司南还想发信息骂人，对方直接打了电话过来。

陈司南连忙按下接听键，生气地问：“朝朝，你知不知道你在干什么？你在我这儿有吃有住，你为什么还要问李冬冬要钱？你要那么多钱做什么？”

“不是你说的你缺钱吗？”

清冷的声音传来，朝朝有些无辜地回她。

陈司南：“我什么时候说过？”

朝朝帮她回忆：“问你要手机的时候，你说你手头紧。”

陈司南感觉脑袋疼。

“李冬冬那儿没多少钱，这一万你先用着，等我回去了再给你。”

“我不要你的钱。朝朝，你能不能不要太自以为是！”

陈司南真生气了，她不懂，他一个小屁孩操心她的钱做什么。

陈司南气得不知道说他什么好，手机另一头，朝朝任由她训斥，淡淡地问了她一句：“你现在在哪儿？”

“你问这个做什么？”陈司南没好气地回。

“都这个点儿了，你还没回来。”

陈司南哭笑不得，他这是在催她回去做饭吗？

她是保姆吗？

“你放心，我一会儿就回去，饿不死你的。”

“我没这么说。”朝朝沉默了一会儿，嘟囔道。

“那你到底想表达什么？”

“外面下雨了。”

“我知道。”

“你没带伞。”

“我知道。”

“我在图书馆门口，我看了你给我的日程表，想着你下了班应该会来这儿躲雨。”

少年独有的清冷的声音传来，陈司南惊愕地抬头，透过身旁的落地窗往下望去，果然在图书馆门口看到了那个撑着黑伞清瘦孤冷的身影。

似乎察觉到了她的视线，朝朝撑着伞，微微抬头，朝她的方向看了过来。

暴雨之下，所有人都赶着进图书馆躲雨。唯独他一人站在雨中，浑身透着一股与世隔绝的气息。

他不进图书馆，是因为她说过，不想他被人看见。

若非雨太大，他也不会出来找她。

突然，心脏像是被重物用力地撞击了一下。

陈司南来不及分辨心中涌上来的情绪，耳边再度响起了朝朝的声音。

“陈司南，下来。”他说。

第七章

顾家人的阴谋

1.

雨像瀑布般倾盆而下，就算撑着伞，也挡不住雨水的洗刷。

陈司南瘦弱的身子一路被朝朝禁锢在怀里，她想抬头，可他的手劲很大，不容她动弹。

眼睛被他的衬衫给蒙住，他一路搂着她，带着她往宿舍跑。

她看不清前方的路，只能感觉到清冷的雨水不断地扑在她的脸上，还有朝朝按在她头顶的那只湿冷的手。

“朝朝，你是不是淋湿了？你进来一点，别把伞全往我身上打。”她若有所察地躲在他的臂膀下喊道。

朝朝没回，依旧固执地用身体替她挡着雨。

陈司南从未被人这么呵护过，闻着他身上那股干净的洗衣液香味，心头突然有些微痒。

她不知道自己是怎么了，只觉得耳朵情不自禁地在发烫。

不知道在雨里跑了多久，他们终于回到了宿舍。

朝朝放开她，浑身湿透地站在走廊里摆弄着那把被暴雨冲坏了的黑伞。

即使有他护着，陈司南的半边肩膀依旧被淋湿了。但比起连头发丝都在滴水的少年，她看上去真的好多了。

见他被雨水吹打得嘴唇都发白了，陈司南顿时忘了先前对朝朝的怒火，一边急着拿钥匙开门，一边心疼地说：“朝朝，你很冷吧，快点进屋冲个热水澡，不然要感冒的。”

朝朝收好伞，将它放在一旁，睁着幽深的双眸紧紧地盯着她看了一会儿，没有多言，只是乖巧地“嗯”了一声。

屋外阴雨连绵，宿舍内却依旧如春日般亮堂。门口的地毯上，几只小猫在嬉戏。

陈司南率先进屋，换好拖鞋，回头看到他还站在门口没有动。

她奇怪地问：“朝朝，你怎么了？”

朝朝低着头，望着从身上滴下来的雨水，眉头微微皱起。

“地毯……”他嘴里弱弱地吐出两个字，其他没有说，脸上的表情有些纠结。

宿舍里太温暖、太美好了，他不想弄脏它。

陈司南隐约明白了他的意思，连忙上前拽着他的手，将他拉进屋里：“愣着做什么，弄脏了再洗呗，反正你在家没事干，等天气好了，你给我洗地毯。”

朝朝的眸光落在陈司南牵着他的手上，眼神变得柔软下来。

他又“嗯”了一声，任由她拉着，走进了屋里。

陈司南将他推到卫生间门口，转身又去给他找干净的衣服。

朝朝先去洗澡了，陈司南敲了敲门，把衣服放在了门口的小凳子上。没过多久，他冲完澡，开门伸出一只白皙的手，将衣服拿了进去。

对此，陈司南早已见怪不怪。

在生活细节上，他们已经磨合得很和谐了。

等朝朝洗完澡出来，陈司南也已经换了一套干爽的衣服，这会儿正在厨房里忙活。

菜都准备好了，就等她下厨。他还给她烧了一壶开水。不错，表现可以。

陈司南快速地起锅炒菜，没多久就做好了两菜一汤，喊朝朝过去端菜。

朝朝听她差遣，把饭菜端上桌后，他又去拿了碗筷。

陈司南趁机从冰箱里拿了块生姜出来，切碎，煮了一点姜水，倒了两杯，一同端到了小四方桌上，推了一杯给他。

杯子是一黑一白的，上面都刻着两只猫，很是俏皮可爱。

陈司南先尝了一口姜汤，有点涩。她皱了一下眉头，去看朝朝，发现他已经喝了半杯。

陈司南惊讶地问："你不嫌烫嘴吗？"

朝朝拧着眉头将剩下的半杯姜汤喝完，放下杯子，开始吃饭："不是你说的吗，要趁热喝。"

又来。

他怎么说什么都听呢？

喝姜汤是这样，她不买手机说是没钱也这样……

想到他问李冬冬要钱的事，陈司南无奈地叹了口气，问："朝朝，那个李冬冬是谁？"

他在专心吃饭，闻言，抬起头轻轻地瞥了她一眼："我同学。"

陈司南蹙眉："萱萱说那个李冬冬是文科班的，你是学理的，怎么跟他是同学？就算是同学，你又为什么问他要钱？"

"幼儿园同学，小学也是。钱是我以前借给他的，我现在缺钱，就让他还了一些。他刚拿了奖学金，又发了兼职工资，正好有，就给我了。"他回答得很诚实。

陈司南了然，继续问："所以你问他要钱，他将钱给萱萱，你告诉他你在我这儿了？"

"嗯。"朝朝继续吃菜。

陈司南听完，一下子没了胃口，忍不住担心起来："你这也太冒险了。万一李冬冬把这件事说了出去，你在我这儿半个月不是白藏了吗？"

"不会的。"朝朝道，停下筷子看着她，眸光深沉。

陈司南被他这么盯着，心怦怦跳得有些快。

不知道是不是她的错觉，她感觉朝朝在他这儿住了十来天，好像沧桑了不少，没以前那么精致了。他下巴上还有青色胡茬，可她记得自己给他买了剃须刀的。他怎么没剃？是工具坏了吗？

陈司南有些走神，顾霖星夹了一块排骨放进她碗里："你不饿吗？"

陈司南回过神来，看了一眼碗里的菜，再看看他："为什么不会？"

"李冬冬跟你一样，不会出卖我的。"朝朝将碗里最后一口米饭吃完，又舀了一碗排骨汤，慢条斯理地喝着。

陈司南被他说得脸颊一烫，他怎么就笃定她不会出卖他呢？

“你放心，只要陈萱不说漏嘴，没人会知道这件事，你不用担心你的名誉会因我而受损。”喝完汤，朝朝放下碗筷，双眼再次紧盯着她，似笑非笑地说。

陈司南顿住，她不仅仅是在担心自己，也是在担心他啊。

陈司南愤恨地瞪了他一眼：“萱萱那边我已经哄住了，她不会乱说的。我还没穷到要你救济，以后别干这种事了。不然真被人知道你躲在我这儿，对我们俩都不好。”

她先前在图书馆已经训过他一通了，再骂也没什么意思了。

朝朝静静地坐在一旁看着她吃饭，似乎是没吃饱，他又在拿汤勺舀排骨，陈司南没有说他。

她心不在焉地吃着碗里的菜，发现碗里的排骨越吃越多。低头一看，看到他在不停地给她夹菜，除了排骨还有蔬菜，她碗里的菜都堆成小山高了。

陈司南停下筷子，虎着脸抬头看他：“朝朝，你是在喂猪吗？”

“你太瘦了。”朝朝道，神情淡然，丝毫不觉得自己有何不对。

“我吃不下这么多。”陈司南控诉地朝他翻了个白眼。

朝朝不为所动，继续给她夹菜：“你之前说的，谁晚吃完饭，就要把剩下的菜都吃了，不能浪费。做人要公平，不能双标。陈司南，你说是不是？”

陈司南算是明白他刚才为什么吃饭这么急了。

自己立的规矩，说什么也得遵守。

陈司南没再反驳，含恨地低下头，埋头吃菜。

朝朝坐在一旁看着她，见她吃了不少了，他才起身离开座位，去沙发那边学习。

自从陈司南上班后，她的电脑就给他用了。这样白天他无聊的时候，也可以拿电脑上网玩玩游戏。

朝朝不喜欢玩游戏，他一个人的时候，对所有事的兴趣都淡淡的，顶多就在网上看看电影。

有了电影看，他再也没看过书，因为他本身就不爱看书。

对于这一点，陈司南不是很喜欢。她是个书呆子，青春时代沉迷于学习，现在上班了依旧沉迷于学术研究。

她认为朝朝一天到晚看电影是在浪费青春，正好她电脑里有以前给陈萱整理的金融类学习资料，就给朝朝分配了一下时间，每天除了看电影外，剩下的时间都用来学习，还主动提出有任何问题都可以问她。

朝朝没有拒绝。

他不喜欢学习，却并不排斥她。确切地说，他喜欢她陪着自己学习。

淋了雨，陈司南第二天起来感觉鼻子有些堵，便用热水泡了一杯板蓝根。

喝完以后，她去冰箱里拿了昨天刚买的吐司出来，又切了两根火腿，煎了两个鸡蛋，洗了生菜和西红柿，做了两个三明治。

准备好早餐后，她去喊朝朝。

一连叫了几声，都没听见有人回应。她伸手掀开了沙发外挂着的帘子，走了进去。

朝朝还在睡，身上的毯子落在地上，只盖到一个角。

似乎是觉得冷，他像只小鹿般蜷在沙发上，脸色是看起来有些不正常的白色。

“朝朝？”陈司南蹲在沙发旁，又小声地叫了他一声。

少年长长的睫毛微微抖动了一下，依旧没有回应。

陈司南怀疑他在装睡，有些恼怒地伸手推了一下他的胳膊。手刚触及他的身体，就感到一阵滚烫。

陈司南的心猛地沉下来，下意识地用手碰了下朝朝的额头。

手上一阵滚烫，他发烧了！

陈司南紧张地又摸了几下他的额头，然后转身出了帘子，去拿医药箱。

她给朝朝测了体温，39.8℃，烧得很厉害，这种情况光吃药估计退不了烧了。

“朝朝，你醒醒！你发烧了，你得起来，我带你去医务室。”

陈司南急忙伸手扶起朝朝的上半身，轻轻地摇晃了几下，试图将他唤醒。

似乎听到了她的呼唤，朝朝微微睁开眼，疲惫地瞥了她一眼，浑身无力地朝她身上倒去。

他的头靠在她的肩膀上，额头正贴着她的肌肤。陈司南觉得自己的身体也跟着烫起来。

“朝朝，你不能再睡了，再睡下去要出事的。你快醒醒，我去给你拿外套，我们去看医生。”陈司南急得再次推他。

朝朝依旧闭着眼，好看的眉头深深地蹙起，声音沙哑地拒绝：“我不去看医生……你给我吃点药就好了……”

“朝朝，不行，你一定得去看医生，吃药退不了烧。”

“出身汗就好了……我好累……你别吵了……”

“朝朝……”

陈司南又唤了他几声，见他靠在自己肩上睡着了，只能无奈地叹了口气，小心地将他放回沙发上，给他盖上毯子，然后出去倒开水。

陈司南拿着水哄着他吃了药，又在他额头上贴了退热贴，还是有些不放心。

她又将朝朝弄醒，半扶半扯地将他从沙发上拽了起来。

“说了不去医院……你不是怕别人看见我吗……”朝朝不耐烦地道，声音低哑得可怕。

陈司南累得喘粗气：“不是去医院，沙发上冷，你睡我床上去。”

闻言，朝朝不再闹腾，任由她拉扯着到了她的床上，乖乖地躺了下来。

陈司南拿被子盖住他，将他裹得严严实实的，浑身不透一点风，然后又将沙发上的毛毯拿过来，在被子上又盖了一层。

“热……”朝朝闭着眼，嫌热想要将手臂从被子里挣脱出来。

陈司南连忙压住他，不让他乱动：“热才好，才能出汗，这样你才能退烧。”

“好热……不要盖……”

“不要乱动啊，朝朝，听话，乖。”

“真的好热……陈司南……”

“我知道，乖，朝朝，睡一会儿就好了。”

陈司南一只手用力压着他，一只手在他身上轻轻地拍打着。

几番拉扯后，朝朝终于安静了下来，像只蚕蛹一般躺在陈司南的床上睡着了。

陈司南疲惫地呼了一口气。

待朝朝睡熟，她才起身去收拾屋子。做好的三明治已经冷了，她随便吃了几口，把朝朝的那个放进冰箱，然后开始淘米熬粥。

她今天本来是要去图书馆写论文的，现在只能留下来照顾朝朝了。

不管怎么说，朝朝生病也是因为她。陈司南叹了口气，专心熬粥。

半小时后，她端着一碗粥回到床边，放在嘴边吹了吹，待不烫了，才喊朝朝起来。

朝朝睡得昏昏沉沉的，陈司南不知道喊了多少遍，他才悠悠地转醒，眼神迷茫地看着她，没有力气回应。

陈司南无奈，只好蹲在床边，将他扶起来，让他靠在自己肩上，她来喂他。

她熬的是青菜粥，就放了点盐，很清淡。

朝朝嘴里吃不出什么味道，但还是乖乖地由她喂着，吃光了一碗粥。

外面还在下雨，雨势比起昨天小了不少，但屋外看起来依旧雾蒙蒙的。陈司南开了灯，躲在帘子后面，享受着这安谧的时光。

不知道过了多久，她听到床上传来细微的响动，随即是朝朝的呻吟声。

陈司南以为他在叫她，连忙起身，放下笔记本，走去床边。

朝朝还在睡，嘴里却在说着胡话，大概是做梦了。

“朝朝？”陈司南轻轻喊了他一声，没有回应。

她俯下身，探过头去，想听他在说什么。忽然，一只手从被窝里伸出来，将她一把搂住。

陈司南没有任何心理准备，被他这么一搂，直接跌在了他身上。

“朝朝！”

怕把他压疼了，她惊呼一声，耳边响起少年嘶哑的呢喃。

“妈……”

陈司南瞬间无语。

陈司南挣扎着要从他身上起来，他却好像感觉到她要走似的，将她越搂越紧。

陈司南感觉自己快要窒息了，难受得去掰他的手，嘴里喊着他的名字：“朝朝，你快把我放开。”

“朝朝……”

搂着她的手突然松了一些，陈司南惊喜地抬头，正对上朝朝红肿的双眼。他不知何时醒了，双眸湿润地望着她，眼里有一瞬间的恍惚与迷茫。

一滴晶莹的泪珠从他的眼角滑落下来。

他哭了。

“朝朝？”陈司南惊愕地看着他，顿时忘了要起身。

“你有没有感觉好一些，朝朝？”她问。

朝朝没回答，轻轻地推了她一下，从床上坐起来，别过脸，伸手擦了一下脸上的泪水。

陈司南觉得喉咙有些干涩，尴尬地起身要离开。脚下突然趔趄了一下，她又朝他摔了过去。

“朝朝！”她不由得发出一声尖叫。

朝朝见状，连忙伸手抱住她。

她整个人扑进了他的怀里，唇上一股滚烫、绵软的感觉袭来。

他的脸近在咫尺，她都能尝到他嘴里苦涩的眼泪。意识到自己亲到了什么，陈司南猛地睁大眼睛，浑身血液直往头上涌。

她脸颊发烫，手撑着他的胸膛，从他身上爬了起来。她不敢去看朝朝此刻的神情，连忙转身掀开帘子跑了出去。

朝朝望着她落荒而逃的背影，眸光暗了下来，如夜一般浓重。

2.

睡了一整天，出了好几次透汗，朝朝的烧终于退了。陈司南松了口气。

晚上，两个人照旧围坐在小四方桌旁吃饭，谁也没说话，气氛很是尴尬。

空气里飘浮着些许躁动的因子，是绯色的旖旎。陈司南低着头吃饭，不敢抬头去看身旁少年的脸。

两双筷子突然撞在了一起，陈司南连忙缩回手，转而去夹一旁的青菜，却再度与他的筷子相撞。

她脸红心跳地抖了一下手，脑袋有点发昏，不知道该怎么办。他却先挪开了筷子，放弃了那块肥瘦正好的红烧肉，夹了一粒甜玉米放进了自己碗里，轻轻啃咬。

明明他什么话都没说，也没半点责怪她的意思，可陈司南的心跳快得像刚跑完八百米那般。

她微微闭上眼，深深地吸气，迫使自己静下心来。

陈司南暗自安慰自己，忽然耳边响起他的声音，她瞬间绷紧身子，一脸惊惶地抬头看着他。

“陈司南。”朝朝声音低哑地叫了她一声。

见她如惊弓之鸟，他微微蹙起眉头，定定地望着她，欲言又止了一会儿，最终开口问道：“晚上还看书吗？”

陈司南暗自松了一口气，身子稍微松懈下来，脸颊发烫地避开他的目光，继续埋头吃饭。一边拼命往嘴里塞东西，一边含混不清地说：“你刚退烧，今晚就不看了，你先好好休息吧。”

“嗯。”朝朝简短地应了一声，一双清眸继续盯着她看。

陈司南能感觉到他投过来的眼神，被他看得心里发毛，顿时再也吃不下去了，“砰”的一声放下碗筷，从凳子上站起来：“我吃饱了，我还有份材料要写，你吃完把碗洗了。”

说罢，不等朝朝回她，她扭头就钻进了床帘后面。

朝朝依旧沉静地望着她，没有吭声。

白皙的脸上泛着些许粉色，就连耳郭也开始涨成鲜红色，被她不小心亲吻过的薄唇更是烫得厉害。

他没提那个意外，只是怕说了她会更躲着他。

这天下课后，陈萱并没有急着回家，而是急匆匆去找了李冬冬。

虽然陈司南让她别管那一万块的事，但她心里还是有点放不下。她姑一年到头大多数时间都在淞市，只有放假才回来，在焦城的朋友屈指可数，是什么时候认识的李冬冬家长？

陈萱是了解陈司南的脾气的，能让陈司南借这么多钱的人，关系肯定不一般。

可是，陈司南那些玩得好的朋友陈萱都是知道的，她根本就没有听说过谁家有个孩子叫李冬冬。

陈萱越想越不对劲，想了两天，最终还是决定要找李冬冬问个明白。

从小到大，陈司南都是报喜不报忧的性格。陈萱担心她姑在外头惹了什么麻烦，瞒着家里不说。

之前“五一”陈司南没回家，陈萱就有点怀疑了。一开始陈司南说要跟顾西辞去旅游，后来又说单位有事没法回来。就算她忙，那顾西辞闲得很，假期肯定会去找她吧。可是每次陈老太打电话给陈司南，她都是一个人。

现在突然冒出一个李冬冬，给了她一万块让她给陈司南。她姑还让她把钱藏起来别告诉爷爷奶奶，说这钱以后要用的。

她姑不是每个月都有工资的吗？之前她听奶奶说过陈司南这两年是存了些钱的。既然有钱，她姑为何突然要那一万块呢？

陈萱越想越不对劲，一口气跑到了李冬冬上课的教室，但找了半天也没看到他。问了同学，说他刚走，陈萱又立刻朝楼下追去。

她走得急，没注意看周边的人。下楼梯的时候，她不小心撞到了前面的一个女生。

“谁撞我！”女生一声怒喝，转过头来。

看到陈萱，原本表情狰狞的女生微微愣了一下。

丁燕一脸无语地看着她：“陈萱，怎么又是你？”

陈萱急急忙忙道歉：“对不起，丁燕，我在追一个人。他就在前面，我回头再跟你赔礼道歉，今天你让我先走好吗？”

不等丁燕回答，陈萱已快步朝楼下跑去。

“陈萱！”和丁燕走在一起的同学作势要追，被人给拦住了。

“丁姐！这你都能忍？”和丁燕在一起的同学不解地看着丁燕。

丁燕一把揽过她的肩膀：“算了，也不是什么大事。走了，吃饭去，我请你们吃麻辣烫。”

“不是说好吃干锅的吗？”

“干锅跟麻辣烫不是差不多？”

“那能一样吗？丁姐，你这也太抠了。”

“抠什么抠？我最近手头紧，我爸不在家，都没人给我钱开小灶。”说到这儿，丁燕又一脸的烦躁。

她爸不知道在外头搞什么，出去都快一个月了，一点消息也没有。

陈萱追下楼，往前面跑了一会儿，总算在熙熙攘攘的人群中找到了骑着自行车的李冬冬。

她没有多想，直接从车库取了自己的车，快速地蹬着脚踏板，朝李冬冬追了过去。

李冬冬也是走读生，但房子是自己家买的。在李冬冬上初一的时候，他妈妈跟窑厂的一个工人再婚了。继父是个老实的手艺人，因为生不出孩子，前妻跟人跑了。

结婚前，那男的就跟李冬冬妈妈说了，只要她愿意嫁给他，以后李冬冬就是他亲儿子，反正他也没孩子。

冬冬妈为了孩子，斟酌再三，最后同意了。

夫妇俩都是踏实肯干的人，虽然都在厂里上班，到手的工资不算多，但省吃俭用几年，也勉强拼凑了一套房子的首付款。

后来，他继父把存款都取了出来，又问亲戚借了点钱，在松大旁边买了房子，方便李冬冬妈妈照顾李冬冬。

自打家里买了房子，李冬冬父母都很节省，身上的衣服穿得更破，肉也舍不得吃，钱全花在了李冬冬身上。李冬冬不忍父母吃苦，就谎称自己找了兼职，很赚钱，以后大学学费自己交。但实际上，学费他是问顾霖星借的。

可能是顾霖星的钱带着喜气，李冬冬一拿到钱，就得了奖学金，还拿了学校的助学金。他之前找的兼职也落定了，时薪很高。他要把钱还给顾霖星，但顾霖星让他先存起来，等日后真不差钱了再还他。

谁能想到，这存的钱突然派上了用场。当顾霖星打电话给他，说要借一万块钱时，李冬冬先是惊讶，后来是受宠若惊。

这么多年，他一直接受顾霖星的帮助，自己却没帮到什么忙，这让他很是过意不去。所以难得顾霖星开口求他帮忙，他当即二话不说就答应了，拿着银行卡到银行取了一万块，藏着掖着带去学校，给了陈萱。

李冬冬只知道顾霖星没出国，现在在陈萱姑姑那儿。具体情况他也不敢多问，就怕问多了，顾霖星会嫌他烦。

李冬冬还是很喜欢顾霖星这个朋友的，他可不想惹顾霖星生气。

办完了顾霖星交代的事，李冬冬很是高兴。他正高兴地哼着歌往前骑着车，身后忽然传来一声娇呼，他听到有人在喊他。

“李冬冬！”陈萱又叫了一声。

李冬冬下意识地回头，看到陈萱，他圆润的脸上露出了惊讶的表情。

“陈萱，刚才是你叫我？”李冬冬诧异地问。

陈萱气喘吁吁地追了上来，与他并肩：“对！是我！李冬冬，我有点事要问你。”

“什么事？”李冬冬有些纳闷。

陈萱深深地吸了几口气，遮掩道：“这儿不方便说，前面有个麻辣烫店，我请你吃饭，边吃边聊。”

李冬冬对吃的素来没什么抵抗力，闻言，他立刻高兴地笑起来：“吃饭好啊！让你请怎么好意思，还是我请你吃吧。”

“没事，说我请就我请，一顿麻辣烫而已。”陈萱豪气地道。

见她这般大方，李冬冬也没再跟陈萱客气。反正他回家了也是一个人吃饭，他爸妈都去厂里上班了。

一个红绿灯过去，李冬冬跟着陈萱来到了马路对面的麻辣烫店。

难得放假，学生们都急着去市里玩，在麻辣烫店吃东西的人很少。陈萱他们进去的时候，整个店里就他们一桌客人。

陈萱就是算准了这一点，才带了李冬冬过来。

他们两人拿着盘选好了菜，送去给老板煮，然后找了个靠角落的位子坐了下来。

陈萱递给李冬冬一瓶汽水，李冬冬直接用牙齿咬开了瓶盖，喝了一大口，然后擦了一下嘴巴问：“陈萱，你想找我问什么？”

陈萱也没犹豫，开门见山：“你认识我姑吗？”

“你姑？”

“对，陈司南。”

李冬冬顿了一下，他不知道该怎么回答。

他有听说过陈司南这个人，因为陈司南是他们学校出去的优秀学姐，学校橱窗里还张贴着她的照片。但是说认识，他又是不认识的。

他压根儿没见过陈司南，别说陈司南了，他跟陈萱也不认识。要不是顾霖星突然让他将钱给陈萱，他都不会跑去特招班。

陈萱见李冬冬迟疑了一下，心里更怀疑了，忍不住继续追问："你妈也不认识我姑吧？"

"我妈？"李冬冬一脸茫然，这跟他妈有什么关系？

就知道是这样，陈萱在心里冷哼一声，板起脸，一脸严肃地看着李冬冬："李冬冬，你老实跟我说，那一万块钱到底是谁让你给我的？反正肯定不是我姑。你要是敢骗我，我就告诉辅导员，你一个拿助学金的贫困生哪来那么多钱。我要让学校领导处分你！"

李冬冬心里正打鼓，不知道陈萱找他问这些做什么。突然听到她威胁自己，顿时吓得脸色发白地伸手阻拦："别，陈萱，你别告诉辅导员，这件事不能让别人知道，不然……"

李冬冬又停顿了一下，脸上露出纠结的表情。

陈萱眼神锐利地盯着他："不然怎么样？"

"唉！你就别问了！"李冬冬懊恼地用手抓了抓头发，他要是说了，回头顾霖星铁定会生他的气。

两个人谈话间，麻辣烫被端了上来。李冬冬拿起筷子就要吃，陈萱一把打开他的手。

李冬冬可怜兮兮地瞪着她，带着哭腔说："陈萱，你干啥啊？不是你说请我吃饭的吗？"

"话都没说完，谁让你吃了？"陈萱冷着脸说。

李冬冬咽了口口水，不敢再动筷子。

"我不能说，陈萱，这件事就算是为了你姑好，你也别问了，成吗？"李冬冬求饶道。

陈萱皱起眉头："所以这钱真不是我姑要的？那是谁？你快说呀！"

李冬冬闭着眼不吭声。

陈萱怒视他，想了一会儿，突然想到了什么，眯起眼道："我听说你跟顾霖星关系挺好的，他经常请你吃东西，这件事是不是顾霖星要你干的？”

不愧是学霸，随便猜猜就能猜个准。

李冬冬看着陈萱，表情变得肃然起敬。

别人都不知道顾霖星给他钱的事，但是他们几次在小卖部碰面，还是有不少同学看见了。

顾霖星平素都不跟人说话，更别说来往了。先前几次有同学看见顾霖星请他吃烤肠，都觉得他们俩关系好。还有女生来找他套话，问顾霖星的喜好什么的。

李冬冬看着她，又吞了口口水，没吭声。

陈萱心里已经有了答案，她刚想问顾霖星为什么让李冬冬给她一万块，还说给她姑时，突然，从门口走进来两个打扮得流里流气的青年。

看到他们，那两个人直接走了过来，什么话都没说，就拽着李冬冬的胳膊往外拉。

“你们是谁啊？干吗拽我？”李冬冬惊慌地问来人。

对方不吭声，拖起人就走。

李冬冬吓得直喊救命。

“陈萱，救我！”

“老板，救我！”

“你们到底是谁啊！快放开我！”

陈萱也被吓住了，她愣了几秒后才反应过来。

眼看李冬冬被拖出麻辣烫店，被那两个人拖着朝路边停靠着的黑色面包车走去，陈萱顾不得多想，一边喊老板报警，一边紧张地拿起桌上的汽水瓶子追了出去。

“你们快放开他！”陈萱红着脸，又害怕又惊慌地举着她那瓶没开的汽水，朝那两个人喊道。

那两个年轻人一脸不屑地瞥了她一眼，理都没理，继续拖着人要上车。

陈萱心里急，也顾不得害怕，攥着瓶子就冲上去，对着一个人的肩膀砸了下去。

那个人吃痛，嘴里骂了一声，松开抓着李冬冬的手，转身就要打陈萱。

陈萱早有防备，警觉地闪开，对李冬冬喊道：“快跑！”

李冬冬闻言，立刻用肥硕的身子朝另一个拽着他的人撞了过去，将那人狠狠地撞在车门上，一得空就朝陈萱飞奔而来。

眼看李冬冬离自己越来越近，陈萱被气得不轻。

他跑就跑呗，干吗朝她这边跑？

陈萱都要被气哭了。

那两个流氓见人跑了，直接跳上车来追。

陈萱顾不得回去骑自己的自行车，回头朝跑不动的李冬冬伸出手喊道：“快点啊你！”

李冬冬感激地伸手要拉陈萱，可意外发生了，他被自己的鞋带绊倒，跌在地上摔了个狗吃屎。

更惨的是，他自己摔了还不算，摔倒之前拽着陈萱的手，两个人一起摔倒了。

这次陈萱是真的哭了。

3.

陈萱的牛仔裤摔破了，膝盖露了出来，上面擦了挺大一块皮。地上的尘土跟柏油混迹在上面，鲜血淋漓的，看上去很是狰狞。

陈萱流着泪，顾不得喊疼，一瘸一拐地去扶还趴在地上的李冬冬。

李冬冬也摔得不轻，鼻青脸肿的，牙齿还磕掉了一颗。他扶着陈萱从地上爬起来，却再也跑不动了。

那辆黑色面包车停在了他们面前，那两个男人边骂边从车里走下来。

李冬冬推了陈萱一把，吸着鼻涕说：“陈萱你走吧，他们要抓的人是我。你快走，记着他们的样子，去找警察来救人。”

陈萱看着身旁一脸英勇就义般的李冬冬，眼泪簌簌地直往下掉。

她倒是想走，可她的脚崴了，疼得走不了。

“李冬冬，你到底犯了啥事啊，他们为啥要抓你？”陈萱哭着问。

李冬冬摇头，心里隐约猜到一些，却不敢说出来。

陈萱又问他：“你有手机吗？那个老板咋还不报警。”

李冬冬再摇头，反问她：“你也没有手机吗？”

陈萱撇撇嘴，又掉了两滴眼泪。

生活已经够苦的了，咋还让他们遇到这种事？现在的流氓绑人都不分对象的吗？他们这么穷的都要绑？

陈萱本就胆小，眼看那两个人朝他们越走越近。放弃挣扎的她，身体发抖地躲在李冬冬身后，害怕地抓着李冬冬的肉胳膊，哭着说：“怎么办啊？李冬冬！你倒是想法子呀！”

李冬冬原本以为她挺英勇的，毕竟刚才在麻辣烫店里，她对他可凶了。而且她刚才拿汽水瓶砸人的时候也挺狠的，咋突然就成了蛋呢？

李冬冬见她哭得厉害，情绪也被带动，跟着一道哭了起来，双手握着陈萱的手，哭号道：“我也不知道咋办啊！陈萱……”

这俩孩子都没经历过什么风雨，眼下碰到这种事儿，站在马路上哭得像俩傻蛋。

马路对面有人经过，都好奇地看他们俩一眼。但看到朝着他们走过去的流氓，又心生畏惧，不敢过去询问出了什么事。

那俩人终于走到了陈萱他们面前，被汽水瓶砸到的那个人气愤地瞪了陈萱一眼，问他们：“自己上车还是我们捆你们上？”

得了，现在是抓两个了吗？

李冬冬一脸抱歉地看着陈萱，陈萱闻言，身体抖得更厉害了。

“你们是谁？为什么要抓我们？”

那俩男青年显然没了耐性，没有回陈萱，互相看了一眼，然后一人拎一个，就要往车上拽。

突然，一块滑板朝他们扔了过来，径直砸在其中一个流氓的后脑上。

那流氓痛呼一声，还没来得及回头，一个人影自他们身后蹦了出来，一脚踹在了他腿上。

那流氓猛地朝地跪去，拉着陈萱的手松开了。

陈萱得空，连忙往后跳了几步，回头就看到丁燕。当然，还少不了她那俩同学。

“丁燕！”看到熟人，陈萱当即双眸放光地朝丁燕大叫一声，脸上写满了惊喜。

丁燕懒得理她，不等地上那个流氓起身，拿起她的滑板，直接朝另一个流氓砸了过去。她那两个同学也过来帮忙，三个女的，几下就把那两个男青年给揍趴下了。

李冬冬看得都呆了，忍不住在一旁拍手叫好。

丁燕回头狠狠地瞪了他一眼，呵斥道："还站着做什么？等着再被抓啊！"

不等丁燕再骂，陈萱立马识相地拉住李冬冬说："李冬冬，你快走。"

李冬冬"哦"了一声，身体恢复了点气力，拔腿就跑。

陈萱还站在一旁。

丁燕看白痴一样看着她："你怎么不走？"

"我跟他不顺路。"陈萱觍着脸笑道，其实她是走不动，她脚疼。

丁燕无语地扫了她一眼，目光落在她破了皮的膝盖上，烦躁地呼了一口气。

"你这是没法儿走吧？"丁燕说。

陈萱对着她"嘿嘿"笑。

"晦气！"丁燕咒骂了一句，想吃个麻辣烫都不省心，还得路见不平，拔刀相助。

肩上被人拍了一下，丁燕的一个同学走了过来，指着地上被她们揍得不轻的流氓问："丁姐，这两个人怎么办？"

丁燕拿眼睛瞪她："还能怎么办？扔在这儿完事，难不成还送他们去医院？"

"不报个警？"那个同学问。

丁燕气笑："报警，抓他们还是抓我们？"

"也是哦。"那同学一脸恍然，目光落在站在丁燕身旁的陈萱身上，继续道，"那陈萱呢？"

丁燕转头看向陈萱，眉头皱了一下，对她伸出手问："有钱吗？"

"有！"陈萱立刻将兜里藏着的五十元大钞塞到了丁燕手里。

他们麻辣烫还没吃就被扯走了，钱都还没付呢。那个店主现在都没给他们报警，想必是不想惹事，这钱也不要了。

丁燕毫不客气地收下了那五十块钱，塞进自己口袋里，对俩跟班道：“愣着做什么？吃麻辣烫去。”

“五十块哪够啊！我们三个人呢，丁姐。”跟班们鄙夷道。

刚才打人这么累，这么点钱就想打发她们，这老大也太抠门了。

“不够我贴。”丁燕不耐烦地道，双手插兜，朝麻辣烫店走去。

俩跟班悻悻，只能跟上，陈萱也跟着一同过去。

到门口了，丁燕才发现陈萱。她黑着脸道：“谁让你跟过来的？说请你吃了吗？你赶紧给我回家去！”

陈萱撇嘴。

丁燕“砰”的一声关上了店门，将陈萱关在了外头。

陈萱委屈，她不是想吃麻辣烫，她是怕。那俩流氓还在外头，回头她走了，他们又来抓她可怎么办？

陈萱泪盈盈地朝后面看了一眼，然后惊愕地发现，先前被丁燕她们打倒在地的那两个青年不见了，就连那辆黑色的面包车也不见了。

这是跑了？

陈萱傻眼了，她原本还想等丁燕她们吃完，让丁燕帮她去问问那两人到底为啥抓李冬冬来着。

会不会也跟那一万块钱有关？

陈萱眉头紧皱，耳边突然传来敲玻璃的声音。

她下意识地回头，就听见丁燕道：“还不走？等我送你？”

陈萱摇摇头，连忙转身走了。

她脚疼，走得不快，但不知道为什么，原本惊慌的心突然平静下来，她没刚才那么怕了。

陈萱走了，走的时候没忘了骑走她的自行车。陈家钱不多，哪怕是自行车，陈萱也宝贝得很。

等陈萱回到家，已经是一刻钟以后了。

陈老拐在睡午觉，陈老太戴着老花镜坐在厅里做鞋子。

看到陈萱进门，再看到孙女一脸狼狈的样子，陈老太吓得连忙从沙发上站了起来，跑到门口扶着陈萱问：“萱萱，你咋回事啊？裤子怎么破了？膝盖怎么伤了？”

陈萱不想奶奶担心，云淡风轻地撒谎说：“刚才过马路的时候，一辆车冲出来，我为了躲它，从自行车上摔下来，就成这样了。”

“你怎么这么不小心！快进来，我看看，摔得重不重？”陈老太心疼地道，将孙女扶到屋里，喊陈老拐：“老头子，你快别睡了，萱萱摔着了，快拿药酒给她擦擦。”

“别喊爷爷了。”陈萱拉住陈老太。

陈老太不为所动，继续喊：“陈绪光！你聋了吗！快出来！”

一连喊了好几声，陈老拐才慢腾腾地从屋里出来，手里拎着一瓶药酒，面色阴沉地瞪了老婆一眼：“咋咋呼呼的，让人听见还以为咱萱萱怎么了！伤哪儿了，我看看。”

陈老拐凑到陈萱身旁，陈萱把牛仔裤卷起来，掀到膝盖处。

陈老拐看着伤口“啧啧”几声，转身去拿镊子跟药棉。

看陈萱膝盖破了一大块皮，陈老太心疼极了，开始掉眼泪：“你这孩子，路上小心点啊！你要是出了啥事，你让我跟你爷爷怎么办哟。”

想到儿子跟儿媳都是出车祸出事的，陈老太心里就一阵难受。

陈司南在外头，她跟陈老拐身边就一个小孙女。陈萱等于是她一手带大的，跟她再养个女儿一样，她能不紧张吗？

陈萱看奶奶这样，鼻子跟着酸了，心里因为撒谎而内疚。

还好没伤到骨头，清理完伤口上完药，医院都不用去。陈萱感觉脚没先前那么疼了，可以慢慢走路了。

陈老太扶她回房间休息，又叮嘱了几声，才不舍地离去。

待房门关上，陈萱躺在床上，从枕头底下将那一万块钱又拿出来看了看。

她姑到底瞒了她什么事呢？

这一万块钱到底跟顾霖星有没有关系？

顾霖星不是出国了吗？为啥要让李冬冬给她钱？

李冬冬一向老实本分，为啥会有流氓找他麻烦呢？

陈萱越想越头疼，她觉得有必要再找机会问下李冬冬。

难得放半天假，同学们都去玩了，陈萱没什么好玩的。她躺在床上想睡个午觉，可辗转许久，却怎么也睡不着。

一闭上眼，她的眼前就浮现出中午在麻辣烫店门口发生的事。

阳光下，丁燕的滑板先飞来，随即从天而降，英姿飒爽得像电视剧里的女侠。

她可真帅气啊！

不知怎么的，陈萱不像以前那么怕丁燕了，甚至还觉得丁燕是个挺仗义的人。

要是她不那么凶就好了。

陈萱叹了口气，闭着眼睛，数着羊慢慢睡着了。

她是个不怎么会做梦的人，可那一天，她做了个梦。她梦见自己来到了天庭，丁燕成了神将，赢了比试，天帝设宴庆祝，而她是个仙女，为他们跳舞。

梦里仙雾萦绕，她看不清丁燕的脸，也看不清自己的，只记得自己跳了很久的舞，脚都跳疼了。

这真是一个奇怪的梦。

被七八个彪形大汉围住的时候，丁燕想，她不过就想吃碗麻辣烫而已，怎么就这么难呢？

“老大，就是这几个丫头坏了我们的事！”刚才被丁燕她们打跑的一个男青年突然冲进了麻辣烫店里，指着丁燕那一桌说道。

那人刚说完，丁燕看情况不对，赶紧拉着两个同伴要走。结果还未出店门，就被人给拦住了。

一方要走，一方不让，双方都不是好脾气的主，一来二去，也不知道是谁先动的手，直接打了起来。

麻辣烫店的老板见势不妙，连忙报了警。

很快，警车就来了，一同来的还有救护车——双方打得激烈的时候，有人受了刀伤。

除了跑掉的胖子跟他两个手下外，丁燕跟其他人都被抓了起来，被一并带走了。

被押上警车前，丁燕回头看了一眼麻辣烫店门，心想，如果知道会发生这样的事，她即使再喜欢吃麻辣烫也不会吃。

经过几个小时的审讯，警方得知刀子是那群男人带过来的，被捅的也是他们中的一员，但捅人的是丁燕。

其他人来保释的保释，拘留的拘留，唯独丁燕的情况最严重，因为被捅的那个人伤得挺严重的。

丁燕妈一听说出事就赶去了派出所，急得不停地打丁大头的电话，可怎么也打不通。女人气得要死，在派出所里一会儿哭一会儿闹的，警察都拿她没办法。

另一边，陈萱一觉睡到了傍晚，要不是陈老太喊她起来吃晚饭，她估计还会睡下去。

她做了一个从未做过的梦，这个梦稀奇得很，也好得很，即使她醒了，也还记得梦里的情景，就连吃饭的时候都一直在笑。

陈老太奇怪地看着她："萱萱，你笑什么？"

陈萱摇头，笑着说："没什么。"

她没好意思告诉陈老太，她梦到丁燕变成了一个男将军，挺逗的。

陈萱并不知道她走后，丁燕在麻辣烫店跟人打了起来，还进了派出所。

带头闹事的大胖子叫牛二郎，是市区一带的地痞，在本地小有名气。一进派出所，牛二郎一口咬定他根本没去过那家麻辣烫店。

麻辣烫店的老板为了省钱，店里没装监控，所以就算丁燕等几个女孩说是牛二郎先挑的事，但牛二郎自己不认，他那些手下也说他没出现，警察没办法，只好先放人。

牛二郎刚出派出所，就上了一辆黑色奥迪 A6L。

顾金虎脸色铁青地坐在车后座上，牛二郎憨笑地坐在副驾驶座上。

一上车，牛二郎就对顾金虎嬉皮笑脸地说："叔，我进去都吩咐过了，你放心，大伙儿嘴巴都牢得很，只说闹事斗殴，没说其他。之前街上抓那小胖子的两人我也特意嘱咐过了，警察问起来，他们都说是认错人了。"

让他们抓个李冬冬问几句话，结果惹出这么大的事来。

顾金虎本就心情不爽得很，这会儿看牛二郎还对他笑，当即恼怒起来，抡起手中的报纸就朝牛二郎那油腻的脸砸了过去。

"你说得轻巧，你知道你们今天打的那丫头是谁吗？那是丁大头的闺女！这件事你最好给我把嘴巴闭紧了，不然大头知道你是我找的人，指不定要跟我怎么闹了。”顾金虎气愤地道。

牛二郎忙道歉：“对不住，叔，你知道的，我跟那丁大头又不熟，我哪知道他闺女长什么样。我要是知道的话，大可不必干今天这种事啊！”

“唉。”牛二郎叹了口气。

顾金虎又瞪了他一眼，捏紧拳头：“被捅的那个人怎么样了？”

闻言，牛二郎立刻收了脸上的笑，表情变得沉重起来：“不大好。”

顾金虎听完更是焦躁。

若人没事还好，这事当普通斗殴就可以过去了，也不会查到他身上。若人有事，闹出了人命，他怎么可能撇得清干系。

顾明雷让他低调，他还特意选了跟他不相熟的人办事。可现在好了，事没办成，还把丁大头的闺女搭了进去。回头丁燕若真出了什么事，丁大头岂会善罢甘休。

万一丁大头失去理智，把朝朝的事给捅出来又怎么办？

顾金虎越想越头疼，眼下他只能祈祷在医院的那人没事，然后再想办法把丁燕给弄出来。

“医院那边多上点心，不管花多少钱，都要把人给救回来。”顾金虎黑着脸吩咐道。

牛二郎点头：“放心吧叔，木头是我兄弟，我也不想他有事的。”

说完，牛二郎又想到了什么，身子微微往前倾了点，小心翼翼地问：“叔，那个叫李冬冬的，我们还抓吗？”

“抓个屁！不是说认错人了吗？还抓，你当警察傻啊？”顾金虎气恼道。

他胸口疼，用手按了一会儿，稍微平复了下情绪，哑着嗓子继续问：“抓李冬冬这件事除了你们这些人，还有人知道吗？”

“没了，因为你说过不想让太多人知道，所以我就吩咐了木头跟闪电两个人，其他弟兄都不知道。后来木头他们被揍了，我才带弟兄们过去的。木头现在人在医院不会乱说话，闪电也一口咬着是认错了人，说把李冬冬当成之前朝他们撒尿的小子了，抓他是想教训他一下。”牛二郎认真地道。

顾金虎“嗯”了一声。

牛二郎突然想到了什么，咋呼一声：“对了，叔，我想起来了，还有一个人知道。”

“什么人？”顾金虎拧眉。

“木头他们被打通知我时说了，抓李冬冬的时候，他身边还有个女同学，叫什么萱来着。对，就叫陈萱。”牛二郎一脸笃定地道。

“陈萱？”顾金虎嘴里反复咀嚼着这个名字，眉头皱得更紧了。

4.

跟牛二郎分开后，顾金虎立刻打电话给松大的领导，让他们查了一下，最后得知松大叫陈萱的女生只有一个，就是顾金虎知道的那个陈萱。

顾金虎的头更疼了。

李冬冬是朝朝救助的同学，陈萱跟李冬冬一块儿吃麻辣烫，校领导又说朝朝先前在学校还亲过陈萱，那会儿同学们都传他们俩在搞对象。

顾金虎伸手揉了揉胀痛的太阳穴，朝朝会不会是陈萱给藏起来的呢？

自打顾西辞说陈司南要退婚后，他就让金燕子一直暗中盯着陈家那边，陈家有啥风吹草动，他都知晓。倘若朝朝逃跑后真回来找陈萱了，他老婆不可能不知道啊！

可金燕子从未跟他打听过朝朝的事，她还以为朝朝在美国呢。

陈萱到底把朝朝藏哪儿了呢？不管藏在哪儿，她跟朝朝吃饭总要钱吧，哪来的钱呢？

朝朝在他们焦城是个名人，他若回来，只要露过面，总会有人通知他。他在焦城的眼线这么多，他就不信陈萱能有那么大的本事，可以把朝朝藏那么久而不让人发现。

但如果不是陈萱藏的人，她跟李冬冬为什么会在一起吃饭呢？

陈萱、李冬冬、朝朝……

顾金虎坐在自家书房内反复推敲着这三个名字，简直一个头两个大。

正烦着，顾明雷又来了电话。

顾金虎连忙去接，电话一接通，他就听到顾明雷跟他说丁大头吵着要回焦城，说是要回家看女儿。

朝朝还没找到，现在还不能确定他已经离开了淞市，所以丁大头还不能回来。

顾明雷只好先安抚下丁大头，然后立刻来找顾金虎，让他去派出所问下丁燕那是什么情况，想办法把人给保出来。

顾金虎原本还没打算这么快就告诉顾明雷丁燕的事，可这会儿顾明雷先问起，他知道瞒不住了，遂将整件事的来龙去脉都跟顾明雷说了一遍。

顾明雷听完，一向对顾金虎和颜悦色的他，忍不住对顾金虎发了火："叔，朝朝找不到已经很让我心烦了，你现在把事情闹得这么大，回头牵扯出朝朝的事，咱们要怎么跟大家解释？要是大头知道他女儿出事都是因为你，他会怎么想？叔，你说这件事怎么办？"

顾金虎把派出所那边的情况又跟顾明雷说了一下，最后说只要医院里的那人死不了，丁燕就不会有事。

他让顾明雷无论如何都要稳住丁大头，反正一切事情都没有找朝朝来得要紧。

顾明雷自然清楚其中的利害关系，也就没有再骂。

事情已经发生了，这也不全是顾金虎的错。毕竟谁想得到唯利是图的丁大头，竟然生得出一个见义勇为的女儿来。

丁燕这丫头坏了他们的事，现在他们还得去救她出来。

想到这儿，顾明雷就恨得牙痒痒，连带着对替他办事的丁大头都有了几分怨气。

顾金虎安慰了他几句，待顾明雷火气消了些，他才试探地问："明雷，你知道朝朝在学校里跟一个女同学关系很好吗？"

"朝朝？"顾明雷惊诧道，忽而自嘲地冷笑，"我怎么会知道？你也清楚，朝朝从小到大都没把我当过老子，你见过他什么时候有事跟我们这些长辈说的吗？这小子，也不知道那狗脾气像谁。你说他跟一个女同学关系好，是哪个女同学啊？"

"你猜猜。"顾金虎轻笑。

顾明雷的火气又上来了："都什么时候了，还猜？你直接说啊，叔！"

“陈萱，陈老拐的孙女，陈司南那个不声不响的小侄女。上次我们西辞订婚，你也见过她。”顾金虎如实说。

顾明雷不禁拔高了音量：“陈萱？我想想，哦，是有那么一个女孩子，好像长得不怎么起眼。你说我家朝朝跟她关系好？我儿子眼光这么差？”

顾金虎暗自翻白眼，现在是讨论朝朝眼光好不好的时候吗？

“我是听学校领导说的，也不知真假。但今天我派的人去找李冬冬问话，有人看见陈萱跟李冬冬在一块儿，所以我想……”

剩下的话顾金虎没说，但顾明雷已经明白了他的意思。顾金虎是怀疑陈萱知道朝朝躲在哪儿。

顾明雷道：“下午西辞说他要回焦城，说是陈老拐又快要去医院复查心脏了，到时候陈司南会回去，他要跟陈司南好好聊聊。陈萱若跟朝朝有交集，陈司南不可能不知道。你到时候先问问西辞。”

“嗯。”顾金虎应了一声。

顾明雷那边突然安静下来，过了一会儿，他点了一支烟：“你好好去陈家问问，别像这次一样，再把事情闹大了。陈司南这婚还没退，你还是陈老拐的亲家公，找个理由直接上陈家打听，他们也不会多想什么。”

“我晓得。”顾金虎说。

顾明雷又抽了两口烟，想不到还有什么话要说，就挂断电话。

顾金虎继续坐在书房里发呆，眼睛直直地盯着墙上挂着的挂钟。已经晚上八点多了，顾西辞应该到家了。

正想着，屋外突然传来几声“嘀嘀”，同时有车灯照进来，是顾西辞回来了。

顾金虎连忙起身出了书房。

顾西辞刚从车上下来，就看到了在门口迎接他的金燕子。

他笑吟吟地走过去，喊了一声：“妈。”

“你怎么突然回来了？晚饭吃了没有？”金燕子惊讶地问顾西辞。

“没呢，回来办点事，进屋再说。”顾西辞揽着他妈的肩膀走进别墅，看到顾金虎站在厅里，微愣了一下，笑着问：“爸，你怎么也在家，明雷哥不是说你替他办事去了吗？”

“我腰疼犯了，回来歇两天。”顾金虎道，对顾西辞招了招手，示意他过去。

顾西辞识相地跟着顾金虎进了书房，金燕子则去厨房给儿子煮水饺。

顾西辞以为他爸要跟他说他惹的那件破事，小心翼翼地关上了书房的门，站在书桌前，拘谨地看着顾金虎，害怕地认错道：“爸，我知道那件事是我错了，我保证以后不会再犯了。等我跟司南结了婚，我肯定好好上班做事，不再给你惹事了。”

终究是自己儿子，再怎么窝囊也是自己生的，顾金虎也舍不得多训。

他只是瞪了顾西辞一眼：“你知道自己错了就好，杨慧子那边我跟你妈已经把事情处理好了。你不用再担心她来纠缠你了。”

顾西辞点头，感激地微笑：“谢谢爸。”

“对了，我有件事要问你。”

“什么事？你问。”顾西辞凑上前来。

顾金虎咳了两声，清了清嗓子：“你知道朝朝跟陈萱的事吗？”

“朝朝跟萱萱？他们俩能有什么事？”顾西辞诧异，“爸，你跟明雷哥是不是也听说朝朝在学校里亲了萱萱？哎，那都是假的，是朝朝的恶作剧。他也没碰萱萱，就亲了下她的脸。先前因为这件事，大伯母生日那天，司南还气得找朝朝谈了话。”

“所以，朝朝跟那个陈萱并没有在谈恋爱？”顾金虎更茫然了。

“是啊！那都是因为朝朝在学校太受女生欢迎，他嫌烦，所以就拿萱萱做了挡箭牌，故意当着同学的面亲了萱萱的脸。”

顾西辞笑着说完，忽又觉得奇怪：“爸，你怎么突然想到问这件事？朝朝不是去国外念书了吗？怎么，他向明雷哥打听萱萱了？难道他对萱萱是真的？”

“玩玩玩，你就知道玩！”顾金虎烦躁极了，看着一脸嬉笑的顾西辞，顿时来了脾气，“你先出去吧，你妈应该给你煮好饺子了。”

“爸，你就问我这件事？没其他了？”顾西辞狐疑地问。

顾金虎黑着脸对他挥了挥手：“出去吧。”

“哦。”顾西辞听话地离开书房，带上了门。

书房内顿时又只剩下顾金虎一个人。望着桌上的烟灰缸，他的太阳穴又开始胀疼起来。

搞了半天，就是一场乌龙。

丁大头的女儿丁燕喜欢朝朝，让陈萱替她送情书。朝朝要拒绝她，就当着同学的面亲了陈萱，所以才有了那个恋爱的绯闻。

既然那个陈萱没跟朝朝谈恋爱，到底为什么会跟李冬冬一起吃饭呢？

那个丁燕被朝朝拒绝，不该记恨陈萱吗？咋还救了陈萱跟李冬冬呢？

顾金虎头疼地敲了敲脑袋，他感觉自己有些跟不上时代了。

他完全不知道这群小年轻脑子里都在想些什么，但他又觉得，这些人中肯定有人知道朝朝躲在哪里。

下午忙完，陈司南出了研究所，坐地铁去附近的菜市场买了点菜。家里的排骨和鸡翅都吃完了，她又买了一些，还挑了些新鲜的蔬菜。

等她回去，刚好遇到下班高峰期，地铁上有些挤。

陈司南被挤到角落里，放在包里的手机不停振动着，可她没法看。直到下了地铁，她才掏出手机看，上面有两个未接来电，都是陈老太打来的。

陈司南出了地铁站，拎着菜一边往研究所走，一边拿手机给陈老太回拨了过去。

没过多久，电话就被接通了。

陈老太开口就问：“司南，你刚才怎么不接电话？是在忙吗？”

“没有，去买菜了。”陈司南说道，“妈，你找我什么事？”

“没什么事，就是两天没打你电话了，想问问你那边怎么样。”

“我都挺好的，你们呢？”

“我跟你爸也都挺好的，就是萱萱昨天放学回家时摔了一跤，膝盖都摔破皮了，今天车都没法骑，还是你爸送她去的学校。”陈老太突然说。

陈司南闻言，立刻皱起眉头，紧张地问：“好端端的，萱萱怎么摔的？”

陈老太叹气：“说是为了躲一辆车，就把自己给摔了。你说这年头，车多也不好，差不多家家一辆车。马路上有些人开车莽撞得很，红绿灯不看，人也不看，撞了人还喊着有保险，真是作孽。”

陈司南默默地听着，等她妈发泄完，才继续问：“那萱萱摔得严重吗？

你们带她去医院看过吗？”

“还好，不严重，就是破了皮，脚踝扭了一下。你爸给她看过了，没骨折，擦几天药酒就好了。”

“那就好。”陈司南松了一口气。

陈老太那边停顿了会儿，又幽幽地问道：“司南，你跟西辞最近怎么样了？”

“你怎么又问起这件事？”陈司南本能地感到反感。

陈老太隐约听出些苗头：“你是不是有事瞒着我？今天中午西辞一家子一道来我们家看望你爸，买了不少东西。他们来之前都没跟我们打招呼，你也没跟我们说。你们俩是不是闹矛盾了？”

陈司南抿着唇，没吭声。

陈老太年纪是大了点，但头脑还清醒得很。有些事，即使陈司南不说，她也猜到有些不对劲。

两个人“五一”都没出去旅游，平时陈司南每周放假都会回家看父亲。可这次长假，她非但没回家，就连电话也很少给他们打。

“司南，你老实告诉妈，你跟西辞到底怎么了？”陈老太固执地问道。

陈司南疲惫地站在台阶上，抬头望了一眼头顶暗下来的天空，眼睛有点发酸。

她不知道该怎么开口跟妈妈说顾西辞背着她，不仅出轨，还把人家女孩子肚子搞大的事。

见陈司南不回答，陈老太的心当即沉了下去，看来她猜得没错。

“司南，你跟妈说说，到底出什么事了？”陈老太急着问。

陈司南吸了一下鼻子，平复好情绪，声音沙哑地说：“妈，你先别问了，下周六我放假回家，带爸去复查，到时候再跟你说。”

“到底出什么事了？你这孩子，你倒是说呀。”

“好了，妈，你就别问了。顾西辞他们今天来，有没有说什么？”陈司南转移话题。

“没有，西辞跟你一样，我问他，他也什么都不说。”陈老太憋闷道。

陈司南心里堵得慌。

顾西辞当然不会说，他哪有脸说自己做的肮脏事。

陈司南越想越恼火，却又不好在陈老太面前发作，只能按捺住脾气，再度安抚母亲："妈，我饭还没吃呢，要去吃饭了，先不跟你说了。等我下周回家再聊，挂了啊！"

说罢，不等陈老太回复，陈司南便挂断电话，用力地深呼吸几口气。

她以前怎么没看出来顾西辞是这么厚脸皮的人呢？都被她拉黑了还有脸上她家！

陈司南气愤地踩着台阶朝宿舍走去，嘴里像吃了苍蝇，恶心哭了。

陈司南这边感到恶心，顾西辞那边也没好受多少。

从陈老拐家出来，顾金虎一直耷拉着脸，闷声不吭地坐在车里，不知在想什么。

顾西辞开着车，透过内视镜小心地打量着他爸的脸色，不敢多嘴。

倒是坐在副驾驶座上的金燕子看不过去地转过头，对后座的老公说："你这板着脸给谁看呢？西辞已经知道错了，杨慧子她妈也打电话过来说杨慧子不会再来纠缠我们了，这件事就算翻篇了。刚才陈老拐夫妇对我们西辞照旧客客气气的，你还气什么？"

"你懂什么。"顾金虎恶狠狠地瞪了金燕子一眼。

他去陈家一趟，根本没打探出跟朝朝有关的有用信息来。

刚才跟陈老拐他们聊天的时候，他假装无意打探了一下陈萱的情况，并特意提到了朝朝。陈家的说法跟西辞一样，看来陈萱跟朝朝真的一点关系都没有。

5.

从陈萱那儿找不到朝朝的消息，那个李冬冬又不好再去抓，丁燕还在派出所没放出来，顾金虎心里那叫一个烦躁。

他闭着眼靠在车后座上，静静地想了一会儿，忽然想起陈老太说陈司南整个"五一"都没回家。

"五一"前夕，她刚跟顾西辞闹分手，心情不好，又不想让父母担心不回家倒也可以理解。可陈老太又说她到现在都没回过家，说是工作忙。

顾金虎隐隐觉得哪里有些不对，一种奇怪的猜想从他脑子里冒了出来。

“五一”那天正好是朝朝从丁大头手中逃跑的日子，他身无分文，难出淞市。可陈司南正好在淞市……

朝朝会不会去找陈司南了呢？

有没有可能，陈司南不回家，是因为朝朝躲在她那儿，她要照顾朝朝？

顾金虎猛地睁开眼，目光如狼一般盯着前方。

金燕子被他吓了一跳，以为自己话说重了，惹毛了他，惊惧地安抚道：“老公，你再气也不能气坏了自己啊！你眼睛睁这么大要吓死我啊！”

顾金虎没理她，直起身子，对开车的顾西辞道：“西辞，你明天去淞市看看陈司南。”

“看她做什么？爸，你又不是不知道，司南现在恼我恼得紧，微信都把我删了，我去了她也不会见我的。”顾西辞说。

顾金虎厉声呵斥他：“她说不见你，你就不找她了？我问你，你到底还想不想娶陈司南？”

“当然想啊。”顾西辞撇着嘴道。

“那你就去淞市，你问她，她想要什么条件，我们顾家能满足的就满足她。”

顾金虎极有魄力地说完，老眼微眯了一下，眼神变得有些凶狠：“当然，你首先得确认她除了你，还有没有藏人，说不定她在外头也有人呢。”

“爸，你胡说什么呢？司南不是那种人，你别冤枉她。”顾西辞生气地道。

顾金虎没再说话。

他就是想知道朝朝到底在不在她那儿。

这是他唯一的希望了。

陈司南拎着菜回到宿舍，刚上楼就闻到了一股饭菜的香味。

原本他们这二楼住了五户人家，去年有个男同事结婚搬出去了，宿舍就一直空着。上个月，住在沈阿姨隔壁，在他们研究所保安处上班的保安队长李大叔的妻子患癌去世了，他跟单位请了丧假，现在还没回来。所以这二楼就只剩下三户还住着人，陈司南、沈阿姨，还有一个退了休的老研究员。

“五一”的时候，老研究员的闺女从国外回来，接她回自己家了。这阵子她一直住在女儿家，很少回宿舍楼来。

因此，闻到饭菜香，陈司南只以为是沈阿姨回来了，也没怎么在意。

可等她走到宿舍门口，才发现自己宿舍的门窗敞开着，做菜的是朝朝。

沈阿姨还没回来。

陈司南惊愕地站在门口，难以置信地望着在过道里忙碌的少年。

朝朝将锅里的玉米烙翻了个面，看了一下色泽，见差不多了，就拿着锅铲将它铲进盆子里，然后抬头朝门口看了一眼，淡淡地道：“你回来了？”

陈司南拎着东西走进屋内，换好拖鞋，看着少年手里端着的那盆金灿灿的玉米烙，忍不住问：“朝朝，你怎么会做玉米烙？谁教你的？”

朝朝将盆子端去厅内，放到餐桌上，随后转身去冰箱拿了色拉酱出来，洒在了玉米烙上。

“沈阿姨给了我一本菜谱，说你上班，我在家闲着，可以学做菜。我看着上面学的。”朝朝说。

陈司南跟着他走到小方桌旁，看着满桌精致的菜肴，不由得瞪大了眼睛：“这些菜都是你做的？”

“嗯。”朝朝神色平淡地应了一声，拿了碗筷过来，“你尝尝。”

陈司南放下包，坐到小方桌旁，拿起筷子，对着桌上的菜，不知道该先尝哪个。

朝朝做的菜跟他这个人一样，十分好看。玉米烙金灿灿的，菠菜绿油油的，还有那鲫鱼汤，汤色是纯正的米白色。那些菜，不仅颜色好看，闻起来也很香，完全不像是新手做的。

色香味，前两者都有了，就是不知道味道如何。

陈司南拿着筷子没动，担忧地看了朝朝一眼，问：“你确定能吃吗？”

听她这么问，朝朝的脸瞬间沉了下来。他冷冷地瞥了她一眼，没说话，自己拿筷子先夹了块豆腐放进嘴里。

陈司南看他吃了一会儿，没什么异常，也觉得饿了，便拿筷子夹了一块玉米烙尝了一口。

玉米熟了，咬上去软软的、甜甜的，跟她之前在餐馆吃过的一样好吃。

陈司南惊喜地看着他，真心夸赞道："很好吃，朝朝，你简直是个天才！第一次做东西就这么好吃。"

说罢，陈司南快速地吃完碗里的玉米烙，又舀了点鱼汤尝了一下，味道同样很鲜。她满意地抿了抿唇，又夹了根菠菜……

天哪，朝朝到底是怎么做到的，为什么他做的菜比她做的还好吃？

陈司南吃得停不下筷子。

她第一次回宿舍，有人提前给她做好了饭菜，一股暖流缓缓在她心中流淌。

不知不觉间，她吃了很多菜，嘴里一直毫不吝惜地赞美着朝朝。

朝朝沉默地看着聒噪的她，脸上的神情终于缓和了一些，就连眼神也变得柔软了许多。

他没有告诉她，为了给她做这顿晚饭，他在沈阿姨的宿舍学了一天。

今天白天沈阿姨休息，出去扔垃圾的时候，见他待在宿舍里，就过来串门，问他为什么没去上班。

沈阿姨依旧以为他是陈司南的男朋友，为了减少不必要的麻烦，先前他跟陈司南也没再盯着这件事解释。

沈阿姨是个很热心的人，看得出来，她是怕陈司南吃亏。

所以他只能跟沈阿姨撒谎说自己刚辞职，准备换工作，新工作还在找。

"小顾啊，我之前听司南讲过，你们俩是异地恋。你说你要换工作，是换来淞市，离司南近一些吗？"沈阿姨好奇地问他。

朝朝默默地听着，不知道该怎么接沈阿姨的话。

沈阿姨以为他是难为情，一再鼓励他道："换工作好，现在好工作虽难找，但只要你不灰心，认真找，肯定能找到的。"

朝朝对沈阿姨微笑了一下，没有反驳。

他还是个学生，找工作这种事离他有点远。而且就算他真的跟陈司南差不多大，他也用不着找工作。

只要他还姓顾，叫顾霖星，他就这辈子都饿不死。

看他不说话，沈阿姨以为是自己的话触痛了人家，便不再提工作的事，扯开话题说自己刚买了几本菜谱，问他要不要学做菜。

他原本要拒绝的，却听沈阿姨又说，他要是会做饭的话，司南回到家就能吃到热腾腾的饭菜了。

不知怎么的，他突然心动了一下，鬼使神差地点点头，跟着沈阿姨去她宿舍拿菜谱。

陈司南冰箱里的菜有限，沈阿姨说司南喜欢吃鱼，见他们冰箱里没有鱼，就又让他过去，把自己刚买的活鲫鱼给他，一点点教他做菜。

他学得很认真，第一次发现原来做饭是那么辛苦的一件事，可陈司南每顿都会给他做饭。

他并不擅长剖鱼，之前剖过一次，是因为那鱼已经死了所以好剖，但现在他剖的是活鱼。活鱼乱蹦时，鱼鳞割伤了他的手，流了很多血。他有点想放弃，沈阿姨又说："男子汉大丈夫，流点血算什么，别娇气，想想司南。"

嗯，他想想陈司南，忍了，把血洗净，继续剖鱼。

鱼的苦胆不能弄破，不然鱼会变苦，不好吃。

鱼汤要炖得越浓越好喝，炖鱼汤时不要放太多调料，不然味道就没那么鲜了……

沈阿姨说的每一句话他都默默记在心里，他在学校上课都没这么认真过。

学了一天，失败了几次，他终于学会了做一顿像样的菜。直到沈阿姨帮他试了一下味道，觉得可以了，他才问阿姨要了最后几条鱼，拿回宿舍给陈司南做晚饭吃。

现在看陈司南吃得那么欢，朝朝默默弯起被鱼鳞割破的手指，将它藏了起来，觉得自己辛苦一天也值了。

他拿起筷子，继续吃饭。

陈司南吃完满满一碗饭，然后又喝了点鱼汤，最后撑得靠在椅背上不想动弹。

她定定地看着身旁还在吃饭的少年，眼里闪过几丝流光。

察觉到她的目光，朝朝感觉耳朵有点烫。他没有抬头看她，只是低声问："你盯着我做什么？"

陈司南笑了，得寸进尺地问："朝朝，要不以后都你做饭吧，我洗碗。"

她既要上班还得学习，回来还要做饭，好累。

陈司南有点想偷懒。

原本她只是随口一说，没想到朝朝却沉闷地“嗯”了一声，直接答应了。

陈司南意外地看着他，发现朝朝的侧脸很好看，线条分明，轮廓清晰，眼睫毛浓密且黑，有点像电视里的人，好看得不大真实。

“朝朝，你以后当演员肯定行。”陈司南突兀地道。

朝朝毫不犹豫地拒绝：“不要。”

陈司南笑，也对，就朝朝那种性格，哪当得了明星。明星那都是要站在聚光灯下的人啊！

哎，她在瞎想什么呢？朝朝以后做什么工作，轮得到她来操心吗？

见他也吃完了，陈司南起身，端起碗筷去了厨房。朝朝帮她把剩下的盘子都端了进来，然后站在她身边没走。

陈司南奇怪地看了他一眼：“你去休息吧，我自己洗就行了。”

朝朝依旧没走。

陈司南停下手，皱着眉头看他：“你有事？”

朝朝目光深深地盯着她，半晌才道：“下周五就六月了。”

陈司南不明所以地点点头，她都记着日子呢。六月就离朝朝的生日不远了，等遗产的事办完，他就能回家了。

朝朝依旧盯着她，眼里闪烁着微光。陈司南被他这么盯着，莫名地感觉耳朵有点烫。

他到底想说什么？

“朝朝？”她唤了他一声。

他抿了抿唇，最终开口说道：“六月一号是我的生日。”

“所以你的生日是儿童节？”陈司南边刷碗边抬头，微笑着问他。

“这很好笑？”朝朝蹙眉，脸色又沉了下来。

“没有，就是觉得挺有趣的。我还以为你的生日在六月中旬，毕竟你之前说要在我这儿待一个多月。”陈司南连忙解释。

朝朝的脸更黑了：“一个多月跟一个月区别大吗？”

她是不是算着日子等着他走？

“不大啊！但是差几天也是差嘛。那你是六月一号走？”

“嗯，我那天早上走。”朝朝闷声道。

陈司南“哦”了一声，不知怎么的，心里突然有些空落落的。

她收起了脸上的笑，认真地问：“你一个人没关系吗？”

“不然呢？”他反问她，双眸直勾勾地盯着她寡淡的脸，目光有些暗沉。

陈司南哽住，看着他，眼里不禁流露出几分担心。

他一个人离开，要是路上遇到意外怎么办？六月一号就要签遗嘱了，要是顾明雷丧心病狂，干出更出格的事怎么办？

陈司南的心怦怦狂跳，她感到害怕极了。

似乎看出她是真的在担心自己，朝朝的脸色好看了些，淡淡地开口安抚她说：“我已经联系了负责我外公遗产的律师，一号那天，他会直接来这儿接我去他的事务所。也就是说在签字之前，我不会回焦城，我爸也会来淞市。你放心，我爸再不像样子，也还是会顾及面子的。”

被他看透了心思，陈司南表情发窘地瞪了他一眼，急着说：“你怎么就能肯定你爸一定不会伤害你……”

朝朝笑了，双眼看着她，眼里似有光：“因为我死了，我外公的遗嘱就会自动作废，到时候公证处会把他的钱全部捐给国家福利院，我爸一毛钱都拿不到。就算为了保持现状，他也舍不得我死。”

明明朝朝是笑着说的这些话，可陈司南听着不禁有点心疼。如果朝朝的外公没有用遗嘱保护他，那他爸爸是不是真的会为了那笔钱，连朝朝的性命都不顾了？

明明是最亲的人，却干着最伤他的事，朝朝的心得有多疼啊！

陈司南一脸同情地望着眼前的朝朝，内心突然涌起一股冲动。她有点想抱抱他，但忍住了，就怕这一抱又抱出什么事来。

不过按朝朝说的，眼下他只要在她这儿躲到六月一号，他就不会有什么危险了。

陈司南暗自松了一口气。

也不过就剩一周了，这么长时间都过去了，应该会没事吧。朝朝他爸要是能找到他，应该早找过来了，陈司南自顾自地想。

水龙头的水继续放着，不停地冲刷着她的手。她机械地洗着手中的碗，手指被水冲得发白。

朝朝站在一旁，背靠在橱柜上，幽暗的目光落在自己浸泡在水里的双手上，心又开始痒了起来。

第八章
两种喜欢

1.

一阵风从敞开的窗户吹了过来，吹乱了她额前的碎发。

她之前是中短发，开春刚修过，现在又长长了些，刚好扎起来。这会儿被风一吹，额头上的一绺头发就垂了下来，落在她的耳边。

陈司南自己没在意，朝朝却鬼使神差地朝她伸出手去。

耳边一股温凉感袭来，陈司南猛地回过神来，惊愕地抬头，正好对上他深邃的目光。他的指尖钩着那几绺黑发，将它们轻轻地别到了她耳后。

陈司南愣怔地看着他，明明谁也没有说话，可她感觉心跳得快要爆炸了似的。

被他手指触碰到的皮肤像是着了火，烫极了。

陈司南不知道自己怎么了，但她很不喜欢这种感觉。

她本能地躲开了他的手，张了张嘴，想说点什么。但触及朝朝渐渐变得阴冷的目光，她又不知该说什么了。

突然，里屋传来一阵手机铃声。

是单调的纯音乐，一听就知道是陈司南送给朝朝用的那部老人机。

顿时，两个人都惊了一下，不知道谁会在这个时候打来电话。

朝朝将手收了回去，没有再看陈司南，转身掀起帘子，去接电话。

手机被他扔在沙发上，看到上面的来电号码，少年好看的眉头当即皱了起来。不等陈司南跟进来，他拿着手机朝卫生间走去。

陈司南看着他进了卫生间，带上了门。

她撇了撇嘴，拿着抹布快速地把小方桌擦了下，然后又回到了厨房。

电话是李冬冬打来的，今晚他爸妈都上晚班，家里没人。

原本李冬冬是不想打这个电话的，因为顾霖星叮嘱过他，叫他没紧急情况不要联系他。可今天李冬冬一到学校，就听说了丁燕昨天在麻辣烫店被人找麻烦的事。

又是麻辣烫店。

李冬冬隐约觉得丁燕出事跟他有关，不免对这个丁燕感到有些愧疚，脑海里不禁又回忆起昨天闹事的人那凶神恶煞的样子。

他感觉那些挑事的人多半是冲着顾霖星的事来的，纠结再三，还是决定把这件事跟顾霖星说一下。具体怎么看，还是得由顾霖星自己判断。

听李冬冬把所有事情的经过讲完，朝朝沉默了一会儿，最终只开口说了几个字："我知道了。"

"顾霖星，你那边情况还好吗？"李冬冬不由得担心地问。

"没事。"朝朝道。停顿了会儿，他再度告诫李冬冬，"你就当什么事也没发生过，以后这个电话你也不要再打了。"

"哦。"李冬冬悻悻地应了一声。

朝朝没再跟他多说，挂断电话，把跟李冬冬的通话记录给删除了。

李冬冬那边同样也删除了通话记录，他听了顾霖星的话，不再想了。反正顾霖星说什么，他就做什么好了。

李冬冬可以不想，可陈萱不行。

晚上从学校回家后，她就一直心不在焉的。之前她还一门心思在想李冬冬到底为啥要给她姑姑钱，现在她满脑子都是丁燕的事。

一想到丁燕是为了救自己跟李冬冬才出事的，陈萱就急得躲在房间里忍不住掉眼泪。

要不是因为她自以为是，想太多，非要找李冬冬，李冬冬也不会跟她去麻辣烫店，之后一连串的事也就不会发生了。

陈萱坐在床上，一个劲地擦眼泪，她不知道自己能做点什么帮丁燕。

跟李冬冬通完电话，朝朝面色阴沉地在原地站了一会儿，然后给唐律师发了一条短信。

很快，唐律师就回了短信过来。

唐律师："朝朝，你确定是明天吗？"

顾霖星："嗯。"

唐律师："那好，我今晚就去那边安排一下。你放心，我这边很安全。顾家虽然在我律所外和家门口都安插了人，但是我很小心。"

顾霖星："辛苦了，唐叔叔。"

唐律师："没什么，你自己也注意安全。"

顾霖星："好。"

将手机放回裤兜，朝朝从卫生间里走了出来。

陈司南站在沙发前给他叠衣服。他光顾着做晚饭，忘了去阳台收衣服了。衣服上着了夜露，摸上去有些湿冷。

陈司南皱着眉头，努力用手把衣服捋平整。

他朝她走了过去。

听到脚步声，陈司南回头看了他一眼，随意地问："是那个李冬冬找你？你不会又问他借钱了吧？"

"是他，但没有借钱。"朝朝如实回她，坐到沙发上，一脸平静地看着她手中叠好的衣服。

陈司南狐疑地看着他："那你们都聊什么了？对了，朝朝，上次李冬冬给的一万块钱，我让萱萱藏起来了，等你回家了，我就让她还给你。"

"不用还。"他道。

"怎么能不还呢？我说了你在我这边吃住都算我的，谁要你贴钱了？"陈司南不满地道。

她把手中的衣服叠完，放到沙发一角："这两天开始升温了，穿长袖热，我明天出去给你买两件短袖吧。"

朝朝依旧平静地看着她，良久，才闷声开口："不用再买了。"

"为什么？"陈司南表示惊讶。

朝朝紧紧地盯着她，抿了抿唇，突然道："陈司南，顾家派人去找李冬冬了。"

陈司南脸上的表情猛地一僵，她愣怔地看着他，几秒后才反应过来他这话是什么意思。

“所以李冬冬说出你在我这儿了？”陈司南紧张地问。

朝朝摇头：“李冬冬没说，他在路边被抓时，陈萱也在，我们学校的几个女生救了他们。”

“你说萱萱跟李冬冬在一块儿？萱萱找李冬冬做什么？难道是……”

后面的话陈司南没有说下去，但她已经明白了。

陈萱压根儿没听她的话，她果然为那一万块钱去追问李冬冬了。

陈司南的神情变得很凝重，联想到陈老太今天跟她说陈萱昨天摔伤的事，她忍不住又担心起来。

“那些人是昨天找的李冬冬？”陈司南白着脸问他。

朝朝点头，眼神有些讶异：“陈萱也跟你说了？”

“没有，是我妈说的，萱萱的脚昨天摔伤了，她骗我妈说是自己骑车摔的。”陈司南的语气很是无奈，就连陈萱都有胆骗人了。

朝朝又“嗯”了一声。

两个人相对沉默了一会儿，陈司南冷静下来，大脑快速转动着，严肃地提醒他：“只剩一周就要签遗嘱了，你爸现在肯定很着急地要找你。李冬冬估计是他唯一的线索了，保险起见，你这几天不要再跟李冬冬联系，门也别出了，就乖乖待在宿舍里，哪儿都别去。这样就算李冬冬把你出卖了，还有我挡着，我就不信他可以随便闯我的宿舍。”

朝朝看着她一脸义愤的样子，忍不住失笑地问：“你拿什么挡？”

陈司南一下哽住，就听他又道：“他连我都可以不顾，你觉得他会顾及你吗？要是被他知道我在你这儿，陈司南你会很惨的，你斗不过他们的。”

少年的眼里闪过几丝悲凉，他脸上的神情在陈司南看来有点破碎。

陈司南的心莫名地有些揪紧，她呆呆地看着漠然的他，微微攥紧了拳头。

他是她捡回来的，不管怎样，她都要对他负责到底。

“反正你放心，朝朝，有我在，我是不会让他们伤害你的。实在不行我们就报警，就算警察不相信是你爸策划了这一切，那我们也可以在公安局拖几天，起码你在那里是安全的。”陈司南倔强地道。

顾霖星看着她，眼神再度变得深沉。

静默了一会儿，他突然哑声说道："我发现了，你想来想去就是想把我送去公安局，这样你好安心，你就是巴不得我早点走。"

自己的好心又被当成了驴肝肺，陈司南有些生气地道："我才没有，我如果想要送你走，早就送你走了，何必等到今天。"

看她急了，朝朝压抑的内心突然一阵舒畅。他看着她，微笑道："我开玩笑的，我知道你没有。"

都什么时候了，他还开玩笑。

陈司南气得差点用手打他。

"反正这几天你哪儿都别去，也别做饭了，就藏在宿舍里。除了我，谁过来都别开门，知道吗？"陈司南一本正经地叮嘱他。

朝朝看着她，没吭声。

陈司南又急了，终于忍不住伸手捶了他胸口一下，气恼道："你到底有没有在听我说话啊？朝朝，你这么不听话，我护不了你，我只能去报警，让警察帮忙了……"

她话还没说完，手突然被朝朝一把攥住。她一脸惊愕地望着他。

"朝朝，你……"陈司南张了张嘴，望着面前眼神深暗的朝朝，一时之间不知道该说点什么。

她不知道他又怎么了。

朝朝没回她，他只是紧紧地抓着她的手，沉默良久才将她放开，嘴角扬起一抹凉薄的笑："陈司南，你怎么变蠢了？你有想过报警的后果吗？诚然，警察是可以护我几天，但我在你这儿藏了这么久的事就要曝光了。到时候你怎么跟人解释我们的关系？沈阿姨以为我是你的男朋友，是因为她把我当成了顾西辞。但如果被她知道我们俩并非那种关系，她会怎么想你？我们孤男寡女共处一室这么久，我又比你小这么多，你觉得大家会怎么想我们？我爸的为人我清楚，他们要知道是你藏了我，是不会放过你的。到时候你会被他整得很惨，说不定就连这份工作也会保不住。"

"我……"一股深深的无力感袭来，陈司南张着嘴，却说不出话来。

其实她内心比谁都清楚，这件事一旦闹大，可能会给她带来毁灭性的伤害。

可是相处了这么久，她现在已经没法再扔下朝朝了。

如果连她都不救他、不帮他了，那还会有谁救他呢？

陈司南的眼眶突然有些红，她愧疚地看着眼前的朝朝，有些手足无措。

看出了她的自责，朝朝无所谓地摇了摇头，继续笑道："陈司南，你没必要这副表情，你能帮我到现在已经很好了，接下来的路我会自己走。你放心，我一开始就说过，我不会连累你的。"

"朝朝，你想做什么？"听出了他话里的不对劲，陈司南焦急地问道。

朝朝耸肩，微笑着扯开了话题："不做什么，准备洗澡睡觉。反正现在李冬冬跟陈萱什么都没说，我爸他们也还不知道我在这儿，混一天是一天。你说是吧，陈司南。"

陈司南黑了脸，要换作平时，朝朝这么跟她说话，她肯定会发火。但现在，她有点猜不透他这会儿说的是真话还是假话了。

她心里隐隐有些不安，却还是咬牙装出一副凶狠的样子，告诫朝朝："反正你得听我的，不准乱跑，也不准干傻事。他们要找来，我再送你去别处。朝朝，我也说过，我说护你就会护你，不开玩笑。"

见她一脸严肃，朝朝心里微微有些暖意。他对她笑了笑，眼神变得柔和了许多，说了声"好"。

陈司南被他这突如其来乖巧的一声"好"闹了个红脸，脸颊莫名有些发烫。不等他再说，她慌忙扭过头，继续去叠衣服。

朝朝看着她忙碌的身影，目光逐渐暗了下来。

2.

洗完澡躺在床上，陈司南再度失眠了。她的脑子转个不停，怎么也静不下来。

不知陈萱从李冬冬那儿有没有问出点什么，顾金虎一家今天突然跑去她家，应该不只是为了探望她爸吧。

无数的问题充斥大脑，陈司南越想越头疼。

正巧床帘外的沙发处传来某人辗转反侧的声音，她微微掀开帘子，朝外探了一眼，小声地问：“朝朝，你睡了吗？”

朝朝侧躺在沙发上，身上盖着一条薄被，脸对着沙发背侧，头枕在胳膊上，黑色的双眸睁着，眼里看不出半点睡意。

同样的，他也有心事。

听到陈司南的声音，他只是淡淡地“嗯”了一声，没多说话。

他怎么这么喜欢装睡呢？

陈司南无奈地皱起眉头，直接拆穿他：“你睡了怎么还回我啊？”

朝朝慢慢把眼睛闭上，闷声说：“梦话。现在要睡了。”

“你明明就没睡！”陈司南不愿放过他，“朝朝，我睡不着，你陪我聊聊天吧。”

眼看这一个月快过去了，陈司南的心却莫名地乱了。

今晚安静，她仔细回想了一下，她跟朝朝相处这些天，两个人都没怎么聊过天。

朝朝到底是一个什么样的人，过去过着怎样的生活，她都不清楚。

她说过她喜欢研究人性，但她还没有机会好好研究过朝朝。朝朝对她来说是神秘的，她对他充满了好奇，却无从解惑。

“你明天不是还要上班吗？赶紧睡吧。”朝朝拒绝道，他的声音里带着微微的沙哑。

陈司南不以为意：“明天事情不多，我可以在办公室里眯一会儿，你就陪我聊一会儿呗，估计聊一会儿我就困了。”

她难得有这般撒娇的时候，朝朝听着，幽深的双眸里闪过几丝柔软。

“你想聊什么？”朝朝问。

陈司南躺回床上，“嗯”了一声，想了一会儿，道：“随便什么，聊聊你吧，朝朝。”

“我有什么好聊的。”他不是很想聊。

陈司南再度掀床帘，眼神清亮地看着他：“你身上能聊的可多了。比如，朝朝，你能跟我讲讲，你性格为什么这么难搞吗？你说你也是个成年人了，为何这么喜怒无常，阴晴不定？我一个研究人文的，旁人什么心思，我一眼就能看穿。但你在想什么，我总是得猜。”

“你要看穿我做什么？”朝朝闷声问。

陈司南抿了抿唇："不做什么，就是职业习惯。"

朝朝嗤鼻："你连顾西辞都看不穿，还跟我谈职业习惯。"

陈司南感觉自己又被羞辱到了。

她将身子缩回帘子后面，不再说话。

见她沉默，朝朝长长地呼出一口气，在黑夜中闷声问她："陈司南，你是不是也很讨厌我？"

"什么？"陈司南不明白他的意思，再度将身子钻出床帘，朝沙发处看去。

黑夜里，朝朝苦笑了一下，声音沙哑地道："不是你说的吗，觉得我这个人性格不好，难相处。"

听出他语气中的失落，陈司南连忙安抚他："朝朝，我刚才是随口乱说的。虽然我以前的确对你有偏见，觉得你这孩子一点都不好，心思阴沉，但经过这么多天的相处，我发现其实你并非我想象中那么阴暗。很多时候，怎么说呢，你还挺可爱的。"

"可爱？"朝朝无语，似乎很排斥这个形容词。他的眉头不禁蹙起，忍不住讥诮道，"你一个搞学术的文科博士，想了半天，就拿可爱来形容我？陈司南，你这学历是不是掺假了？"

又来了，又来了。

朝朝这嘴，说不了几句好话就又来刺激人。

大半夜的，陈司南也不想跟他吵架，他们是第一次像现在这样深夜长谈，她还想多了解他一些。

"说可爱又怎样？姐姐我是在夸你呢。"陈司南不以为意地笑道。

朝朝眉头皱了皱："姐姐？"

陈司南顿了顿，声音冷下来："怎么，你不会是想叫我阿姨吧？"

朝朝不说话了，他既不想叫姐姐，也不想叫阿姨，他只想叫她陈司南，任何把她拉远的称呼他都不要。

"朝朝，你还陪我聊吗？"陈司南探寻地问。

朝朝又"嗯"了一声。

陈司南一下子来了精神，整个人清醒极了。

她从床上坐起来，从她给朝朝买的零食架子上拿了包薯片，拆开，一边吃一边问道："朝朝，我之前听顾西辞说顾家人对你都挺好的，可这次你爸为了钱，居然对你做了那样的事。所以，实际上他们对你并非像顾西辞说的那么好吗？"

朝朝沉默。

陈司南担心自己是不是触到了他的痛点，又转口道："你若不想回的话也可以不回。"

安静了片刻后，朝朝的声音终于再度从沙发那边传来："陈司南，怎样才算好？给你吃，给你用，你要什么就给什么，这就算好吗？"

朝朝反问陈司南。

陈司南一时之间不知道怎么回他。

对于顾家的事，她知道得并不多。但她在跟顾西辞订婚时，以及朝朝奶奶的生日宴上，都见识过顾家那些亲戚的嘴脸。怎么说呢？给她的感觉，那些人说话、做事都揣着心思，不单纯，让她觉得很不舒服，却又说不出来哪里不舒服。总之，她不喜欢那样压抑的家庭氛围。

"顾家的那些人对我好，不过都是为了我外公留给我的钱。倘若我没有那笔遗产，他们根本不会在意我。你看，我爸怪我害顾霖曦受伤，送我出国，他们没一个人拦。所以，你说我能指望他们什么？比起我，他们更怕我爸。我若逃回去找他们，他们肯定会第一时间把我交给我爸。在那笔钱到我名下之前，我爸才是顾家人的天。"朝朝自顾自地继续说道，语气里带着嘲讽。

"从小到大，那些人每次来找我，都离不开'钱'这个字。不仅他们，就连我爸也这样。对他们而言，我就是一台没有感情的取款机，只有要钱的时候，他们才会想到我。我小的时候说话晚，三四岁了还不会讲话，顾家没一个人在意，就连邻居都说这孩子开口真晚，会不会是个哑巴，让我爸他们带我去大医院看看。我爸说不是哑巴，男孩子开口都晚。可他女儿两岁了不会说话，他急得抱着她去全国各地的医院看了个遍。有时候我觉得，我爸他们可能希望我是个哑巴，若我是个傻子更好，这样他就不用担心我长大以后继承了遗产，他再也不能那么自由地用钱了。

"当年幼的我发现没有人在乎我会不会说话时，我就更不爱说话了，所以我到五岁才学会说话。因为我要上幼儿园了，如果再不会说话，普通学校就不收，得去上聋哑学校。我不想真成一个哑巴，出于求生的本能，我开始说话了。我奶奶很高兴，那时候我爸在外地做生意，奶奶激动地打电话跟他说朝朝会说话了，我爸只是淡淡地回她，说会说话不是正常的吗？本来就不是哑巴。我在旁边听着，不知道为什么，觉得心里空落落的。之后我爸回来，每次跟我说话，我都不愿回他。因为我觉得他既然不稀罕听我说话，那我也不稀罕跟他讲话。”

“朝朝……”

听朝朝用沉静的语调诉说着他的童年，陈司南心里不免有些心疼。

她似乎能感觉到幼年朝朝的倔强与孤独，还有那被最亲的人所忽视的委屈。

朝朝的母亲生下他没过多久就自杀了，顾明雷作为朝朝的父亲，本该是他最亲的人，可在朝朝的成长过程中，他却没有给朝朝该有的爱。

陈司南比谁都了解没有父母的孩子的心酸。她侄女陈萱自幼双亲离世，纵使陈老拐跟她都给了陈萱力所能及的爱，可是每当看到别的小孩跟父母一起携手出去玩，逛商场，陈萱的眼里还是会流露出羡慕的神情。

那种神情，是即使陈司南跟陈老太他们做再多，也没法抚平陈萱的伤痛。

没有父母的孩子，内心比起家庭健全的孩子，总是缺了点什么。

若陈萱的心上有个小缺口，那么朝朝的心呢？

也许就像他自己说的，空落落的。他的心空空的，没有爱装进来，什么都没有。

“我妈死后没几年，我爸又娶了老婆，之后又生了顾霖曦。那女的跟那个小孩都住在淞市，他每周都会去看她们，陪她们玩。顾霖曦喜欢去游乐场，我爸特意办了游乐场的会员金卡。他以为我什么都不知道，可我早就知道了，因为他的钱包里就放着那张卡，可他从未带我去过游乐场，一次也没有。而我也从来不会说我要去游乐场，我宁可不去，也不稀罕求他带我去。虽然我知道，只要我说了，有的是人带我去玩，可我就是不说。陈司南，你明白那种感觉吗？那种既渴望被爱，又厌恶被爱的感觉。你不知道哪些爱是真的，哪些是假的。你不知道这些爱什么时候会被收回，那种患得患失的感觉太难受了。”朝朝说完，长叹一口气，嘴里发出轻微的低笑，像是在嘲讽自己。

明明他从头到尾都说得很平静，可陈司南听得心里越来越难受。她有点后悔了，后悔大半夜睡不着，要缠着朝朝问这些。

“朝朝。”陈司南轻轻地喊他的名字，他没有回。

她又继续说：“朝朝，如果以后，我是说以后，不管你有没有继承那笔遗产，如果你在顾家过得不开心，你想出来，无处可去的话，你还是可以来找我。你跟我们家萱萱一样大，你来，我可以当多一个弟弟，我……”

陈司南话还没有说完，朝朝翻了个身，打断了她的话：“很晚了，陈司南，我困了，睡觉吧。”

陈司南还想再说点什么，耳边逐渐传来朝朝清浅的呼吸声。

屋内静悄悄的，风从门缝里钻了进来，给闷热的房间里带来了几分凉意。

陈司南把自己裹得更紧一些，若有所思地看了朝朝一会儿，最终没再说下去。

已经很晚了，她确实也该睡了，明天还得上班。

困意说来就来，陈司南躺下没多久便睡着了，她的呼吸声微微地从床帘内传出。

这时，躺在沙发上的朝朝再度睁开了眼，修长的手指拿过放在沙发角落里的手机，看了一下时间。

已经凌晨两点了，再过不久他就要走了。

原本他爸派人去找李冬冬的麻烦，他是不担心的。因为他知道冬冬不会出卖他。可是现在情况不同了，昨天那些人找李冬冬麻烦时，陈萱也在。

那些人若把陈萱跟李冬冬在一起的事告诉了他爸，他爸难保不会对陈萱起疑。若他们找上了陈老拐一家，那陈司南这边……

朝朝的眼神黯淡许多，他已经给陈司南添了不少麻烦，不能再把她家里人也牵扯进来。

他还没拿到那笔遗产，以他现在的能力，是没法保住陈司南跟她一家的。

3.

一股不舍的情愫在他的心底蔓延着，他感到难受地再度闭上眼睛，贪恋地感受着这房间内的一切。她的呼吸，来自即将到来的夏天的温热感，屋外流浪猫的叫声……

所有的一切，都是那么有温度，有生机。

他好不容易找到了活着的趣味，却不得不离开这里，回到他的冰冷荒原。

时间一点点地流逝，对朝朝而言，现在的每一分每一秒都是折磨。可他又希望这折磨久一点，时间过得慢一点，让他再沉醉一点……

陈司南这几天很忙，又熬了夜，身体很疲惫，所以她睡得很熟，完全不知道躺在沙发上的朝朝在做什么。

不知道睡了多久，她迷迷糊糊感觉床前站了个影子。那影子在注视着她，然后似乎弯下身来，轻轻地触碰了一下她的脸颊。她并不觉得害怕，大概是潜意识里知道这屋里还有个人在，可以保护她。

清晨四点多，屋外的天还是黑的。

朝朝穿着她给他买的长袖格子衬衫、黑色休闲裤，以及那双穿着脚疼的帆布鞋，站在她的床前。

他觉得自己此刻有点像电影里的反派，在贪恋地偷窥一个女人的睡颜。他内心唾弃自己，却还是纵容自己看了许久，最终没忍住，俯下身，在她耳边低低地叫了一声她的名字。

“陈司南。”

她睡梦中咕哝了一声，似乎听到了，在回应他。

他的目光落在她红润的唇上，心里又开始发痒，就连眼神也变得更加深暗了。

一股冲动涌了上来，心里似乎有魔鬼在怂恿着他，跟他说，他想亲她。

待唇瓣快要贴近她的时候，他终于还是清醒过来，攥紧拳头扭头掀开床帘走了出去。

他不能这样做。

若她醒来知道了，会讨厌他的。

他不想她讨厌他，一丝一毫来自她的厌恶，他现在都忍受不了。

放在裤袋里的老人机又振动了一下，他拿起手机一看，是唐律师发来的信息。

“我到研究所门口了。”

他简短地回了个“好”字，随后回头又看了一眼床帘后的身影，咬了咬牙，扭头走了。

开门的瞬间，一股凉风涌进了屋内。陈司南本能地瑟缩了一下，伸手想抓被子，却发现身上被子盖得好好的。她没有睁眼，又满足地睡了。

朝朝轻轻地帮她把门关上，借着月色，他下了楼，一路朝研究所的大门口跑去。

他身上什么也没带，只拿走了她给他的手机。可这部手机，也在他上唐律师车的那一刻，被抽走了卡，变成了一块无用的砖头。

再等等吧，很快，很快就要结束了。

晨雾落了他一身，他满身寒气地坐在车后座上，双眸微闭。

唐永军回头看着他，关切地说：“朝朝，那房子我定期找人收拾了，里面还跟过去一模一样，你过去后可以直接住下。我还给你请了个阿姨负责你的饮食，你放心，她每天做完饭就走，所以你不用担心她会打扰到你的生活。”

“嗯。”朝朝沉闷地应了一声，睁开眼看向车窗外。

唐永军又从身旁拿了个纸袋子递给他：“这是你要我买的东西。”

他接了过来。

是一部最新款的智能手机，里面全设置好了，手机卡也装好了。

“手机是我让员工去买的，电话卡也是以他的名义办的，你爸应该没那么细心查得到。”唐永军小心地道。

朝朝冷笑：“他查到又怎样？我就住在那套房子里，他想找我还不容易吗？但他想得到我会在那儿吗？”

唐永军露出尴尬的表情。

朝朝眼神中透着浓浓的憎恨与狰狞：“他若有心，就不会把我妈跟他住过的婚房给卖了。”

“朝朝……”唐永军心疼地看着盛怒的少年。

顾霖星发狠道：“我之前想过，我要那么多钱也没用，他想要，就让他要去吧。他若直接问我要，我应该会给，可他这次做了什么？为了那些钱，他竟然什么都不顾了。他既然为了钱能不要我这个儿子，我自然也可以。”

“朝朝，别难过，你还有唐叔叔。”唐永军安慰道。

朝朝又笑了，摇了摇头，眼里的疼痛一闪而过，转而是彻骨的寒冰：“不用了，唐叔叔，我已经找到要我的人了。”

唐永军讶然，他没敢问朝朝说的那个人是谁。

而朝朝也没打算告诉唐永军，他转头又一次看向了车窗外，声音恢复平静道：“走吧，唐叔叔，我们不要在这儿逗留太久，不安全。”

六点闹钟响了好几次，陈司南才从睡梦中惊醒。

一看睡过头了，她连忙起床，一边朝厨房走，一边喊着：“朝朝，我今天来不及给你做饭了，冰箱里还有面包，你早上吃面包好不好？”

没有人回应，屋内很安静。

陈司南觉得奇怪，心中有股不好的预感，她下意识地折返回去，掀开帘子，朝沙发看去。

沙发上空无一人，被子跟毯子都叠得整整齐齐的。

陈司南慌了，她又去卫生间找了一下，也不见人。

朝朝这是又跑哪儿去了？

陈司南急得顾不得洗漱，拿着宿舍钥匙就要出去找人，经过小方桌的时候，她猛地停下脚步，目光落在了那把放在桌上的钥匙上。

那是她给朝朝的宿舍备用钥匙。

他不是出去扔垃圾了，他这是……

意识到朝朝可能偷偷走了，陈司南没多耽搁，急吼吼地跑出了宿舍，去找人。

他一定是怕连累她才走的，可是他这会儿走，他爸的人还在淞市满大街地找他，他一个人身上又没钱，他还能躲去哪儿？

陈司南一边搜寻朝朝的身影，一边拿着手机给他打电话，可电话一直打不通。

陈司南急得够呛，她不知道朝朝是什么时候走的，但是她只能侥幸地想，他没走太早，这样他没钱走不远，还能好找一点。

朝朝长得很好看，放眼望去，整个研究所都没有比他再好看的男孩子。早上，研究所内人少，陈司南一个个仔细地瞧了一遍，都不是朝朝。

她快步跑到大门口，去门卫室问了一番。

门卫晚上在睡觉，这个点也不过刚起床，正站在门口刷牙洗脸。

见陈司南过来，门卫大叔惊了一下，认出她来，探寻地问："司南，你有事？"

陈司南直接说明来意："张叔，你早上有没有看见一个男孩子从这儿出去？他身高大概有一米八五，很瘦，皮肤很白，长得特别好看，穿的衣服应该是衬衫跟黑裤子。"

张大叔讶异地看着陈司南，回想道："没有，没你说的那样的。"

陈司南听着，神情有些颓然。

张大叔见她这副模样，忍不住好奇地问："司南，你这是在找谁啊？"

陈司南没有回答。

她看到了大门口装着的监控，脑子里灵光一闪："张叔，你能让我看一下监控吗？"

她怀疑朝朝可能是天亮前就走了。

张大叔人很好，爽快地让她进了门卫室，帮她一起查监控。

晚上夜雾很浓，大门口都看不到人影。

门卫室的监控只能看到大门口几处，其他的还得去找警卫处查。但是没有研究所领导的批准，警卫处是不允许人员随意查看监控的。

陈司南在张大叔这儿把昨晚凌晨往后的监控都看了个遍，除了零星有几辆车经过大门口，并没有看见朝朝。

倒是有一辆车很奇怪，在大门口停了一会儿，也不见人下来，后来又开走了。陈司南想看看这辆车开去了哪里，但是监控范围有限，她看不到了。

她又开始着急起来。

朝朝不可能平白无故消失的。

他不从大门口走，他又能走哪里呢？

张大叔还想问点什么，陈司南已经走出门卫室，朝大门外走去，沿着这条路的公交车路线，继续去寻找朝朝的身影。

淞市真是个大城市，要找一个人并不容易。

陈司南往前寻了一路，都没看到朝朝。她又不能去报警，更不能向所里申请去查警卫处的全部监控。正当她六神无主之际，她口袋里的手机响了起来。

以为是朝朝找她，陈司南连忙激动地拿出手机，掏出一看，看到上面显示的“顾西辞”三个字，她整颗心瞬间又沉了下去。

她本想把电话挂了，但想到昨天顾西辞一家上她家的事，她心思又凝重起来，手指按下了接听键。

她正好要问问顾西辞，昨天上她家到底是为了什么。

电话接通，陈司南没好气地直接“喂”了一声。

对方听到她的声音，连忙惊喜地回她：“司南，你在哪儿？我在你宿舍外敲门都没有人开，你不在啊？这才早上八点多，你去哪儿了？”

“你来我这儿了？”陈司南十分震惊。

未等顾西辞回答，陈司南又急着追问：“你来做什么？”

“司南，我有事要跟你说，我觉得我们之间得好好谈一下。”顾西辞说。

陈司南边往回走边说：“你去研究所旁边的咖啡馆等我，我这就过来。”

“好的。”顾西辞爽快地答应了。

陈司南挂断电话，发现自己刚才不知不觉走了一个多小时，这会儿所在的地方离研究所有点远，走路回去得花不少时间。她没有迟疑，随手拦了一辆出租车，钻了进去。

这头陈司南刚坐上车，顾西辞也拿着车钥匙从宿舍楼上下来，准备去附近的咖啡馆。他刚走到楼梯处，就撞到了值夜班回来休息的沈阿姨。

沈阿姨讶然地看了他一眼，见他从司南的宿舍外走过来，便好奇地问了一句：“小伙子，你找司南？”

听到陈司南的名字，顾西辞连忙停下脚步，对着沈阿姨点了点头：“请问您是？”

“哦，我是司南邻居，我就住她隔壁。”沈阿姨自我介绍道。

看着顾西辞精致的脸蛋，她忍不住多嘴道："你大清早找司南有啥事？司南这会儿应该上班去了，她考上博士后，工作挺忙的。不过她男朋友应该在宿舍啊，你刚才没敲门吗？估计他还睡着吧，我看他平时起得都挺晚的。"

"男朋友？"听到这三个字，顾西辞的脸色顿时沉了下来，看着沈阿姨，不敢相信地问，"你说司南的男朋友在这儿？"

沈阿姨不明所以地看着他，被他的神色吓到，不免感到有些惊惧："是啊，你到底是谁啊？你找司南什么事？"

顾西辞没答，他的脸色更黑了。

停顿了几秒，他伸手指了指司南的宿舍门，又问沈阿姨："你说有男人睡在她宿舍里？"

"什么有男人？你这个年轻人说话怎么这么难听，那是人家男朋友，不睡她宿舍睡哪儿啊？"沈阿姨不悦地斥责顾西辞。

顾西辞没再理会她，扭头，满身怒气地再度冲到二楼，伸手用力敲打着陈司南宿舍的门。

他倒想看看到底是哪个男人敢冒充他睡在他女朋友的宿舍里。

昨天他爸让他来看看陈司南，说陈司南执意要退婚，会不会是外面有了人。他不相信，觉得陈司南不是那样的人。可现在，有人亲口跟他说，陈司南的宿舍里藏了男人。

听刚才那个阿姨的语气，那个男的在这儿已经待了好一阵子了，就连他爱睡懒觉的习惯，那个阿姨都知道了。

顾西辞越想心里越恼火，他无法接受陈司南竟然也背着他出轨了。

她这样正经的人，怎么会出轨！她这是在报复他吗？

不对，就算她生他的气，跟别的男人在一起了，可是以陈司南的脾气，她还没大胆到在这么短时间内就把人带回宿舍同居啊！

他们"五一"前才吵的架，虽然她有跟他提分手，但他们俩的婚约还在，她还是他的未婚妻。可这才过去多久，她就全然不顾与他的婚约，跟别的男人同住一屋。

到底是她隐藏得太好，还是他看错了她？

砰砰砰！顾西辞又用力砸了几下门。

宿舍里毫无动静，就算那男人睡得再死，也该听到敲门声起来开门了。

难道里面没人？顾西辞揣测着。

楼下的沈阿姨追了上来，看他抬脚要踹门，连忙拉住他的手，阻拦道：“你这人到底是谁啊？你凭什么踹人家门啊？不开门说明人不在，你踹门啥意思……”

沈阿姨还没说完，顾西辞一把拧开她的手，将自己的胳膊扯了出来，从口袋里掏出手机，黑着脸一边往楼下走，一边给陈司南打电话。

出租车到了研究所大门口，陈司南刚下车，就又接到了顾西辞的电话。

她接通电话，还未开口，就听到顾西辞怒气冲冲地质问她：“陈司南，你宿舍里藏的男人是谁？你跟我的婚约还没有解除，你怎么就敢给我戴绿帽子！你会不会太过分了点！”

闻言，陈司南的心猛地“咯噔”一下。她冷下声来，问顾西辞：“你胡说八道些什么？你现在在哪儿？”

“我还在你宿舍楼下！陈司南，你要不想我在你单位闹的话，最好五分钟之内出现在我面前，跟我解释清楚那个藏在你宿舍里的男人到底是谁！”

对她说话素来柔声细语的顾西辞头一次在陈司南面前爆了句粗口。

陈司南没有与他一般见识，她直接挂断电话，匆匆朝研究所内跑去。

陈司南火急火燎地跑回宿舍楼，远远地就看到了顾西辞停靠在路边的白色宝马。

顾西辞正坐在车内等她。

她冷着脸，朝车走了过去。几秒后，她站在车门前，用力地拍打了几下车窗。

见她回来了，顾西辞没好气地降下车窗，对她招了招手：“上车。”

“你下来，我们找地方谈。”陈司南拒绝。

顾西辞面色不善地看着她，讥笑道：“司南，我要是你，就乖乖上车。你别忘了，这是你上班的地方，要是被别人知道了你干的事，你以后还怎么在这儿混。”

“我干什么事了？轮得到你来叫嚣？”陈司南气得吼道。

她真的不知道顾西辞这么一个出轨男到底哪里来的优越感，敢这么跟她说话。她行得正，坐得直，有什么能被他看轻的。

即使内心自觉坦荡，但为了不跟他浪费时间，她还是乖乖地绕到另一边，拉开车门坐了进去。

上车之后，她下意识地抬头看了一眼二楼的宿舍。

宿舍门依旧紧闭，朝朝并没有回来。

她暗自松了一口气。

看来顾西辞没有见到朝朝，那朝朝还算安全的。不知道为什么，即使陈司南知道顾西辞是朝朝的三叔，他应该不至于害朝朝，但她现在对顾家的人都没什么信任感，一点风险她都不想冒。

陈司南将车门关上，冷着脸看着顾西辞：“说吧，你突然跑来我这儿想干什么？”

没想到她一开口又是这副呛人的语气，原本就觉得自己挺委屈的顾西辞当即有些不爽起来。他拿眼睛瞪着她，反问道：“你先告诉我，你宿舍里藏的男人是谁？”

“谁跟你说我宿舍里藏男人了？你亲眼见到的？”陈司南不卑不亢地回他。

顾西辞气哽，他还真的没亲眼所见，可刚才那阿姨说的不至于是假话吧。

他再度降下车窗，指了指沈阿姨的宿舍门，脸红一阵白一阵地说：“你邻居说的，怎么，你还想抵赖？”

就算顾西辞不说，陈司南其实已经猜到应该是沈阿姨说漏了嘴。

她顺着顾西辞手指的方向，又朝沈阿姨那屋看了一眼。

沈阿姨自觉说错了话，正躲在自己宿舍内不敢出来，只敢偷偷透过窗户，望着楼下那辆白色宝马。

陈司南心中叹了一口气，然后抬头，正视顾西辞，表情严肃：“我抵赖什么？顾西辞，你别忘了，是你出轨在先，还把人家女孩肚子给搞大了。我们在四月底就已经分手了，所以，我宿舍里有没有藏男人、藏什么男人都跟你没关系，你没资格来质问我！”

“司南，你怎么还揪着那件事不放？对，我承认是我有错在先，我对不起你。但是说分手的是你，我还没答应呢，咱们俩的婚约还在呢，你就背着我藏人，你把我当什么了？”顾西辞被戳到了痛处，语气瞬间软了下来，闷声说道。

“当什么？”陈司南面露嘲讽，“我能把你当什么？咱们俩这么久一点联系都没有，你觉得我还能当你是什么？陌生人呗。顾西辞，咱们都是成年人了，成熟点好吗？反正你对我也没感情，我也不喜欢你了，彼此放过，留个体面不好吗？你为什么非要让大家都难堪呢？”

“我让你难堪什么了？一直是你让我难堪，是你在羞辱我，司南！”顾西辞红着眼委屈地说，“我连你藏的男人是谁都不知道，我也没在你单位里嚷嚷，我怎么让你难堪了！”

“那我是不是还得谢谢你放我一马？”陈司南不领情地说。

顾西辞被气得不轻。

他先前怎么没看出她是这么强硬的性子？

顾西辞埋怨地瞪了陈司南一眼，可心里又放不下她，最后只得软下声音，退让道：“司南，我来这儿不是跟你吵架的。昨天我去你家看了叔叔，叔叔跟阿姨还是很希望我们早点结婚的。你也知道你爸身体不好，他跟你妈年纪又大了，咱们犯不着再让老人担心。杨慧子那边我已经处理好了，所以你不用担心她还会来找你麻烦。只要你答应，我们还可以像以前一样。”

陈司南一脸匪夷所思地看着顾西辞，仿佛自己从未认识过眼前的人。

他把感情当成了什么？又把婚姻当成什么了？

既往不咎？

他凭什么替她决定可以既往不咎？

陈司南无语地冷笑一声：“你来就是要跟我说这些的？让我继续跟你结婚？”

顾西辞有点被她脸上的笑容刺痛，但他还是点了点头：“司南，咱们俩的婚事差不多整个焦城的人都知道，我们家丢不起这个脸。我爸让我来跟你认错，说你想要什么条件都可以提，只要你不退这个婚。”

陈司南听笑了，伸手推开车门：“我什么都不要，你回去告诉你爸，这婚我退定了。我下周双休一放假回去就跟家里说，我陈司南就是终身不嫁，也不会嫁给你这种人。”

陈司南说完，头也不回地下了车。

顾西辞见状，连忙跟着她下车，追了上去，一把拽住她的手，白着脸，咬牙道：“陈司南，你当真要这么绝情？”

“你给我放开！”陈司南怒斥他。

顾西辞死拽着她的胳膊不放，气愤地威胁道：“好，你非要这么狠，那就你别怪我。你爸妈肯定不知道你在宿舍藏了男人吧，你等着，我这就告诉他们，我倒要看看你怎么跟他们解释，又怎么退这个婚！”

顾西辞说罢，拿出手机就要打电话。

陈司南见状，脸上露出几丝惊慌。她连忙伸手阻止：“顾西辞，你想干什么？你不准打给我家里人！你都没证据，凭什么说我宿舍藏人了！你赶紧给我把电话挂了！顾西辞……”

陈司南拼命要抢他的手机，但无奈她的手被顾西辞攥着，个头又比他矮许多，力气远不如他，根本撼动不了他分毫。

她近乎带着恨意地瞪着他，嘴里嘶吼着他的名字。

顾西辞丝毫不为所动，找到陈老太的电话拨了过去：“陈司南，我是没你学历高，但你真以为我傻呢？你宿舍阳台上晒着男人的衣服，你这叫没藏男人？你嫌我恶心，看不上我，你就干净吗？之前不让我碰，我还以为你多矜持呢，原来骨子里这么骚……”

“啪”的一声，未等顾西辞将那些难听的话全部说完，陈司南面无表情地扇了他一巴掌。

刹那间，顾西辞那张好看的小白脸上顿时青红一片。

顾西辞恼羞成怒地瞪着她，牙齿恨恨地咬了下唇，将她往地上一推。待电话被接通，他就近乎报复般地说：“阿姨，我西辞。我要跟你说件事，司南她不愿意跟我结婚了。”

陈老太正在卫生间里洗衣服，听到手机铃声响，便立刻去拿手机。看到未来女婿找她，她乐呵呵地接通，结果却听到这么一句爆炸性的话。

陈老太的心顿时狂跳起来，她紧张地问：“西辞，出什么事了？好好的，司南为什么不愿意结婚了？你们吵架了？”

“没有。”顾西辞否认道。

陈司南气得从地上爬起来，朝他冲来，又要抢他的手机。

“那是为什么？”陈老太不解。

顾西辞单手推着陈司南的肩膀，眯着眼，看着眼前盛怒的女人，对着手机说：“因为司南她出轨了。”

“顾西辞！你给我住口！”陈司南气红了脸，朝他吼道。

顾西辞冷着脸，继续添油加醋道：“阿姨，司南五月一直没回家，就是跟那个男人在一起。那个男人一直住在她宿舍，要不是我突然过来找她，我都不知道这件事。怪不得她对我不冷不热的，假期都不愿跟我出去玩，阿姨这婚……”

后面的话，顾西辞没再说下去。陈司南一脚狠狠地踹向他的下半身，看样子是恨极了他。

顾西辞被她踹得忍不住用手捂着下半身，忍痛看着她，想骂人又疼得没力气骂。

他抬头，就看到陈司南惨白着脸，眼神冰冷地看着他，语气平淡：“顾西辞，你可以去死了。”

顾西辞笑了，这是他第一次听到陈司南骂得这么狠。

他竟然觉得她这个样子特别好看。

4.

陈老拐活了近七十岁，从未来过淞市。

他虽说是个知识分子，但生的时代没现在这般好，当年好不容易考上了大学，却因为家里穷，没钱再供他读书，就早早地退了学去赚钱，也没能来大城市见世面。

他万万没想到，自己有生以来第一次进大城市，竟是他一向听话懂事的女儿陈司南给他捅了这么大一个娄子。

陈老太接完电话，白着一张脸告诉他司南背着西辞在外头有了男人，现在两人正在大吵时，陈老拐起初还是不相信的。

别说陈老拐不相信，陈老太自然也不信。学生时代，陈司南就知道死读书。就连后来工作了，也没见她跟哪个男人走得近过。最后沦落到要人介绍相亲，跟顾西辞订婚。

可现在顾西辞在电话里真真切切就是这么说的，他说有男人睡在陈司南宿舍里。

陈老太当即给陈司南打了个电话，求证这件事。

陈司南接了电话。

电话里，陈老太听到顾西辞在旁边不断地骂陈司南，话语可谓难听至极。当然，是个男人都能理解顾西辞的情绪，但陈老太终究是心疼女儿的。

所以，她一开口没有责骂陈司南，只是紧张地问她：“司南，到底发生了什么事？西辞是不是误会了？你宿舍里怎么会有男人呢？”

陈司南没有解释，只是疲惫地安抚母亲：“妈，这事一两句话说不清楚，等我回家再说。你别急，我这周就回来。”

“回家能说个什么啊？你有种让你爸妈过来看啊，你宿舍阳台上晒着的是不是男人的衣服。”顾西辞在一旁恶毒地插嘴道。

陈司南恼怒地瞪向他：“你给我闭嘴！”

陈老太听着，一颗心紧张地狂跳。

她还想继续问，贴在她身旁偷听的陈老拐听不过去了，一把从她手中抢过手机，对着陈司南训斥道：“回什么回！你给我老老实实在单位待着，我跟你妈现在就过来找你。”

“你们来找我做什么？”陈司南也恼了，不禁拔高了音量，“萱萱就快期末考试了，你们都跑出来，谁照顾她？我说了，这事不是他说的那样，你们就不能等我回去再说吗？”

“你在这儿跟谁大呼小叫呢？”陈老拐怒吼道，不等陈司南解释，脾气上来了，“啪”地一下把电话给挂了，转头对陈老太说：“你收拾一下，我们这就去淞市。”

“真要去吗？”陈老太有些怯怯，“萱萱中午还得回家吃饭，我菜还没买呢。”

“那你留在家，我一个人去。我就不信了，她这是羽翼长满了，想要飞了。我一个老子还管不了她了！她要真像西辞说的那样，看我不打断她一条腿！”陈老拐脸色铁青地咒骂完，朝房间走去，准备换衣服出门。

陈老太忧心地望着盛怒的丈夫，欲言又止。

这头，陈老拐换好衣服，刚背着包走下来，就看到顾金虎开着车停在了他们家楼底下。

陈司南没回单位前，顾西辞发现她宿舍里藏了男人后，气不过，立刻打电话给他爸说了这事。

比起咽不下这口气的儿子，顾金虎稳重多了。他听到这个消息，心猛地“咯噔”一下，一个奇怪的猜想在他的脑海里不断徘徊。

陈司南宿舍里果然藏了人，那人会不会就是他们一直在找的朝朝呢？

不行，他要亲自去淞市验证一下。

顾金虎虚伪地安抚了儿子几句，让顾西辞先把陈司南给稳住，他跟他妈这就过来。

顾西辞答应了，正是因为有爹妈撑腰，所以他才敢肆无忌惮地给陈老太打那个电话。

通知完陈老太，听说陈老拐要来，顾西辞感觉正中下怀。他跟陈司南的婚事能不能继续下去，就看今天这事怎么解决了。

顾西辞心里高兴，就连跟陈司南拌嘴都觉得趣味十足。

他越是这样，陈司南越是觉得恶心。看出了他的险恶用心，她也懒得再与他多费口舌，只是静静地站在宿舍楼下。

陈老拐的脾气她是了解的，知道了这事，老人肯定坐不住，来淞市是板上钉钉的事。

她昨天给朝朝洗的衣服还晒在楼上，只要她上楼开门，所有人都会看到，她藏人的事也就赖不了。

现在顾家人还在找他，要是被他们知道原本出国的朝朝躲在她这儿，还躲了那么久，那些人会怎么想她呢？

说自己见朝朝可怜，她一时心软才收留了他吗？

陈司南头疼地皱眉，她知道，这次是骑虎难下了。

这个哑巴亏，她不吃也得吃了。

反正她绝对不能让别人知道朝朝躲在她这儿。

绝对不能。

顾西辞在旁边紧紧地盯着她，安静了片刻后，他终于又忍不住先跟她说话：“陈司南，那男人到底是谁？”

陈司南背靠在墙上，别过头去，没理他。

顾西辞不死心地继续问：“他是做什么的？比我家里有钱？还是比我帅？”

陈司南不吱声，只是在想自己当初竟然暗恋了他十年，简直是被猪油蒙了心。

“你不说没关系，反正我是无所谓。回头等你父母来了，你也能这么犟就行了。”顾西辞耸耸肩说。

陈司南转头看他，眼神如深水般沉静。良久，她淡淡地说：“顾西辞，我要是怕，一开始就不会干这事。”

没想到她会说出这种话来，顾西辞震惊地望着她，哑然：“所以，你承认了？”

“是，我承认。”她表情坚定地说。

陈司南一直都是“别人家的小孩”，是师长跟父母的骄傲。

她好像从来都没犯过错，从小到大，除了那次收养流浪狗外，她没被父母打过一次，骂过一次。可这一次，陈老拐一巴掌把她打得嘴角都出血了。

狭窄的宿舍内挤了五个人，顿时变得十分拥挤。

顾金虎夫妇开车载着陈老拐来到淞市，在陈老拐的威逼之下，陈司南当着众人的面打开了宿舍的门。

顾西辞率先冲到阳台上，将那里挂着的男人的衣服全扯了下来，扔到长辈面前，嘴里叫嚣着：“你们看，我就说吧，她跟别的男人同居了，所以她才不想跟我结婚的。”

某些人跟小孩似的，明明已经二十六岁了，却还喜欢向父母告状。

陈司南目光凉薄地看着站在父母身旁求撑腰的顾西辞，心里突然再次感到庆幸。

真好，她及时止损，没有选择嫁给这样的人。

陈司南笑了笑。

顾西辞仿若被羞辱了一般，愣怔地看着她问：“你笑什么？”

陈司南立刻收起笑，又变成那副风轻云淡的样子。

顾西辞被她搞得一口气哽在喉咙口，上不来又下不去，难受得很。

陈老拐看着地上那堆男人的衣物，又看到宿舍内乱七八糟随风飘扬的帘子，心里烦躁得很。

他忍不住火气又涌了上来，对着陈司南吼：“你说你来这儿教书，你就是这么教书的？这么多年，我看你书都读废了，这种丢人的事你也干得出来，你不要脸我还要脸呢。”

“爸，我已经成年了，不管我跟人谈恋爱还是同居，都不犯法，也不触及道德。顾西辞说我背着他偷人，可是爸，你知道吗，我们四月底就分手了。他把人肚子给搞大了，那女孩跑到我单位来，孩子都三个月了。我跟别人在一起，都是跟他分手之后。可他跟那个杨慧子，根本就没断过。”陈司南理直气壮地道。

陈老拐闻言，惊愕地看着她：“你说什么？西辞跟别的女人有了孩子？”

陈司南抬头看向顾西辞一家：“你不信可以问他们，这事他爸妈也都知道，是吧，叔叔阿姨？”

顾金虎跟金燕子面面相觑，最后还是金燕子先上前跟陈老拐解释道：“陈老哥，西辞那事已经过去了，他跟那姑娘也断干净了。这事确实是我们西辞不好，但也怪那姑娘黏得太紧，看我们西辞心软，就三番五次地倒贴。你说司南跟西辞一直分隔两地，感情本就不稳固，这不就被人得逞了嘛。不过你放心，我们家只认司南一个儿媳妇，其他女的，就算西辞要，我跟他爸也不会让她进门的。”

金燕子笑着说完，又上前拉着陈司南的手，一脸疼惜地看着她脸上的伤，安抚道：“司南，你也别误会，今天我们过来，不是要指责你什么。我们知道你跟西辞提了分手，你现在处对象虽然也可以，但你们俩毕竟有婚约在，这事传出去，怎么着都不大好听，咱们两家面子上都不光彩。你说是吧？”

金燕子表面是在跟陈司南说话，可最后一句问的是旁边的陈老拐。

陈老拐也不是傻子，他当然明白金燕子的意思。

焦城不比淞市这种大城市，只要拿了人家彩礼，没退回去，婚约都不算解除，陈司南就还是顾西辞的未婚妻。

但顾西辞竟然给他女儿戴绿帽子，这事陈老拐也气不过。

不过现在问题有些棘手，要是顾家咬着说陈司南这是出轨，有婚约在，亲戚朋友肯定都不会站在他们这边。

陈老拐沉默了，他看了眼被自己打的女儿，又看了眼躲在顾金虎身后的顾西辞，表情凝重。

这次若司南不服软，非要解除婚约，顾家的人肯定会跟他们来个鱼死网破。

陈老拐是个男人，在男女关系这种事上，他终究是男人的思维。

是个男人都会犯错，但对于女人，名誉比什么都重要。

思来想去，陈老拐最终抬起头，一脸严肃地训斥陈司南："司南，你就算再生西辞的气，你可以跟家里人说，你何苦为了赌气，又找个男人呢？"

在场的人，估计除了顾西辞，都明白陈老拐的意思。

出了这种事，陈老拐定然也是不同意陈司南退婚的，这对他们没好处。既然金燕子把话都说到那份儿上了，为了双方利益，这婚约还是得继续履行下去。

"她才不是跟我赌气呢，她……"顾西辞还没说完，就被金燕子瞪了一眼。

金燕子转过头来，继续拉着陈司南的手哄劝道："司南，我们几个长辈今天过来，都是为了你们俩好。现在这社会感情诱惑太多，阿姨不问你新对象是谁，听阿姨一句劝，那人再好也比不上咱们两家知根知底来得强。你要愿意就此跟那人断了，我们就当什么事都没发生过。不到几个月就元旦了，你们都不是小孩子了，别太任性。"

"阿姨，你别说了，这婚我退定了。彩礼的钱，我这两天会准备好还给你们，首饰我也不要。我跟你儿子不合适，就这样结束吧。"陈司南不为所动地说。

陈老拐听着，当即跳起脚来，气冲冲地冲到陈司南面前："你说什么！退婚？谁同意你退了！你哪来的钱退这个婚？"

知道他在暗示那三十万的事，陈司南抿了抿唇，倔强地说：“钱的事不用你操心，我自会想办法。”

“你！”陈老拐气得吹胡子瞪眼，伸手又要打陈司南。突然，他感觉胸口一阵剧烈的绞痛，不等他继续开骂，脸色一阵灰黑，整个人朝地上倒去。

陈司南率先意识到不对劲，连忙扶住他，脸色发白地问：“爸，你怎么了？”

陈老拐手捂胸口，张着嘴想说话，却说不出来，只是不断地大口喘着气。

陈司南被吓得红了眼：“爸，你先别气，你缓缓，我这就叫救护车。”

陈司南一只手抱着陈老拐，一只手帮他抚着胸口顺气，根本没法再去拿手机，只能朝身后的顾西辞他们吼：“你们还愣着做什么，打电话啊！”

金燕子跟顾金虎都没动，倒是顾西辞良心发现，立刻拿了手机出来，拨打了120。

救护车很快就到了，陈司南帮着医生一起把陈老拐抬上了车，然后跟着坐进车内。

顾西辞要跟上来，被陈司南用力地推开。

救护车门关上的那一刻，陈司南眼神发冷地对顾西辞说：“顾西辞，我爸要是有什么事，我跟你没完！”

“我……”顾西辞哽住，他也不想把事情搞成这样。

陈老拐的心脏去年就动了手术，每个月都会去医院复查。顾西辞也开车载他去过医院好几次，每次的复查结果都挺好的。

顾西辞哪想得到事情会变成这样……

还好送医及时，当天，医院就给陈老拐又做了一次心脏瓣膜手术，陈老拐才捡回了一条命。

这已经是陈老拐第三次做心脏瓣膜手术了，当年他儿子跟儿媳出事的时候，他得了急性心脏病。后来上了年纪，又演变成了心肌梗死。

第一次是在陈司南刚上大学那会儿，陈老拐发过一次病。那时候为了做手术，陈老太把家里的积蓄都掏空了。

去年，陈老拐又犯了一次病，差点死了。这次手术比上次来得大，陈家前后花了十几万。

现在的情况虽然比去年稍好一些，手术难度也比去年小很多，但手术费依旧不低。

手术费是八万二，陈司南给在家的陈老太打完电话，便代替母亲在手术同意书上签了字。

她一共存了十多万，本来是要还给顾西辞的，现在只能先拿出来救陈老拐了。

上周她去银行咨询了贷款事宜，手续还没办，但银行说她贷款没问题。

陈司南话不多，骨子里却是个要强的人。

她跟顾西辞说她不怕，那是她真的不怕。

只要她的工作还在，她就算向银行贷三十万，她相信自己能还清这笔钱。

如果钱可以换来她的婚姻自由，她宁愿为此背负债务，日后拼命赚钱，也不想因为钱把自己一生的幸福给贱卖了。

陈老拐动完手术，麻药劲还未退，人还没醒，就被送进了重症病房观察。

陈司南在外头等着，抽空给陈老太回了个电话，跟她报了平安。

陈老太自打陈老拐坐上顾金虎的车去淞市后，一颗心就一直“扑通扑通”跳快，她就有预感会出事。这不，老伴儿又进医院了，她在家急得要死，恨不得立刻买票来淞市。

可是陈萱一个人在家，没几天就要考试了，她就算再担心陈老拐，也抽不开身前来照顾。

听陈司南说陈老拐人没事了，陈老太悬着的一颗心才稍微放松了些。她让陈司南给陈老拐请个住院看护，她再通知陈老拐的妹妹明天来淞市照顾他。

陈司南一一听着，她感到很疲惫，并没有多少精力来反驳母亲的安排。

打完电话，陈司南坐在走廊的椅子上休息。她将背重重地靠在椅背上，看着灯光昏暗的过道，面上分不清是何神情。

5.

不知不觉，天已经黑了。

上午陈老拐他们在陈司南宿舍里吵的时候，沈阿姨在隔壁屋里一直听着，没敢出来劝。但她不明白，这都二十一世纪了，陈司南的父亲怎么还搞包办婚姻那一套。既然是男方出轨在先，司南再谈对象又有什么不对呢？

就她看来，司南现在的男朋友长得好，性格又温顺，可比那个叫什么顾西辞的好太多了。

陈老拐突然发病，救护车开进了研究所，引来所里不少人的围观。

沈阿姨是亲眼看到陈司南父亲被救护车拉走的，她不清楚在陈司南宿舍里到底发生了什么，在家里纠结了很久，最终在微信上跟陈司南道了歉："司南，都是阿姨不好，是阿姨没管住嘴。你爸身体现在怎么样了？"

看着微信上的信息，陈司南并没有责怪沈阿姨，她知道沈阿姨也是无心的。要怪就怪她先前没跟沈阿姨解释清楚朝朝到底是谁。

"没关系，沈阿姨，你别自责，我爸没事了。"陈司南简短地回复完沈阿姨后，便不再说什么了。

沈阿姨又发了信息过来，陈司南没再回。她这个时候心里有点焦躁，毕竟她也不是圣人。

朝朝不知道跑哪儿去了，陈老拐又这样，陈萱也不让她省心，她一个头几个大。

陈司南长长地呼了口气，抬头看到顾西辞拎着个塑料袋朝她走来。

"司南，我刚带我爸妈去吃饭，顺便给你打包了你爱吃的菜。你一天没吃饭了，肯定饿了吧。"顾西辞把打包好的饭菜递给她。

陈司南没有伸手接，她这会儿看他挺不耐烦的。

"不是让你走了吗？你怎么还没走？"陈司南语气不善地说。

顾西辞没跟她吵，在她身旁坐下来，把手里的东西递给她："吃一点吧，跟我这种人怄气不值得，气坏了自己多不划算啊。"

陈司南就没见过这么厚脸皮的人，要不是陈老拐还躺在病房里，她都要被顾西辞给气笑了。

除去家世背景，还有那张华而不实的脸蛋，顾西辞还剩些什么？

陈司南白了他一眼，起身站到一旁。

扇个巴掌再给颗甜枣这种事，在陈司南这儿没用。

顾西辞悻悻地收好饭菜，跟着从椅子上站起来，还想贴过去跟陈司南说话。

陈司南伸手，眉头嫌恶地蹙起：“你别过来，顾西辞，我怕我会吐。”

陈司南没有装，她纯粹是身体的本能反应。

顾西辞从小到大，第一次被人这么嫌弃。他那张白皙的俊脸瞬间涨得通红，就连眼眶也跟着红了起来。

“陈司南，你有必要这样子吗？你不想嫁给我，那就不嫁好了，搞得我上赶着似的。”顾西辞委屈地控诉道。

陈司南没理他。

他扭头要走，迎面撞上停好车才过来的顾金虎和金燕子，他们身后还跟着一个长得憨厚的中年妇女。

“这又是怎么了？”金燕子看着儿子红红的眼眶，脸瞬间耷拉下来，冷声问道。

陈司南跟顾西辞都没吭声。

顾金虎对身后的妇女使了个眼色。

那女的走上前，向陈司南自我介绍道：“你是陈小姐吧，我叫王贵芬，顾先生他们请我来照顾你父亲。”

陈司南眉头又蹙了一下，语气微微缓和了些：“不用了，我已经请了医院护工，明天家里也有人过来，就不麻烦您了。”

“这……”王贵芬手足无措地回头看着顾金虎夫妇。

金燕子的脸色更难看了，这陈司南真把自己当什么了？

要不是看退婚丢大家的脸面，这种儿媳妇，她还真不想要了。

金燕子瞬间来了气，上前就要说陈司南。顾金虎见状，连忙让顾西辞拉住她。

“妈，你先消消气，司南不是故意的。我有点渴，你陪我出去买点饮料吧。”顾西辞说罢，拽着金燕子就要走。

金燕子朝顾金虎看了一眼。

顾金虎对她点点头，示意她把王贵芬也带走。

不一会儿，走道里就只剩下了陈司南跟顾金虎两人。

陈司南讶异地看着顾金虎，顾金虎对陈司南客气地笑了笑，走到椅子旁边坐下来，跷起二郎腿，双手放在腿上。

陈司南看着他，没吱声。

顾金虎又笑了笑，意味深长地说："司南，西辞跟你阿姨都走了。有些事，你不想告诉他们，但可以跟叔叔说。你告诉我，这阵子住在你宿舍里的男人是朝朝吗？"

陈司南双眸深沉地看着顾金虎，望着他脸上看似温和但暗藏凶狠的笑容，眼神骤然冷了下来。

她瞬间明白，为什么顾金虎会突然让顾西辞来淞市找她了。

原来找她是假，找朝朝才是真的。

看来朝朝受伤这件事，顾金虎也有份了。

也是，顾金虎是靠顾明雷起家的，等同于顾明雷的心腹。朝朝之前说过，他不愿意报警，就是因为顾家有得是人保顾明雷，那顾金虎应该就是这些人之一吧。

弄清楚了其中的关联，陈司南定定地望着顾金虎，没说话。

顾金虎又道："司南，我知道你帮朝朝是好心，但是我们现在找不到他很着急。你告诉叔叔，如果那个人真的是朝朝，只要你帮我们找到他，那你跟西辞的婚事，我们保证不为难你。那礼金跟首饰你也用不着退，你爸的医疗费我们顾家也付了。"

顾金虎给出的这些条件很好，换了别人肯定会心动。

但陈司南现在对顾家的人是深恶痛绝，她并不相信顾金虎的话。

约莫过了几秒钟，陈司南对着顾金虎笑了笑，一副懵懂的样子说："顾叔叔，我听不懂你在说什么。朝朝不是去美国了吗？他怎么会在我宿舍里呢？"

话音刚落，陈司南就看到顾金虎脸上的笑容不见了。

他一脸阴沉地看着她，再次问道："司南，你确定那人不是朝朝？"

陈司南摇头，不解地反问："顾叔叔，朝朝是出什么事了吗？为什么你要问他在哪儿呢？"

顾金虎眼神阴鸷地盯着陈司南看了好一会儿，似乎想从她脸上看出些端倪。

即使他可以确定陈司南在说谎，却也没法子逼她。

这事不能闹大，顾金虎可不想真的去坐牢。

双方静默了几秒后，最终还是顾金虎先笑了笑，遮掩地说："没什么，就是孩子叛逆，不想去国外，路上跑了，找不到人，大家有点担心罢了。你叔我实在是找不到人问，就瞎问问你。毕竟，人是在淞市跑的，而你就在淞市，说不定在路上见过呢。"

陈司南同样皮笑肉不笑地回："应该没有，我若见过朝朝，我会说的。之前有次在地铁上见到，我还告诉顾西辞了呢。"

"嗯。"顾金虎点点头，不说话了。

陈司南也敛了神色，冷着脸，没再吭声。

两人各怀心事，一个想着要找人盯着陈司南，她肯定知道朝朝在哪儿；一个想着自己的自由应该要没了，希望朝朝这阵子在外头能藏好，别来找她。

横竖不过就一周的时间，陈司南从未这么迫切地希望时间能过得快一点，也从未像现在这般希望黎明的曙光能早日冲破黑暗抵达。

她一直都坚信，邪不压正。

顾金虎从她嘴里问不出什么东西来，又不好把话挑明，待顾西辞带着金燕子买完饮料回来以后，就带着老婆先走了。

金燕子本就不待见陈司南，刚才被陈司南气到，自然也不愿意留下来多看陈司南的脸色。顾金虎说走，她二话不说就答应了。

夫妻俩走了，但把顾西辞留了下来。两家婚约还在，陈老拐现在出了这事，顾西辞要付一大半责任。顾家人素来要面子，就算最后婚事会闹掰，他们也不愿落人口舌。

说白了，他们这些人只喜欢在背地里当坏人，明面上，他们必须是好人。

陈司南早就看穿了他们的嘴脸，并不愿意与他们多纠缠。

看到顾金虎他们要走，她冷着脸让顾西辞也走。

顾西辞这一天被她羞辱够了，习惯性地抬头看母亲的脸色，结果被金燕子一个眼神给瞪了回来，再不情愿也得留下来。

待父母都走了，顾西辞就像个受了气的小媳妇，垂头丧气地坐在椅子上，默默地喝着手中的奶茶，玩手机，不敢再挑衅陈司南。

陈司南看他这般无能的样子，忍不住摇了摇头。

之前听朝朝说过顾西辞是个妈宝，现在亲眼所见，果真“不同凡响”。

顾西辞陪着陈司南在重症病房外守了一个多小时，外面的天终于全黑了。

陈司南感觉胃又有些不舒服，她直接把顾西辞当成了透明人，自顾自地离开了走廊。

顾西辞看着她离去的背影，也不敢问她要去哪里。

陈司南倒了杯热水回来，顾西辞还坐在长椅上。

他朝她看了一眼，张了张嘴，没出声。陈司南连瞥都懒得瞥他，直接拿着手机坐到了离他几米远的另一排椅子上。

她安静得像潭死水，让顾西辞觉得窒息。

他是活泼的性子，习惯了被女人围着、哄着，陈司南的忽视比骂他、打他还让他觉得难受。

最终，顾西辞实在受不了地从椅子上站起来，攥着拳头走到陈司南跟前，闷声说：“我先走了，在外面开了房间，你有什么需要打我电话。”

陈司南没理他，仍旧低着头看手机。

顾西辞要疯了，他觉得自己简直是个小丑。

顾西辞走后，整个过道就只剩下陈司南一个人。等耳边的脚步声消失，她才微微抬起头，朝顾西辞离去的方向看了一眼，然后拿起手机，再次拨打了自己以前的电话号码。

仍旧打不通。

陈司南的心彻底沉了下来。

顾金虎在她这儿问不出什么，他们肯定会加大在淞市搜寻人的力度。

估摸着又过了两个多小时，陈老拐终于醒了。主刀医生查看后，说了句“一切正常”，陈司南这才松了口气。

陈老拐还得在重症室观察两天才能转去普通病房，陈司南在长椅上坐了整整一夜。直到第二天一早，陈司南和陈老拐的妹妹交接后，才得空回单位。

陈老拐的妹妹陈祥平是个寡妇，孩子跟丈夫接连生病去世，现在是孤家寡人一个。平素陈司南回家，常常会去探望她。

陈祥平不知道陈司南这边出了什么事，一大早听嫂子说大哥又病发了，现在在医院动手术。她没多想，立刻便赶来照顾。

有大姑在，陈司南放心地回到单位，忙完手上的事，回家做了营养的饭菜，拿保温桶装着又去了医院，给陈祥平还有陈老拐送饭。

听陈祥平说，其间顾西辞来过一次。

陈老拐还在重症室，除了医生谁也不能进去探望，陈祥平也是在外面守着。

顾西辞见没碰到陈司南，简单地跟陈祥平打了声招呼，就又离开了。

陈祥平跟陈司南开玩笑，说西辞这孩子傻乎乎的，他该叫她大姑的，结果叫成了阿婆。

大姑跟阿婆差了不止一个辈分，亲疏也差很多。

陈司南听着，没说什么，心想，这不是顾西辞傻，是他根本没用心罢了。

不过也无所谓了，她跟顾西辞很快就没关系了。

送完饭，陪陈祥平坐了会儿，陈司南再度回到单位。

未来这几天她都会很忙，就算有陈祥平在，医院她还是每天都要去的，所以她得抽空把后面要做的工作先赶出来。

昨晚一个通宵未睡，今天又熬到了半夜。陈司南的身子有些吃不消，头也疼得厉害。最后她实在撑不住了，倒在床上，累得很快就睡着了。

第二天闹钟没响她就醒了。上午，她抽空去了趟银行申请贷款，却遭到了拒绝。

陈司南是银行优质客户，以她的工作和学历，不大可能会遭到拒绝，顶多是贷款的额度有所调整罢了。

但她就是被拒绝了，不仅这家银行拒绝了，其他银行也都把她拒之门外。

陈司南隐约猜到是有人在背后搞鬼，却也只能先接受。

顾金虎他们若想以此逼迫她，问得朝朝的消息，那未免也太看不起她了。

几天后，陈老拐终于从重症室转到了普通病房。陈司南给他请了医院的看护，帮着陈祥平一起照顾他。

她照旧会做营养餐给父亲送去，但陈老拐见到她，每次都要骂她几句："你给我好好想清楚，跟那野男人断了，跟顾西辞认错，别把婚事搞崩了。"

陈司南已经很累了，顾及父亲的身体，她只能隐忍着。

陈司南从来都没有后悔收留朝朝，她唯一后悔的是，她没有早点回家跟父母说她跟顾西辞的事。

再过两天就是六月一日了，她发现这几天她出门，后面都有人跟着，这是顾金虎留下的眼线。

看来朝朝还没有被找到。

只要再熬两天，等朝朝那边顺利办完事，她就能喘口气了。最起码她可以跟父母坦白"宿舍藏人"的事儿了。

陈司南不怕与全世界为敌，但她希望能得到家人的支持与谅解。毕竟，如果一个人在最难的时候，她的父母都不站在她身后，那她就算再有勇气，也会慢慢绝望的。

只要再熬两天就好了。

陈司南疲惫又乐观地想着，可她万万没想到这两天会这么难熬。她忽略了疯子们的野心，也忽略了一个人为了欲望可以做到哪种地步。

顾明雷找不到朝朝，他们所有人都找不到朝朝，恼羞成怒的他们无路可走，只会拿她一个女人出气，只会来逼她。

朝朝果然没有骗她，顾家的势力大到她无法想象。

陈司南的噩梦才刚刚开始。

"陈司南！"一声惊呼自黑暗中响起。

夜晚，清冷的风自半开的窗户吹了进来，一个清瘦的身影半坐在床上，惨白的月光照在他身上。朝朝伸手摸向了床头的夜灯，按下了开关。

灯亮了，屋内有了点微光，映照在他的额头。他出了一身汗，额头汗渍渍的，发梢还在滴水。深深地吸了几口气，朝朝再度睁开眼，摸着隐隐作痛的胸口，一股压抑感席卷而来。

他做梦了，一个不是很好的梦。

他梦到他在唐律师的事务所签完遗嘱，去淞市研究所找陈司南，却发现她不在宿舍。他找遍了整个研究所，都不见她的人。他没办法，只能去别处找，却怎么也找不到。情急之下，他选择了报警，让警察帮他一起找。最后，人终于被找到了。他欢喜地去接人，来到海边，却看到一群警察从海里捞出一具尸体，放在他面前。

那具尸体已经被泡得肿胀，但他还是一眼认出那是陈司南。

她死了，淹死了。

顿时，一股彻底的寒冷自他脚底开始直蹿他的胸口，他定定地站在原地，呆呆地看着地上的女人，没了反应。

不知过了多久，他突然恢复了神志，近乎疯狂地扑到她面前，声嘶力竭地呼喊着她的名字。

“陈司南！陈司南……”

没有人回答，腐烂的味道从她身上蔓延到他的鼻尖，他浑身都在止不住地颤抖。

那个梦太真实了，真实得像是一种预兆。

就连老天爷都知道他有多怕失去她。

6.

从医院出来，陈司南心情压抑地回到研究所。刚进大门，她就接到了他们所里主任的电话。

“司南，所长让你去一趟他办公室，说有事要跟你谈。”陆主任语气有些着急地对她说道。

陈司南不知道发生了什么事，有些担忧地问：“陆主任，何所长说找我有什么事吗？”

“这我不知道。”陆主任遮掩道，怕陈司南再追问，匆匆挂了电话。

陈司南隐隐有种不好的预感，她没回宿舍，直接去了所长办公室。

办公室里就何所长一个人，陈司南抬手敲了敲门。

何所长抬起头来，对着她点了点头。

陈司南推门而入，恭敬地问：“所长，你有事找我？”

何所长再度点头，手指敲了敲桌上的信，表情严肃地说：“司南，你来我们所也快一年了，你是知道上头的政策的。单位不会干涉任何职工的感情生活，却也不会容忍在职员工出现作风问题。这是我今早从邮箱内取出的举报信，有人举报你在宿舍里藏了个男孩子，你们俩同居有一段日子了。前几天所里还来了救护车，是去你住的宿舍楼的。我问了下情况，说是你爸跟未婚夫一家过来闹事。是不是有这回事？”

陈司南脸色发白。

会是谁举报的她呢？

眼下不是纠结这个问题的时候，她抿了抿唇，跟何所长解释说：“所长，我爸他们确实来过我宿舍，救护车也确实是我叫的，但事情不是信上说的那样，我也没有未婚夫。男方人品有问题，我已经单方面解除了婚约。我知道我的私事给所里带来了不好的影响，以后我会注意的。”

“以后？司南，你还想有以后啊！这信上说你私生活混乱，在已经订婚的情况下还和其他男人有不正当关系，还堂而皇之地把那个男人藏在了研究所的宿舍里。此外，举报人还说研究所包庇你，有失察之过，要连研究所一并举报！这信暂且被我压下来了，还没被我送去上头。你知道如果上面的领导知道了，他们会如何处置你吗？”何所长冷着脸呵斥道。

陈司南沉默了，她心中大致猜到这举报信是谁搞的鬼了。

想必又是顾明雷他们逼迫她的手段之一。

顿了一会儿，陈司南攥紧拳头，抬头，坚定地说：“所长，那封信纯属诬陷，我……”

陈司南还未说完，何所长就打断了她。

“陈司南，别再辩解了！在你来之前，我已经派人去警卫处调过监控了，你宿舍里确实住了个男孩子。你们孤男寡女共处一间宿舍，你别告诉我你们俩没关系。”

“所长，我……”陈司南的脸色更加苍白，她愣怔地看着何所长，不知该怎么解释。

有监控为证，她没法儿抵赖。

陈司南再次沉默，她低着头，等着领导对她的处理。

“司南，别怪我不帮你，你知道我们研究所一贯待你不错，好的机会都先给你。你前程大好，犯这种糊涂不值得。你只要告诉我那个男孩子现在在哪里，然后让他站出来做个声明，证明你们之间没有不正当关系，那么这事咱们就当没发生过，我也就当这封信我从未收到过。”

陈司南死咬着唇，没吭声。

办公室里的气氛一片死寂，几分钟后，面对嘴硬的陈司南，何所长最终失去了耐心，面露失望地对她宣判道：“司南，你现在脑子糊涂，就先不要来研究所了，找个地方好好想想清楚。宿舍那边也先别回了，为了制止这事继续发酵，影响咱们研究所的声誉，你先停薪留职吧。”

“所长……”陈司南震惊地抬头，望着何所长，牙齿紧紧地咬着嘴唇，静默了几秒，最终没有再辩解。

她只是低声说了句“是”，转身默默地离开了何所长的办公室。

淞市研究所是国内一等一的研究所，声誉对所里来说十分重要。她理解何所长的做法，错在于她，何所长没有直接开除她，而是让她暂且停薪留职，已经算是对她网开一面了。

从她意识到顾家会找上她，决定拼尽全力袒护朝朝的那一刻起，就料到会有今天。但她不后悔。她相信，只要过了这道坎，天道自然会给她昭雪。

陈司南回到宿舍，将自己的行李简单地收拾了下，拖着两个行李箱离开了宿舍楼。

临走的时候，她遇到了几个同住一楼的人，他们看她的眼神都躲躲闪闪的。

先是救护车，后来又是行政处的人去调监控，看何所长那笃定的架势，八成还找宿舍楼里的人问过话。

陈司南没有埋怨任何人，也不作丝毫辩解，只是拖着行李箱走了。

她在医院附近的小宾馆里开了两天房，先将行李放在里面，然后去了一家私房菜馆，跟老板打了招呼，付了点钱，自己做了几道菜送去医院给陈老拐。

一进病房，她就听到里面热闹的人声，时不时还能听到陈老拐的笑声。

像是有人来看她爸了。

陈司南心一顿紧，伸手推开门，待看到里面的人后，眉头瞬间皱了起来。

顾金虎跟顾明雷两人站在陈老拐的病床前，陈祥平坐在一旁打毛衣，邻座的椅子上放满了包装精美的水果礼盒，还有昂贵的营养品。

顾金虎正在跟陈老拐聊他们工地的事，顾明雷站着皮笑肉不笑地听着，手指间夹着一支烟。

医院不能抽烟，可有些人还是抽了。可想而知，他们来这儿并不是真心看陈老拐的。

陈司南心中明了，但陈老拐看不出来。

他是个一生没多大出息的男人，顾家是他结识的最有身份和地位的家族了。本来手术后，他一直为陈司南执意退婚的事气得不行，今天顾金虎突然来探望他，他心情大好，觉得顾家给足了他脸面。因为顾金虎不仅自己来了，还把顾明雷也带来了。

那顾明雷是谁？只要是他说的话，顾家人没一个敢站出来反对的。

那么金贵的人，今儿个站在他的病房内，一口一个叔地叫他，替顾西辞道歉。顾明雷跟陈老拐保证，有他在，顾西辞绝对不敢再让陈司南受委屈。

反正这婚，除非陈老拐死了，不然陈司南只要还是他女儿，嫁不嫁都由不得她。

三个男人笑意盈盈地聊着天，心中却各怀鬼胎。

听到推门声，顾明雷率先转过头，朝陈司南看了过来，双眸微眯了下，伸着手指微微弹了弹烟灰。

陈司南神情淡定地看着他，目光没有丝毫避让。

顾金虎也看了过来，跟陈司南微笑地打了声招呼："司南，你来了。"

他是笑着的，可那笑里夹杂着刀子。

陈司南同样回了他一个冷漠的微笑，叫了声："顾叔。"

顾金虎点头。

看女儿跟亲家公这般和谐，陈老拐倍感欣慰，瞬间又看陈司南顺眼了，笑着说："司南，你明雷哥也来了，你也叫一声啊！"

陈司南脸上闪过几丝冷意，没吭声。

陈老拐表情悻悻，尴尬地看着顾明雷打招呼："明雷，你别在意，司南她认生。"

顾明雷笑笑，说："没事，叔。"

说完，顾明雷再度看向陈司南："司南妹子，你知道附近有什么好吃的菜馆吗？我跟金虎叔从工地过来走得急，早饭还没吃，这会儿有点饿了，你带我去炒几个菜吧。"

"明雷饭还没吃啊？那司南你还愣着做什么，快陪你明雷哥吃饭去。"陈老拐急着谄媚道。

陈司南定定地看了顾明雷一会儿，然后将自己带过来的食盒放到一旁，声音平静地道："走吧，顾先生。"

她没叫哥。

她叫不出口，觉得恶心。

顾明雷没跟她一般计较，捻灭了手中的烟，跟着陈司南走出了病房。

从医院出来，陈司南径直往外走。顾明雷叫住了她："司南妹子，坐我的车去吧。"

"顾先生，菜馆外面有很多家，没必要开车吧。"陈司南回看他。

顾明雷冷笑，卸下了伪装，表情阴沉："陈司南，你这么聪明的人，会不知道我叫你出来是因为什么？"

陈司南跟着顾明雷上了他的车，车门一锁，两人都冷下了脸。

今天是五月三十日，离朝朝生日不到两天，顾明雷已经没有一点耐心了。

"说吧，朝朝在哪里？"顾明雷咬牙切齿地问陈司南。

"我听不懂你在说什么，顾先生。朝朝不见了，你跟顾金虎为什么都要来问我？"陈司南嘴硬道。

"听不懂？呵！"顾明雷冷呵一声，愤怒地从车后座上拿了个纸袋子过来，从里面掏出一沓照片扔到陈司南身上，"这是我让人从你们宿舍楼监控里调出来的，那上面的男孩子分明就是朝朝。这二十来天，他都在你那儿。你说你不知道？陈司南，你玩谁呢？你有什么资格跟我斗啊！说，朝朝到底在哪儿？”

陈司南面无表情地捡起那些照片，递还给顾明雷，脸上不见丝毫畏惧：“所以那封举报信果真是出自顾先生之手？你既然已经这么清楚朝朝在我那儿待过，监控你也有本事拿到，那你也应该知道朝朝已经从我那儿走了，我也不知道他去哪儿了。”

“陈司南，你别再跟我装傻了，我没那么多闲工夫跟你耗。”顾明雷彻底失去耐心，猛地揪住陈司南的衣领，将她往车门上撞去，“你要是为你家里人着想，就老实告诉我，朝朝在哪儿。”

陈司南疼得死死地咬着牙，难受地闭着眼，拳头用力地攥紧。

顾明雷太小瞧她了，她这人，最不怕别人逼她。

“陈司南，你以为我真不敢报警告你吗？”顾明雷咬牙切齿道。

陈司南擦了擦鼻血，冷笑道：“那你报警啊，还是要我来报？”

“你……”顾明雷被彻底激怒，气得又要打她。突然，他的手机响了。

他一只手抓着陈司南，一只手从口袋里掏出手机接听。

电话是他老婆阮芳打来的。

顾明雷不耐烦地按下接听键，问：“什么事？我正忙着呢。”

话落，电话里就传来阮芳哭泣的声音：“明雷，出事了，曦曦她不见了。”

“什么不见了？你好好说话，她白天不是去学校了吗？”

“学校里的老师说她跟哥哥走了。曦曦自打上次见过朝朝后，就一直吵着要见哥哥。我没办法，就给了她一张朝朝的照片，她一直放在书包里，看到小朋友就炫耀这是她哥哥。他们老师也见过那张照片，所以看到是朝朝便没起疑，曦曦说要跟朝朝走，她就让曦曦走了。哪知道曦曦到现在还没回家。”阮芳哭着说道。

一道雷硬生生地劈在了顾明雷头上，他有些难以置信地又问了一句：“你刚才说曦曦跟谁走了？”

“朝朝啊！我让老师查了监控，就是朝朝没错。他不是出国去了吗？为什么会来找曦曦啊？明雷……”阮芳急得不得了。

“我要报警，明雷。你知道他根本就不喜欢我们，他……”

“你给我住口！不准报警，听到没有！曦曦我会找，但你不能报警！阮芳，你要报警，我们就会完了。”顾明雷急着说。

“什么完了，我听不懂，明雷……”

“我不需要你懂，你只要听我的别报警就行了。好了，别哭了，回家去，等我消息。”顾明雷呵斥完老婆，挂了电话，目光紧紧地盯着陈司南，一时间不知道该怎么办才好。

这几天他跟顾金虎一直盯着陈司南这边，就让丁大头的人在外面找。可他们完全忘了，朝朝已经离开了淞市研究所，他出去了。

他们只想到他跑出去躲着，却没想到他会去找顾霖曦。

顾明雷的心“扑通扑通”跳得飞快，他手指冰冷地松开了擒着陈司南的手，坐在驾驶座上，整个人一脸茫然。

局势变了，朝朝握住了他的命根子。最可怕的是，他根本不知道朝朝现在在哪儿。

淞市太大了，真的太大了。

“把你的手机给我！”顾明雷黑着脸对陈司南道。

陈司南伸手擦了下脸上的鼻血，没动。

她虽然不知道顾明雷那个电话里都说了些什么，但她隐约猜到是出事了。

见她不给，顾明雷直接暴躁地按住她，抢过她的包，拿走了她的手机，快速地翻阅着通话记录。

陈司南冷漠地看着他，觉得他真傻。

她怎么可能保留通话记录，让他们找到朝朝。

“没有！你肯定知道怎么联系他。快说，陈司南！”顾明雷掐着陈司南的脖子，面目可憎道。

陈司南被掐得几近窒息，眼泪都流了下来。她难受地挣扎，不吭声。

最终还是顾明雷妥协了，他放开了她，颓然地哀求道：“朝朝突然去曦曦学校找她，不知道他想干什么，曦曦跟着朝朝走了，现在还没回家。陈司南，你不了解朝朝，他会伤害曦曦的。曦曦还那么小，她会吓着的。”

陈司南努力平复着自己的气息，停顿片刻，她才反应过来顾明雷的意思，顿时一脸惊愕地望着顾明雷："你说朝朝他……"

"是。"顾明雷双手掩面，痛苦地道。

陈司南摇头，忍着身上的疼痛，无力道："顾先生，对不起，我真的不知道朝朝在哪儿。但是我希望，你作为父亲能相信他一下。朝朝不是个坏人，你应该像爱你的女儿那样爱他，你现在的所作所为都对他不公平。"

"我不爱他？我对他那么好，从小到大，我打不得也骂不得。陈司南，你根本不懂。不是我不爱朝朝，是他，是他太冷漠了，他根本不需要爱。"顾明雷红着眼眶辩解道。

看着眼前这个毫无悔过之心的男人，陈司南脑海里又浮现出朝朝先前在她那儿乖巧听话的模样。她的心突然疼了起来，比她身上的疼痛还要来得剧烈清晰。

她对着顾明雷哭了。

她是个很少哭的人，可她的眼泪不是为了自己所受的逼迫与伤害，而是为一个从来不被正视，从来没有感受过温暖亲情的朝朝流的。

"你错了，顾先生，爱素来是相互的。不是朝朝太冷漠，也不是他不需要爱，是你，是你们所有人都太冷漠了。你们爱钱，爱他的身份，多过爱他。你们从来没有真正爱过朝朝，你又让他如何学着来爱你们？"陈司南流着泪，句句带刺地斥责着顾明雷。

顾明雷面色惨白，眼眶通红，面对着一身狼狈、满脸是血，却还这般冷硬倔强的陈司南，眼里露出一丝震撼。

"顾先生，希望你能好自为之。"陈司南擦了把脸上的眼泪与血，不再多言，趁顾明雷失神的空隙，直接打开门锁下了车。

顾明雷照旧坐在车里，望着踉跄离去的她，最终没再去追。

陈司南没有回陈老拐的病房，而是回到了她住的宾馆。

她在房间里拿清水洗了下脸上的血污。望着镜子里自己那张青肿的脸，她咬了咬牙，退出了卫生间，精疲力竭地倒在床上，再也无力动弹。

她的头如开裂般痛着，浑身如被撕裂了一般难受。可她身上都那么痛了，却还是能感觉到那颗心在不断地撕扯，揪在一起。

陈司南心疼的是顾明雷的态度。明明都是他的孩子，一个他可以亲自下令去绑，当通缉犯一样地搜寻；一个，他才听到失踪就痛哭流涕。

一想到顾明雷那前后对比强烈的反应，陈司南就觉得心好疼。还好，还好，朝朝没有看到这样的父亲，还好……

不然，他该有多绝望、多寒心啊！

朝朝……

顾明雷失魂落魄地打电话叫走了顾金虎，回到了他跟阮芳的家中，一同商议对策。

他们不能报警，一旦报警，不仅朝朝要被抓，朝朝反咬一口，他们也要被抓。

但不报警，他们就只能等。

顾明雷知道，朝朝也不想两败俱伤，他这会儿留顾霖曦在身边，不过是因为被逼急了。

当晚，顾明雷果真接到了一个未知来电。电话一接通，他就听到了朝朝的声音。

朝朝没有像以前一样称呼他为爸爸，都没叫他，只是冷漠地通知他后天去唐律师的事务所签字。

顾明雷知道，朝朝从不开玩笑。所以他当即二话不说就答应了。

这场父子战争，终究是朝朝赢了。因为顾明雷有软肋，而朝朝没有。

第九章
救赎

1.

装潢温馨的小公寓内，顾霖曦躺在白鹅绒沙发软垫上，手里抱着一块蛋糕，一边吃一边看动画片。

朝朝穿着一身黑衣从卧室内走出来，满身寒气地坐在她身旁，神情淡漠地看着她。

顾霖曦丝毫不觉害怕地将手中的蛋糕往他面前送了送，声音甜甜地问：“哥哥，你吃吗？这蛋糕好甜的。”

朝朝摇头，拿遥控器换他喜欢看的台，他才不要看什么“烂仙女”呢。

顾霖曦没跟他抢，有漂亮哥哥看了，不看动画片也没关系！

她哥哥可真好，长得好看，对她也好，接她放学，还给她买好吃的。她要吃蛋糕，他就买，还给她买了芭比娃娃。这么好的哥哥，都怪爸爸，藏着掖着，一直不让她看他。

顾霖曦低着头，一边继续吃蛋糕，一边往朝朝身上贴。

朝朝不露痕迹地往旁边挪了一点。

顾霖曦又贴了过去，眨巴着大眼睛问：“哥哥，你真的不吃吗？这蛋糕超级甜的，大家都爱吃。”

朝朝被她逼得坐到了沙发角落，抬头不悦地瞪着她，闷声说：“有人不爱吃。”

“谁啊？竟然不爱吃蛋糕，是你吗？”顾霖曦惊讶地问。

朝朝皱眉，眯着眼看着顾霖曦手里的蛋糕，脑海里浮现出陈司南的样子来。

他其实是喜欢吃零食的，甜食也爱吃，但今天没有一点心情。

不爱吃的是陈司南。

才几天没见，他又开始想她了。

见朝朝不吭声，顾霖曦小嘴嘟囔着：“真奇怪，哥哥竟然不爱吃蛋糕，因为是男孩子吗？我们女孩子都爱吃蛋糕的，只要吃到蛋糕，心情就会变好。”

“女孩子都爱吃吗？”朝朝突然问道。

顾霖曦惊喜地点头：“对啊！说不爱的都是嘴硬，吃不到才说不爱吃。”

朝朝默然，他想起先前每次他说要吃蛋糕，陈司南都只舍得买一小块，说蛋糕太甜，又贵，她不爱吃，吃蛋糕不如吃鸡蛋灌饼。

原来是嘴硬啊。

她舍不得买，却还是给他买了。

朝朝慢慢敛了神色，低头玩弄着自己修长的手指。

快“六一”了，十几年来，他第一次对生日有所期待。

这原本是他有生以来最排斥的生日，如今他却迫切地希望那天快点到来。

他想请她吃蛋糕，甜甜的蛋糕。

陈司南身体里像装着一个烤炉，热得仿佛要爆炸，嘴唇上也起了一层死皮。

睡梦中，她难受地伸手在床头柜边摸了摸，想要拿矿泉水，却够不着。

手臂如同散架了一般，疼得使不出半点力气。肩膀的肌肉又痛又酸，陈司南感觉自己快要死了。

即使意识已经模糊不清，但她的内心还在忙着懊悔，自己不该直接回宾馆的，应该去医院看一下。

顾明雷那几下把她撞得着实不轻。

陈司南高估了人体的承受能力，人真的很脆弱。

她的手臂从床头垂了下去，重重地打在床沿上，整个人沉沉地又睡了过去。

这一睡，不知睡了多久，直到电话铃响，她才又悠悠转醒，费了很大劲睁开眼，稍微恢复了点气力，去拿手机。

是大姑陈祥平打来的电话。

陈司南艰难地坐起身，将手机放到耳边，虚弱地叫了一声：“姑，你找我什么事？”

陈祥平耳背，没听出陈司南声音中的疲惫与无力，自顾自地说：“司南，不是我，是你爸，你昨天没来送饭，今天也没来，你爸让我问问你在忙什么。他怕你不管他了……”

陈祥平话还没说完，电话里就传来陈老拐中气十足的咒骂声：“你问问她，她眼里还有没有我这个老子！我都躺病床上了，她这个做女儿的也不来伺候一下。他们学校绑着她了？不来送饭也不说一声！”

陈司南的脑袋胀疼，她虚弱地拿开手机，看了眼屏幕上的时间，心中微微叹了口气。

已经是六月一日了，她竟然昏睡了一天两夜，怪不得陈老拐他们会找她。

“对不起，姑，这两天辛苦你了。我身体不大舒服，睡过头了。”陈司南解释道，身上的高热还未退，额头还在冒虚汗。

因为长时间没喝水，她口渴得厉害，连喉咙都哑了。

陈祥平总算听出了她的不对劲，连忙关切地问：“司南，你还好吧？你也别太辛苦啊，注意休息，你爸这儿有我呢。你来不了就别来了，先把身子养好，我给他在医院附近买点吃的，也挺有营养的。”

“她怎么啦？好端端的，突然身体不舒服，是不想见我吧！”陈老拐愤愤地道。

陈祥平忍不住数落了他一句：“大哥，你就少说几句，司南毕竟是你亲闺女，你也别太逼她。”

那头的陈老拐终于没了声音。

陈司南难受地呼了一口气，回陈祥平：“姑，我没事，睡一觉好多了。我晚上过去给你们送饭，我爸那边还麻烦你多上点心。”

“要的要的。你放心，司南，你爸好着呢。”

“嗯。”

挂了电话，陈司南下床想去洗漱一下再出门。可脚刚着地，她整个人就无力地摔在了地上。

头重脚轻，身上虚汗不断，她连爬起来的力气都没有。

这样下去也不是个办法，她得去趟医院才行。

离陈老拐出院还有段时间，她的身体总不能一直不好吧。

六月一日了，陈司南脑海里冒出手机上的时间，自然地又想起了朝朝，但她已经无力去想他现在怎么样了。

她自身都难保，真的没力气再去操心他遗产继承的事。

陈司南跌坐在地上，吃力地伸手去拿手机，想叫救护车。

她现在这个样子，别说自己去医院了，就连走出宾馆都难。

手指刚在手机上按了个“1”，房间的门铃响了。都中午十二点了，陈司南以为是客房服务。她就订了两天的房间，这个点她理应退房了。要是再待下去，她就得续房费。

陈司南双手死死地抓着床沿，努力从地上爬起来，光着脚，摇摇晃晃地去开门。

就算要续房费，她也得去跟前台说一声。她走不动，就只能让服务员转达了。

好不容易走到门边，陈司南解下安全锁，手指颤抖地打开门，一个高瘦的身影突然立在她的面前。

陈司南惊愕地抬头，慢慢往上望去。待看到朝朝那张干净清澈的脸时，她整个人都愣住了，不由得睁大了眼睛。

朝朝穿着白色短袖、黑色休闲裤，脚上配着白色球鞋，头上戴着一顶黑色鸭舌帽，一身清爽地站在门口。他幽深的目光落在她身上，待看清她那副惨不忍睹的模样时，眼神瞬间阴冷了下来。

“朝朝……”陈司南声音嘶哑地开口，还未来得及问他怎么会出现在这儿，身体已经支撑不住地向后倒去。

朝朝见状，连忙一个箭步冲进房内，伸手抱住了她。

手指触及她的皮肤，他被烫了一下。

“谁打的？”

三个字，冷得像寒冬凛冽的风。

陈司南无力地倒在他怀里，摇了摇头，连再说一句话的力气都没有。

朝朝眼神狠厉，没再多问，直接将她一把抱起，走出了宾馆。

唐永军的车就等在大鹏宾馆外面，看到朝朝抱着人出来，他立刻推开门迎了上去。

“朝朝，这是出什么事了？”唐永军紧张地看着朝朝怀中昏睡的女人，问道。

“唐叔叔，先去医院。”朝朝道，没有解释，快步抱着陈司南朝路边停靠的黑色轿车走去。

唐永军急忙跑去开车。

陈司南住的宾馆本就在医院附近，他们很快就到了医院。

朝朝抱着人下车，直奔急诊室。唐永军紧跟在后头，连忙打电话给他在这个医院工作的朋友。

没过多久，陈司南就被安置到了单独的VIP病房，手上打上了点滴。

她睡得很沉，就连护士给她插针，眼皮都没动一下。若不是她的鼻间还有呼吸，他都要以为她死了。

朝朝在旁边守着，精致的脸上仿佛染了一层寒霜，浑身上下都散发着一股寒气。

唐永军战战兢兢地站在一旁，小心地问：“朝朝，你让我给你订的餐厅，需要帮你取消吗？”

虽然朝朝没有告诉过唐永军他订餐厅是跟谁吃饭，但唐永军已经猜到了。

今天一大早，朝朝就喊了顾明雷到唐永军的律所。父子俩刚签完遗嘱继承合同，朝朝都没去银行核对资产，就让他载着去了淞市研究所。

结果到了研究所，他们发现陈司南的宿舍已经空了，没人住了。他问了人，才知道她被研究所停职了，说是有人举报她作风不好，她父亲还来所里吵过。

朝朝没有逗留，直接又让唐永军送他回了焦城，去了陈老拐家。问了陈老太，才得知陈老拐在淞市动手术，还未出院，陈司南在那儿照顾他。

陈老太还不知道陈司南被停职的事，但听她的意思，陈司南没有回过家。朝朝也没有多作解释，直接拽着唐永军又回到了淞市，托了好些人帮忙，这才找到了陈司南下榻的地方。

好不容易人找到了，却成了这副模样。

唐永军从未见过朝朝的脸色这么难看，就连之前他被顾明雷逼着半夜跑路，也没像现在这么让人感觉阴冷。

这陈司南到底跟朝朝是什么关系？

朝朝为何这般在乎她？

今天是朝朝的生日，朝朝特意让他订了生日餐，想必是想跟这陈司南一起吃的吧？

现在陈司南病成这样，别说吃生日餐了，什么时候醒来都尚且不知道。

唐永军心里打着小鼓。

四周一片死寂，良久，朝朝才开口回唐永军："餐厅取消吧，让他们把蛋糕送过来。"

"好咧。"唐永军微微松了口气，刚要拿手机打电话，朝朝又叫住了他。

"唐叔叔，你问下顾明雷，他们当中谁去自首。"

他连爸都没叫一声，再次直呼了顾明雷的名字。

唐永军脸上的表情僵住了："朝朝，这……"

朝朝一脸冷漠地看着病床上昏睡的陈司南，声音冰冷："唐叔叔，绑架判几年？你告诉顾明雷，我不管他们当中谁去坐牢，总要有个人为这事付出点代价。"

"我知道了，朝朝，我这就去联系你爸……不，顾先生。"唐永军拿着手机匆匆离开了病房。

"朝朝，顾先生说要跟你谈一下。"没过多久，唐永军去而复返，脸色发白地道。

朝朝转过头来，看了他一眼，然后从沙发上起身，朝他走了过去。

唐永军立刻把手机递给了他。

朝朝接了过来，还未出声，就听到了顾明雷气急败坏的咆哮声。

"朝朝，你别太过分！我是你爸，你怎么能这么对我？你说我绑架你，那你还骗走了曦曦呢！"

“我没有骗，是她自己看到我，要跟我走的。”顾霖星淡淡地道。

“你不是为了拿她要挟我，你突然去她学校做什么？”

顾霖星轻笑一声，回头看了眼病床，似乎怕吵到人，推开门走出了病房，才继续道：“你看，顾明雷，在你眼里，我做什么都带着恶意。我去顾霖曦的学校不过是想看看淞市的幼儿园跟焦城有什么不同，想看看同样是你的孩子，童年能有多大差别。我去了以后才发现，原来爱与不爱可以相差那么大。”

顾霖星的话撑得顾明雷哑口无言，因为顾明雷知道，顾霖星没有撒谎。

顾明雷以监护人的身份在遗嘱继承书上签完字后，就带着顾金虎回到了他跟阮芳的新家，乖乖地等着朝朝把女儿送回来。

结果顾霖曦回来跟他说，她是自己跟哥哥走的。这两天哥哥给她买了好多好吃的，她觉得开心极了，下次她还要去找哥哥玩，差点没把顾明雷给气死。

这头顾霖星刚说完，顾明雷还未吱声，电话里就传来了顾霖曦为顾霖星辩解的声音

“爸爸，你胡说什么呢？我都说了我是自己跟霖星哥哥走的。”

“大人说话，你插什么嘴！阮芳，把她带回房间！”

顾明雷没好气地吼了女儿一句，转而又对儿子道：“朝朝，你外公的钱现在都在你手上，你还想怎么着？现在顾家人都唯你马首是瞻，你爸我已经下台了，你难不成真要我去坐牢？”

朝朝丝毫不为所动，声音依旧固执而冷硬：“我说了，总得有个人为这事负责。”

“朝朝，我是你爸爸，不管我做了什么，我永远都是你父亲，你怎么可以这么跟我说话！”

“人不能太不要脸，你说是吧，爸？要不是我们之间还有那么一点可怜的血缘关系，你觉得我会浪费这个时间，让你选择谁去担责吗？顾明雷，你要想这事像没发生过一样就这么过去，还想保持以前的光鲜日子，还想让你老婆孩子生活得好，你就听我的。你不想进去可以，你让顾金虎替你去，他不是你的跟屁虫吗？”

“你！”顾明雷被气得够呛。

他开的免提，一旁的顾金虎听着，自然也没什么好脸色。

顾明雷跟顾金虎相互看了一眼。

顾金虎对侄子摇了摇头，示意他妥协。

顾明雷无奈，放软了语气，恳求道：“朝朝，你这是在逼我。”

“是你先逼的我！”朝朝冷酷地道，眼神发狠，“我给过你很多次机会，最后几天，我一直待在你跟我妈的那套婚房里。你要是心里还有我妈，你就不可能不知道当年你卖房，买主是我，是我让唐叔叔买下了那套房子。你要找我多容易啊？可你沦落到去逼迫陈司南套问我的消息。你千不该万不该，不该动陈司南。她的伤是谁弄的？你，还是顾金虎？”

“我……”顾明雷被他说得哑口无言，静默了一会儿，又开始迁怒于人，“所以，你这么跟我闹，就是为了陈司南？那陈司南跟你有什么关系？你至于为了她连你爸都不要了？”

“我跟她什么关系都跟你没关系。我的耐心有限，我最后再问你一遍，谁打的她？”朝朝无情地道。

顾明雷沉默了。

顾金虎终于忍不住上前帮腔道：“朝朝，这事是我们不好，但你爸之所以这么做，也是走投无路了。新承包的一个工地要钱，你爸是为了那笔钱。他要真心狠，怎么会还让你活着……”

“我跟他说话，让你插嘴了吗？三爷爷？”朝朝厉声喝道。

顾金虎哽住。

朝朝冷笑：“你的意思还得让我感谢他的不杀之恩？别忘了，我外公为了护我，对这份遗嘱是有要求的。你们才应该感谢我还活着，才给了你们一条生路。想好了没有，你们俩到底谁去自首？”

“呸！我告诉你，朝朝！我跟你三爷爷谁都不会去自首！你要人担责是吧，好，我给你找。那丁大头会去自首的，你满意了吧！这事可以过去了吗？”顾明雷不顾形象地耍无赖道。

朝朝嘲讽地笑道：“你们俩倒挺会弃车保帅的，你们八成是想跟他说，只要他去自首，他女儿丁燕以后就由你们照顾吧。”

被说中了心思，顾明雷老脸一红，气得吼道：“不然呢！这还不都是被你逼的！朝朝，你说你一个孩子，内心咋这么阴暗呢！你就不能宽容一点？”

“那还不是你的种子不好，我像你啊！”

“你！”顾明雷还好没有心脏病。

“好，我一会儿就让丁大头去派出所自首，说他绑了你。你还有什么要求，一并说了，只要你愿意翻篇，我能做的都给你做了。实在不行，以后我叫你老子，你是我爸行了吧。”顾明雷狂怒道。

与之相比，朝朝则显得十分平静。

“让顾金虎带他儿子去陈家退婚，理由是顾西辞出轨在先，跟陈司南无关。聘金不需要退，顾家人也不准再去打扰他们。”朝朝淡淡地道。

顾明雷回头看顾金虎，顾金虎的脸色难看极了。

“这事我做不了主，这毕竟是你三爷爷家的事。以前顾家人听我的，因为我有钱。现在钱都在你那儿，你要他们做事，你自己去跟他们说。”顾明雷推脱道。

朝朝鄙夷道：“顾金虎不就在你旁边吗？你在这儿跟我装什么呢？”

顾明雷无语。

顾金虎也来了气，他活了快六十岁，还从没被个小辈欺压到这份儿上。

顾金虎从顾明雷手中拿过手机，直接说道：“朝朝，你再怎么记恨我，我也只是个听你爸办事的人。你跟你爸的矛盾，你们俩自己解决，别带上我们。你三叔跟陈司南的婚约，不是你想怎样就怎样的。我们家聘礼都下了，三十万的礼金跟首饰陈家也都拿了。就算西辞在外面有女人，那也不干你的事。陈家都不愿退婚，你插什么手？怎么，你难道真跟那个陈司南有特殊关系？她藏你一个月，你们俩藏出感情来了？也是，孤男寡女，什么事都干得出来。”

顾金虎本就不是善辈，逼急了，嘴里说出来的话自然好听不到哪里去。

朝朝的脸色瞬间沉了下来，手指紧紧地攥着手机，眼神晦暗不明。

“你以为我在跟你谈条件？”他道，嘴唇微微抿了一下。

另一头的顾金虎猛地感受到一股寒意。

“苏城那个工地，你也有股份吧？要是后面没有我的钱撑着，你们这工地就砸了，你倾家荡产都不够亏的。所以，你们都没资格跟我谈条件。”朝朝面无表情地说。

别说顾金虎他们被威慑到了，就连站在他身旁的唐永军也被他身上的气场给震慑住了。

“朝朝……”顾金虎畏惧地开口。

“我给你三天时间，去陈家退婚。别让我听到有人说陈司南一句不好，不然，我立刻撤掉你们苏城工地背后的投资。”

“朝朝，那工地都快收尾了，你现在撤资，你三爷爷亏的是小头，我亏的……不是，你亏的可是大头啊！那里面我投了八九千万呢。”顾明雷急得劝道。

朝朝一脸的无所谓：“爸，你看过遗嘱的，你知道我外公留下了多少钱。八九千万，只要我愿意，亏得起。”

“你……”顾明雷气得血直往头上涌。

“我给你们三天时间，自首、退婚，三天内都给我办完。”朝朝说完，不等顾明雷他们再说，干脆地挂了电话，将手机还给了唐永军。

“朝朝，你真要这么逼你爸吗？”唐永军有些惊惧地问。

朝朝置若罔闻，自顾自地问了一句：“蛋糕催了吗？让他们尽快送过来。”

连晚饭都没吃，顾明雷跟顾金虎开着车，当天晚上就赶回了焦城，一同跟他们回去的还有丁大头。

从收费站出来，三个人直奔焦城市中心的派出所。

焦城是建筑大城，最不缺的就是开发商。一路过去，到处都是新起的楼盘，车驶过，卷起滚滚灰尘。

该商量的事，他们都商量完了。

丁大头会去自首，作为交换，他欠顾明雷的一百二十万不用还了，女儿丁燕也会由顾家代为照顾。

在今天之前，顾明雷是焦城首富，但从今天开始，焦城的首富就成了顾霖星，一个刚刚二十岁的男孩子。

不管这首富是父亲还是儿子，像丁大头这种本就有前科的人，因为欠了赌债，狗急跳墙，为钱绑人也说得通。丁大头自首后没多久，警察就通知了顾明雷跟顾霖星前去问话。

顾明雷跟顾金虎就待在外头，早有准备。两个人特意逗留了一会儿，才慢慢出现在派出所里。

顾明雷谎称顾霖星受了惊吓，没法儿来，所以只有他来了。

警察不疑有假。

丁大头认错态度诚恳，交代的作案过程也很详细，再加上与顾明雷说的都对得上，双方一对峙，这案就结了。丁大头即刻被关押了起来，等待法庭候审。

得知丁大头不会被判死刑，顾明雷暗自松了口气。

只要不死人就没事，他答应过丁大头，只要他安心坐牢，丁家他会帮忙照看的。

反正顾明雷相信，朝朝终究是舍不得他这个父亲的，他早晚会原谅他。

自首这件事算是办完了，现在就剩顾金虎带顾西辞去退婚了。

从派出所出来，顾明雷开车载着顾金虎回乡下别墅。

一路上，两人都黑着脸，谁也没说话，只是不停地叹着气。

走了一半路，顾金虎最终憋不住地吐了口烟雾，恨恨地道："没想到这陈司南这么有本事！能把朝朝哄成这样！那小子竟然为了她，连我们这些长辈都不顾了。"

他这话里有话，顾明雷不用问都知道他什么意思。

顾明雷开着车，不怒反笑："可不是，我也没想到弟媳会变儿媳啊！叔，要我说这事你该想开点，还好西辞跟司南没结婚，不然这事这么闹下去，咱们俩辈分可扯不清了。"

"你还有心情开玩笑！"顾金虎沉着脸数落顾明雷。

顾明雷无奈地叹了口气："不然能怎么办呢？事已至此，节哀顺变。"

顾金虎瞪他："还不都是因为你心软，曦曦才消失多久，你就急得方寸大乱，被朝朝钻了空子。"

顾明雷不以为意地笑道："叔，你是没有女儿，所以不懂我们这种女儿奴的心理。"

顾金虎懒得再理他。

顾明雷的心情却突然大好起来，朝顾金虎继续说道："叔，你说朝朝跟那个陈司南不会真有关系吧？这陈司南看起来挺正经的啊！"

顾金虎没好气地白了他一眼，咬牙道："这我怎么知道，你怎么不去问你儿子？"

顾明雷咋舌："别，朝朝现在不是我儿子，他是我老子。"

又往前开了一会儿，顾明雷又忍不住好奇地问顾金虎："叔，那个陈司南跟西辞他们到底有没有在一起过啊？"

他问得有些隐晦，顾金虎愣了一会儿，才反应过来顾明雷问的是什么。他当即又瞪了顾明雷一眼："我怎么知道？我又不跟在他们俩后头！再说了，朝朝都无所谓，你计较个什么！"

现在钱都进了朝朝的口袋，顾明雷就是个失了势的穷光蛋，顾金虎也没必要再好声好气伺候他了。

顾明雷被他这么一说，脸色顿时跟着沉了下来："叔，你跟我生什么气，你有胆对着朝朝也这么说。他要是听到你侮辱陈司南，你看他会怎么对你！"

想到朝朝那疯魔的样子，顾金虎瞬间噤声。

他所有积蓄都投到苏城那个工地了，要是真得罪了那小祖宗，他这大半辈子的心血就要付诸东流了。

八九千万，朝朝都能说不要就不要，真是年轻气盛，不知钱的重要性。

顾明雷跟顾金虎互相看了一眼，不再多说，"难兄难弟"，谁也别瞧不起谁。他们只希望朝朝能说到就到，别断了他们的财路才好。

另一边，淞市某附属医院的病房内，洁白的白炽灯亮着，病房内很安静。

朝朝坐在沙发上，身旁的橡木圆桌上放着一个蛋糕盒，盒子上面还有餐厅送的生日帽跟蜡烛。

他的心思都集中在病床上的女人身上。

陈司南的点滴已经打完了，其间她醒来过一次，他喂她喝了点温开水。她累得没问什么，就又睡着了。

医生说给她打的点滴里有让人嗜睡的药物成分，她这嗜睡是正常反应。

有了这句话，他才放了心。

唐律师家中有妻子和孩子，朝朝让他先回去了。如今他腰缠万贯，只要他愿意出钱，有的是人替他做事。

以前，朝朝不知道自己要那笔钱有什么用，他甚至觉得顾明雷拿走那笔钱也没什么关系。后来，顾明雷为了钱不择手段，他逆反心理作祟，不想给他爸钱，只是想故意恶心顾明雷。

可现在，他发现这些钱对他来说还是很重要的。最起码，拥有了那笔钱，他才可以从顾金虎他们手中买下陈司南的自由。

他要的一直不是钱，只是陈司南而已。

等她身体恢复了，他要给她一切她想要的东西。

她觉得上班累，那就不要上班了。她想读博，他可以送她去更好的学校，也可以让她出国。她喜欢钱，他可以给她很多钱。她孝顺、体恤家里，他可以给陈老拐、陈老太包括陈萱都请个保姆照顾。

他要让她知道，他已经不是小孩子了，他可以为她做任何事情。他比顾西辞，比很多男人，都能让她依靠。

只要她开口说要，那他的一切都是她的。

只要她开口……

柔软的白色灯光洒在她苍白的脸上，她的嘴唇终于不再那么干。

医院墙壁上的挂钟快指向午夜十二点，今天就快过去了。放在桌上的蛋糕依旧没人动过，她来不及醒来陪他过生日了。

少年幽暗的双眸里微微闪过一丝失望，但很快他又强打起精神来，起身离开沙发，走到她床前，俯下了身。

“滴答”一声，时针终于指向了十二点。

他闭着眼，轻轻地在她脸颊上落下一吻。

“生日快乐，朝朝。”他自己为自己庆贺，睁开双眸，目光柔和地望着熟睡的她，就当这是她给他的生日礼物了。

明年再问她要更好的礼物吧。

他退回沙发上，没注意到陈司南垂在身侧的手微微动了一下。

陈司南醒了，她其实早在他俯下身来的时候就已经醒了。但她身上没什么力气，也不知道他想干什么，直到脸颊上有种温热感袭来，她才彻底清醒。

朝朝亲了她！

陈司南的内心紧张，一旁的朝朝却没有发现她的异样。他就像只偷腥的猫，小心翼翼地缩回沙发上，关掉了病房里的大灯，只留下床头的一盏小灯散发着微弱的光。

折腾了一天，他也累了。但他不敢睡得太沉，就怕陈司南醒来有事需要他。

他躺着的沙发被他直接挪到了她的床边，他的手轻轻地放在她的手边。这样，只要她一醒，他就能立刻感知到。

时间一分一秒地过去，病房内安静得能听到秒针滴答的声音。

朝朝清浅的呼吸慢慢在她耳边响起，他睡着了，但陈司南从来没有像此刻这般清醒过。

她微微睁开眼，向他转过头去。望着朝朝酣睡的容颜，她陷入了深思。

陈司南是个感情经历很匮乏的人，她不懂怎么合理地处理男女关系，所以她跟顾西辞的关系才会崩坏得这般彻底。可是，即使她再不懂，也清楚自己跟朝朝之间是不可以越轨的。

先不说她跟顾西辞的婚约还没有解除，就算她跟顾西辞没关系了，可朝朝终究是顾家的人，她怎么可能跟他三叔订过婚了，又跟他纠缠在一起呢？

要说先前朝朝发高烧那一次，她不小心亲到他是个意外，那这次又算什么呢？

陈司南还没昏迷到五感不分，朝朝方才明显是故意亲她的。

他亲她做什么？他又为什么要亲她呢？

陈司南愣怔地看着睡着的朝朝，内心隐约意识到朝朝对她可能有着某种不该有的情感，她的眼神变得有些复杂。

她可以为救朝朝，不顾自己的名誉，将他藏在自己宿舍，那是因为她内心很清楚自己跟朝朝没什么。她行得正，坐得端，无所谓别人怎么说她。

但现在情况不同了。

朝朝亲了她，她人是清醒的，内心是慌乱的，却没有阻止他的行为。并且在她发现朝朝偷亲自己时，她的第一反应不是愤怒，也不是心跳加速，而是想要逃跑。

这在人类心理学上，是一种很可怕的心理暗示，说明她心里有鬼。

她为什么会心里有鬼呢？

陈司南认真地反思。

在宾馆时，她感觉自己快要死了。开门的那一瞬间，她看到朝朝站在面前，震惊之余，内心又被深深地震撼。

她从未想过朝朝会突然出现在她眼前，也许是因为太过意外，她好像产生了幻觉，仿佛在朝朝身上看到了明亮的光。

不管再坚强、再独立的人，在绝境之中，都渴望有个人来拯救他们，陈司南亦是如此。所以她在看到朝朝的那一刻，心才会跳得那般快。

她体力不支地倒下，他紧张地抱住她，他身上的温暖紧紧包裹着她。她躺在他的怀里，感受着他臂膀的力量，内心被巨大的感动包围着。

她知道自己不该那么做，可她还是将头埋进了他的怀里，闻着他身上干净的沐浴乳香味，有种想要流泪的冲动。

陈司南知道，在那会儿的她眼里，朝朝不再是那个需要她庇护的男孩，他变成了一个可以让她依靠的男人。

从宾馆到医院，朝朝一直抱着她。即使在车里，他也没放手。陈司南的心一路都在狂跳，她知道自己这样很危险，她该冷静下来，可她控制不住。

那时的她，十分渴望朝朝身上的温暖。

她允许脆弱的自己放纵了一次。

可现在，她无比清醒、无比冷静地审视着自己与朝朝的关系。

她将自己先前的所有心率不平和对朝朝产生的莫名情愫，都归结于人类对于救命恩人本能生出的依赖与好感。

就像朝朝现在对她这样。

朝朝是个多么漫不经心的人，陈司南早有所耳闻，且亲眼见过。他对谁都不上心，现在却对她那么在意。

这是为什么？

是因为陈司南在他绝望之际救了他，给了他容身之所。

在那一个月的相处中，他们整日朝夕相对，她给他做饭，帮他擦药……

即使他们没有任何逾越，也足够亲昵。

朝朝对她生出异样的情愫并不奇怪，就跟她对朝朝有了不该有的幻想一样，这都是环境导致的错觉，这不是真的感情。

想清楚了这一点，陈司南心里顿时舒坦了许多。她静静地看了身旁的朝朝一会儿，伸手拿床上的毯子轻轻地盖在了他身上。

既然是错觉，那只要及时纠错就好了。

今晚朝朝亲她，她就当不知道。反正朝朝现在安全了，也不需要她的帮助了。以后他们各自回归自己的生活，这些错觉自然就会消失了。

陈司南重新闭上了眼睛。

十几分钟后，她又睁开了双眼。

她睡不着。

不是这几天睡得太多了，而是她的脑子静不下来。

她只要一闭上眼睛，眼前全是她先前跟朝朝相处的画面。他们一起做饭，围在小四方桌旁吃饭，拌嘴，一起看书学习，一起……

渐渐地，那些画面变了，变成了午夜他在宿舍楼下，像只小狗一样，焦急地等她回家；变成了雨天，他撑着伞来图书馆接她；变成了他听话地打扫卫生，给她做饭；变成了那日他发高烧，她不小心跌坐在他身上，意外的亲吻……

陈司南的心又乱了，就连脸颊也开始烫起来。

她努力地闭上眼睛，不断地在心里暗示自己，那些都是错觉，错觉！

可人的心是不会骗人的。

在不断地自我撕扯、拉锯之中，陈司南终于意识到，不是她的感觉错了，是她犯了一个错。

一个大错。

她喜欢上了朝朝，喜欢上了那个比她年纪小很多的男人。

陈司南在内心不断地唾弃自己，可她越是否认，那心底的声音就越是清晰。

似乎有人在跟她说：是的，是的，陈司南，你就是喜欢朝朝。

你喜欢顾霖星。

2.

爱是没有罪的，朝朝也是没有罪的，有罪的只是她。是她没有把握好两个人之间的距离，是她放任了这些躁动的感情因子在她那间狭小的宿舍内肆意，全是她的错。

所以停职是她活该，单位对她这般处理也是她应得的。顾明雷教训她、顾金虎羞辱她都是应该的。

陈司南迫切地想要离开病房，睡梦中的朝朝突然握住了她的手，让她不得挣脱。

若朝朝醒了，是一定不会让她走的。

这人有多执拗，陈司南比谁都清楚。

陈司南又一次失眠了，她睁着眼望着天花板，静等天亮。

她在心里已经有了决定，如果是她的错，只要她退回原位，及时止损，就可以了。

感情是两个人的事，只要一方不回应，它就炙热不起来。

原本只想浅眠一会儿，可这一觉，朝朝越睡越沉。

从她的宿舍离开后，他每天晚上都睡不着。他知道自己得了病，但是他不想治疗。反正只要回到她身边，他就能好起来了。

你看，今夜，他就睡得很香。

朝朝醒来的时候，天已经亮了。耳边传来医生查房的声音，护士在给陈司南测血糖。

注意到他醒了，陈司南朝他看了一眼，微笑了一下，没说什么，只是继续抬头对着医生问道："医生，我现在感觉挺好的，今天能给我办出院手续吗？"

"你急着出院？"张医生讶异道，转头朝一旁的朝朝看了一眼。

他若是没记错的话，昨天这女人住院惊动了院里的高层，主要是这位顾先生特别紧张她的情况，就连这间病房也是加急安排的。

这出院的事，应该得看这位顾先生的意思吧。

陈司南不清楚这里面的门道，闻言，干笑着跟张医生解释："是啊，张医生，我父亲还在另一家医院，我得过去照顾他。你刚才不是说，我的指标都正常吗？那请你给我打份出院证明吧。"

张医生没答应，而是朝乖乖坐在一旁的朝朝问道："顾先生，你怎么看？"

朝朝抬头看向陈司南，双眸幽深地看着张医生问："她身体没事了？"

"没什么事了，就是先前疲劳过度，免疫力低下，现在已经没事了。"张医生说。

"哦。"朝朝点点头，"那她要出院，你就开证明吧。"

"好的。"得到他的首肯，张医生才拿笔开始开出院证明。

没过多久，他就把证明递到了朝朝手里。

陈司南看着没说话，她现在只想离开。

见朝朝拿着证明没动，陈司南眉头皱了一下，不解地问："朝朝，你不去给我办手续吗？"

朝朝无辜地看着她："等唐叔叔来，他会帮你办的。"

"唐叔叔？"

"嗯，就是昨天送你来的那个大叔，他是我的律师。"朝朝解释道。

陈司南眉头蹙得更紧了。她原本还想趁他去办手续时偷偷溜掉，他倒好，一点都不想走。

"你让你律师来做什么？"陈司南问。

朝朝答："你不是要去看你爸吗？这医院离他那儿有点远，唐叔叔开车送我们过去比较方便。"

陈司南听明白了他的意思，他这是要跟她一块儿去。

她当即摆手拒绝："不用了，朝朝，我现在没事了，我自己过去就行了。你还是赶紧回家吧……"

说到"回家"这两个字，陈司南立马顿住了。因为她看到朝朝的脸瞬间黑了下来。

她停顿了会儿，有些尴尬地说："看你现在的样子，应该已经成功拿到你外公的遗产了吧，你爸那边也没法为难你了。不管你想不想回家，朝朝，你都不该跟着我。咱们俩一开始就说好的，你在我那儿就待一个月。现在你安全了，咱们俩也可以分道扬镳了。不过还是谢谢你昨天送我来医院。”

陈司南说完，便快速地移开目光，不敢去看一旁朝朝的脸色。

她觉得自己这样做是对的，她就该跟朝朝撇清关系。

几秒钟后，陈司南感觉有些不大对劲。

跟她预想的不大一样，朝朝既没有跟她吵，也没有闹，而是沉默了一会儿，突然很干脆地回她：“好啊，那你一个人路上小心，我就不陪你去了。”

陈司南讶异地回头看他，想看看他是不是在开玩笑。

他却一脸诚恳地对她笑笑，扯开话题问：“你饿了吗？吃点东西再走吧。”

陈司南喉咙干涩，沉默了一会儿，最终没有拒绝。

朝朝看起来很高兴，转身去拆还放在圆桌上的蛋糕盒子，自顾自地说：“昨天我生日，买了蛋糕还没吃，现在当早餐也不错。陈司南，你想吃草莓的还是巧克力的？哦，还有朗姆酒的……我让糕点师做了很多种口味，不知道你想吃哪种，你要不要都尝尝……”

“朝朝。”陈司南叫住了他。

他听话地转过头来看着她。

陈司南有些难以启齿：“你知道的，我不爱吃蛋糕。”

朝朝脸上的笑容僵住，他静静地看着她，良久才声音暗哑地开口：“顾霖曦说女生都喜欢吃蛋糕，说不喜欢吃是骗人的。”

“朝朝，你知道，我从不骗人的。”陈司南尴尬地道。

他冷笑一声，双眸微眯，直接拆穿了她：“你上次还骗了陈萱那一万块的事。”

陈司南哽住。

好吧，又是她错了。

她理亏地下床，走到桌子前，对着那蛋糕看了一眼，妥协道：“我吃草莓味的吧。”

陈司南说不爱吃蛋糕倒是不算撒谎，她真的不怎么爱吃。

小的时候她在家过生日，他们家从不买蛋糕。因为陈老太有糖尿病，吃不了甜的。一个蛋糕就她跟陈萱吃挺浪费的，索性就不买了。

后来上了大学，她自己赚钱特别辛苦，过生日更舍不得买蛋糕吃。

偶有同学生日，大方地请全宿舍的人吃蛋糕，她尝了一块，口感软软的、甜甜的，是不错。但是她这人除了饭菜，零食都不怎么吃，蛋糕好不好吃，她都不大尝得出来。

朝朝听了她的话，给她切了块草莓味的蛋糕。

这个蛋糕是他特意请糕点师定做的，八寸蛋糕做出了八种口味，其中还有块是冰激凌的，虽然已经化了。

陈司南拿着叉子舀了一口蛋糕放进嘴里，顿时惊喜得睁大了眼睛。

她收回她刚才的话，蛋糕好不好吃，她还是尝得出来的。

她就没吃过这么好吃的蛋糕。

入口都是被牛奶包裹的草莓味，又香又甜，还软软的。

“好吃吗？”朝朝问她。

陈司南不住地点头，一时之间忘了她要跟他“分道扬镳”了。

“这蛋糕一定很贵吧？”陈司南忍不住问。

朝朝“嗯”了一声，给自己也切了块草莓味的放进嘴里，尝了一小口：“你喜欢就好，其他口味要不要也尝尝？”

陈司南摇头，因为她看到了一旁蛋糕盒上的收费单，上面有这个蛋糕的价格——1868。

一个不过才八英寸的小蛋糕，竟然这么贵。

这是陈司南无法理解的。

她顿时觉得嘴里的蛋糕都咽不下去了。

“朝朝，就算你现在有钱了，也不该这么乱花钱。这蛋糕要一千多，你知道一千多块能买多少东西吗？”陈司南又忍不住唠叨起来。

朝朝歪头看着她，问：“能买什么？”

陈司南顿住，不懂他什么意思。

“衣服、裤子、鞋子、菜饭、零食……我之前给你买的那堆东西加起来都没它这么贵。”陈司南无语道。

朝朝点头。

见他这般无所谓，陈司南看不过去地继续说："朝朝，钱是很重要的，我知道你不差钱，但是你有钱可以做点其他有意义的事，没必要浪费在这种东西上。"

"那是我的生日蛋糕，没有意义吗？"将手中的蛋糕放回桌上，他抬头定定地看着她，反问。

陈司南被他问住，脸上露出一丝愧疚的神色。

"朝朝，对不起，我不该说这种话。"她向他道歉。

朝朝不以为意地摇头，看着她，轻笑着问："什么是有意义的事？钱那么重要，能买到你吗？"

"你这是什么意思，朝朝？"陈司南愣怔地望着他。

朝朝笑了，神情有些冷："陈司南，你这么聪明，应该知道我说的话是什么意思。"

陈司南愣住。

她原本只想吃完早饭就这么离开，跟朝朝就此告别，以后不要再见面了，可她还是招惹到了他。

陈司南没想到朝朝会这么直接地戳破那层隔在他们之间的窗户纸，除了装傻，她想不到其他办法来应对。

可他丝毫没打算放过她。

朝朝朝她靠近，步步紧逼地问："陈司南，我要怎么做，你才能不把我当孩子。"

陈司南被他逼得跌倒在床上，扭过头去："我听不懂你在说什么。朝朝，我要走了，我爸还等着我去送饭呢。"

"你爸已经转院回焦城了。"朝朝一把抓住她的手，冷声道。

陈司南十分震惊："什么时候的事？"

"就今早，昨天办的转院手续。他身体复原得挺好，又急着回家，就让医生开了转院证明。你放心，你爸那边我都让唐叔叔安排好了，焦城市一院有人对接你爸，他不会有什么事的。"朝朝道。

陈司南难以置信地瞪着他："你都知道我爸转院了，刚才怎么不说？还任由我去找他。"

"那不是你所希望的吗？"他平静地盯着她道。

陈司南语塞，她发现，在吵架这件事上，她总是吵不过朝朝的。

3.

陈司南还想与他争辩几句，忽然，她的手机响了，是陈老太打来的。

陈司南赶忙去接，陈老太上来第一句就问她人在哪儿，让她尽快回焦城。

“是爸出什么事了吗？”陈司南紧张地问，脸色变得煞白。

陈老太否认道：“不是，你爸在医院挺好的，这事我还没跟他说。是西辞一家来退婚了，司南，你赶紧回家来。”

陈司南大惊，下意识地看向朝朝。

朝朝神情未变地盯着她。

陈司南挂了电话，一把推开他，从床上起来，拿着自己的衣服进了独立卫生间。

没过多久，她换完衣服走出来，问朝朝要了出院证明条。

朝朝给了她。

她什么也没说，背着包就走。

朝朝默默地跟在她身后。

一路走出医院，他还跟着，陈司南终于有些忍无可忍地回头朝他呵斥道：“朝朝，你能不能别再跟着我了？”

“为什么不能？”他咬着唇问，眼神有些受伤。

陈司南深吸了口气，板着脸说：“这是我的家事，你不该插手，因为那跟你没关系。我们之前明明已经说好了，朝朝，我只收留你一个月。现在你的事已经结束了，你能不能别再来烦我了？”

“你嫌我烦？”朝朝看着她，倔强地问。

陈司南咬了咬唇，没忍心说“是”，只是扭头离开。

他继续跟着。

她上出租车，他也上。

陈司南无奈。她知道，跟他吵也没用。他要是愿意听她的，今天就没顾西辞一家主动跑去她家退婚的事了。若不是朝朝授意，顾西辞家怎会这么轻易放过她。

陈司南知道朝朝所做的一切都是为了她好，她也很感激他。可正是因为她知道，所以她才不想他对自己好。

这会让她更加讨厌自己，觉得自己很无耻。

她当初愿意救朝朝，只是因为可怜朝朝，并不是希望朝朝报答她，或者是拿钱为她做事。她不稀罕朝朝的钱，也不想要朝朝帮她。

她是个成年人，她可以自己解决好自己的事。

她不需要他来帮。

从出租车上下来，陈司南直奔虹桥车站，买票坐大巴回焦城，朝朝依旧跟着她。

知道她现在不待见他，于是他故意坐得离她比较远。

陈司南不说话，他也不说话，可他的目光一直没从她身上移开过。

他不懂，女人为什么那么爱口是心非。

她可以为了保护她，不顾自己的名誉将他留在宿舍，被他爸打成那样也不愿意出卖他。她明明是心疼他的、在意他的，那为什么要拒绝他呢？

他不好吗？

她说他不会做家务，他可以学。

她说什么，他做什么。她对他要求那么多，可他对她一点要求都没有。

他只求她不要抛下自己，这很过分吗？

跟他在一起，她很丢脸吗？

为什么她不愿意跟他在一起？

只是因为他比她小吗？

可他会长大的，时间会过得很快的，很快他就会长大的。

陈司南即使没有回头，也能感觉到朝朝投在她身上的目光。她的心很乱，她真的不知道该拿他怎么办了。

打不得骂不得，更喜欢不得。

两小时的车程，陈司南的心情一直很沉重。直到下车，她的情绪也没能好转。

她不知道家里即将迎接她的会是什么，但是她知道，事情不会像朝朝想象的那么简单——只要顾西辞愿意退婚，她就没事了。

顾西辞他们一家可以吃这亏，不为难她，却不代表她的父母会认同她的做法。

陈司南一路不停歇地回到陈老太他们陪读的小区，上楼梯前，她拦住了还跟着的朝朝，哀求道："朝朝，你留在这里，不要再跟上去了。"

朝朝茫然地看着她，低声问："为什么？"

"不为什么，你要真为我好，就别再跟了。算我求你了，朝朝。"陈司南神色凝重地道。

朝朝目光紧紧地盯着她看了许久，最终妥协道："好，那我在楼下等你。"

陈司南点了点头，转身上了楼梯。

陈司南到家的时候，刚好是中午。家里除了陈老太外，只有回家吃午饭的陈萱，顾西辞一家已经走了。

是陈萱给陈司南开的门。

陈司南脸上被顾明雷打的瘀青还未全消，现在看上去还很明显。

陈萱一眼就看到了她脸上的伤，惊恐地问："姑，你的脸怎么了？"

"没事。"陈司南随意地道，没多作解释，换好鞋子走进屋内，看到陈老太正坐在沙发上哭。

陈司南脸色更白了，她朝母亲走了过去，轻轻地叫了一声："妈，我回来了。"

陈老太闻言，转过头来看她，眼泪流得更迅疾了。

陈司南站在原地，沉默地低着头，等待着母亲的训斥。

陈萱同样战战兢兢地站在一旁，看着她们。

陈老太抹了两把泪，从沙发上站起身，走到陈司南面前，声音沙哑地问："西辞把婚退了，没说你什么不好，只说是他不对。但是司南，你老实告诉我，你宿舍里藏的男人到底是谁？"

"顾西辞他们不是已经告诉你了吗？"陈司南镇定地说，神色黯然。

她深知母亲的脾气，陈老太哭成这副模样，说明她已经知道了大致情况。

见陈司南如此坦然地承认了，陈老太嘴唇抖动了几下，一边落泪，一边用手拍打着陈司南的肩膀，哭着吼道："司南，你怎么就这么糊涂？你藏谁不好，要藏朝朝！他不过跟萱萱一样大，你跟他共处一室一个月，这事传了出去，你知道外面的人会怎么说你吗？你让我跟你爸的脸往哪儿放？”

“妈，我跟朝朝不是你们想的那样，我跟他没什么。我当时藏他也是没办法，你不知道，朝朝爸为了拿到朝朝外公留下的那笔钱，让人把朝朝给绑架了。朝朝逃了出来找的我，那会儿他身上全是伤，外面还有人追他，你让我怎么办？我总不能见死不救吧。”陈司南任由陈老太拍打着，闷声解释。她的眼眶也有些红。

眼下遗产的事已经定型了，朝朝安全了，她可以把私藏他的理由说出来了。

陈老太停下手，错愕地看了她好一会儿，忽而冷笑出声，反问陈司南：“绑架？你是说顾明雷绑架他亲儿子？司南，你这话说出去，谁会信？就算你妈我信了，别人会信吗？”

陈司南沉默了。她知道没人会信，所以她压根儿没打算跟外人解释这些。

“朝朝被人绑了，这事我知道，那绑架他的是桥头的超市老板丁大头，昨晚他刚去自首，这事已经定了。就算真的是顾明雷让他干的，司南，那朝朝也轮不到你救。你救他干什么？你现在救了他，不仅工作没了，学业还不知道能不能继续。我跟你爸辛辛苦苦供你上学，你自己好不容易走到了今天，那么好的工作、文凭，我们全家都靠你争光。你倒好，当了一回好人，自个儿前途不要了，也把咱家的面子都给丢了。你要退婚也就算了，现在把事情搞成这样，你爸知道了，不得被你气死？”陈老太哭号道。

陈司南任由她指责。

这事确实是她考虑不周，她太理想化了。以为只要把朝朝藏一个月就没事了，谁晓得会变成现在这个样子。

可是如果让她再选择一次，她还是会选择救朝朝。

只不过不是藏在她宿舍里罢了。

现在事已至此，她除了承担后果，也别无他法了。

“妈，其他人信不信我不重要，只要你跟萱萱，还有我爸信我就行。反正我跟朝朝之间没大家想的那么龌龊。爸那边我会去解释的，工作我会另找，学业我也不会荒废了。妈，一切都会好起来的，你相信我好不好！”陈司南疲惫地道。

她刚说完，陈老太一巴掌扇在她的脸上。

陈司南的头都被打得偏到了一边。

“好起来，怎么好？你知道外面的人现在怎么说你吗？说你不要脸，引诱朝朝。你图他们顾家的钱，顾西辞不要了，是因为看上了顾家的太子爷。你说怎么好？你应该祈祷你爸现在在医院没听到这些，不然他那心脏怎么吃得消。”陈老太气红了脸骂道。

陈司南不再辩解。

见陈司南一副死猪不怕开水烫的样子，陈老太更加生气。她本就是个温婉的性子，如今却被气得又要挥手打人。

一旁站着的陈萱见状，立刻冲了上来，挡在了陈司南面前，同样哭红了眼眶，劝着陈老太：“奶奶，你别打姑了。姑说没有就是没有，你管别人说什么！咱们活着是为自己活的，又不是活给别人看的。”

“大人说话，你插什么嘴！都快考试了，快吃完饭回学校去！”陈老太没好气地数落了陈萱一句。

陈萱还想说什么，被陈司南给拉住了。

“听话，萱萱，去学校吧。”陈司南道。

陈萱噤了声，心疼地看着陈司南那红肿不堪的脸，红着眼睛走了，连饭都没有继续吃。

几秒钟后，屋内就只剩下陈老太跟陈司南两个人。

陈老太又骂了一会儿，最后没力气地抓着陈司南的手哭。

陈司南被她折腾得也很疲惫，只能哑着喉咙劝：“妈，你消消气，是我不好，你别气了好不好？”

陈老太嗷嗷大哭。

待她哭累了，像是痛下决心似的，突然指着陈司南，狠绝地道：“你走，不要再回来了，我就当没你这个女儿。”

没料到陈老太会说出这样的话，陈司南一脸震惊地望着她，喃喃道：“妈，你在说什么？”

“我们家丢不起这个人，你要不走，现在就跟我去西辞家，说你不退婚，你们照旧结婚，把这事给压下去。只要你们俩结了婚，你跟朝朝的事就成了无稽之谈，那些人说一阵子也就不会再说了。”陈老太抹了一把眼泪，用力地拽着陈司南的手说道。

陈司南觉得荒唐，甩开她的手，往后退了两步，表情冷硬地道："妈，我是不会跟顾西辞结婚的。这根本就是两件事，你们为什么非要放在一起谈呢？连萱萱都知道人不是为别人的嘴活着的，你都这把年纪了，还不明白吗？你为什么非要逼我呢？"

"我逼你？现在是你在逼我们啊，司南！"陈老太再度哭吼起来，"好，你不愿结这个婚也可以，你别说妈逼你，妈给你选择了。你走，离开这个家！"

"妈！"陈司南哭了出来，直接给陈老太跪下了。

她真的不懂，父母为什么这般不理解她。她救人有错吗？难道真要她见死不救吗？

毁的是她的名声、她的前途，她都不在乎，为什么他们要看得这么重呢？

人活着不只是为了名声和前途，最重要的难道不该是尊崇本心吗？

陈司南跪在地上，双手紧紧抱着陈老太的腿，哀求道："妈，你能不能别说气话赶我走！我走，我在外面死不了，可萱萱还在读书，你跟我爸身体都不好，你们怎么办？你明知道我有多在乎你们，你就别说这种话了。"

"你不用管我跟你爸，你要在乎我跟你爸，你会干出那么出格的事来吗？"陈老太毫不领情。

等朝朝从陈萱嘴里听到陈司南被打了，冲上来撞开门，正好看到陈司南跪在地上求陈老太别赶她走。

陈老太冷着脸不为所动地站着，瘦弱的脊背挺得笔直，像座牌坊。

朝朝没见过这般屈辱卑微的陈司南，在他的印象中，陈司南一直是孤傲的，不管遇到什么困难，她都没有低过头，可她现在却在下跪求饶。

他看不得她这副模样，立刻冲了上去，一把将她从地上拽了起来，拉着她就要往外走。

"放开我，朝朝！"陈司南拼命挣扎着，朝他喊道。

他非但没放手，反而抓得更紧了。

陈司南被他抓得生疼，终于忍不住对他流下了眼泪。

为什么连他也要来逼她？她已经够难的了。

朝朝冷冷地看着她，心脏剧烈地抽疼着。

他从来没想过要逼她。

“司南，你跟我说你跟他没关系，你们这叫没关系？他怎么还缠着你啊！”陈老太看到顾霖星，歇斯底里地叫了起来。

陈司南咬着唇，没吭声。

陈老太举着手又要上前打她，朝朝挡在了她身前。

一声脆响，老人的巴掌落在朝朝精致的脸上，朝朝的脸上突然多了个手掌印。

陈老太愣住了，就连陈司南也愣住了。

“你……”陈老太惊恐地望着朝朝，说不出话来。

朝朝面若寒霜地看着她，眼神如冰刀般刺骨。

陈老太被他盯得浑身一阵冷意袭来，忍不住打了个哆嗦。

“就算她是您的女儿，您也没有资格这么折磨她。有我在，她这辈子都不可能嫁给顾西辞。就算您逼着她去顾西辞家，顾西辞也不敢娶她的。”朝朝冷酷地对陈老太说道。

陈老太讶然地愣在原地。

朝朝继续说：“您不用担心别人说什么，再过两年我就到法定成婚年龄了，到时候我会娶陈司南。这两年，您要是怕别人说闲话，我可以带她走。您放心，就算陈司南不在这个家里，您跟您老伴儿的生活我也会让人照料好。”

朝朝平静地说完，为显示尊重，他特意用了“您”字，但站在他面前的陈老太还是被他气了个半死。

“你知不知道你在说什么？你个孩子胡说八道些什么？”陈老太咬着牙道。

朝朝表情坚定地看着她：“我知道，我说我会娶陈司南。您要不信，我这就让我爸过来提亲，当天下聘。您要觉得还不够，我们可以宴请整个焦城的人做证。您要面子，我可以给足您面子……”

“够了，朝朝，别再说了。”陈司南再也听不下去地喝止他。

陈老太被气得踉跄着摔倒在地。

陈司南连忙用力挣脱开朝朝的手，冲到母亲身边想要扶她起来，却被陈老太一把推开。

“你们都给我滚！滚！我没见过你们这么不要脸的！都给我滚！”陈老太嘶吼道。

陈司南眼眶通红，哭着说：“妈，你别这样！是我不好，我这就让他走。”

“你跟他一起走！你们一起滚！”陈老太嫌恶地对女儿道。

陈司南的眼里满是伤痛，她清晰地看到了陈老太眼中那深深的厌恶。

陈司南绝望地摇了摇头。

没等她再次哀求，朝朝沉默地将她从地上扶起，搂着她离开了陈家。

仿佛送走了两个很恶心的东西，他们前脚刚踏出门槛，陈老太便一骨碌从地上爬起，快步走到门前，急忙关上了门。

背后一道关门声骤响，陈司南脊背挺直，一股寒意从她的脚底蹿至心里。

这二十多年来，陈司南一直心疼父母经历了丧子之痛，从小就很努力。她不仅要做一个好女儿，还要做一个好姑姑。

上学时，家里要养两个孩子，陈老拐的黄包车一天都拉不到几块钱。

为了生活，陈老太还得熬夜做手工活。

她放学回家，做完作业，就帮着陈老太一起捆线头。一个线头一毛钱，一百个才十块钱。她陪陈老太熬夜到十一点，也就只能赚个几十块。

她的手早早生了茧子，她也不觉得难过，反而很开心，自己给家里减轻了负担。

为了供萱萱上小学，她拼命拿奖学金，参加学校的各种比赛。她一天到晚除了学习就是帮陈老太做活，没有半点可以玩乐的时间。

就算后来上了大学，她也是为了不花家里的钱，一路吃苦求学。

可到头来她换来的又是什么？

她把自己变成了父母拿来挣面子的工具，她的学历、工作，包括婚姻，都成了他们炫耀的资本。当这些都没有了，他们就只会骂她丢人，赶她走。

陈司南的身体忍不住颤抖，那股寒气仿佛要将她冻僵。

朝朝紧紧地抱着她，没说话。

她没有再推开他，就这样由他抱着，半推半扶着下了楼。

半道上遇到几个邻居，看到他们俩，都用异样的眼光打量。

陈司南没有解释，她无所谓了。

随他们去吧。

她跟朝朝没什么，大家却都认为他们有什么，就连她的父母也不相信她。那她还解释什么？挣扎什么？自我高洁什么？

反正没有人在乎真相是什么。

她已经懒得再去解释了。

4.

两人沉默地站在公交车站牌下，初夏的暖风吹拂着他们的脸，可陈司南感觉不到丝毫暖意。

她的情绪已经平静下来，人却突然感觉有些迷惘。

望着马路上的车流，陈司南第一次不知道自己要去哪里。

陈老太将她赶了出来，研究所也已经将她解聘。她现在身上没多少钱，欠顾西辞三十万的事还没有着落，前方一片迷雾。但陈司南暂时不想思考这些，她有点累了。

公交车从他们面前驶过，已经过去了好几趟，都不见她上车。

朝朝静静地陪着她站了好一会儿，等阳光越来越盛，他终于忍不住劝她：“陈司南，你跟我回家吧。”

闻言，陈司南宛如惊弓之鸟，激动地瞪着他，二话不说地拒绝道：“我不会去你家的。”

朝朝大致猜到她是误会了自己的意思，赶忙解释说：“不是去顾明雷的别墅。我带你回淞市，我在淞市有家，是我妈留下来的房子，我这阵子一直住在那儿。”

听到解释，陈司南的神经才松懈了一些。她闷声站在原地，没说好，也没说不好。

朝朝只当她同意了。高兴地随手拦了一辆出租车，推着她上了车。

“去城东车站。”他道。

不到一刻钟，他们就到了车站。

朝朝拉着陈司南去售票处买票，一路上，他一直牵着她的手，生怕一松手她就会跑了似的。

陈司南已经没有力气挣扎了。

她也不想挣扎了。

如果所有人都觉得她错了，那既然错已存在，那就让她一错到底吧。反正她现在也没什么可以失去的了。朝朝不愿意放开她，那她就厚着脸皮留下吧。

人都是有欲望的，人性本来都是自私的。

她研究了那么多年的哲学与文学，到今天才看透自己。原来听话懂事都是她的假象，她天生反骨，不安于室。

也许骨子里，她跟朝朝是一类人。与她相比，朝朝反而更纯粹一些。他的喜怒哀乐全写在他那双眼睛里，黑白清晰，界限分明。

买完票，朝朝牵着她的手去候车。

他们两人的脸上都带着伤，她是瘀青未退，朝朝则是新鲜的一个手掌印。

他本就长得白，皮肤水嫩清透，所以显得那个手掌印格外刺眼。

旁边的人都好奇地打量着他们俩，陈司南低着头，即使内心依旧感到羞耻，却也不想再逃避了。

似乎意识到她心境的转变，朝朝的脸上终于有了真诚的笑容。那笑容纯澈灿烂，是年轻人独有的。

陈司南就没法儿笑成他那样。

这就是他们之间的差异，来自年龄、生活阅历上的差异。那些差异，让她没法儿不在乎别人的目光。

说来也矛盾，她明明让陈老太他们别在乎别人说什么，可自己又畏惧别人看。

想到这儿，陈司南忍不住自嘲地扬起嘴角。她不愧是陈家的女儿，身上背的枷锁太重了，一时间竟解不下来。

到点了，车子进站。

朝朝又拉着她去检票，没过多久，他们俩坐上了回淞市的大巴。他让她坐在里面，自己坐外面。

陈司南靠着窗，感到疲惫，累得闭上了眼睛。

朝朝将肩膀递给了她。

她平静地看了他一眼，艰难地扯出一抹笑容，没有拒绝，在众目睽睽之下，将头靠在了朝朝的肩膀上。

他仿佛受到了极大的鼓舞，将她的手攥得更紧，就连手心也开始出汗。

窗户半开着，微风不断地从外头涌入车内，吹在人身上，舒服得很。陈司南身上的冷意终于慢慢消散，身子也回暖起来，她靠着朝朝睡着了。

朝朝将头上的鸭舌帽摘下来，戴在她头上，帮她遮住了照在脸上的阳光。他的脸也因此全部暴露在空气中，那个手掌印红得仿佛能渗血，他却丝毫不在意地拿着手机看新闻。

邻座的人们时不时抬头朝他看来，心里忍不住好奇地猜测这人是谁。

这么好看的男孩子并不多见。即使脸上有伤，一身狼狈，可他身上的气质真的绝了，清冷出尘。

朝朝没有出声，任由他们打量，回到了自我屏蔽模式。除了陈司南，没人能影响他的情绪。

陈司南睡了一路，等大巴进了淞市虹桥的车站，朝朝才将她叫醒。他们一同下了车，还未出站，陈司南就看到早已等候在那儿的唐律师。

唐永军朝他们挥了挥手。

朝朝带着陈司南上了唐永军的车，三人一同去了长宁，朝朝妈妈的房子在那一带。

跟陈司南想象的不大一样，那房子是一套很简单的小公寓，所在地段不算很好，小区也不奢华，不过屋内装修得很温馨。

她很喜欢这里，很有家的感觉。

“这是我妈大学时背着外公他们买的，用的是她多年存下来的零花钱。”朝朝解释道，将手里的东西都拎进了屋里。

回来之前，路过商场，他带着陈司南进去买了些生活用品和服饰。唐永军也将陈司南落在宾馆的行李箱给拿了过来。

“你妈眼光挺好的，这里墙纸的色调真好看。”陈司南由衷地赞美道。

虽然这房子还是老式装修，但看得出主人在装修时花了不少心思。

朝朝点头，略讽刺地一笑："是挺好的，唯独看男人的眼光不行。"

话落，屋内顿时一阵沉默，陈司南跟唐永军的神色都有些尴尬。

朝朝自个儿却先笑了起来："怎么，我说得不对吗？"

唐永军无奈地摇了摇头，说："朝朝，你要的东西我都给你准备好了，有什么缺的，你再通知我，或者找你翟阿姨，我们会尽快给你送来。"

朝朝点点头。

唐永军又看了他跟陈司南一眼，咧嘴道："那没其他事的话，我就先走了，有陈小姐在，我也放心。"

朝朝"嗯"了一声，没有挽留的意思。

唐永军早已见怪不怪。

倒是陈司南看不过去地瞪了朝朝一眼，对唐永军道："都过中午了，唐律师要不留下来一起吃个饭？"

"哦，不了，陈小姐，我已经在家吃过了。"唐永军婉拒道，他抬手看了一下手腕上的表，"已经下午两点了，你们还没吃饭吧，冰箱里有我让阿姨刚买的新鲜食材，朝朝不爱吃外卖，那麻烦陈小姐给他做点，我就先走了。"

说完，不等陈司南再挽留，唐永军识相地先行离开。

"你想吃什么，我给你做。"朝朝走到冰箱前，一边开冰箱，一边问陈司南。

陈司南看着他，心里说不出是什么感觉。

之前都是她给他做饭，就那天走之前，他为她做了一顿饭。那顿饭很好吃，那味道陈司南现在都还记得。她那会儿还开玩笑地说以后都由他来做饭，他答应了，没想到他还记得。

"怎么了？"见她不说话，他又有些心慌，表情有些紧张。

陈司南微微呼了口气，对着他微笑道："朝朝，我们先好好聊一下吧。"

朝朝探寻地看了她一会儿，关上冰箱门，朝她走了过来。

其实陈司南也不知道该聊什么，她脑子有些混乱，不清楚她现在跟朝朝算什么关系。

陈司南不知该如何开口，朝朝倒先出了声。

“你不用怕，我不会逼你做任何事，你就当这里是家。房间有得是，我们可以分开睡。我在你家说的话不是瞎说的，我知道你嫌我小，但请你等等我。我已经让唐叔叔帮我去转户口了，等我大学毕业，我们就结婚。你不用担心你家里，你爸那边，医院我们已经找过关系了，都是给的最好的治疗。你拿顾西辞的三十万，我已经替你还掉了，所以你不用再操心这笔钱。等你妈心情好点，陈萱考完试，我就让唐叔叔带他们去看楼盘，焦城市中心的房子他们喜欢哪里，我们就买哪里。陈司南，那些钱对我而言确实没意义，但只要你需要，我都可以给你，我只要你陪在我身边。”朝朝一脸真挚地道。

他很少说这么多话，可想而知，为了说这段独白，他准备了很久。

陈司南完全没想到他把所有事情都安排好了，一时之间，她都想不出话来说。

陈司南心中困惑，朝朝对她的感情是因为被救后的报恩，是执拗，是她认为的错觉，还是真的喜欢？

“朝朝，我不能拿你的钱。我会重新找工作，那三十万我会还你的。”迟疑了一会儿，陈司南严肃地道。

朝朝蹙眉：“陈司南，我说过我的钱就是你的钱，我不要你还。我也不需要你去工作，上班那么累，我可以养你啊！”

“朝朝，我不需要任何人养。”陈司南要强地道。

朝朝沉默下来，目光紧紧地盯着她看了一会儿，最终再度妥协：“好，只要你愿意留在我身边，你想上班、想还钱都可以。陈司南，我希望你能明白，你永远都是自由的。而我，永远都是你的。”

“朝朝……”陈司南哽住，望着他的双眸不禁红了，内心满满的都是感动。

陈司南长这么大，从来没有被谁这般珍爱过。所以，她从来都不知道，原来被爱、被尊重是这么幸福的一件事。

“我……”她说不出话来。

朝朝对着她微笑着摇了摇头：“虽然我很希望你能留在我身边，但是如果你不开心，你也可以走。陈司南，我不会束缚你、禁锢你，但是你也不能阻止我靠近你、喜欢你。”

“朝朝……”陈司南望着他发红的耳朵，眼里有流光异动。

她知道他没有撒谎，他对她是真心的。

“朝朝，你为什么会喜欢我？”陈司南干脆地问他，她不想自己一个人纠结。

既然她已经决定豁出去了，就算飞蛾扑火，死也要死个明白。

朝朝定定地看着她：“陈司南，我以前的世界是灰色的、空荡荡的，只有我一个人，很冷，是你让我感觉到了温暖。你是第一个让我想拥抱的人，我也不知道这是不是爱，我不懂。不过，陈司南，我可以为你去学。”

朝朝不会花言巧语，但是他的话句句都带着真情。

陈司南崇尚纯粹的爱情，她是个有感情洁癖的人。

正因为她是这样的性格，所以她才会迷恋上简单而又寡情的朝朝。

朝朝是冷漠的，却唯独对她热情，换了谁都会动心。

“朝朝，虽然你不知道你为什么喜欢我，也不知道是不是真的爱我，但我知道，我喜欢你。所以我要告诉你的是，我从来没有嫌弃过你。你很好，是我没有勇气承认我对你的感情。但从现在开始，我愿意接受你，接受不堪无耻的自己。就算你以后发现自己并不爱我，我也不会怪你，因为这是我的选择，我不会后悔。”陈司南最终选择顺从自己的内心，对着朝朝浅浅地微笑道。

朝朝愣怔地望着她，眼中闪过一丝震惊。

陈司南又对着他笑了笑：“好了，我肚子饿了，我们去做饭吧。”

人一旦选择放过自己，整个人就会变得轻松许多。

陈司南从沙发上起身，要去厨房。突然，她的手臂被人一把抓住。

朝朝紧紧攥着她的手，似乎确认一般看着她道：“陈司南，你再说一遍你喜欢我。”

陈司南望着他稚气未脱的脸庞，忍不住伸手回抱住他，声音温柔：“朝朝，我喜欢你。如果可以，我希望能驱除你世界里的阴冷，让它永远充满朝阳。”

朝朝双手用力地搂住她的腰，头埋在她的怀里。

“只有你可以，陈司南。”他说。

她是他渴求的骄阳，只有她能带给他温暖，只有她。

陈司南低头，轻轻地吻了一下他头顶的发旋。

“朝朝，我饿了，我们去做饭吧。”她笑着，伸手揉了揉他细碎的短发。

他抬起头，松开了她，眼眶有些泛红：“你坐着休息，我去给你做，你想吃什么？”

“你会做什么？”陈司南目光盈润地看着他。

“都可以，不会做也会学。”

“今天太晚了，随便做点吧，做个辣椒炒肉？”

“可以，我去备菜。”朝朝起身去厨房。

陈司南跟着他一道过去：“我帮你。”

“嗯。”他没有再拒绝。

陈司南心里暖暖的，她喜欢这样简单而又纯粹的生活。

朝朝，如果你愿意长大，我就愿意等。

炒菜做饭，到吃完饭，已经快傍晚了。

晚饭两人都没吃，晚上，陈司南跟朝朝窝在沙发上看电视，谁也没有说话，但彼此的脸上都挂着笑容。

这种日子跟他们之前在宿舍里差不多，只不过现在暧昧被捅破，他们的关系更亲近一些。

连续剧看到九点多，陈司南去洗澡。洗完出来，她正好接到陈萱的电话。

陈萱晚上跟陈老太去医院看了陈老拐，回到家后，她特意等陈老太睡着了，才敢偷偷拿她的手机打给陈司南。

“姑，奶奶说你走了，你去哪里了？”电话里，陈萱担忧地问陈司南，她已经从陈老太嘴里得知陈司南被研究所解聘了，现在没工作了。

原本陈司南可以回家的，可是陈老太却把她赶走了。

“我在淞市，跟朝朝在一起。”陈司南老实地回道，她并不想再欺骗任何人，包括陈萱。

既然她选择了跟朝朝在一起，那她就不会再隐瞒。

她要堂堂正正地跟朝朝在一起，所有流言蜚语，她会悉数收下，去承受，那是她为了追求幸福应该付出的代价。

听到陈司南的回答，另一头的陈萱沉默下来。

她原本以为陈司南跟朝朝的事只是无稽之谈，她觉得陈老太他们太大惊小怪了。下午，她还因为顾西辞退婚而沾沾自喜，觉得陈司南因祸得福了。可现在，她的快乐又没有了。

陈萱不明白，为什么陈司南看男人的眼光会这么奇特。她暗恋十年的顾西辞是个劈腿渣男，而她现在放弃一切去喜欢的顾霖星又是个感情冷漠的人。

陈萱倒不介意顾霖星比陈司南小，她不认同陈司南这段感情，纯粹是她觉得顾霖星这种人没有心。她不相信他真的爱陈司南，说不定就跟他之前戏弄她一样，他也在玩弄陈司南呢？

“姑，我不想你跟他在一起，他不配，他们顾家的男人都不配。”陈萱气愤地道。

“萱萱……”陈司南想跟陈萱解释朝朝不是他们想象的样子，他其实很好，真的很好。可陈萱丝毫不给她解释的机会，直接把电话给挂了。

陈司南无奈地叹了口气，抬头看到朝朝穿着睡衣站在她面前。

他比她先洗澡。

“是陈萱？”他问。

陈司南默认了。

朝朝撇了撇嘴，偷偷瞥了她一眼。

“先前拿她当挡箭牌那事，我做得的确有点过了。”他主动认错道。

陈司南又叹了口气，对他招了招手。

他不明所以地弯腰朝她凑了过去。

陈司南伸手摸了摸他湿漉漉的碎发，笑着嘲讽：“出来混都是要还的，朝朝。”

先前是谁犟着说是他们家萱萱自找麻烦来着？

看吧，遭报应了吧。

“嗯，我下次见到陈萱时跟她道歉。”他一脸乖巧地说，认错态度十分诚恳。

他真的很像她之前捡的那条小狗，陈司南忍不住又揉了几下他的头发。

他被她挠得心里有些痒，不禁伸手握住她的手，直起身来，眯着眼看着她。目光不小心落在她胸前睡衣敞开处微微露出的沟壑上，他的眸光瞬间暗了下，再度染上了欲望。

意识到这一点，陈司南连忙脸红心跳地一把推开他，钻进了她的房间。

陈司南并不是闲得住的性子，住进朝朝公寓的第二天，她就开始在网上找起了新工作。

找工作并不顺利，不过让陈司南欣慰的是，她工作虽然丢了，可带她读博的导师刘培依旧没有放弃她这个学生，并鼓励她继续做学术研究。现在她若有什么学业上的问题，都可以直接发邮件与他沟通。

陈司南从未想过放弃自己的学业，这是她努力了十几年好不容易得来的成就。工作可以再找，可学业不能。一旦荒废，再想捡起来会很难。

陈司南对自己有这般要求，对朝朝，她自然也是希望他能继续读书。所幸朝朝在这些事上都由着她，她让他看书，他就看书。

陈司南担心自己找到新工作后，不会有太多时间陪他。为了让她放心，朝朝主动自学。

陈司南这才放心，把心思都放在找工作上。可工作并没有她想象中那么好找，今年社会大环境不好，市场经济不景气，像她这种冷门学科出来的高学历人才，根本没有多少合适的工作供他们挑选。

陈司南好不容易找到几家应聘的企业，打电话过去，对方要么告诉她已经招到人了，要么问她为什么会从淞市研究所离职。

一旦陈司南如实说出她是被淞市研究所辞退后，对方都会委婉地将她拒之门外。

没有一家优良企业想要一个被用人方辞退的员工。

陈司南理解，可是她也不想撒谎。毕竟现在这个时代，所有事都很透明。就算她撒谎，对方也会去调查她的过去，一旦被他们查出真相，那后果比她自己坦白还要来得严重。

成年人的生活都是很不容易的，既然做错了事，就要接受相应的惩罚。

陈司南想过了，若实在找不到好的工作，她大不了去做兼职，当服务员、做商场导购都可以。她不怕吃苦，这样既能赚到生活费，她还有时间沉下心来继续写她的学术论文，发表拿稿费。

生活会越来越好的，她相信，老天爷是不会亏待每一个努力的人的。

事实也确实如此，在陈司南投了无数简历的第三天，她就接到了一家广告公司人力主管打来的电话，问她有没有兴趣来他们公司面试文员一职。

做个文员总比做服务员来得好，陈司南现在并没有拒绝的权利，当即欣然答应。当天下午，她就换了一身正装跑去那家广告公司面试。

一同面试的人有很多，陈司南自我感觉面试过程很顺利。对方并没有直接公布结果，只让大家先回去等消息。

陈司南背着包回到公寓时，朝朝已经做好了晚饭。

屋内满是饭菜的香味，陈司南觉得饿了，放下包，换好拖鞋，坐在餐桌前，拿起筷子先夹了一块排骨放进嘴里。

是糖醋排骨，味道很好，比陈老太做的还要好吃。

陈司南自己也会做菜，但是她嫌糖醋排骨做起来耗时又麻烦，所以很少做。

她满意地还要再吃一块，朝朝朝她走了过来，拍了下她的手背，皱眉道："先去洗手。"

陈司南乖乖地去了。

不过几天时间，他们俩的地位就互换了过来，陈司南也算是尝到了寄人篱下的滋味。

等她洗完手出来，朝朝已经把做好的菜全端上了桌，并给她盛好了米饭。陈司南看了眼桌上的菜，依旧都是她爱吃的，而且都是那种耗时的大菜，不用问她也猜到了，他一下午应该都在忙着做这些。

心中一股暖流涌过，陈司南很是感动地看着坐在对面的人，微笑着说："辛苦你了，朝朝。"

朝朝抬头瞥了她一眼，没说话，只是拿筷子夹了块红烧肉放到她碗里。

"谢谢。"陈司南客气地道，低头慢慢品尝。

他一个劲地给她夹菜，她不停地吃，最后终于忍不住叫住他："朝朝，你别老给我夹了，你自己也吃啊？"

朝朝看着她，夹了块排骨放进自己碗里。

吃完饭，陈司南主动要求洗碗，被他拦住了。

"你去休息吧，我来就好。"

“朝朝，你让我做点事吧，不然我会很不自在。”陈司南直言，眼神恳切地望着他。

朝朝无奈：“那你去切点水果吧，冰箱里有桃子、凤梨。”

“好，我去切。”陈司南高兴地走到冰箱前，拿了几个水蜜桃出来，陪着他一同进了厨房。

水果刀是新的，刀口很锋利。她一个不当心，手指被水果刀划了一下，瞬间见了血。

陈司南“呀”了一声，也没喊疼，他却已经紧张地扑到了她面前，握着她的手指用水清洗着伤口上的血，嗔怒道：“怎么这么不小心？”

“伤得又不严重。”她为自己辩解道。

朝朝抬头白了她一眼，转身去卧室拿创可贴。

陈司南坐在沙发上等他，等他过来，乖乖地伸出手，任由他折腾。

不知怎么的，她总觉得今天的朝朝话有点少。

“朝朝，你怎么了？”沉寂了片刻后，她终于忍不住问他。

“什么怎么了？”朝朝憋闷地反问。

“你似乎不太开心。”陈司南弱弱地说。

朝朝没吭声。

陈司南试探性地再问：“是因为我去面试了？”

朝朝默认了。

贴完创可贴，陈司南从他手中抽回自己的手，抬起双手捏了捏他的冷脸，哄道：“朝朝，咱们说好的，我必须上班，你也要好好学习。我们俩互相尊重，一起努力。”

“嗯。”他沉吟，沉着脸咕哝一声，“我又没说什么。”

“那你别板着一张脸了，来，给姐姐笑一个！”陈司南笑着，伸手抬了抬他的下巴。

他恼怒地瞪她，冷声叫她的名字：“陈司南！”

陈司南不满意地“啧”了一声。

他突然反握住她的双手，将她一把从沙发上抱起来，压在了墙上。

陈司南脸上顿时没了笑容，眨巴着眼睛，惊惧地看着他：“朝朝，你想做什么？”

他没说话，只是神情躁郁地将头埋进了她的脖颈，薄唇贴上来，用力地吮吸着她的锁骨。

一股酥麻的感觉袭来，陈司南无力地攀附在他身上，有些吃疼，但没有推开他。

她的双手轻轻搂住了他的腰。

他在她脖子上吮吸了很久，直到把她的脖子亲出红肿一片，才就此放过她，眼神幽暗地钻进了洗手间。

陈司南浑身燥热地伸手摸了摸发烫的脸颊，没敢再去找他，也慌乱地跑回房间。

这样下去，早晚会出事。

当晚，除了洗澡，陈司南再没有离开过自己的房间。

第二天清晨，她突然接到了陈老太打来的电话。

她现在没有工作，暂时不用上班，可以睡一会儿懒觉。陈老太找她的时候，才刚过七点。陈司南原本睡得迷迷糊糊的，待看到来电姓名，整个人顿时清醒过来，赶忙按下了接听键。

陈司南知道，陈老太早晚会找她的，毕竟她是他们的女儿。

她没想到她妈这么快就来找她。

“妈！”一开口，陈司南就感觉鼻酸，她觉得既高兴又委屈。

陈老太没有道歉，直接说明来电的用意：“司南，我得去医院照顾你爸，你回来照顾萱萱。”

“好，我这就回来。”陈司南二话不说就答应下来。她没有问陈老太知不知道她现在在哪儿，但她想陈老太应该心里有数。毕竟陈老拐在市一院住院，还是唐律师帮忙联系的加护病房。

陈司南现在不想再操心父母怎么看待她跟朝朝的关系，她只希望他们能原谅她就行。

血浓于水，亲情对陈司南来说一贯很重要，就算是枷锁，她也心甘情愿去背负。

跟陈老太通完电话，陈司南心情一时大好。她立刻起床，换了衣服去洗漱。

听到她起来，朝朝也跟着起来了。他出卧室的时候，陈司南正好洗完脸从卫生间出来，两人打了个照面。

陈司南直接跟他说了陈老太要她回家盯陈萱考试的事。朝朝的面色暗沉下来，然后道："我陪你一起回去。"

陈司南干脆地拒绝："不用，朝朝，你留在这里，我很快就回来了。"

"你要是不回来呢？"他拧着眉头问，神色又开始阴郁起来。

"不会的，我还要找工作呢！要是昨天的面试过了，我肯定要回来上班的啊！而且我答应过你了，朝朝，我既然愿意跟你在一起，就永远不会抛下你。"陈司南伸手握住他的手，安抚道。

朝朝的神色慢慢缓和了些，他低着头，手臂一伸，将她拉进怀里，用力抱着："陈司南，你别骗我！"

"朝朝，我不会骗人，你知道的。"她从他的怀抱中抬起头来，认真地道。

朝朝沉默了，又抱了她许久，才妥协地将她放开。

陈司南松了一口气，踮起脚，主动亲了亲他微凉的脸颊。

"朝朝，等我回来。"她说。

他看着她，眉目哀伤。

不知道为什么，他心里总有种不安，仿佛她这一走，他就又要抓不住她了。

他答应过会放她自由，却将自己困在了她锻造的囚笼里。

他真的拿她一点辙都没有。

第十章
降落我怀中的梦

1.

陈司南连饭都没吃，随便收拾了几套换洗衣服，然后就买票坐车回焦城。

朝朝送她去车站，陈司南并不想他跟着，无奈拗不过他。

上车之前，他给她买了早点，是他最近刚迷上的鸡蛋灌饼，他们一人一个。

陈司南将热乎乎的鸡蛋灌饼拿在手里，进了检票口。

朝朝被拦在了外面。

陈司南拖着行李箱朝检票口后面的大巴走去，上午从淞市回焦城的人不少，人挤人的，她被挤到了车头前。

驾驶员扯过她的行李箱帮她放好，她被挤着上车，突然听到身后传来一道清脆的喊声。

“陈司南。”是他在叫她的名字。

陈司南诧异地回头，看着被拦在检票口的朝朝。他面上满是无助与惊慌，就像电视里被人丢弃的小孩。

陈司南的心顿时软得一塌糊涂，她心疼地从人群中伸出手，对着他挥了挥，劝慰道：“朝朝，你快回去吧，我很快就回来了。”

朝朝看着她，直到她的身影完全被挤进车里，也没挪动分毫。

陈司南没有买到靠窗的位子，所以上车以后，她就再也看不到朝朝了。但她想，她总会回去的。

即使他们之间互相喜欢，陈司南也不希望他太依赖她。人都是要成长的，朝朝既然想长大，她就该放手让他长大。

陈司南的心理就跟老鹰教小鹰飞行一样，是比较冷静的。她自认为这是因为她比朝朝成熟、理性，直到后来她才明白，她之所以这般冷静，是因为她爱得没有朝朝多。

她爱朝朝甚至还没有爱陈萱、爱陈老太和陈老拐那么多。

所以在那时，她才会舍得丢下他离开。

大巴很快就启动了，两个小时后，陈司南回到了焦城。刚到家门口，她就收到了朝朝发来的短信，问她到了没有。

她一边给他报平安，一边拿钥匙打开门。

陈老太不在家，她跟陈司南说去医院照顾陈老拐了。

已经十点多了，陈司南急着给陈萱做午饭，也就顾不得与朝朝多聊。她草草结束了与他的谈话，专注于自己的事，根本没想到朝朝从她坐上大巴离开的时候，就拿着手机在等了。

他一点点地看着时间流逝，算着她什么时候到达，想中途给她发信息，又怕吵到她休息。他知道她这几天很累，表面上看起来没什么事，但心里藏着许多烦恼：找工作，如何调和与家人的关系……

他真的一点也不想给她添麻烦，所以她说忙，他就乖乖地停止打扰，拿着手机在家里等着，就像古代深宫里等着皇帝宠幸的那些可悲的妃子。

什么是爱？

陈司南不懂，他也不懂。但他知道，世界上再也不会有一个人让他如此小心翼翼，如此隐忍地去对待，去纵容。

她是他的玫瑰，看似冷厉带刺，实则娇弱。

他只爱这朵玫瑰，所以哪怕被刺伤，也不愿放手。

陈司南匆匆做了几个菜，十一点五十分，陈萱回到家中。

看到陈司南，陈萱微微愣了一下，但很快就想起早上陈老太跟她说打算让陈司南回家照顾她几天。

陈司南回来，陈萱自然是高兴的，但她还是放不下陈司南跟顾霖星的事。

她闷闷地上前叫了一声：“姑。”

陈司南把饭菜端上桌，像没事人一样招呼她："萱萱，快过来吃饭。"

陈萱走过去，坐下，端着饭碗，夹了菜放进碗里，吃了一会儿，最终还是忍不住问陈司南："姑，你回来了，还要回淞市吗？"

陈司南手中的筷子顿了一下，静默地看了陈萱一会儿，眼神有些躲闪："回的。"

"还是回顾霖星那儿？你还要跟他在一起？"陈萱生气地问。

陈司南低头吃菜，声音微凉："萱萱，我跟朝朝怎么样，不是你该操心的事。你明天就要考试了，把心思放在学习上好吗？"

"你都这样了，你让我怎么专心考试？学习学习，如果学到最后还像你这样恋爱脑，那我宁愿不学了。"陈萱难得地要起了脾气，对着陈司南把碗筷一推，不吃了。

陈司南皱起眉头，抬头看她，脸色也冷了下来。

"什么恋爱脑？萱萱，你根本就不懂我跟朝朝的事。对，我也知道我不该喜欢朝朝，他比我小，又是顾家人。可萱萱，喜欢是人类没法儿控制的情感，既然发生了，我就该对朝朝负责，朝朝不能没有我。别人怎么说你姑我，我都无所谓，你凭什么这么说我？你爷爷奶奶不理解我也就算了，你也不了解你姑吗？我是那种会随便喜欢一个人的人吗？"陈司南激动地道，眼眶有些泛红。

陈萱别过头，不敢看她，眼里有了泪花。

陈司南又继续说道："朝朝看似什么都有，实际上他什么都没有。顾家的人天天吸他的血，他爸为了钱还让人绑了他。如果连我都不要他，他得多可怜？萱萱，你也是没有爸妈的孩子，你小的时候看到别人有爸爸妈妈，自己没有，回家躲着哭你都忘了吗？你要觉得自己可怜，那应该也能理解朝朝。你比朝朝幸福，就算闹到这种地步，奶奶说你要考试，我也丢下朝朝回来照顾你了，可是你知不知道这会儿朝朝有多难过。我要知道你会拿这种态度对我，我宁可不回来。"

这么多年，陈司南从未对陈萱说过一句狠话，可今天，她直接当着陈萱的面，揭了陈萱的伤疤。

她不是故意想刺痛陈萱，她只是想让陈萱知道，没有谁活该对你好，就算你的父母、亲人，他们也有可能会伤害到你。所以，我们应该珍惜每一个对你好的人，不要恃宠而骄地去伤害他们。

因为他们并不欠你什么。

陈萱被陈司南说哭了。

陈司南没有去安慰她，她想说的话已经说完了，若陈萱听不明白她的意思，她就当这些年白教这个侄女了，她这就收拾东西回淞市，也无所谓陈萱的未来如何了。

毕竟那是陈萱的学业，陈萱的人生，不是她的。陈萱读书读得好，日后过好日子的也是她陈萱，不是她陈司南。陈萱读得不好，活得惨，那也是她陈萱的选择。

我们每个人都该在十八岁成人之后，学会对自己的人生负责。

陈司南低头继续吃饭。

陈萱哭了一会儿，拿起筷子也开始吃饭。

两个人皆沉默。

待饭吃完，陈司南去洗碗，陈萱站起来，看着陈司南瘦弱的背影，低声说了一句："姑，对不起。"

陈司南鼻子一酸，没有回头，只是强忍着眼里的泪水，声音冷硬地道："好了，你去学校吧，其他不要多想了。"

"嗯。对不起，姑，我以后再也不说你了。但是，姑，我不是故意的，我也是希望你过好日子。"陈萱委屈地嗫嚅道。

陈司南的心软了下来，伸手擦了一下眼睛："姑晓得，去学校吧，萱萱，加油考试。"

陈萱听话地走了。

到了学校，陈萱背着书包漫不经心地走在校道上，忽然看到了有一段时间没见的丁燕。

丁燕终于回学校了。

看到丁燕没事，也来参加期末考试了，陈萱很高兴。原本压抑的心情瞬间欢腾起来，她高兴地上前跟丁燕打招呼。

上次因为护着陈萱，丁燕差点惹上官司，本就懊悔得不行。再加上她爸前阵子因为顾霖星的事而被抓进去了，她的心情可谓坏到了极致。

要不是她妈说做事要有始有终，就算不读书了，也要配合学校把手续办好，她是打算直接退学的，也不来学校了，省得丢人。

原本以为学校那么大，没那么大概率碰到熟人。现在倒好，不仅碰到了，她还见到了陈萱这个导致她所有坏事的罪魁祸首。

看着陈萱那张扁平的脸上单纯的笑容，丁燕心中仿佛有团火在熊熊燃烧。她当即厌恶地白了陈萱一眼，懒得理她，加快脚步往前走去。

陈萱不明所以。

说实话，她心里对丁燕还是挺内疚的，想向丁燕道个歉。

所以一看丁燕要走，陈萱想都没想，直接伸手拉住丁燕的手臂，问："丁燕，你最近还好吗？"

"关你什么事！"丁燕没好气地一把挣脱开她的手。

她这一声吼立刻引来了校道上其他同学的围观。

陈萱脸皮薄，感到十分尴尬。但是她内心已经把丁燕当成了朋友，还是硬着头皮再度拉住丁燕，道歉道："丁燕，上次的事都是我不好，要不是我，你也不会……"

陈萱话还没说完，丁燕突然用力地推了她一把，气急败坏地骂道："陈萱，你到底有完没完！你能不能别缠着我了？你不觉得你自己很恶心吗？你是我见过的最让人倒胃口的人！走开！"

丁燕骂完，又瞪向四周的人："看什么看！"

那些人大部分是其他院系的，都不认识丁燕，但还是被她身上的气场震慑住了。顿时，所有人作鸟兽散。

丁燕满身戾气地走了，徒留陈萱一脸苍白地摔坐在地上，整个人像被抽了魂的木偶。

旁边有同学好心地凑上前问陈萱："同学，你没事吧？"

陈萱没答，眼泪止不住地往下掉。

她现在满脑子都是丁燕骂她的话。

恶心！倒胃口！

像是有针在刺着她，陈萱感到既难受又痛苦。

在她还未辨别清楚那痛苦是为什么时，丁燕的身影已经消失在熙熙攘攘的人群中。

丁燕再也没有出现过，她最终连退学手续都没有办，就直接离开了学校。

年轻时，很多情绪都是晦涩难懂的，迷雾般让人茫然。当事人看不懂，旁观者也未必懂。

你相信运气吗？

当陈萱从考场出来，摔在她面前的那一刻，陈司南已经猜到陈萱应该是考砸了。她从未见过侄女这么差的脸色，白得像涂了层厚厚的石灰。

陈萱整个人看上去像是从水里捞出来的一样，身上全是汗。

那些汗还都不是热出来的，陈司南摸过，陈萱是在冒虚汗，并且她发烧了，额头很烫。

陈司南想都没想就拦了一辆出租车，将陈萱往医院送。很快，陈萱就被送去了急诊室，医生也诊断不出她哪里有问题，只让她留院观察，并给她挂了吊瓶。

有些病是被吓出来的，医院的检测仪器查不出来。

为了让陈萱好好休息，陈司南心疼地给她办了住院手续。

没过多久，同在市一院的陈老太闻讯赶来。看到孙女这副模样，她顿时急坏了，先是问陈司南是不是做了什么东西把陈萱的肚子给吃坏了，后来听说不是肚子疼，又问陈司南是不是晚上让陈萱吹了一整夜空调……

总之，陈老太问来问去，都离不开陈司南没有照顾好陈萱。

对于母亲的偏心，陈司南早已见怪不怪，她心里没什么不痛快的。她是萱萱的长辈，孩子现在这副模样，她这个当姑姑的也心疼。

陈老太训斥了陈司南几句，又被陈老拐喊了过去。临走前，她一再叮嘱陈司南好好照顾陈萱，别掉以轻心。

陈司南一一应着，心情有些沉重。

原本她答应朝朝，今天等陈萱考完试，她就连夜赶回淞市。现在萱萱病了，她应该是走不开了。

送走陈老太，陈司南打算给朝朝打个电话，跟他说下这里的情况，说她会赶不及回去。她刚把手机拿出来，就听到病床上的陈萱声音弱弱地叫她。

“姑……”

陈司南听到后，当即把手机放回牛仔裤口袋里，疾步走到陈萱的病床前问："萱萱，你是要什么吗？感觉好点没？"

陈萱看着她，没说话，只是眼泪不停地往外流。

陈司南蹙着眉头，低声问她："萱萱，你这是怎么了？"

"姑，我考砸了，我也不知道自己怎么了，题都不会做了。姑，我要是考不好怎么办？"

陈萱憋了一会儿，终于忍不住哭出声来，小手抓着陈司南的手臂，自责道："都是我不好，我什么都做不好，连读书也读不好，还总是给别人添麻烦，我就是个扫把星……姑，我整个人很不舒服，脑子里一片空白，我好讨厌自己……"

陈萱越说越难过，最后哭得止不住。

她说了很多，但最终都没有告诉陈司南她脑袋突然发昏，是因为她被丁燕给吓到了。

即使丁燕那么讨厌她，陈萱也不忍心把错怪在丁燕身上。她考砸了是她自己心态不好，是她内心太脆弱，受不了刺激，跟别人没关系。

可是她真的很怕，她这几天晚上只要一闭上眼睛就会做噩梦，梦见丁燕神情狰狞地羞辱她。

那个曾在她梦中英姿飒爽的丁燕跟后来那个面容扭曲的丁燕，不停地在她眼前反复横跳着。她头很痛，内心很痛苦，丝毫不知道该怎么办才好。

而她也不想告诉陈司南她跟丁燕的那些恩恩怨怨。

陈司南现在已自身难保，她不想再给她姑姑添麻烦了。

陈萱不说，陈司南自然也猜不到她为何状态会突然变差。面对哭得伤心万分的陈萱，陈司南心中的确有些失望，但她并没有责怪陈萱。

不过是一次考试考砸了，又不是命没了。

经历了前段时间那些事，陈司南现在看事情看得很透彻。她轻轻地拍着陈萱的肩膀，柔声安慰道："萱萱，你先别哭了，成绩还没出来，万一没你想的那么差呢？就算真考砸了，大不了下学期补考嘛，没事的，别怕。"

“爷爷那边呢？他要是知道我挂科了，会骂死我的。”陈萱又掉眼泪。

“不会的，他要骂你，姑去替你说。”

“姑，我现在真的好慌啊！我的身体忍不住地颤抖。”陈萱说着，身体真的开始抑制不住地抖动起来。

陈司南将她紧紧抱住：“别怕，萱萱，你先镇定下来，先好好养病。没事的，没事的……”

在陈司南的再三安慰下，陈萱总算慢慢镇定下来。她躺在病床上，手紧紧地攥着陈司南的手，脸上还带着泪，慢慢睡着了。

这是公共病房，病房内一共三张病床，但算上陈萱，总共只住了两个病人。另一个病人是高血压中暑住院，只白天来挂水，晚上都是回家住，所以也等于这间病房里只有陈萱一人。

待陈萱睡下，陈司南才得空出来，准备打电话给朝朝，却发现手机没电了。

她来时匆忙，根本没带充电器。

陈司南有些无奈，看来只能等明天再打给朝朝了。

她回了病房继续陪陈萱。而另一边，朝朝待在公寓里做完晚饭，就开始在客厅看着时间等待。

陈萱最后一门考试结束的时间是下午五点，按时间推算，陈司南到淞市要到晚上八点。

可现在不过刚到六点。

屋内弥散着饭菜的香味，他闻着有点饿了。陈司南不在，他没什么精神，在床上躺了一天，都没怎么吃东西。这会儿饿了很正常，毕竟他还在长身体。

可即使肚子叫了好几声，他都没有动筷子先吃。他说了要等她回来一起吃饭，就会等她回来。

他一直都是固执的。

墙上的钟一点点地走，菜冷了，他热过了，又冷了，不知不觉都等到八点了，也不见陈司南回家。

朝朝有些坐不住了，他去房间拿手机给她打电话，这才看到她发的短信，还是下午五点多发的，说陈萱发烧了，要送去医院，估计得晚点回淞市，也有可能今天不回来了。

仿佛一盆冷水浇在了身上，朝朝浑身的气息都冷了下来，一股难言的失落感涌了上来，仿佛要将他吞噬。

她又一次为了陈萱把他给丢下了。

这种被遗忘的感觉，让朝朝很是难以忍受，但他知道自己不能跟她因为这件事闹，她会难过的。

陈司南有多在意亲人，他都看在眼里。她能不顾家里人的反对跟他在一起，已经是下了很大的决心了。他若是在这时候逼她不顾家人，只跟他在一起，那陈司南一定会觉得他很幼稚，孩子气，她会讨厌他的。

他不想被陈司南讨厌，所以只能默默地忍受她的忽视。

长久没有进食的胃突然一阵绞痛，连带着他的心都开始泛起疼来。朝朝难受地抚着胸口蹲在地上，手指用力地握着手机，挣扎了好久，才忍不住给她打了电话。

不管回不回来，他都想听她说一声。

这样不过分吧？

电话嘟了两声后，他听到了那冷漠的播音腔，里面有个女人告诉他，对方的手机已关机，让他稍后再拨。

她陪陈萱去医院，为什么要把手机关机呢？

她就这么怕家里人知道他们在一起会生气吗？

明明他都怕打扰她，她在家的时候，只敢给她发短信，电话都是等着她打给他。他都这么卑微了，为什么她还要把手机关机？

心脏一阵紧缩，疼得他眼泪差点掉了下来。

“陈司南……”朝朝的喉咙里发出一声悲鸣，他难受地抱住了自己，将头深深地埋在臂弯里。

他太疼了。

丁零……

门铃突然响了起来，朝朝黑沉的双眸里好像亮起了一道光。他几乎是连滚带爬地从地上起来，穿着拖鞋，急切地跑去门口开门。

“司南，你回来了？”他惊喜地出声，却在看到来人的那一刻，脸上的笑容顿时凝固了。

“怎么是你？”

比方才冷了十几度的声音，让顾耀庭恍若身处冰窖。他冷不丁打了个寒战，对朝朝笑着说：“朝朝，你爸说你现在住这里，我正好来淞市办事，就过来看看你。”

朝朝的眉头拧了起来，一脸冷漠地看着顾耀庭，清瘦的身子挡在门口，丝毫没有邀人进去坐坐的意思。

顾耀庭面露几分尴尬，挠着头继续笑道：“朝朝，我听说你前段时间被丁大头绑了，你因为这事记恨家里人，不愿回家住，二叔也能理解。可是，二叔没得罪你吧，你咋看到我也不叫人呢？”

朝朝眯着眼静静地看着顾耀庭。

丁大头投案自首，顾霖星被绑的事如今焦城大半人都知道，顾耀庭那么聪明的人又怎会猜不到其中的门道。

顾耀庭这会儿突然跑到这儿来，肯定不只是为了探望他那么简单。

至于他在这公寓里的消息，顾耀庭说是顾明雷说的。但现在顾家的人都知道他继承了遗产，钱都在他手里，巴不得找他套近乎。他爸顾明雷又不是傻子，怎么可能在他自己招儿子恨的时候，让外人来分朝朝的钱。所以顾明雷是肯定不会告诉别人朝朝在哪儿的。

顾耀庭能摸到这儿来，想必花了不少精力。

“你来找我到底有什么事？”朝朝背靠在门板上，神情冷漠地盯着顾耀庭，干脆地问道。

顾耀庭悻悻地干笑起来：“不愧是朝朝，什么事都瞒不过你。二叔找你，的确是有点事想找你帮忙。”

“来要钱的？”顾霖星冷笑，眼神有些轻蔑，“想要多少？”

闻言，顾耀庭连忙摆手，惊慌道：“不是要钱，朝朝，你误会二叔了，我不是那些伸手党。既然你问了，那我也就直说了。朝朝，我知道你现在对咱们顾家意见很大，毕竟确实是你爸跟三爷爷做得不地道。但这事，二叔压根儿不知情。要是知道的话，我说什么都会拦着他们，他们怎么能为了钱连亲情都不顾呢？还好你遇上了陈司南，不然你说你得遭多大罪啊……”

“你到底想说什么？说重点。”朝朝不耐烦地道。

顾耀庭苦涩地一笑：“朝朝，明雷哥在苏城那工地接下去的运转都得靠你手里的钱，咱顾家的事现在你一人说了算。那顾西辞不是做生意的料，所有人都知道。你也看得出来，你三叔只会玩女人，他哪会其他。工地都需要买材料，那些钱与其给外人赚，还不如便宜自己人，你说是不是？你要信你二叔我，你就帮我跟你爸他们说说，让我在那儿开个建材店，赚的钱，我给你吃三成。”

“我差你那点钱？”朝朝不屑地嗤了一声。

顾耀庭一脸难堪，耐着性子继续说：“朝朝，二叔知道你不差钱，但二叔缺钱啊。你看你三爷爷家之前靠着你爸，别墅盖了，市区房子也买了，还买了好几辆豪车。你二叔我呢，市区房子到现在都买不起，你弟弟也五岁了，快上小学了，再不买房，你二婶都要跟我离婚了。”

“你要为了孩子买房，你直接说买房就行了，谈什么开店的事？何况苏城那工地都快结束了，你现在开店，赚什么钱？”朝朝乜了顾耀庭一眼。

“那小钱也是钱啊，就是要结束了，才好趁机捞一把啊！朝朝你没做过工地，所以你不清楚这里面的门道。不过你爸他们不是在首都又接了个新工程吗，回头你要投钱的话，能带上二叔一起吗？”顾耀庭得寸进尺地笑着问道。

朝朝不悦地冷哼：“我既然不懂工地，那我为什么要帮你们赚钱呢？我什么也不用做，这辈子躺着也够吃了，你们的死活关我屁事？”

说完，不等顾耀庭再说什么，朝朝伸手就要关门。

顾耀庭见状，连忙用身子堵在门口，急道：“朝朝，话不能这么说，咱们总归是一家人，你帮了二叔，二叔也不会忘记你的。而且，我也不会让你白帮忙，二叔知道你在为你跟陈司南的事发愁，我有办法帮你解决烦恼……”

朝朝停下手，再度打开门，目光冰冷地盯着顾耀庭，声音沉沉地问：“你怎么知道我跟陈司南的事？”

“你们俩的事，焦城早就传开了，你不知道吗？”顾耀庭咕哝道。

朝朝眉头蹙得更紧了。

顾耀庭连忙解释说：“朝朝，你别误会，不是我传的，都是你三奶奶。

你不是让顾西辞去陈家退婚了吗，她心里气不过，到处说你跟陈司南的事。你说明明是你好不容易从坏人手里逃出来，陈司南收留了你，硬是被她传成陈司南引诱了你，才把你藏在宿舍里那么久。她还说陈司南要是心里没鬼，为什么不报警？又说陈司南藏着你就是想勾引你，在你身上讨好处……”

“够了！闭嘴！别再说了！”朝朝狠戾地喝止顾耀庭。

顾耀庭识相地打住，偷瞄着朝朝的脸色，小心翼翼地开口：“朝朝，二叔看人很准的，二叔觉得陈司南不是那种人。但光我觉得没用，那陈司南的父母都上了年纪，他们肯定不会认同你跟她的事的，所以二叔知道你心里挺苦恼的，不过我有法子帮你。”

朝朝将信将疑地瞥了顾耀庭一眼。

见他似乎来了兴致，顾耀庭立刻趁热打铁说：“朝朝，你一定还没吃饭吧？二叔请你吃饭，咱们边吃边聊。”

朝朝没动，精致的脸蛋上露出一丝犹豫。

顾耀庭推了他一把，怂恿道：“走吧，朝朝，二叔是过来人，说帮你那肯定就能帮到你。你不记得了，当年我娶你二婶的时候，你二婶家里也闹得厉害，但后来他们还不是乖乖把女儿嫁给我了。”

朝朝有些被说动，看了眼脚上的拖鞋，最终松口道：“你等我一下，我去换个鞋。”

“好咧，我在外头等你。”顾耀庭松开了手，识相地站在外面。

这么久朝朝都没邀请他进屋坐坐，想必是根本不想让外人进入他的公寓。

顾耀庭素来是他们几个堂兄弟中最会察言观色的，他好不容易等着朝朝把顾明雷他们斗下去，这会儿又怎舍得得罪了朝朝这个财神爷。

在外面等了没几分钟，顾耀庭就看到了穿着一身黑色运动套装出来的少年。

他一身华贵，脚上却穿着一双仿得很假的匡威板鞋。

顾耀庭咧了下嘴，心里有些奇怪，却也没敢多问。

反正朝朝穿什么都掩盖不住他那身贵气，他哪怕穿破烂儿，站在人群中也照样鹤立鸡群。

说起相貌，顾耀庭还是很服朝朝的。不得不说顾明雷好福气，不管是现在的大嫂，还是去世的那位，都是数一数二的美人坯子。

只是，朝朝这样的样貌，怎么会看上陈司南呢？

顾耀庭有些想不通，但很快他就不用纠结这事了。

顾耀庭带着朝朝下了电梯，他的车停在公寓楼下，车内还坐着他的好兄弟王铁兵，以及一个打扮得挺洋气的年轻姑娘。

王铁兵一看到顾耀庭把人领下了楼，立刻把副驾驶座的位子让了出来。

朝朝站在车外看了他一眼，神情有些不善。

顾耀庭介绍道："朝朝，这是铁饼，我发小，你见过的。小时候，他经常来我家玩。这个姑娘是铁饼最近认的一个干妹妹，可懂事了。"

朝朝"嗯"了一声，没说话。

顾耀庭立刻将他推上了车，自己坐在了驾驶座上。

朝朝默不作声地系上安全带。

若不是他今晚心情很是烦躁，顾耀庭说得再多，他都不见得愿意跟他出去。但他真的很需要有人告诉他，他该怎么做，才能让陈司南多在意他一些。

顾耀庭发动车子驶离了小区。

车里坐了四个人，虽不多，但对习惯了独来独往的朝朝来说，还是显得拥挤了些。路上，他莫名感到有些发渴，顾耀庭见状，随手递了一瓶矿泉水给他。

是朝朝以前常喝的牌子。

这不是他第一次坐二叔顾耀庭的车，他心中烦躁，也就没有多想，接过矿泉水打开喝了几口。

很快，他就感觉到了不对劲——他的身体陡然变得无力。

顾耀庭在水里下了药！

朝朝将手指伸进喉咙里，想要将刚喝进去的水呕出来，但是徒然。

他的意识渐渐涣散，最终陷入昏迷……

朝朝醒来的时候，发现自己正躺在一家酒店的房间里。

他未着寸缕地躺着，床单上一片凌乱，昨晚发生了什么，不言而喻。

地上还有一只丝袜，朝朝认出来那是昨晚在顾耀庭车上的那个姑娘穿过的，顿时胃里涌上来一股强烈的呕吐感。

恶心！

真的好恶心！

顾家的人果然都好恶心。

顾明雷、顾金虎、顾西辞、顾耀庭，就连他……现在也让人觉得恶心。

“哇”的一声，他顾不得从床上爬起，就吐了出来。

去浴室洗了好几遍澡，直到他把身上的皮都搓出血了，才停下来。走出去穿好衣服后，他面无表情地拿手机给唐永军打了个电话。

很快，唐永军就赶了过来，一同过来的还有顾耀庭跟他的同伙。

“昨晚的视频呢？把源文件给我。”朝朝一身寒气地朝顾耀庭伸出手。

顾耀庭不怕死地笑道：“朝朝，你当二叔傻啊？我要是把底片给你，你会放过我吗？那底片可是我的保命牌。二叔知道你有钱，你这孩子天生执拗，不好掌控，你爸都奈你不何，我也没想过找你，你会那么轻易给我钱。所以，二叔这是不得已才玩了这招。我总得握点你的把柄在手里，以后才好跟你谈钱不是？朝朝，你有那么多钱，分二叔一部分不打紧的。我们终究是自己人，只要你保二叔后半辈子无忧，二叔就保证没人知道昨晚发生了什么，陈司南也不会知道。”

朝朝沉默着，没说话。

唐永军带来的保镖将顾耀庭压得死死的，顾耀庭的脸都快贴到地上了，可他仍不死心地说着：“朝朝，二叔知道你对陈司南执着得很，你这孩子从小对任何人都冷冷淡淡的，唯独对那陈司南要啥给啥。但我也知道，那陈司南也轴得很。当初你三叔顾西辞出轨，她一听说了就要退婚。如果她现在知道你背着她也搞了其他女人，你说她会怎么做？”

“你在威胁我？”朝朝突然道，他朝顾耀庭转过头来，眼神暗得看不到一丝光。

顾耀庭被他的神情吓得忍不住颤抖了一下，却还是强撑道：“朝朝，我不是在威胁你，我是在跟你谈条件，二叔只是想……”

顾耀庭话还未说完，就被朝朝给打断了。

朝朝冷笑一声，目光冰冷地看着顾耀庭，朝他弯下腰来，像昨晚一样伸手用力地捏住了他的下巴，迫使他抬头看自己。

“二叔，你是不是忘了我也是顾家的人。你觉得顾家的人要脸吗？他们会稀罕那点名声吗？就算你把昨晚的视频放出去，陈司南知道了，那又怎样？她顶多不要我，但二叔，惹怒了我，你会怎样？你别忘了，你们一大家子都靠着我吃饭呢，你儿子才五岁，你老婆想离婚是吗？你说，如果我把你的老婆、儿子送去国外，再把你送进牢房，是你损失大，还是我损失大？”朝朝发狠道。

顾耀庭被他吓得脸色煞白，额头上直冒冷汗：“朝朝，那可是你二婶跟弟弟，你不会这么对他们的。我又没把你怎么样，昨晚那事，深究起来还是你痛快了，你至于拿女人跟孩子逼你二叔吗？我不过是不想再像以前那样，觍着脸问你爸要钱了，我想要一劳永逸有错吗？”

朝朝松开了手，嫌恶地瞥了顾耀庭一眼，站起身来：“我最后问一遍，原视频文件在哪儿？”

他的声音冷到了极点，顾耀庭被冻得浑身发抖，忍不住先败下阵来：“原视频文件我没拿，我让那女的拍的。那女的拿了我的钱，说好今早给我原视频文件的，但她到现在都没出现，我也正在找她呢。”

“顾耀庭，你别跟我装傻！”朝朝完全失去了耐心。

顾耀庭也急了，忍不住拔高音量道：“我跟你装什么傻啊！朝朝，我要真有那原视频文件，这会儿我会跟你认吗？要我说，你现在还不如派人去找那女孩，她拿走原视频文件说不定也是想讹我一笔钱。你这么大本事，找个小姑娘肯定很容易的。”

顾耀庭刚说完，朝朝抬脚便踩在了他的手背上。

顾耀庭当即痛得叫了起来：“朝朝，你松脚！”

朝朝没动，他再度蹲下，弯腰看着顾耀庭，冷声道：“二叔，你最好守住你的嘴，别让任何人知道这件事。不然，我有各种办法对付你。”

“朝朝，你别恐吓我！”

“你试试就知道我是不是在恐吓你了！”朝朝挪开脚，回头看了唐永军一眼。

唐永军对身边的保镖示意了一下，让他们带走了顾耀庭跟王铁兵。

“朝朝，你打算怎么处理你二叔他们？”唐永军问。

“你看着办。”朝朝无情地道。

唐永军点头，又听朝朝继续道：“唐叔叔，你先去帮我找那个姑娘吧。我不管你用什么办法，花再多的钱，都要帮我把视频拿回来。昨晚的事……我不想任何人知道……”

他的声音里带着深深的破碎感，唐永军听完深深地吸了口气，语气沉重地道：“你放心吧，朝朝，我这就让人去找。”

朝朝没有再说话，唐永军心疼地看了他一眼，默默地退出了房间。

没过多久，唐永军听到房间内传来几声呕吐声。

2.

陈萱在医院住了一晚上，第二天精神状态好了许多，烧也退了。她想回家，陈司南二话不说就给她办了出院手续。

通知了陈老太一声后，陈司南带着陈萱回到了租的毛坯房内。陈萱回房间休息，陈司南急着给手机充了电，再去厨房烧了壶开水放在陈萱的床头。

陈萱躺了会儿，见陈司南坐在她身边有些心不在焉，她心里有些难受，但还是懂事地对她姑道：“姑，你想走就走吧，我一个人没事的。我现在身体也舒服多了，可以自己做饭吃的。”

陈司南一脸愧疚地看着陈萱：“对不起，萱萱，我答应了朝朝昨晚就该回去的。”

“没事的，姑，你快走吧。不然被奶奶知道了，你就走不了了。”陈萱伸手推了陈司南一下。

陈司南咬了咬牙，离开了陈萱的房间，回自己房间收拾好东西，背着包就要离开。

出门的时候，她正好碰到回来给陈老拐洗脏衣服的陈老太。

陈老太见她手里拖着行李箱，脸当即黑了下来，什么话也没说，直接用力地将陈司南推进了屋里，并关上了门。

“你要去哪里？”陈老太歇斯底里地喊起来，“你是不是又要去找那个朝朝？司南，你咋就这么不要脸呢？”

陈司南难过地抓着母亲的手祈求：“妈，你就让我走吧，我不可能一直留在焦城的。我的博士才刚开始读，就算没有朝朝，我也得回淞市。我已经重新找工作了，你放心，我会努力赚钱，爸跟你我也会继续照顾。你要嫌我丢脸，我以后可以少回家，我每个月会转给你们生活费，你放过我好吗？”

“我不要你的钱！司南，我宁可我们全家饿死、穷死，也要你跟那个朝朝断了。你知不知道现在所有人都在说你什么，说你为了钱勾引朝朝！”

“我没有。妈，你为什么从来都不愿意相信我呢？我说了，我没有对不起任何人。就算我觉得有错，那也只是我对不起朝朝，我不该放任他喜欢上我这样的人。妈，不要再逼我了，你再这样闹下去，只会失去我。”陈司南的声音冷下来，硬着心肠说道。

她真的不想对母亲说这么绝情的话，但她再这样拖泥带水下去，那朝朝就太可怜了。

她答应过朝朝，她不会像其他人那样抛弃他，她答应过的，她不能一次又一次地食言。

没料到陈司南会说出这么大逆不道的话，陈老太愣了一下，随后就跟疯子一般在地上撒泼打滚，用拳头捶打着胸口哭号：“司南，我们都是为了你好。你这样，是要逼死你爸跟我呀！你是要逼死我们呀！”

陈老太闹得太凶，就连躲在房内的陈萱也听不下去了。

陈萱冲了出来，哭着要拽地上的陈老太起来：“奶奶，你别这样，你别逼姑了，就让她走吧。你跟爷爷还有我呢！只要姑开心，她不回来也没事，我会照顾你们的。”

陈老太推开陈萱，伸手扒拉住陈司南的裤脚，紧紧地抱住，疯魔道：“我不要你照顾，我要我的女儿！司南啊！你不能丢下我跟你爸，你不能走！不能走！”

“妈，不是我要丢下你们，是你们的做法让我没法儿留下来。”陈司南红着眼哽咽道，她用力地将脚从陈老太怀中挣脱开，拖着行李箱决然地从门口走出去。

陈老太见她这么果决，突然从地上爬起来，拿头就要往墙上撞去，嘴里喊道：“司南，你走吧，妈这就死给你看。”

陈司南立刻回头，放下行李箱，朝陈老太扑了过去。

她挡在墙前，陈老太直接撞到她身上。陈司南的后脑勺碰到了还是水泥浇筑的墙壁，吃痛闷哼一声，双手抱着陈老太摔坐在地上。

她自己都没反应过来，倒是陈萱先惊慌地叫了起来："姑，你的头流血了！"

陈司南这才伸手摸了摸后脑勺，手心里果真一摊血。

陈老太跟陈萱都吓到了，陈司南却镇定得很。见陈老太不再闹，她松开抱着母亲的手，身子摇晃着从地上站了起来，面色苍白地看着陈老太说："妈，我走了，你好好照顾自己，还有爸爸。"

说完，不等陈老太挽留，陈司南再度朝门口走去，拎起行李箱，顶着一头的血往楼下跑。

"司南……"陈老太哭了。

别看陈司南平素挺孝顺的，但是他们所有人都知道，她绝情起来比谁都绝情。

他们这次是真的把她逼急了。

陈司南没有去医院，直接在路边的小商店买了顶帽子戴在头上，然后买票上车回了淞市。

等她回到朝朝的公寓，却发现里面空无一人。朝朝不在，餐桌上放着他做好的但已经冷掉的饭菜。

陈司南不知他去了哪里，便先去洗手间洗了下头，看了下后脑勺的伤口。还好只是擦破了块皮，伤得不重。她简单地处理了下伤口，然后拿手机给朝朝打电话。

一连打了几个都没人接，陈司南隐约感觉到有些不对劲。

她编辑了条短信发过去："朝朝，你怎么了？为什么不接我电话？是生气了吗？我已经回淞市了，你不在公寓里，在哪里？"

对方没回。

陈司南的心顿时沉了下去。

她担心朝朝出事，可是她不知道该去哪里找他。现在唯一跟朝朝有联系的人只有唐律师，然而陈司南并没有唐律师的联系方式。

后脑勺还疼着，陈司南顾不得休息，在电脑上搜索到了唐永军淞市律师事务所的联系方式。她拿手机拨了过去，电话很快被接通，接电话的是唐永军的助理。

陈司南简单地说了下来意，问助理要到了唐永军的手机号，立刻打给了唐永军。

没过多久，电话就被接通，里面传来了唐永军亲切的声音。

“唐律师，我是陈司南，我想问问你知道朝朝在哪儿吗？他不在家，我打他电话他也没接。”陈司南着急地问道。

唐永军哽了下，侧头看了眼坐在落地窗前沉默的朝朝。

他已经带朝朝离开那家酒店了，现在他们在朝朝外公留给朝朝的别墅里。朝朝外公、外婆留给他的房产很多，这些房子，唐永军一直都让人定期清扫，随时可以住人。

自从发生了昨晚那事，除了问顾耀庭原视频文件的事，朝朝就再也没跟他说过话。来了别墅以后，他让阿姨给朝朝做了饭，他也没怎么吃。唯一喝下去的牛奶也被他吐了出来。

原本唐永军以为陈司南找朝朝，朝朝就会好点。可朝朝的手机响了好几次，他也只是握在手里看，始终不接。陈司南发的短信他也只看不回。

唐永军知道他这会儿心里接受不了，但他总不能一直这么下去。

“唐律师，你怎么不说话？是朝朝出什么事了吗？”陈司南紧张地问。

唐永军不知该怎么回答，他朝落地窗那边望了过去。

朝朝不知何时已经从地上站了起来，对着他招了招手。

唐永军拿着手机走过去。

“让她过来。”朝朝道，声音干哑撕裂，像纸被撕碎了一样。

唐永军心疼地暗自叹了口气，回复陈司南：“陈小姐，朝朝他没事。我们现在在朝朝外公留下的别墅里，你加一下我的微信，我给你发个定位，朝朝让你过来找他。”

“好的，唐律师，我这就加你。”陈司南急忙说。

一拿到定位，陈司南就背着包急匆匆地离开了公寓。临走前，她想到了头上的伤，怕朝朝看到了会担心，便回浴室将装着带血纸巾的垃圾袋拿上带走了。

先前的帽子是黑色的，上面沾了血，为保险起见，陈司南又在街头买了顶新的黑色鸭舌帽戴在了头上。

一小时后，她来到了唐律师所说的那栋别墅。唐永军早已在门口等候，他直接领着陈司南去了一楼的客厅。

陈司南进去的时候，就看到朝朝打扮得很是时尚精致地坐在餐桌前，拿着刀叉在吃西餐。在他身旁，有两个女佣在伺候他。

陈司南只在英剧里看过这么奢华的场景，装修华贵的别墅，到处都是精美好看的家具，就连灯都是古色古香的鹿角灯。

陈司南是学文的，但此刻她也想不出多少溢美之词来形容这栋别墅的美。从她踏入这栋别墅的那一刻开始，她的心就慌了。一种从未有过的恐惧感席卷了她，她静静地站在朝朝面前，看着他动作优雅、举止从容地拿刀切着盘中的肉，不发一言。

她不说话，他也不说话。

一个脸色苍白，一个脸色本来就白。

就连用人都看出了这两人之间诡异的气氛。

唐永军对女拥们招了招手，带着人离开了。瞬间，客厅内只剩下他们两人，空荡荡的。六月天，却有冷风从窗户灌进来。

又来了，那种压抑的感觉又来了。

陈司南又一次看到了那个曾被困在灰色迷雾中的朝朝，她眼前的一切都变得灰蒙蒙的。

后脑勺还在隐隐作痛，陈司南难受地闭了闭眼睛，又睁开，似乎下了很大的决心一样走上前，一把拽住朝朝白得像璞玉的手腕，想要带他走。

陈司南知道，一定发生了什么事。但她这会儿不想问，她只想带朝朝离开。

这里太暗了，她不喜欢这里，也不喜欢他留在这里。

他的手很冷，就跟那会儿她救他时一样冰冷，却很有劲。

陈司南刚将他从椅子上拉起来，手就被他用力地甩开。

他咬着唇看着她，眼神像只受伤的鹿。

陈司南知道，是她不好，是她食言了，她昨晚该回来的。她不该为了家人一次次地丢下他，她明知道他只有自己，不该让他一直等的。

“对不起，朝朝，我回来晚了。”她红着眼，愧疚地对他说道。

朝朝嘴角扬起抹冷笑，神情冷漠地看着她，眼里不见丝毫光亮。

“陈司南，你走吧。回你家去吧，以后不要再来找我了。”他压抑着情绪，忍痛道，声音沉闷喑哑。

“朝朝，我知道你在生我的气，是我不好。我知道我说什么都没用，但以后不会了，我不会再丢下你了，我跟家里已经……”

“够了！别再说了。”

陈司南话还未说完，就被他暴怒地打断了。

他红着眼看着她，表情痛苦而又扭曲，极尽委屈地对她控诉道：“陈司南，我之前就说过，我讨厌等待。但为了你，我一直在等。我可以容忍你抛下我一次、两次，但是你不能言而无信。我最讨厌别人骗我、忽视我，你既然做不到，就不要承诺。”

“朝朝，昨天是因为萱萱她……”

“我不要听，你说再多，无外乎就是想告诉我，我没有陈萱重要，没有你父母重要，不是吗？既然我不重要，那你还回来做什么？”

他的话一句句地刺在陈司南的心上，让她无力反驳。

因为确实如此，她确实为了家人放弃了他。他在她这边不是第一位，是她不够爱朝朝。

可那是以前，她说过以后不会了。

“再给我一次机会，好不好，朝朝？”她哽咽地向他恳求，眼泪落了下来。

他摇头，不屑地笑。

“不好。”他说，“因为我不喜欢你了。”

“陈司南，我不喜欢你了。”

陈司南愣怔地抬头看他，她知道他在说气话，因为他的眼神看上去好破碎。他生气、发脾气都可以，她都会接受。她不会跟他置气，因为的确是她不好。

他不喜欢她也可以，她不会因此苛责他。

但是陈司南万万没想到，他会对她说出这样的话——

“不是不喜欢你了，而是，陈司南，我压根儿就没有真的喜欢过你。”他似乎在报复一般对她说道，嘴角带着残忍的笑意。

陈司南一脸茫然地看着他，不明白他是什么意思。

他朝她走了过来，伸出冰凉的手，紧紧地抱住她，将头再度埋进了她的颈窝。

"陈司南，我昨晚才发现，原来我对你的依恋、喜欢、沉迷、执拗，所有的偏执占有欲，都只是因为我从小就没有妈妈，从小就缺失母爱，而产生的某种情结。也就是说，我对你的感情，只是依赖。"

"你说什么？

"你再说一遍？"

陈司南震惊地将他从身上推开，一脸恼怒地瞪着他。

她可以容忍他怪她、骂她，但他不能说这种话来羞辱她。

"我有病，所以才会喜欢你。我对你的感情，都是因为我有病，我有恋母情结！"朝朝复述道，他声音清冷，宛如冰刃，字字刺到陈司南的胸口。

"啪"的一声，她抬手颤抖地打了他一巴掌。

他的头偏到一旁，没有还手。

陈司南却没有再打的力气，而是红着眼眶看着他，仿佛要滴出血来。

"我最后问你一遍，朝朝，你对我的感情是什么？"

"陈司南，你知道的，我是个没有妈的孩子。"他再次说道，神情黯淡。

明明是六月天，可陈司南感受到了十二月的寒意。

她觉得冷。

朝朝一句话就让她险些站不住。脑袋昏昏沉沉的，但她还是强撑着身体，双眼直勾勾地盯着他看了许久，似乎想从他的脸上看出点破绽来。

但没有，他还是那副单纯无害的样子。明明伤人的是他，明明话里都是刀，可是他一脸无辜地看着你，眼眶红红的，像是忍着极大的委屈似的，让你忍不住想要犯贱地上去抱抱他。

陈司南差点就这么干了，若不是她快站不住了，她真的想去抱抱他。

但她没有。

那是因为后脑少的疼痛不断地提醒着她，她是牺牲了什么、放弃了什么、付出了什么，才走到这栋别墅里来的。

陈司南的确喜欢朝朝，她也甘愿为他牺牲。可是，前提是朝朝也喜欢她，他也爱她。

可是他刚才说了什么？

他说他缺爱，他恋母，他对她只是恋母情结。

这话太过了，不管他是真心还是假意，对陈司南来说，这话的杀伤力太大了，她承受不住。

最终陈司南没有再说什么，她摇摇晃晃地离开了别墅，心脏像被海水淹没一样，沉到了海底。她感觉不到悲伤，也不觉得有多疼，只是觉得身体里空荡荡的，似乎有什么东西被慢慢地剥离而去。

朝朝站在别墅内，眼睁睁望着她离去的瘦弱背影，拳头攥得死死的。

他用了很大的力气才忍住没有冲过去挽留她。

胃里一阵恶心，刚吃进去的东西又开始翻涌起来，他难受地捂着嘴冲进卫生间，又吐了起来。

真脏！他真是太脏了！就连他都觉得自己恶心，陈司南要是知道他昨晚干的事，肯定也会觉得恶心的。

与其让她知道自己脏了，不要他，倒不如他先放她走。

他不想她像厌恶顾西辞那样厌恶自己，所以他宁可这般逼她走，让她讨厌，也好过让她觉得自己恶心。

反正她也没多喜欢他，他永远都是被她后选择的那一个。

无所谓了，没事的，朝朝。

黑暗对你来说不陌生，既已习惯，那就继续沉沦吧。

从此以后，他不再渴望被救赎，谁也无法再救赎他。

他选择在寒冷的荒原里自我放逐。

3.

陈司南醒来的时候，发现自己正躺在医院里，旁边坐着她的学姐褚秋涵。

见她醒来，褚秋涵一脸心疼地望着她问："司南，你怎么把自己搞成这样了？"

陈司南笑笑，没有解释。

关于她被研究所辞退的事，褚秋涵也有所耳闻，据说是因为一个男生。有人将举报信递到了研究所所长的手里，所长觉得陈司南这事干得不恰当，影响了研究所的声誉，所以把她辞退了。

“司南，我一直以为你挺聪明的，没想到你也这么糊涂。”褚秋涵感觉可惜地对陈司南说。

陈司南又笑笑，但笑容有些苦涩。

她低下头，感到有些难堪。

让她觉得难堪的不是她喜欢上了一个比她小很多的男孩子，而是她太自以为是了，以为她可以给朝朝带去光，可以让他快乐，可以救他出黑暗。而实际上，她不仅没救赎朝朝，还把自己给搭了进去。

褚秋涵说得没错，她确实糊涂了。

“医生说你有点脑震荡，让你留院观察两天。司南，你要是有什么难处，尽管跟我开口。你知道的，我一向很看好你的。”看出了陈司南的难堪，褚秋涵没有追问下去，而是慷慨地说道。

陈司南一脸感激地抬头望着褚秋涵，眼眶忍不住红了起来，声音哽咽：“谢谢你，学姐。”

褚秋涵叹了口气，轻轻拍了拍她的肩膀算是安慰。

陈司南是个一心向阳的人，就算生活再难，她都不会放弃生活。只是她现在很迷惘，接下来该怎么办呢？

她为了朝朝跟父母闹成这样，如果回家的话，陈老太跟陈老拐更会觉得她丢人。若他们知道她被朝朝耍了，估计巴不得她死在外头，不要出现最好。

陈司南发现，她陷入了人生的至暗时刻。她成了一个有家不能回，又无处可去，没工作、没钱，还背了人情债的人。

可即使这样，她还是没打算放弃生活。

“学姐，你之前看上我那个人类思维学的研究项目，我前阵子把它整理好了，我可以把它给你。”沉思了一会儿，陈司南再度抬头，看着褚秋涵认真地道。

褚秋涵十分惊诧：“司南，那是你的研究成果，我怎么能拿呢！那等于窃取了！”

“不是窃取，那个项目里面还有些问题没有解决，需要你继续完善。

学姐，我也不是白给你，我有个不情之请。”

“司南，你有什么需要我帮忙的，直接说就可以了，何必这样呢？”褚秋涵严肃地道。

陈司南摇头，艰涩地开口：“学姐，我是想把它卖给你。我知道它值不了那么多钱，可我想问你要三十万。这钱算我找你借的，过几年会还你。”

“司南，你要那么多钱做什么？”褚秋涵再度震惊。

陈司南苦笑：“还给一个人。”

褚秋涵愣怔地坐在原地，一时之间不知道该说点什么好。

沉寂了半晌，她答应道：“司南，三十万我有，我可以先给你，但项目我不会要，我会帮你留着。等你有钱还我的时候，我再把那个项目还给你。”

“学姐……”陈司南被褚秋涵的善意深深打动了，她望着眼前这个气质端庄的女人，眼眶忍不住湿润起来。

褚秋涵起身抱了抱她，安抚道：“司南，你已经是成年人了，学姐知道，你做什么事都有自己的决断。我相信，你一定会重新站起来的。”

陈司南点头，她也相信，自己一定会站起来的。

黑暗只是一时的，就像黎明总会到来一样，她相信她的世界一定会重新明亮起来。

从医院出来后，陈司南就从这个世界消失了。没有人知道她去了哪里，就连褚秋涵也不知道。

只不过在她消失之前，她又回了趟焦城，去了顾西辞家，把他们家之前收的顾西辞的聘金跟首饰全部还了回去。

那钱不多不少，正好三十万。

顾西辞没要，对她说钱朝朝已经给过了，但陈司南还是执意把钱留下了。

顾西辞现在看到陈司南，心情很复杂。自打他从顾金虎那儿知道陈司南宿舍里藏的男人是朝朝，朝朝又跟陈司南在一起了，他整个人都是混乱的。

他混乱地被顾金虎带着去陈家退婚，混乱地承认全是他的错，混乱地听着周围人对她跟朝朝的议论，只能选择混乱地逃离焦城。

若不是陈司南打电话跟他说还钱的事，他都没打算回家。

现在的顾家太可怕了。

所有人都满腹心计，心眼都用在朝朝身上，各方打听朝朝什么时候回来，想从朝朝身上讨点好处。

可朝朝呢？他自打继承遗产后，就再也没回过顾家。

顾西辞想问陈司南她跟朝朝怎么样了，却又觉得他的身份也不适合问她这种事。不过他隐约又觉得，事情并不像他爸妈说的那样，是陈司南引诱了朝朝。如果陈司南真是那种贪钱的人，她怎么会特意过来还那三十万呢？

顾家的人没有等到朝朝回来，却先看到了陈司南。

金燕子是个大嘴巴，老早就在亲戚群里宣布了陈司南要来还钱的事。所以还钱当天，顾金虎的别墅里聚满了顾家的人。

陈司南就像什么也没看到一样，直接把钱放到了顾金虎家的桌子上，然后就走出了门。

可顾家的那些亲戚哪能就这么放过她，他们所有人都认定朝朝如今躲在淞市不回来，一定是陈司南在背后搞的鬼。

都是陈司南在诱导着他，朝朝未经人事，他懂什么，他如今的叛逆、冷漠、逆反，肯定都是有人引导。

陈老拐家那么穷，却能住市一院最好的病房，出院了家里还有保姆照顾，这些不都是陈司南从朝朝身上诓骗得到的吗？

这些人真的很奇怪，明明陈司南与朝朝之间的事跟他们没一点关系，明明朝朝的钱本来就不属于他们，可他们还是能将两者联系在一起。

得不到钱，他们就恨陈司南。

其中属金燕子最恨，她上前就扇了陈司南一巴掌，嘴里骂着各种难听的话。顾家其他姑婆婶娘在旁边帮衬着，你一把我一把地推搡着陈司南上前挨金燕子的打。

陈司南的头发被人揪住，短袖花衬衫的领口都被扯坏了，露出半截黑色的内衣带子。

女人们见状，更是愤怒，下手更狠，嘴里也骂得更凶。

陈司南双眸低垂着，没有辩驳一句，也没有还手。她只是双手紧紧地捂着自己的衬衫领口，试图保留自己最后的一点尊严。

围观的邻居越来越多，顾西辞跟一群男人站在女人后面，静静地看着陈司南被谩骂羞辱。

他双手插在裤兜里，手指紧紧地攥着手机，最终有些于心不忍，偷偷拍了视频给朝朝发了过去。

除了朝朝，没有人能制止这场暴力。

朝朝没有回他，顾西辞不知道他是没看到微信，还是故意不回。

他也不敢问。

约莫打骂了半个多小时，陈司南才被看不过去的邻居给解救出去。

她走的时候身上全是伤，走路都是不稳的。顾西辞想送送她，被他爸给拦住了。他只能眼睁睁看着陈司南离开，看着她一路迎着夕阳往西去，脊背挺直，没有回头。

在那一刻，顾西辞才真正认识了陈司南。原来学生时代那个看起来卑微，总是低着头说话，不声不响的女孩，是这么倔强、骄傲。

果真陈家那个小孙女骂得没错，他真的是配不上陈司南。

等朝朝赶回顾家的时候，陈司南早已走了，只留下顾家那群亲戚在金燕子家吃饭，商讨着要不要把陈司南送来的钱还给朝朝，毕竟朝朝已经给过顾金虎钱了。

大部分人说要给，正好借这个机会见见朝朝，谈谈顾家以后生意上的发展。但金燕子不想给，她觉得他们家因为这事损失了面子跟里子。

双方正吵得不可开交之时，朝朝突然回到了顾家。

他一身寒气地站在披着幕布的黑夜中，没有说话，只是站在金燕子别墅的院子里，双眸死死地盯着地上那摊被月光照耀着的陈司南流的血，插在裤袋里的双手攥得死紧。

顾西辞不仅给他发了陈司南被打骂的视频，还给他发了陈司南高傲地离去，不曾回头的视频。

有那么一瞬间，朝朝觉得，虽然被伤害、被唾弃的人是陈司南，可是被真正放弃的那个人其实是他。

陈司南走了，她消失了。

她不要他了，她彻底把他抛弃了。

“朝朝……”顾家的一群人悉数冲到院子里，目光殷切地围着他。

他没有理会任何一个人，只一个眼神，唐永军就让跟过来的保镖挡住了那群人。

他一身寒气地出现，又一身寒气地离开，留给顾家的却是覆灭之灾。

一夜之间，顾家人手上的生意都崩盘了，不止顾明雷跟顾金虎他们在苏城的工地，所有人，所有靠那笔钱运营起来的产业都崩了。

朝朝还让唐律师去监狱里找了丁大头，不久以后，顾明雷、顾金虎均被追究相关法律责任……

顾霖星的身家蒸发了几个亿，顾家的人瞬间都穷了。可唯独他，他还是焦城最有钱的人。

陈司南走了，此后在焦城他再也不允许任何人叫他“朝朝”。

人类的崩坏是一瞬间的，比如陈萱。自她丧失上进心开始，她的人生就在不断地崩坏。

陈司南失踪了，给陈萱带来了不小的打击。

内疚型人格的陈萱在很长一段时间里都很愧疚，想着如果那天她在陈司南撞墙的时候就留住她，不让她走，她姑说不定还在。

没了陈司南，陈萱也就没了方向。

从此，小白兔变成了小灰兔。抽烟、喝酒，陈萱开始堕落。从学校毕业后，她进入社会工作，月薪只有三五千，一份工作做不了几个月就换，赚的钱还不够她花的。她白天当社畜，晚上泡酒吧。

她尽情地放纵自己，过着声色犬马、浑浑噩噩的人生。

五年后，她把自己活成了伤害过她的丁燕的模样，可她连丁燕的样子都不记得了。

这是最讽刺的，也是最让她痛苦的。

喧嚣的酒吧，到处都是迷失的人群，陈萱不过是其中之一。

午夜十二点，DJ 上场，一首雷鬼音乐骤响，全场躁动，陈萱却被几个穿黑色西装的彪形大汉直接带出了人群。

酒吧外，一个年轻男人站在沉寂的街道上等着她。昏黄的路灯灯光洒在他身上，映衬得他那张脸更为精致冷觉。

“怎么又是你？”看到男人，陈萱当即不耐烦地嗤了一声。即使脸上有浓妆遮掩，也掩盖不住她那深深的厌恶感。

顾霖星不以为意地看着她，清秀的眉头微蹙，声音冰凉：“太晚了，你该回家了，别让你爷爷奶奶等着急了。”

闻言，陈萱不住地笑出声，眼神嘲讽地望着他，讥诮道：“顾霖星，你这是做什么？你真把自己当我小姑父了？你别忘了，我姑已经失踪五年了，你在这儿跟我装什么呢？你早干吗去了？”

听她提起陈司南，顾霖星的脸瞬间惨白。他幽深的双眸低垂，抿着唇，不说话。

似乎觉得这还不够解恨，陈萱用力挣开了抓着她胳膊的保镖，凑到他身前，继续拿言语刺激他：“我爷爷奶奶没原则，当初为了你逼走我姑，现在又为了钱接受你也就算了。顾霖星，你怎么也是这么没原则的人呢？你既然这么放不下我姑，那你当初为什么不敢承认你爱她！你现在这副死样子，是装给谁看呢？”

顾霖星任由她骂着，眼神晦暗。

待陈萱骂爽了，他才对一旁的保镖招了招手，低声道：“送她回家。”

“我不回去！”陈萱挣扎着，拿脚往顾霖星身上踹，再度骂道，“顾霖星我告诉你，你现在就是活该。要不是因为你，我姑怎么会那么惨！你们顾家没一个好东西，当年那么多人打我姑一个，还不送她去医院。谁知道我姑是失踪还是死了，她要是死了，你这辈子都别想解脱，下地狱去吧你！”

“她不会死的！”一直面无表情的男人突然咆哮出声，眼眶通红地对着陈萱嘶吼道。

陈萱被他吓了一跳，顿时安静了下来。

“她就是生气，躲起来了。”顾霖星攥紧拳头，表情狰狞地看着她，沉闷地说。

过了片刻他才平静下来，又恢复了那副不悲不喜的模样，疲惫地道：“送她回去。”

一声令下，陈萱被保镖推着上了路边的黑色轿车，顾霖星则上了另一辆车。

他的车一直跟在陈萱的车后，这个时候的他，就像一个严厉的家长，在抓叛逆的女儿回去。

可事实上，他跟陈萱同岁，他们一样大。

不多不少，他今年刚二十五岁，正好是陈司南离开时的年纪。

五年了，他终于长大了，可她却不见了。

夜色中，他沉默地坐在车内，望着窗外迷雾萦绕的建筑，突然笑出声来。

其实陈萱都不用诅咒他，他本来就在地狱里，从未想过离开。

虽是笑，可眼泪啊，顺着指缝一点一点地往下流。

他捂着脸，在深夜里，又一次哭得像个孩子。

“陈司南，我知道错了，真的，我知道错了，你原谅我好不好？”

就一次，一次就好。

又是一年五月，是野玫瑰盛开的季节。

满山遍野的野玫瑰开得正盛，陈司南神色凝重地坐在福利院医生武清家中，怀里抱着一个脸色蜡黄的男孩子。

武清给孩子听完诊，摇了摇头，告诉她：“司南，这儿医疗水平落后，你要真想救磊磊，还是得带他去大城市，只有大城市才有办法治这种病。你知道的，我们这儿太穷了，孩子生病了想挂个水都难。”

陈司南沉默了，望着缩在她怀里酣睡的男孩，眼眶不禁红了。

磊磊是她的儿子。当年她一身狼狈，万念俱灰地从淞市出来，如同游魂一般站在火车站售票处，不知道该去往哪里。突然，有个女人抱着孩子不小心撞到了她的身上。那女人说自己要上个洗手间，让她帮忙抱一下孩子，她一会儿就回来。

陈司南向来聪明，偏就那天神志不够清醒，愣怔地接过女人手中裹在襁褓里的婴儿，等着女人回来。

结果她等了很久都没有等到那个女人出现。

她抱着孩子去服务站说了这件事，要求对方查监控，看那个女人的去向。因为这件事涉及“失踪婴儿”，车站的服务员没有权限查监控，于是他们直接报了警。

很快警察就来了，一查监控，发现陈司南跟那个女人对话时，大厅里人挤人，那女人用围巾围住了脸，根本看不清她的样貌。她身上的穿着也是乔装过的，反正所有监控都只看到女人朝洗手间的方向走过去，并没有看到她从哪里消失。不过监控也可以证明，陈司南手中的孩子的确是别人递给她的，并非她拐卖而来。

清白一证明，襁褓中的婴儿直接被当成弃婴，送去了指定的福利院抚养。那个福利院在一个山清水秀的地方，陈司南一直听人说那边山水好，也想去看看。虽然那个孩子她只是抱了一小会儿，但她还是放心不下，也不知道是不是找借口，反正无处可去的她跟着孩子一道去了福利院。

福利院里孩子众多，虽有政府资助，但物资依旧很紧缺，教师资源更是稀少。

陈司南跟院长说明了自己的来意，自荐想要留下来当老师，只要管吃管住，工资少也可以。院长看她这般年轻，学历又不低，建议她还是别冲动，在这儿待几天看看倒是可以，长久留下没必要。

但陈司南是固执的，她决定的事，很难改变。

就像她认定了一个人，别人说再多也是没用的；就像她不顾一切地去喜欢朝朝一样。

不撞南墙不回头，说的就是她。陈司南等撞了南墙以后才明白，只有痛才能让人清醒。

见她这般执意要留下，院长自然高兴，立刻给她安排了住处跟工作。

到福利院的第二天，陈司南就上岗了。除了教院里的孩子读书、写字，她还得帮着照顾磊磊。因为磊磊还小，未断奶，不会走路，需要人照顾。

他是陈司南带过来的，她自然最上心。

陈司南没有怀过孕，也没有孩子，照顾孩子这事对她来说又局促又辛苦。可她觉得这是一件很有意义的事，起码她的人生并没有因感情受挫而变得一无是处。

福利院里的所有人都觉得陈司南在那儿待不了多久。她是从大城市来的姑娘，怎么受得了这种苦。

可陈司南不仅留下了，她还待了整整五年。这些年，她都没有出去过。

不是她怕出去了被人找到，而是因为她找不到出去的理由。

外面的世界没有什么值得她留恋的，她欠父母的、欠朝朝的，该还的都还了。

她现在不欠任何人了。

磊磊是她照顾的孩子，也是她的儿子。

陈司南是个很重感情的人，她带磊磊的时间越久，就越把他当成自己的儿子。磊磊从小身体弱，动不动就生病。每次他病了，都是陈司南在守着他。孩子小，哪儿疼了即使没有见过妈妈，也会哭着喊妈妈。

陈司南看着心疼得厉害，她想到了朝朝。

正是因为她从朝朝嘴里听过他那悲惨的童年，那冰冷灰暗的成长岁月，所以陈司南知道有时候孤儿真的很可怜。

陈司南不想磊磊像朝朝那样。孤儿院里那么多孩子，她对磊磊最偏爱，所以她跟院长申请，能不能领养磊磊，做他名义上的母亲。

可得到的回复是女人单亲领养男孩子，需年龄差满四十。法律上，陈司南还不够年龄。

为了能领养到磊磊，陈司南迫不得已跟院里的一个叫郑进水的男老师结了婚。那男老师得了肺癌，因为不想拖累他人，从来没有结婚的打算。

得知陈司南有这种想法后，郑进水当即回绝了她。她是那么好的一个姑娘，何必把青春浪费在他这个快死的人身上。

一旦他们俩结了婚，日后他去世了，她就成了寡妇，以后还怎么找好人家。

可陈司南太执拗了，一个劲地缠着他说这件事。

对陈司南来说，婚姻、爱情都不重要了。她打算这辈子就留在这个福利院，给这群被抛弃的孩子力所能及的帮助，给磊磊一个完整的童年。

最终郑进水被陈司南的决心所打动，同意了跟她结婚。

陈司南二十七岁那年的春节，她跟郑进水领了结婚证。婚后，他们夫妻俩成功领养了磊磊，并取名郑磊。从此，陈司南不仅要自己抚养郑磊，还得多照顾一个身患癌症的丈夫。

不过在陈司南的照顾下，郑进水最后走得很安详。

郑进水去世后，陈司南带着郑磊又搬回了孤儿院的宿舍，教孩子学习，顺便养养花草，种点蔬菜，过着她理想中的生活。

偶尔，陈司南也会怀念伤她至深的父母还有朝朝，每次想起，她心里的痛苦都会席卷而来。陈司南不是个喜欢哭的人，她不想流泪，只能选择不去回忆。

五年时间，郑磊都长大了，朝朝应该也已经长大了。

不知道长大了的朝朝，还会被伤害吗？

他学会保护自己了吗？

“司南，你考虑下，如果你要带郑磊出山去治病，我帮你跟政府打申请，可以争取些补助款。”武清道。

陈司南被拉回思绪，点点头，没有迟疑，直接答应了。

郑磊的病发现得早，如果能得到好的治疗的话，还是有很大概率治好的。

得到她的同意后，当天武清就帮她联系了省外的医院，送她跟郑磊出了山。

从走出去的那一刻，陈司南其实就预料过那个人会来找她。所以当顾霖星出现在他们所在医院的病房时，她并没有丝毫惊讶。

她一直都知道，朝朝是固执的。

五年前，他对她说的那些话确实伤到了她。她走，也是因为他把她伤得太重了。但后来，她就不怪他了。之所以一直待在福利院不回去，不是她还恨他、恨父母，而是她有更有意义的事要做。

五年过去，陈司南早已不是当年那个二十五岁的勇敢倔强的姑娘。她现在已经三十岁了，结了婚，有了孩子，可以说是一个中年妇女了。

人都是要成长的，朝朝是，她也是。

郑磊刚挂完水，睡着了，朝朝跟他的人等在病房外。陈司南给郑磊盖好小被子，然后才轻手轻脚地离开病房，去找他。

走廊里就他们两个人，他让人散去了。

两个人相见，谁也没有说话。

陈司南又成了那个安静的陈司南，不，她比过去还要安静。而顾霖星，这五年，能让他开口说话的人屈指可数。

他看着她，她也看着他。

他的样子没怎么变，只是人更瘦了，脸更白了，眼眶更深陷了，显得他的眼神更幽暗了。

他身上的穿着还是那么华贵，与之相比，陈司南则粗糙极了。

她已经不年轻了，皮肤变黑了，额头上也开始长抬头纹。她的身上穿着很土的长袖衬衫，裤子是外面的人捐给福利院的，一条洗得发白的牛仔裤，脚上是她亲手做的黑布鞋。

她很聪明，来福利院一年就学会了做很多农活，下地、教书两不误。

有时候陈司南觉得，她天生就是苦命。

长久的沉默过后，陈司南率先对年轻男人笑了笑，像什么事都没发生一样，平静地打了声招呼："朝朝，你来了。"

顾霖星看着她，想要跟她说点什么，可人在太激动的时候，喉咙是发不出声音的。他望着她，眼眶一点点变红，声音嘶哑，说不出话来。

陈司南看着有些难受，主动上前拥抱了他一下，无声地拍着他颤抖的脊背。

他双手用力地回抱住她，她瘦了，背上全是骨头，很硌手，他却不愿意放开。

陈司南被他抱得有些窒息。

沉默过后，他终于平复好情绪，声音沙哑又真挚地对她说："陈司南，我爱你。"

那句被封藏了五年的告白，他终于对她说了出来。

陈司南推开他，目光恬静地望着他，微笑着摇了摇头："朝朝，你那是病，得去看医生。"

一句话，将他再度从天堂打回了地狱。

顾霖星愣怔地看着眼前微笑的女人，心又开始绞痛起来。

果真是报应。

4.

"陈司南，当年是我胡说八道。你没回来的那一晚，顾耀庭给我下了药，把一个女孩送进了我的房间。我以为我干了对不起你的事，我觉得自己很脏，我怕被你唾弃，我受不了你用厌恶的眼神看我，所以才说了那种话。但是司南，你放心，我很干净，我没有碰她。我后来找到那个女孩了，我拿到了视频，我没有碰她，我没有……你相信我……”顾霖星语无伦次地抓着陈司南的肩膀解释道。

陈司南静静地看着他手足无措的模样，再度摇头。

“都已经过去了，朝朝，那些都不重要了。我从来就没有真正怪过你，所以你也要放过自己。我让你去看医生，是因为你真的需要医生的治疗。人的心理是很复杂的，我曾以为我能帮你走出阴暗，可后来发现我不能。所以朝朝，也许医生能帮你。”陈司南说。

顾霖星满眼错愕地望着眼前平静的陈司南，脸上的表情一点点裂开。

为什么？为什么她可以这么冷静地对他说话？

为什么？

这五年，他日夜难寐，每天都活在痛苦之中，每天都在拼命让人寻找她。而她呢？她活得好好的，待在福利院，教书、养孩子，甚至还跟别人结了婚。

来之前他就让人把她这些年在福利院里的一切都调查得清清楚楚，他不明白，为什么她可以这么冷酷无情，她就一点没有考虑过他的感受吗？

“陈司南……你不喜欢我了吗？”他痛苦地看着她，哽咽着问。

陈司南望着他，神情平淡：“朝朝，我喜欢过你，即使你觉得我不够喜欢你，但当初我还是为了喜欢你而拼过命，也用尽了力气。”

“那现在呢？”他抓住她，迫切地问道，眼里写满了渴求。

陈司南心中微微有些难受，但她不想骗他：“对不起，朝朝，这么多年，我其实从未想过你。”

“别说了，别再说了，陈司南！”他颓然地松开了放在她肩上的手，踉跄着往后退了几步，看着她，眼里蓄满了泪水。

陈司南的心终于又痛了起来。

她真的没有想过他，可是不想，不代表不痛。

这五年她过得很辛苦，她不想他，只是不想让自己更辛苦，她想放过自己。可是时隔这么多年，看到他哭，看到他这般受伤的样子，陈司南承认，她还是跟二十五岁的她一样，心疼了。

他问她还喜不喜欢他。

她自然是喜欢的。

她那么冷静的人，若不是太喜欢，当初又怎么会为了他跟家里决裂，为了他牺牲事业跟前途。

可人活着，不是只有爱情，不是只有喜欢就够了。

二十五岁的她是年轻的，她可以为了爱情丢掉她的责任，抛下父母，抛下陈萱。可是她现在三十岁了，她有一个生病的孩子要养、要救，福利院还有几十个孩子等着她回去教书。

她没法再像二十几岁时那么任性了。

“朝朝，我需要钱。”

开口的那一瞬间，陈司南觉得自己简直卑鄙到了极点。她不要他，却不要脸地问他要钱。但她没办法，郑磊的病需要很多钱，她必须救郑磊。

“我知道。”顾霖星道，眼里的泪水已经散去，他目光清冷地看着她，神情悲凉。

就是因为知道她需要钱，他才来的。

如今他身上除了钱，她也没其他想要的了吧。

可他不是，他什么都可以不要，但她的人他一定要。

“只要你留在我身边，不仅病房里的那个孩子，你福利院的那些孩子我都可以出钱帮你。你不是想让那些孤儿过更好的生活吗？陈司南，只要我愿意，别说帮几十个孩子，成百上千个我都可以。我可以给他们建希望小学，也可以捐款。你想做圣人，我就让你做，但你必须留下来。”他咬牙切齿地对她道。

陈司南低着头，沉默地听着，然后抬头看他，很爽快地答应下来：“好，我留下。”

她没有理由拒绝这么好的条件。

如果他要的只是她的人，只要他不嫌弃，她可以给他。

陈司南躺平了，认命了。她想做好事，却能力有限，到头来还是得依靠朝朝。

没想到兜兜转转五年，三十岁的她却干了二十多岁时别人骂她的事。

她真的为了钱利用了朝朝。

想到这儿，陈司南突然豁然开朗，原谅了过去一切的不美好，中伤，疼痛。如果老天爷就是为了今天，为了那些孩子未来的幸福，让她遭受了那些，那她觉得很值得。

真的很值得。

唯独朝朝，她又开始亏欠他了。即使她知道，他还跟当年故意拿球鞋当借口，哄骗她，赖在她宿舍里一样，要的就是她的亏欠，但她还是会心疼、内疚。

如果她有几十年的余生可以陪伴他，她就不会那么愧疚，可是她没有。

“朝朝，有件事我得提前告知你一声，去年我被确诊了结肠癌。你知道，人活在世上，生老病死都是很正常的，是个人都会生病，无非是小病还是大病的区别罢了。这样的我，你还要吗？”她看着他，语气很平静地说道，仿佛在说一件很轻微的小事。

他咬着唇，死死地盯着她，眼眶又一次红了起来。

她不说，他也知道她生病了。

那些调查报告里有她的体检单，在来找她的路上，他已经咨询过医生了。她的结肠癌还在中期，五年生存率可达百分之九十以上，可是那也只有五年……

“我会给你找最好的医生，不管花多少钱，我都会给你治。陈司南，哪怕你明天死，我也要你的今天。”他执拗地说。

陈司南望着他，终于忍不住哭了。

老天爷对她已经很好了，真的很好了。她并不怕死，可是，她死了，他怎么办啊？

他那么偏执，如果她不在了，他怎么办？

陈司南流泪，不是因为她自己命短，是她不舍得他日后因为失去她而痛苦。

他朝她走了过来，再度用力地抱住她。

她在他怀里尽情地哭着，心脏像被人揪着一般疼。

“朝朝，就算我知道那晚你发生的事，我也不会厌恶你。如果……如果那天在你外公的别墅里，你没有把我赶走就好了，这样的话，我们就可以多拥有五年。”陈司南惋惜地痛哭道。

顾霖星紧紧地抱着她，手臂收紧："没关系的，司南，我们还会有五年的，还会有的。"

陈司南知道他这是在安慰她，朝朝最喜欢跟人耍心眼了，可她还是信了。

她希望老天爷能多给她一点时间，哪怕多一天、多一秒都是好的。

在顾霖星的资助下，郑磊的病得到了很好的治疗，身体逐渐好转。陈司南所在的福利院也得到了大笔捐助款，里面的孩子的生活都得到了极大的改善。

顾霖星还出钱在福利院附近建了一所希望小学，专门让上不起学的孩子们就读。

陈司南只是个普通到不能再普通的人，她的能力只能收养郑磊一个孩子。但朝朝不是，他是焦城最有钱的人，只要他愿意，他可以用钱改善很多孤儿的生活。

而他也真的这样做了——他在很多山区都盖了学校，捐了物资，甚至还盖了医院，让更多被抛弃的孤儿，还有留守儿童都拥有了良好的成长环境。

佛说，善者得永生。

与人为善，与己为善。

好人终究是有好报的。

顾霖星做这些事，只希望老天能真的开眼，能让陈司南在他身边待的时间长一些，越长越好。

如果钱能让她多活几年，他就算是倾家荡产也在所不惜。

两年后，陈司南给顾霖星生了一个女儿，她给孩子取了个名字，也叫昭昭。

那是个天生向阳的名字，她希望有一天如果她走了，她生的小太阳会替她继续守护好她的朝朝。她希望朝朝能够在她走后继续好好活着，不要做傻事，不要难过，要快乐，要幸福。

她人不在了，但她的爱不会消失。

人会死，可爱是永恒的。

顾昭昭六岁的时候，她爸就送她去上了小学，说是嫌她在家太吵，吵到她妈妈休息了。

顾昭昭太闹腾，同龄的女孩子都没她那般讨人嫌。但顾昭昭却不以为意，她觉得自己闹腾点挺好的。她妈喜欢安静，她爸更安静，家里每天都没人说话，她要是还话少，那生活得多枯燥啊。

上小学也挺好的，她上小学就能见到郑磊哥哥了。在家她爸不让她跟郑磊哥哥玩，动不动就说郑磊哥哥是她妈妈的“私生子”，他们不能走得太近。

呵，她才不傻，她知道她爸是在吃醋。那个郑磊哥哥根本就不是她妈妈生的，只有她，顾昭昭，才是她妈妈生的。

她妈妈这一生，就生了她这么一个小太阳。

顾昭昭去学校了，家里安静了许多。

陈司南的身子越来越不好了，医生天天在别墅里进进出出的，顾霖星的脸色一天比一天阴沉。

淞市正值梅雨季，一连下了好几天雨，突然一下放晴了。

她痛了一夜，却还是挣扎着要他抱起来，要去晒太阳。

他沉默地照做，抱着她去了玻璃造的阳光屋。

她躺在他的怀里，头靠在他的肩上，笑着说：“朝朝，你看，又出太阳了。”

他点点头，下巴枕在她的头上，双手紧紧地握住她的手。

她一直在笑，脸被阳光晒得红润，很是好看。

“朝朝，我累了，我睡一会儿，等太阳没了你再抱我进去。”她说着，手落了下去。

他哭了，脸贴着她的脸，哀求：“陈司南，不要睡，求求你……”